Linda Winterberg
Aufbruch in ein neues Leben

AF216915

atb aufbau taschenbuch

Hinter *Linda Winterberg* verbirgt sich Nicole Steyer, eine erfolg-
reiche Autorin historischer Romane. Sie lebt mit ihrem Mann und
ihren zwei Töchtern im Taunus.
Im Aufbau Taschenbuch liegen die weiteren Bände der großen Hebammen-Saga »Jahre der Veränderung«, »Schicksalhafte Zeiten« und
»Ein neuer Anfang« vor.
Alle lieferbaren Titel der Autorin sehen Sie unter aufbau-verlage.de.

Drei junge Frauen beginnen im Juli 1917 ihre Ausbildung zur Hebamme an der neueröffneten Frauenklinik in Neukölln bei Berlin.
Edith Stern, die aus reichen Verhältnissen stammt und sich gegen
den Willen ihrer Eltern für die Ausbildung entschieden hat. Die Ar-
beitertochter Margot Bach, die all ihre Hoffnungen auf ein besseres
Leben in die Ausbildung zur Hebamme legt. Luise Mertens ist bei
ihrer Großmutter, einer Hebamme, in Ostpreußen, aufgewachsen
und will in ihre Fußstapfen treten. Eines ist ihnen gemeinsam: Sie
träumen von Unabhängigkeit und davon, Frauen in den schwierigen
Kriegszeiten zu helfen.

Linda Winterberg

Aufbruch in ein neues Leben

Die Hebammen-Saga

atb aufbau taschenbuch

ISBN 978-3-7466-3546-0

Aufbau Taschenbuch ist eine Marke der Aufbau Verlage GmbH & Co. KG

4. Auflage 2025
© Aufbau Verlage GmbH & Co. KG, Berlin 2019
www.aufbau-verlage.de
10969 Berlin, Prinzenstraße 85
Der Verlag behält sich das Text- und Data-Mining nach § 44 b UrhG vor,
was hiermit Dritten ohne Zustimmung des Verlages untersagt ist.
Bei Fragen zur Sicherheit unserer Produkte wenden Sie sich bitte an
produktsicherheit@aufbau-verlage.de.
Umschlaggestaltung www.buerosued.de, München
unter Verwendung eines Bildes von mauritius images / Yegorovnick / Alamy
Satz Greiner & Reichel, Köln
Druck und Binden CPI books GmbH, Leck, Germany

Printed in Germany

BERLIN, JULI 1917

Luise blickte staunend aus dem Zugfenster. So hatte sie sich Berlin immer vorgestellt: breite Straßen mit mehrgeschossigen, herrschaftlichen Häusern, die Bürgersteige genauso belebt wie die Fahrbahnen, auf denen sie neben vielen Kraftdroschken auch einige Automobile fahren sah. Diese Stadt würde also in den nächsten Jahren ihre Heimat werden. Oder besser gesagt, das direkt angrenzende Neukölln, wo sie in wenigen Tagen ihre Ausbildung zur Hebamme beginnen würde.

Wieder spürte sie die Aufregung, die sie in den letzten Tagen und Wochen begleitet hatte. Dann musste sie an ihre Großmutter Else denken, von der sie sich heute Morgen tränenreich verabschiedet hatte. Als sie auf das Fuhrwerk ihres Nachbarn gestiegen war, das sie zum nächsten Bahnhof bringen sollte, war die alte Frau, die zwar Mühe beim Gehen hatte und doch ständig in Bewegung war, noch lange vor dem alten Holzhaus mit den grüngestrichenen Fensterläden stehen geblieben, die Hand schützend gegen die Sonne erhoben, und hatte ihr nachgeblickt. Es war das erste Mal, dass Luise ihre Heimat, das kleine Dorf Eckersberg in Ostpreußen, verließ. Seit sie ihre Eltern im Alter von vier Jahren nach einem Unfall verloren hatte, lebte sie im Haus ihrer Großmutter. Von ihrer Mutter hatte sie das kastanienbraune Haar geerbt und die etwas zu breite Nase. Von ihrem Vater den Sturschädel, wie ihre Oma behauptete.

Else war die einzige Hebamme in der Umgebung. Da sie alleinstehend war und es niemanden gab, der auf Luise hätte aufpassen können, nahm sie ihre Enkelin immer mit. Bereits als kleines Mädchen war sie mit stöhnenden Frauen über Äcker gelaufen, hatte sie winseln und schreien gehört und ihnen zur Beruhigung nächtelang all die Kinderlieder vorgesungen, die sie kannte. Wie hatte sie sich jedes Mal gefreut, wenn ein kleiner Erdenbürger das Licht der Welt erblickt hatte! Und wie stolz war sie gewesen, als sie zum ersten Mal hatte helfen dürfen, ein Neugeborenes zu baden. Und doch hatte ihre Großmutter ihr eines Tages einen Zeitungsartikel unter die Nase gehalten, in dem von dem Bau einer großen Hebammenlehranstalt in Neukölln berichtet worden war. Dorthin sollte sie gehen, hatte sie gesagt, und eine anständige Ausbildung bekommen mit Zeugnis und allem, was dazugehörte. Anfangs hatte Luise sich geweigert. Sie war doch bereits Hebamme, fuhr inzwischen häufig allein zu den Frauen und kümmerte sich problemlos auch um die schwierigen Fälle. Doch ihre Oma war stur geblieben. Die Zeiten änderten sich, und es gebe viele neue Dinge, die eine Hebamme lernen müsse. Als sie von Professor Doktor Hammerschlag erzählt hatte, dem ärztlichen Leiter der Schule, war sie richtig ins Schwärmen geraten. Sein guter Ruf war sogar bis in die Provinz vorgedrungen.

Wochenlang hatten sie gestritten und diskutiert. Den Ausschlag hatte schließlich die schwierige Geburt von Charlotte Sieglers Tochter Maria gegeben. Sie waren in der Nacht gerufen worden. Ihre Großmutter hatte ein Hexenschuss geplagt, weshalb sie nicht hatte mitkommen können. Auf dem alten Gutshof hatte sich die Geburt in die Länge gezogen, und Luise hatte Mühe gehabt, den quer liegenden Säugling im Bauch der Mutter zu drehen. Beinahe hätte die kleine Maria es nicht überlebt. Blau angelaufen, die Nabelschnur mehrfach um den Hals gewickelt, erblickte sie schließlich das Licht der Welt, und es dauerte qualvoll lange Minuten, bis sie ihren ersten Atemzug tat. Luise weinte, als sie das kleine Mädchen ihrer Mutter schließlich in die Arme legte. Als sie erschöpft am frühen Morgen nach Hause fuhr, hatte sie erkannt, dass ihre Großmutter recht gehabt hatte. Sie musste nach Berlin fahren und mehr lernen.

Nach der Ausbildung würde sie heimkehren und Elses Lebenswerk weiterführen.

Eine Durchsage kündigte die baldige Ankunft des Zuges am Schlesischen Bahnhof an. Hier musste Luise aussteigen. Jetzt galt es, dachte sie und holte ihren Koffer aus dem Gepäcknetz.

Auf dem Bahnsteig sah sie sich erst einmal um. Es herrschte reges Treiben. Da waren Soldaten, die von hier aus an die Ostfront fuhren, und die Frauen, Mütter und Kinder, die sich tränenreich von ihnen verabschiedeten. Ein junges Pärchen küsste sich ungeniert mitten auf dem Bahnsteig. Luise beschleunigte ihre Schritte. Sie kannte das Gesicht des Krieges zur Genüge. Auch bei ihr in der Nähe war ein Lazarett eingerichtet worden, in dem sie häufig ausgeholfen hatte. Sie wusste, was den jungen Männern an der Front blühte. Anfangs waren noch alle euphorisch gewesen, Weihnachten sei man wieder zu Hause, hatte es geheißen. Doch schnell war die Ernüchterung gekommen. Hunderttausende waren gestorben, einige von ihnen auch unter ihrer Hand. Wie Johannes, ein junger Leutnant aus Bremen. Ihm hatte sie kurz vor seinem Tod einen Brief seiner Verlobten vorgelesen und dabei seine Hand gehalten. Ihre letzten Worte hatte er jedoch nicht mehr gehört. Bald drei Jahre tobte nun dieser unsägliche Krieg, in dem es nur Verlierer geben würde. So sagte es jedenfalls ihre Oma, wenn sie unter sich waren. Laut durfte man das nicht aussprechen, sondern man musste an der Überzeugung festhalten, dass der Sieg kurz bevorstand.

Am Ende des Bahnsteigs sah sich Luise suchend um. Sie musste zur sogenannten Ringbahn, die sie in die Hermannstraße nach Neukölln bringen sollte. Schließlich entschied sie sich, die ältere Dame zu fragen, die in der Bahnhofshalle an einem klapprigen Holzstand Blumen verkaufte.

»Nach Rixdorf wollen Sie. Da müssen Sie da raus und dann links.« Sie deutete zu einem Seitenausgang.

Luise sah die Frau verwundert an: »Nein, nicht nach Rixdorf. Ich möchte nach Neukölln.«

»Das ist doch dasselbe, Mädchen. Haben sie umbenannt.« Dann wandte sie ihre Aufmerksamkeit einem jungen Burschen in Uniform zu.

Luise blieb nichts anderes übrig, als ihr zu glauben. Es dauerte nicht lange, bis ein Zug einfuhr, doch an einen Sitzplatz war in der überfüllten Bahn nicht zu denken. Dicht drängten sich die Passagiere in dem Abteil. Trotz der geöffneten Fenster war die Luft stickig. So viele Menschen auf einem Fleck hatte Luise noch nie gesehen. Krampfhaft hielt sie ihren Koffer fest, die Tasche hatte sie eng an sich gedrückt. Dann endlich rief der Schaffner »Hermannstraße« durch den Waggon. Sie war da.

Als sie aus dem dämmrigen Bahnhofsgebäude in das gleißende Licht der Nachmittagssonne trat, hielt sie erst einmal inne. Die vielen mehrstöckigen Stadthäuser, dazu das dichte Gedränge und die Lautstärke schüchterten sie ein. Die Straßenbahn fuhr laut bimmelnd an ihr vorbei. Automobile, Kraftdroschken und Pferdefuhrwerke fuhren auf und ab. Dazwischen liefen Unmengen von Menschen herum. Vor dem Bahnhofsgebäude saßen zwei Kriegsversehrte und bettelten; unweit von ihr hatte sich eine lange Schlange vor einem Laden gebildet. Vermutlich gab es dort etwas zu essen. Ihre Oma hatte ihr davon erzählt, dass die Menschen in den großen Städten oftmals stundenlang für Lebensmittel wie Butter oder Brot anstehen mussten. Unter den Wartenden entdeckte Luise sogar Kinder, die sich die Wartezeit mit Klatschspielen vertrieben. Das hier war also Neukölln, wo sie die nächsten achtzehn Monate ihres Lebens verbringen würde.

Plötzlich wurde sie von hinten angerempelt. »Hoppla, Verzeihung!« Eine junge blonde Frau in einem dunkelblauen, teuren Ausgehkleid lächelte sie entschuldigend an. »Es tut mir leid. Ich wollte Sie nicht umrennen. So ein Trampel hat mich gestoßen.«

»Keine Ursache«, murmelte Luise. Selten hatte sie eine derart schöne Frau gesehen. Ihr Gesicht glich dem der Madonnenfigur in ihrer kleinen Dorfkirche.

»Vielleicht können Sie mir weiterhelfen«, unterbrach die Blondine ihre Gedanken. »Ich muss zum Mariendorfer Weg. Wissen Sie zufällig, wie ich dorthin komme?«

Luise sah die Frau verdutzt an.

»Wollen Sie zufällig zur Hebammenschule? Dann haben wir den gleichen Weg. Ich beginne dort meine Ausbildung zur Hebamme.«

»Welch ein Zufall, ich auch! Das ist ja schön, dass wir uns gleich hier kennenlernen. Mein Name ist Edith, Edith Stern. Und wie heißt du? Wir können doch bestimmt du sagen, oder?«

»Aber ja, gerne. Ich heiße Luise Mertens.«

Sie konnte es kaum glauben. Eine so wohlhabende Frau wollte eine Ausbildung machen? Normalerweise heirateten solche Frauen doch jung und bekamen schnell Kinder. Jedenfalls war das in Ostpreußen so.

Als hätte Edith ihre Gedanken erraten, sagte sie, während sie sich auf den Weg zur Straßenbahnhaltestelle machten: »Ich komme aus Potsdam. Mein Vater besitzt dort ein großes Kaufhaus. Er war gegen die Ausbildung zur Hebamme, aber meine Mutter unterstützt mich, sie findet es richtig, dass ich meinen eigenen Weg gehe. Ich habe mich deshalb mit meinem Vater gestritten. Aber inzwischen hat sich die Lage wieder beruhigt. Meine große Schwester Alexandra, ich nenne sie Alex, interessiert sich für das Geschäft. Sie und ihr Ehemann wollen es eines Tages übernehmen, wenn er, so Gott will, gesund und an einem Stück von der Front heimkehrt.« Edith sah sie erwartungsvoll an.

Luise erzählte mit knappen Worten, dass sie aus Ostpreußen komme, ihre Oma dort als Hebamme arbeite und sie in ihre Fußstapfen treten wolle.

»Oh, wie schön, dann habe ich ja bereits eine Fachfrau an meiner Seite«, freute sich Edith.

Die Straßenbahn kam, und sie stiegen ein. Luise überlegte während der Fahrt, ob sie Edith mögen solle. Sie war nett, keine Frage. Aber doch recht schwatzhaft und aufdringlich. War dies ein Fehler? Es konnte gewiss nicht schaden, Bekanntschaften zu schließen.

An der Haltestelle der Hebammenlehranstalt stiegen vier weitere Frauen mit ihnen aus. Der Gebäudekomplex, in dem die Schule untergebracht war, erstreckte sich über ein großes Grundstück und bestand aus mehreren Häusern.

»Das ist ja größer, als ich dachte«, sagte Edith. »Dann lass uns mal zusehen, dass wir reinkommen. Gleich am ersten Tag zu spät zu kommen, hinterlässt keinen guten Eindruck.«

Luise nickte.

Als sie durch das schmiedeeiserne Eingangstor trat, entdeckte Luise eine junge, leicht gedrungene Frau, die auf der anderen Straßenseite stand und einen verlorenen Eindruck machte. »Ich komme gleich nach. Nimmst du meinen Koffer schon mal mit?«, sagte sie und lief über die Straße. »Kann ich Ihnen helfen?«

»Ich weiß nicht recht.«

»Was wissen Sie nicht recht?«, fragte Luise verwundert.

»Na, ob ich wirklich reingehen soll. Am Ende bringt das Schreiben von der Fürsorgerin nichts, und sie schicken mich wieder weg.«

»Welches Schreiben?«

»Vom Büro des Vaterländischen Frauenvereins. Sie haben mich hergeschickt und gesagt, wenn ich das Schreiben abgebe, könne ich hier meine Ausbildung machen, auch wenn ich kein Geld habe. Aber was ist, wenn das nicht funktioniert und sie mich fortschicken? Und es ist doch auch ungerecht, oder? All die anderen Frauen müssen ja auch für ihre Ausbildung bezahlen.«

Luise wusste nicht, was sie antworten sollte.

Die Frau sprach weiter. »Ich wohne mit meiner Familie in einem der Hinterhäuser in einer Kellerwohnung, nicht weit von hier. Frau Brausitz vom Frauenverein hat sich beim Herrn Professor für mich eingesetzt. Ihr ist es wichtig, dass in der Schule auch Frauen aus den ärmeren Bezirken Neuköllns ausgebildet werden. Wir haben uns durch meine Arbeit in einer Kinderkrippe kennengelernt. Ich heiße übrigens Margot Bach. Und du?«

»Wieso denkst du, dass etwas mit deinem Empfehlungsschreiben nicht in Ordnung sein könnte?«, fragte Luise, nachdem sie sich vorgestellt hatte. »Das hört sich doch alles gut an.«

»Weiß nicht, ich kann es einfach nicht glauben. Mir ist noch nie etwas geschenkt worden«, sagte Margot und blickte auf das gefaltete Stück Papier in ihrer Hand, um das Luise sie ein wenig beneidete. »Außerdem … Mama hat heute Morgen geweint«, sagte sie unvermittelt. »Papas Name hat auf der Liste gestanden.«

Luise wusste sofort, was gemeint war: die Gefallenenlisten, die an den Rathäusern aushingen. Wie schrecklich musste es sein, wenn man den Namen eines seiner Angehörigen darauf entdeckte? Wie elend musste sich Margot fühlen? Kein Wunder, dass sie zögerte und ängstlich war.

»Das tut mir sehr leid«, murmelte sie und berührte sanft ihren Arm.

»Er war in Frankreich, hat oft geschrieben und uns immer Küsse geschickt. Manchmal auch Fotos.« In Margots Augen traten Tränen; rasch wischte sie sie ab. »Jetzt steht Mama mit allem allein da, und sie geht ja auch noch in die Fabrik. Zu AEG nach Hennigsdorf, da stellen sie Munition her. Ich war so traurig und hilflos, und da bin ich einfach gegangen. Schließlich hatte ich doch das Schreiben. Aber jetzt …« »Jetzt weißt du nicht, ob es nicht besser wäre, wieder zu ihr zu gehen«, vollendete Luise ihren Satz.

Margot nickte. Eine Weile standen sie schweigend nebeneinander. Dann holte Margot tief Luft. »Ich gehe wieder. Ich kann sie nicht einfach allein lassen. Danke, dass du mir zugehört hast. Und viel Glück bei der Ausbildung.«

Mit eiligen Schritten ging sie davon. Luise sah ihr nach. Sie sah zum Eingang der Hebammenschule und seufzte. So ging das nicht. Mit eiligen Schritten rannte sie hinter ihr her. Als sie an der Kreuzung zur Hermannstraße ankam, war von Margot nichts mehr zu sehen. Hilflos blickte sie sich um. Und was nun? Irgendwo hier musste sie abgeblieben sein.

»Wer bist du denn?«, fragte plötzlich ein kleines, rothaariges Mädchen neben ihr, das keine Schuhe trug.

»Mein Name ist Luise, und wer bist du?«

»Mathilde, kannst mich aber Matti nennen. Das machen alle so. Was machst'n hier?«

»Ich suche eine Freundin von mir. Ihr Name ist Margot Bach. Kennst du sie zufällig?«

»Klar doch.« Auffordernd sah die Kleine sie an.

Luise verstand. Auskünfte gab es hier nicht umsonst. Sie griff in ihre Tasche, holte einen Groschen heraus und reichte ihn dem Mädchen.

»Margot wohnt gleich dort vorn im vierten Hinterhof links unten.« Matti deutete die Straße runter, drehte sich um und lief davon.

Mit klopfendem Herzen ging Luise zu dem Hoftor, auf das die Kleine gedeutet hatte. Im Innenhof war eine Art Werkstatt untergebracht. Lautes Hämmern erfüllte den ganzen Hof. Zwischen den Hauswänden waren Wäscheleinen gespannt, auf denen weiße Laken hingen. Eine alte Frau stand an einem geöffneten Fenster und beäugte sie misstrauisch. Luise durchschritt den Hof und erreichte durch einen Durchgang den nächsten Hof, der dem ersten ähnelte, nur etwas kleiner und düsterer war. Hier wuschen zwei junge Frauen in abgerissener Kleidung in einem großen Bottich Wäsche. Sie hielten in ihrer Arbeit inne und sahen Luise neugierig an.

»Wo willst du denn hin?«, fragte die eine.

»Zu Margot Bach«, antwortete Luise, nun doch etwas eingeschüchtert. Auf was hatte sie sich nur eingelassen? Sie kannte sich doch mit dem Stadtleben gar nicht aus. Am Ende geschähe ihr noch etwas als Fremde in diesen finsteren Hinterhöfen.

»Die wohnt da hinten«, antwortete die andere. »Ist eben durch und hat geflennt. Ich hab gleich gesagt, dass das mit dem Hebammending nix ist. Aber sie wollte es mir ja nicht glauben, die feine Dame. Spielte sich auf, als sei sie was Besseres. Das hat sie nun davon. Weggeschickt haben sie sie. Was willst'n von ihr?« Sie sah Luise abschätzend von oben bis unten an.

»Nichts Besonderes«, erwiderte Luise.

»Deswegen läufst ihr auch nach, was?«, fragte die eine und wischte sich mit den feuchten Händen eine Haarsträhne aus der Stirn.

Luise wusste nicht, was sie antworten sollte. Sie entschied sich, mit einem knappen Gruß weiterzugehen. Die eine rief ihr noch etwas nach, doch ihre Worte gingen in dem lauten Lachen einer Kindergruppe unter, die im dritten Hof spielte. Die Häuserwände standen so eng, dass jetzt am späten Nachmittag kaum mehr Licht in den Hof fiel. Die Kinder beäugten Luise neugierig und fragten, wo sie herkam und was sie hier wollte. Luise schaffte es, sie irgendwann loszuwerden, und betrat den vierten Hof, der noch kleiner als der zweite und dritte war. Hinter einem Verschlag standen Mülltonnen, die scheußlich stanken. Rechts führte eine Treppe ins Haus. Luise erkundigte sich bei einem Mann nach Margot Bach. Er deutete mit einem Kopfnicken zur Kellerwohnung.

Luise stieg die wenigen Stufen nach unten. Ein muffiger Geruch schlug ihr entgegen, der ihr für einen Moment den Atem raubte. Dann klopfte sie an die schäbige Holztür, an der ein Namensschild mit dem Namen *Bach* hing. Es kam keine Antwort. Sie lauschte. Jemand weinte. Das musste Margot sein. Sie legte die Hand auf die Klinke und drückte sie nach unten. Knarrend öffnete sich die Tür und gab den Blick auf eine schmale Kammer frei, die anscheinend gleichzeitig als Küche sowie Wohn- und Schlafraum diente. Am Fenster stand ein kleiner Tisch, daneben eine Anrichte, in der Geschirr untergebracht war. Gleich neben dem Tisch stand der Herd mit Töpfen darauf, und ein Regal mit Gewürzdosen, Tellern und Bechern hing darüber. Gegenüber dem Herd stand ein Bett, eine einfache Pritsche, auf der Margot saß. Eine schmale, nur angelehnte Tür führte in einen Nebenraum. An den grauen Wänden hingen einige Fotos von Familienmitgliedern, die aus besseren Zeiten zu stammen schienen.

»Was machst du hier?«, fragte Margot.

»Ich wollte noch einmal mit dir reden. Bist du allein?« Luise setzte sich, ohne zu fragen, neben Margot und ließ ihren Blick durch den Raum schweifen. »Das ist also eine Kellerwohnung im vierten Hinterhof.«

»Ja, das ist es. In diesem Bett schlafe ich mit meiner Schwester Hilde. Sie ist nur ein Jahr jünger als ich, kümmert sich um unsere kleineren Geschwister und arbeitet stundenweise in der Neuen Welt in der Küche. Ihr Peter ist an der Front in Frankreich. Bisher lebt er noch. Das hoffen wir jedenfalls. Erst gestern kam ein Brief von ihm, der sogar ein Foto enthielt. Er ist Fotograf. Wenn er zurück ist, will er einen eigenen Laden aufmachen. Hilde und ich beten jeden Abend für ihn. Das haben wir auch für Papa getan. Genützt hat es nichts. Mama schläft mit den Kleinen im Nebenraum. Wenn sie mal bei uns ist, denn bis nach Hennigsdorf ist es ein Stück. Meistens übernachtet sie in der Fabrik. Nur am Sonntag kommt sie zu uns. Sie hoffte auf eine Anstellung bei den Britzer Farbenwerken, aber da war alles voll. Die Lotte Kohlhaber von gegenüber ist da letzte

Woche untergekommen. Mama will es auch noch mal versuchen. Wäre schön, wenn es klappen würde.«

»Das wäre es«, antwortete Luise, der zwar die Britzer Farbenwerke nichts sagten, aber wenn Margots Mama darauf hoffte, schien es besser als das weiter entfernte Hennigsdorf zu sein, von dem sie ebenfalls noch nie gehört hatte.

»Mama ist wieder los. Nach Hennigsdorf. Muss ja weitergehen. Wenn sie wegbleibt, wird ihr der Lohn für den Tag gestrichen, und nun kriegen wir nur noch eine mickrige Witwen- und Waisenrente.«

Luise nickte und fragte: »Und was wirst du jetzt machen?«

»Weiß nicht. Erst einmal wieder in die Krippe gehen und dann weitersehen.«

»Weil es dort eine warme Mahlzeit gibt.«

Margots Miene verfinsterte sich. »Was weißt du schon? Ich kenne dich nicht einmal. Läufst mir nach und meinst, mir was erzählen zu können.«

»Aber so ist das doch gar nicht, ich ...«

»Weshalb bist du denn sonst hier?«, unterbrach Margot sie wütend.

»Weiß nicht. Weil ich dumm bin. Bestimmt hat die Einführungsveranstaltung schon angefangen, und ich bekomme Ärger wegen meines Zuspätkommens. Am Ende verpasse ich sie ganz. Aber ich hatte das Gefühl, ich sollte dir nachlaufen. Und meine Oma sagt immer, dass das erste Gefühl meistens richtig ist.«

Margot lachte bitter. »Deine Oma.«

»Ja, meine Oma. Ich bin bei ihr aufgewachsen, denn meine Eltern sind gestorben, als ich vier war.«

»Das tut mir leid«, antwortete Margot.

»Ist nicht schlimm. Mir fehlt die Erinnerung an sie. Ich habe ja meine Oma. Und stell dir vor, sie ist auch Hebamme. Gemeinsam haben wir ganz viele Babys auf die Welt geholt.«

»Und was willst du dann hier, wenn du das schon kannst?«, fragte Margot.

»Oma meinte, es gehöre sich, es richtig zu lernen. So mit Ausbildung. Sie hat ihre ganzen Ersparnisse dafür geopfert, dass ich herkommen kann.«

Margot nickte. »Ich weiß schon, was du mir damit sagen willst. Ich kriege geschenkt, was euch andere Geld kostet. Alle werden so reagieren.«

»Es müssen ja nicht alle wissen, oder? Ich sage es niemanden, versprochen.«

»Bist du dir sicher?«, fragte Margot und sah Luise skeptisch an.

»Ja, das bin ich. Nach den achtzehn Monaten der Ausbildung wirst du als Hebamme viel mehr verdienen als in der Krippe und deine Familie damit besser unterstützen können. Eine warme Mahlzeit bekommst du in der Lehranstalt auch. Und jetzt ist alles gesagt. Ich geh dann mal. Wenn du magst, kannst du mitkommen.« Luise stand auf, verließ den Raum und durchquerte rasch das muffig riechende Treppenhaus.

Sie hatte den vorderen Hof noch nicht erreicht, da war Margot schon neben ihr und sagte: »Sollte ein abfälliges Wort von irgendwem fallen, dann bin ich wieder weg.«

2

Als Luise und Margot in der Schule eintrafen, dauerte es einen Moment, bis sie sich orientiert hatten. Der Pförtner, ein älterer Herr, der etwas schwerhörig schien, verwies sie zum Entbindungshaus, wo Professor Hammerschlag die Neuankömmlinge im Tauf- und Sitzungssaal begrüßte. Sie eilten in die Richtung, die ihnen der Mann genannt hatte, und verliefen sich prompt. Sie hatten die Türen zu einem Wochenzimmer, einer Wäschekammer und sogar einem Operationsraum geöffnet, bevor sie im großen Saal ankamen. Als sie eintrafen, war jedoch nur noch Professor Hammerschlag da, der gerade seine Unterlagen in einer Aktentasche verstaute. Der Professor sah genauso aus wie auf dem Foto in dem Zeitungsartikel, den ihre Großmutter ihr gezeigt hatte. Er hatte nur noch wenige Haare auf dem Kopf, dichte, dunkle Augenbrauen und einen Schnauzbart, der seine Oberlippe zierte.

Verwundert blickte er die beiden an. »Die Damen? Wie kann ich Ihnen helfen?«

»Guten Tag, Herr Professor. Wir waren, wir sind …« Luise geriet ins Stocken und setzte erneut an. »Es tut uns leid, wir haben uns verspätet. Es ist … Wir hatten einige Schwierigkeiten.« Sie verstummte.

»Ausreden zählen nicht«, erwiderte der Professor und sah von Luise zu Margot. »Pünktlichkeit und Zuverlässigkeit sind Tribute, die eine Hebamme unter allen Umständen zu beherzigen hat. Die werdenden Mütter verlassen sich schließlich auf Sie. Ihre Namen bitte?« Er horchte auf, als er Margots Namen hörte. »Margot Bach. Der Name sagt mir etwas. Sind Sie nicht das junge Fräulein, das mir von Frau Brausitz vom Vaterländischen Frauenverein so warm empfohlen wurde?«

Margot deutete ein Nicken an. Tränen schimmerten in ihren Augen.

»Heute Morgen stand sein Name auf der Liste«, sagte Luise rasch. »Ihr Vater ist gefallen. Sie wusste nicht...«

»Das ist keine Entschuldigung«, fiel Margot ihr ins Wort. »Der Herr Professor hat recht. Eine Hebamme hat in jeder Situation zuverlässig zu sein. Ich geh dann wohl besser. Es tut mir leid. Es war anscheinend doch nicht das Richtige für mich.« Sie wollte sich abwenden, doch Luise hielt sie am Arm zurück. Flehend sah sie den Professor an, dessen Blick milder wurde.

»Aber eine Hebamme ist auch nur ein Mensch«, sagte er.

»Unter diesen Umständen werde ich noch einmal ein Auge zudrücken. Ihr Vater ist im Kampf für unser Vaterland gefallen. Darauf können Sie stolz sein. Das dürfen Sie niemals vergessen. Und nun gehen Sie rasch ins Obergeschoss des Verwaltungsgebäudes. Dort finden gerade die Kleiderausgabe und die Zuteilung der Schlafräume statt. Auf eine gute Zusammenarbeit, die Damen. Und bitte beherzigen Sie es ab jetzt, pünktlich zu sein.« Er schenkte ihnen ein Lächeln. Luise und Margot nickten erleichtert. Der Professor verließ den Raum.

»Puh, das ist gerade noch einmal gutgegangen«, sagte Luise und stieß Margot in die Seite. »Komm. Lass uns schnell ins Verwaltungsgebäude laufen.«

Die beiden verließen das Entbindungshaus durch den Haupteingang und gingen zu dem danebenliegenden dreistöckigen Verwaltungsgebäude. Der Pförtner am Eingang nuschelte auf ihre Nachfrage hin etwas vom zweiten Obergeschoss und dem Raum Nummer zweiundsiebzig. Als sie dort eintrafen, schloss eine korpulente Frau mit braunem Haar, die ein graues Kleid mit einer weißen Schürze trug, gerade einen großen Wandschrank.

»Entschuldigen Sie bitte unsere Verspätung«, sagte Luise etwas außer Atem.

Die Frau sah sie verwundert an. »Noch welche. Wo kommt ihr zwei Hübschen denn so plötzlich her?« »Wir sind aufgehalten worden«, antwortete sie und setzte ein verbindliches Lächeln auf.

»Aufgehalten worden. Na, lasst das mal nicht eure Ausbilderin, die Marquard hören. Die zieht euch sonst beiden wegen so einer mickrigen Ausrede die Ohren lang.« Sie öffnete den Wandschrank wieder und holte jeweils ein weißes Kleid und zwei weiße Schürzen heraus, dazu eine passende Haube sowie Wäsche und legte die Sachen auf einen Tisch.

»Sollte etwas dreckig sein, gebt Bescheid. Allgemeiner Wechsel ist alle drei Tage. Mich findet ihr drüben im Wäschereigebäude. Mein Name ist Lene. Und jetzt seht zu, dass ihr fortkommt. Die Schlafräume sind gleich um die Ecke.« Sie wedelte mit den Armen.

Luise und Margot nahmen ihre Kleider und liefen eilig den Flur entlang. Die meisten der Betten waren bereits belegt, doch im hinteren Zimmer, es war etwas kleiner und lag direkt neben dem Hebammenzimmer, waren noch zwei von vier Betten frei. Erleichtert grinsten sie sich an; so wie es aussah, würden sie Zimmernachbarinnen sein.

Der weißgetünchte Raum war karg eingerichtet, trotzdem wirkte er heimelig. Neben den vier Betten, die mit rot-weiß karierter Wäsche bezogen waren, gab es zwei schmale Kleiderschränke. Ein Tisch mit vier Stühlen stand unter einem der beiden Fenster.

Als sie eintraten, blickte Edith auf. Sie war gerade damit beschäftigt, ihre neu erhaltene Kleidung durchzusehen. »Da bist du ja wieder«, begrüßte sie Luise. »Deinen Koffer habe ich dahinten in die Ecke gestellt.« Dann sah sie zu Margot. »Und wer bist du?«

Schüchtern nannte Margot ihren Namen. Luise konnte sie gut verstehen. Edith wirkte so elegant, dagegen fühlte sie sich wie ein

Bauerntrampel. Jedoch war sie nett, und ihr Blick auf Margot hatte nicht abfällig gewirkt, was erneut für sie sprach.

»Welches Bett möchtest du haben?«, fragte Luise Margot. »Vielleicht das am Fenster. Da hast du mehr Licht.«

Margot nickte schüchtern und legte ihren Koffer und die eben erhaltenen Kleidungsstücke darauf.

»Und wo hast du nun gesteckt?«, fragte Edith und knöpfte ihr Kleid auf.

Luise sah zu Margot, die begann, ihre Bluse zu öffnen. Bevor sie etwas sagen konnte, ergriff Margot das Wort. »Sie hat mich davon überzeugt, doch mit der Ausbildung zu beginnen. Ich dachte, ich wollte...« In ihre Augen traten erneut Tränen.

»Ihr Vater ist gefallen«, sagte Luise leise. »Sie hat es heute erfahren.«

»Wie schrecklich«, sagte Edith betroffen, dann drehte sie sich um und nahm Margot fest in den Arm.

Nach einer Weile löste sich Margot aus der Umarmung. »Meine Mutter hat nur kurz geweint. Dann hat sie sich die Tränen von den Wangen gewischt, ist aufgestanden und in die Fabrik gegangen. ›Muss ja weitergehen‹, hat sie gesagt. Und das tut es jetzt. Es geht weiter.« Ihre Stimme bekam etwas Trotziges.

Edith nickte. »Ja, das tut es immer irgendwie. Mein Schwager ist an der Westfront bei Verdun. Es ist schrecklich für meine Schwester. Seit sie ein Kind war, hat sie von einer großen Hochzeit geträumt. Eine feierliche Trauung und im Anschluss ein Gartenfest, auf dem sie bis in die Nacht hinein tanzen wollte. Doch es wurde nur eine Blitzheirat auf dem Standesamt im kleinen Kreis kurz nach der Kriegserklärung. Jeden Tag treibt sie jetzt die Sorge um, ob er überhaupt zurückkehren wird.«

»Meine Großmutter sagt immer, Krieg habe noch nie was Gutes gebracht«, sagte Luise leise.

»Womit sie recht hat«, antwortete Edith. »Aber Jammern macht es nicht besser. Also lasst uns anpacken, ihr Lieben. Jetzt wollen wir erst einmal die neuen Kleider anprobieren. Was meint ihr?«

Margot und Luise stimmten zu. Die drei schlüpften aus ihren Sachen und zogen zum ersten Mal ihre Schwesterntracht an. Die Kleider passten ihnen, als wären sie für sie genäht worden. Edith band Margot die Schürze und setzte ihr die weiße Haube auf. Margot betrachtete sich im Spiegel. »Was solch eine Tracht doch ausmacht«, sagte sie. »Ich erkenne mich selbst kaum wieder.«

»Es macht es so offiziell«, sagte Luise hinter ihr.

»Ja, das stimmt«, antwortete Edith. Sie stand hinter Margot und strich über ihre Schürze. »Jetzt wird es also endlich Wirklichkeit. Ich habe schon so lange davon geträumt, Hebamme zu werden. Als ich dann von der Schule gelesen habe, wusste ich sofort: Das ist es!«

»Wie bist du darauf gekommen? Ist doch eigentlich ungewöhnlich für eine Frau aus deinen Kreisen, oder?«, fragte Margot.

Edith schwieg einen Moment.

»Ich … ich habe nie jemandem erzählt, weshalb ich unbedingt Hebamme werden möchte. Es ist jetzt bald zwei Jahre her, da habe ich eine Geburt miterlebt. Es war bei uns im Kaufhaus. Also in einem der Hinterzimmer. Dorthin ist die werdende Mutter rasch gebracht worden, nachdem ihr in der Galanteriewarenabteilung die Fruchtblase geplatzt ist. Ich bin bei ihr geblieben und habe sie getröstet und mich um sie gekümmert. Ihr Name war Helene, sie ist Stammkundin bei uns im Haus. Es war ihr erstes Kind, und sie hatte Angst. So große Angst, dass sie mich anflehte, bei ihr zu bleiben, auch als die Hebamme da war. Ich war völlig überfordert von ihrem Wunsch, konnte ihn ihr aber nicht abschlagen. Und dann … Es war das Ergreifendste, was ich je erlebt habe, wirklich der schönste Moment meines Lebens. Dieses Wunder, wenn plötzlich ein neuer Mensch auf die Welt kommt, das erste Mal atmet, das erste Mal die Augen öffnet. Das ganze Leben liegt noch vor ihm. Und dann das unglaubliche Glück in den Augen der Mutter zu sehen, die es gar nicht fassen kann … Alles andere kam mir plötzlich nebensächlich vor. Ich wollte nur noch eines: Es wieder und wieder erleben und Frauen dazu verhelfen, dass sie ihr Kind mit genau dieser Liebe anschauen und auf der Welt begrüßen können, wie ich es bei Helene erlebt habe.«

Für einen Moment herrschte Stille im Raum. Ediths Beschreibung hatte sie alle ergriffen.

»Ich hab meine Oma irgendwann einmal gefragt, ob es jemals alltäglich wird, Kinder auf die Welt zu holen«, sagte Luise irgendwann. »Sie hat den Kopf geschüttelt und geantwortet: ›Das Leben selbst ist das Wunder, und wenn es beginnt, ist es am allerschönsten. Und es ist jedes Mal eine Ehre, ihm dabei behilflich zu sein‹.«

»Dann wollen wir das tun«, sagte Edith und rückte Margots Haube zurecht. »Aber jetzt lass uns zu Abend essen. Denn ich bin kurz vorm Verhungern, und hungrig kann ich nicht denken.«

Alle drei lachten, besonders laut Margot. Luise gefielen ihre strahlenden Augen. Es war gut, dass sie ihr gefolgt war und sie zurückgeholt hatte.

3

Luise betrat hinter Edith und Margot den Hörsaal der Lehranstalt, der sie durch seine Größe beeindruckte. Der Raum war wie ein Amphitheater angelegt, seine Sitzreihen reichten bis in den Dachraum hinein. Ein großes Bogenfenster sorgte für ausreichend Licht, und die Decke war mit Stuck verziert. Auguste Marquard, die Oberhebamme, erwartete sie bereits. Luise betrachtete sie genauer, während sie neben Edith in einer der oberen Reihen Platz nahm. Sie hatte schwarzes Haar, das unter einer Haube verschwand, und trug ebenfalls ein weißes Kleid und eine Schürze darüber. Luise schätzte sie auf Mitte fünfzig. Ihre Miene war ausdruckslos, sie wirkte kühl und unnahbar.

»Sie ist bestimmt ein Besen«, raunte Edith ihr ins Ohr. »Ich hatte früher ein Kindermädchen, das ihr ähnelt. Mit ihr sollten wir uns lieber von Anfang an gut stellen.« Sie machte eine kurze Pause und fügte hinzu: »Wenn das überhaupt möglich ist.«

Nachdem alle Schülerinnen Platz genommen hatten, begann Schwester Auguste mit ihren Ausführungen. Sie berichtete von der allgemeinen Hierarchie im Haus und erläuterte, was mit Patienten erster, zweiter und dritter Klasse gemeint war und was es mit den Hausschwangeren auf sich hatte.

»Neben der medizinischen und pädagogischen Arbeit sehen wir als Klinik unsere sozialfürsorglichen Pflichten als äußerst wichtig an. In unserem Haus stehen rund einhundertsechzig Betten für schwangere Frauen und Mädchen zur Verfügung, die unentgeltlich etwa sechs Wochen vor der Niederkunft aufgenommen werden. Meist sind dies Frauen, die unehelich schwanger geworden, verwitwet oder anderweitig in Not geraten sind. Die Hausschwangeren leisten, selbstverständlich unter ärztlicher Aufsicht und je nach Vorkenntnissen, leichte Hausarbeit, Garten- oder Büroarbeiten. Nach der Entbindung kümmert sich die Fürsorge um die Frauen. Sie bemüht sich darum, dass sie entweder in ihre Heimat und an ihre frühere Dienststelle zurückkehren können, oder bringt sie mit ihren Kindern in Säuglingsheimen unter. Wenn möglich, werden für die Frauen auch neue Anstellungen besorgt. Regelmäßig ist deshalb die Fürsorge im Haus, die sich um die Frauen und ihre Anliegen kümmert. Ich möchte Sie alle bitten, die Damen mit besten Kräften bei ihrer Arbeit zu unterstützen. Während Ihrer Ausbildung werden Sie die Hebammen auch bei ihren Hausrunden in der Stadt begleiten. Zumeist geht es um Vorsorge, aber auch um die Nachsorge für das Kind. Nicht jede Frau geht zu den Fürsorgestellen, und es ist uns wichtig, trotzdem für das Wohl des Kindes zu sorgen.«

Luise berührten die Worten von Frau Marquard. Wie anders wurde auf dem Land mit Frauen umgegangen, die ungewollt schwanger geworden waren. In den meisten Fällen wurden sie von der Gesellschaft ausgegrenzt und als liederlich bezeichnet. Dabei wurde nicht danach gefragt, wie es zu der Schwangerschaft gekommen war, ob nicht gar eine der Frauen missbraucht worden war. Nicht wenige hatten nach Feststellung der Schwangerschaft in ihrer Verzweiflung mit allen Mitteln versucht, sie zu beenden, und immer wieder hatte eine junge Frau dies mit ihrem Leben bezahlt. Luise war froh, zu sehen, dass in der Stadt mit solchen Themen anscheinend fortschrittlicher umgegangen wurde und die Frauen Unterstützung bekamen.

Nachdem Frau Marquard noch einige weitere organisatorische Dinge erläutert hatte, brachen sie alle zu einer Führung über das Gelände auf.

Dicht am Eingang war eine Poliklinik untergebracht, die sie als Erstes besichtigten. Hier gab es auch ein Sprechzimmer für die Säuglingsfürsorge, das gut besucht war. Mütter saßen mit ihren Säuglingen auf dem Arm im Warteraum, Kleinkinder krabbelten oder liefen über den Fußboden, und es herrschte eine recht ordentliche Lautstärke. Zwei Fürsorgeschwestern, eine Hebamme und ein Arzt kümmerten sich um die Patienten.

Dann ging es weiter in den westlichen Flügel, wo die Aufnahmeräume und die Schlafräume für vierzig Hausschwangere waren. Luise sah nur kurz in den spartanisch eingerichteten Schlafsaal mit den weißen Gitterbetten. Sonnenlicht fiel auf den blauen Linoleumboden.

Im nördlichen Flügel lagen die Wohnungen für die Oberhebamme und die Aufnahmeschwestern. Zusätzlich befanden sich hier die Speisesäle für Hausschwangere, Hebammen, Schwestern und Schülerinnen im Anschluss an die Küche, die durch einen Aufzug mit dem Tiefkeller verbunden war, in dem sich die Milchsterilisations- und Kühlräume befanden. Dann ging es zurück in den Speisesaal. Er war hellgelb gestrichen, und Bilder mit Landschaftsaufnahmen hingen an den Wänden. Tische und Stühle standen in kleinen Gruppen, und Sonnenlicht fiel durch die großen Fenster.

»Alles sehr hübsch hier, oder? Und so modern!«, sagte Edith zu Luise, die die ganze Zeit neben ihr gelaufen war. Luise nickte. Die vielen Räume und Eindrücke begannen sie zu überfordern.

Es ging weiter über das Gelände. Verwaltungsräume gab es im westlichen Flügel, dazu die Wohnung für den Betriebsinspektor und eine Bücherei. Hier lagen auch die Wohnungen für unverheiratete Ärzte. Es war ihnen strikt untersagt, sich mit ihnen in irgendeiner Form einzulassen. Liebesbeziehungen zwischen Mitarbeitern wurden unter keinen Umständen geduldet und hatten die sofortige Entlassung zur Folge.

Weiter ging es ins Entbindungshaus, das das größte Gebäude der Anlage war und ihren Mittelpunkt bildete. Das Haus war so gelegen, dass sämtliche mit Wöchnerinnen, Kranken und Säuglingen belegten Räume nach Süden ausgerichtet waren. Operations- und Entbindungssäle waren in dem sich nach Norden erstreckenden Teil untergebracht. Sie besichtigten das Säuglingsbad, die Operationssäle und die Wöchnerinnenzimmer, in denen bereits so kurz nach Eröffnung mehrere Betten belegt waren. In sämtlichen Geschossen befanden sich Teeküchen und Wärmeschränke. Was Luise aber am meisten faszinierte, war ein durchgehender Aufzug, der so geräumig war, dass sogar Patienten in ihren Betten darin befördert werden konnten.

Zum Abschluss wurde das Wäschereigebäude besichtigt, in dem sich im Erdgeschoss die Wäscherei und oben die Trockenräume befanden. Luise staunte, wie viele Frauen hier arbeiteten. In dem Gebäude waren außerdem noch Flick- und Plätträume und Wohnungen für weitere Angestellte wie den Maschinenmeister, die Heizer sowie den Hausgärtner, der sich im Moment um den Anbau von Kartoffeln und Kohl im weitläufigen Anstaltsgarten kümmerte. Diese Schule war wie eine eigene Welt, fand Luise. Und sie war ein Teil davon! Luise schwirrte ob der Größe der Gebäude der Kopf. Allein der Verwaltungsbau wies unendlich viele unterschiedliche Räumlichkeiten auf, von dem großen Entbindungsgebäude ganz zu schweigen. Wie sollte sie sich hier nur je zurechtfinden?

Im Anschluss an die Führung blieben sie vor dem Direktorenhaus stehen, in dem der Herr Professor mit seiner Familie wohnte.

Auguste Marquard verkündete, dass es Zeit zum Mittagessen sei, danach finde die erste Vorlesung mit dem Herrn Professor im Hörsaal statt.

»Ist schon was anderes als bei euch auf dem Land«, sagte Edith zu Luise, während sie zurück zum Speisesaal gingen.

»Also mir gefällt es«, sagte Margot. »Es ist alles so neu, sauber und ordentlich. Wir werden uns gewiss schnell zurechtfinden.«

Sie betraten den Speisesaal, nahmen sich von der Kartoffelsuppe, die es heute gab, und setzten sich zu einer Gruppe anderer Schülerinnen.

Eine von ihnen, sie war rothaarig und hatte viele Sommersprossen auf der Nase, musterte Margot abfällig. »Da sieh mal einer an, die Margot. Hätte nicht gedacht, dass deine Familie das Geld für die Schule aufbringen kann. Arbeitet deine Mutter nicht in der Munitionsfabrik? Das muss sie nur deshalb, weil dein Vater so ein armer Schlucker ist und es nur zum Heizer gebracht hat. Wohnt ihr noch in dem Kellerloch im vierten Hinterhof in der Knesebeckstraße?«

Margot wurde blass. Sie hatte Gerda, die Tochter des Stadtrats Adolf Hartwig und eine der größten Ziegen von Neukölln, vorhin gar nicht bemerkt. Was machte die denn hier?

Empört blickte Edith die Rothaarige an. »Und wer bist du, wenn ich fragen darf?«

Gerda zog die Augenbrauen hoch. »Und wer will das wissen?«

»Ich heiße Edith und komme aus Potsdam.«

»Eine Auswärtige also. Mein Name ist Gerda, und mein Vater ist Stadtrat in Neukölln.«

»Wie nett. Die Tochter eines Politikers und dann auch noch ein Stadtrat«, erwiderte Edith mit einem zuckersüßen Lächeln. »Und sein Töchterchen macht eine Ausbildung zur Hebamme. Fand sich kein Kerl zum Heiraten?«

Das hatte gesessen, beinahe wäre Gerda der Löffel aus der Hand gefallen. »Was bildest du dir …?«, setzte sie an, doch weiter kam sie nicht, denn eine junge Krankenschwester trat an den Tisch und bat Edith nach draußen. Ihre Mutter warte im Büro des Herrn Professor auf sie.

Edith wurde bleich, erhob sich und folgte der Frau aus dem Raum. Verdutzt sahen die anderen ihr nach.

»Die hat bestimmt etwas ausgefressen«, sagte Gerda gehässig.

»Halt die Klappe«, fuhr Margot sie an und wunderte sich über ihre eigene Courage. Ediths Einschreiten eben hatte sie mutiger werden lassen. Jahrelang hatte sie vor wohlhabenderen Mädchen wie Gerda gekuscht, die wie Königinnen über die Straßen Neuköllns gelaufen waren, nur weil sie in einem der feineren Stadthäuser wohnten und sich teure Kleidung kaufen konnten. Doch nun waren die Karten neu gemischt. Als Schülerinnen der Hebammenschule standen sie alle auf einer Stufe. Ab jetzt würde sie sich so etwas nicht mehr gefallen lassen.

Dorothea Stern erhob sich, als Edith das Büro von Professor Hammerschlag betrat. Sie sah aus, als hätte sie geweint, und begann ohne ein Grußwort sofort auf ihre Tochter einzureden. »Wie konntest du uns das antun, Edith? Dein Vater ist außer sich. Du kannst dich auf etwas gefasst machen, junges Fräulein, das sage ich dir.«

»Nun setzen Sie sich erst einmal«, sagte Professor Hammerschlag, den die Situation zu überfordern schien.

Edith nahm Platz, und ihre Mutter begann zu heulen. Sie schluchzte theatralisch und holte ein Taschentuch aus ihrer Tasche. Oh, wie sehr Edith dieses Gehabe verabscheute. Ihre Mutter war zu einem wehleidigen Irgendwas an der Seite ihres herrischen Vaters verkommen, der seine Vorstellungen des perfekten Lebens seiner Familie mit allen Mitteln durchsetzen wollte. Nur leider lief nicht immer alles nach Plan, und sie waren keine Schaufensterpuppen seines Kaufhauses, mit denen er tun und lassen konnte, was er wollte.

Ihr älterer Bruder Tom war schon vor Jahren nach Amerika ausgewandert, wo er mittlerweile bei einer Zeitung in Boston arbeitete. Sie schrieben einander regelmäßig, und er unterstützte sie in ihrem Vorhaben. Das Geld für die Ausbildung an der Hebammenschule hatte er ihr gegeben. Doch sie wünschte, ihre Mutter hätte es getan. Sie wünschte, die Worte, die sie so scheinbar arglos bei ihrem ersten Aufeinandertreffen zu Luise gesagt hatte, wären wahr gewesen. Doch sie hatte gelogen. Ihre Mutter hätte sie niemals unterstützt. Ihr hatte sie von der Ausbildung nicht einmal erzählt, denn ihre Antwort kannte sie bereits. Eine Stern ging nicht in die Lehre. Eine Stern hatte gefälligst einen gutsituierten Mann zu heiraten, am besten einen Juden, der irgendwann ins Familiengeschäft einsteigen würde. Deswegen hatte sich Edith gestern in den frühen Morgenstunden aus dem Haus geschlichen und nur eine kurze Nachricht hinterlassen, in der stand, dass sie ihre eigenen Wege gehen wolle und es ihr gut gehe. Vermutlich war es ihre Freundin Karin gewesen, die ihrer Mutter gesagt hatte, wo sie sie finden würde.

»Sie möchten also, dass Ihre Tochter die Ausbildung an unserer Schule nicht beginnt. Sehe ich das richtig?«, fragte Professor Hammerschlag.

»Ja, das sehen Sie richtig«, antwortete Dorothea Stern. »Sie hat die Ausbildung ohne unser Wissen angetreten. Es tut mir wirklich sehr leid, dass Sie wegen dieser Angelegenheit solche Umstände haben. Edith und ich werden Sie nicht mehr länger behelligen. Sie wird rasch ihre Sachen zusammenpacken und mit mir kommen.«

Der Blick des Professors wanderte zu Edith.

»Gar nichts werde ich«, sagte sie fest. »Ich bin volljährig und kann meine eigenen Entscheidungen treffen. Ich werde hierbleiben und die Ausbildung zur Hebamme antreten, ob es euch gefällt oder nicht. Und du kannst Papa gern ausrichten, dass mir sein ganzes Geld egal ist.« Edith spürte die aufsteigenden Tränen, während sie die Worte aussprach. Das ständige Rebellieren kostete Kraft. Wieso nur konnten ihre Eltern sie nicht akzeptieren, wie sie war?

»Aber du bist doch erst vor zwei Wochen einundzwanzig geworden«, sagte ihre Mutter. »Du bist also quasi noch ein halbes Kind, und die Familie hat...«

»Wenn ich Ihnen widersprechen darf, Frau Stern«, mischte sich der Professor ein, »es hat keine Bedeutung, wann Ihre Tochter die Volljährigkeit erreicht hat. Sie ist einundzwanzig und kann ihre Entscheidungen eigenständig treffen. Sie können sie nicht daran hindern, die Ausbildung in unserem Haus anzutreten, was, soweit ich sehe, Fräulein Stern gern tun würde.«

»Sie fallen mir also in den Rücken«, antwortete Dorothea kalt und erhob sich. »Das hätte ich von einem Mann wie Ihnen nicht erwartet. Das wird ein Nachspiel haben. Ich rede mit deinem Vater, Edith«, sagte sie zu ihrer Tochter. »Das letzte Wort ist in dieser Angelegenheit noch lange nicht gesprochen.«

Edith zuckte zusammen, als die Tür hinter ihr ins Schloss fiel. Einen Moment herrschte Schweigen, dann setzte sie zu einer Entschuldigung an.

Doch der Professor unterbrach sie, indem er die Hand hob. Edith verstummte. »Es ist Ihre Entscheidung«, sagte er. »Und ich ziehe den Hut vor Ihrer Courage. Es ist nicht leicht, gegen den Willen seiner Eltern zu handeln. Sagen Sie mir, weshalb wollen Sie unbedingt Hebamme werden? Sollte es nur aus dem Grund der Rebellion sein, rate ich dringend davon ab. Der Beruf der Hebamme bedeutet so vieles, besonders Hingebung und Aufopferung. Er sollte nicht aus einer Laune heraus erlernt werden.«

»Das werde ich auch nicht«, antwortete Edith. »Meine Mutter weiß so einiges nicht. Ich habe eine Weile ehrenamtlich in einer Fürsorgestelle in Potsdam gearbeitet, wo auch werdende Mütter betreut wurden. Es hat mir große Freude gemacht und mich mit Glück erfüllt. In unserem Kaufhaus durfte ich zufällig bei der Geburt eines Kindes dabei sein. Das war ein ergreifender Moment für mich. Da wusste ich, dass ich Hebamme werden möchte. Ich will nicht die Frau von jemandem sein, sondern meinen eigenen Weg gehen. Und ich denke, dieser hier ist der richtige. Verstehen Sie das?«

»Nur zu gut«, antwortete der Professor mit einem Lächeln und erhob sich. »Dann wollen wir zu unser beider Wohl hoffen, dass dies der letzte Auftritt Ihrer Frau Mama war. Aber ich befürchte, sie wird wiederkommen.«

»Das denke ich auch«, antwortete Edith und seufzte.

»Wir werden das Kind schon schaukeln«, antwortete er. »Sie sind jetzt Teil meiner Lehranstalt, und gemeinsam wird sich ein Weg finden, wie wir uns diesem Problem stellen. Und jetzt«, er sah auf seine Armbanduhr, »müssen wir uns sputen, denn mein erster Vortrag im Hörsaal beginnt in wenigen Minuten, und wir wollen doch beide pünktlich sein, nicht wahr?«

»Ja, das wollen wir«, antwortete Edith und lächelte ihn an. Es tat so gut, endlich einmal nicht das Gefühl zu haben, allein zu sein.

Auf dem Flur trafen sie auf Luise und Margot, die voller Sorge um sie gewartet hatten. Die beiden begannen Edith sofort mit Fragen zu löchern. Während Edith ihnen zögerlich ihre Situation schilderte, wurde Luise bewusst, dass sie alle, jede auf ihre Art, ihr Päckchen zu tragen hatten. Das Bild der perfekten Blondine hatte Risse bekommen und war nun noch schöner als zuvor. Es schien, als hätten sie einander gefunden.

4

NEUKÖLLN, AUGUST 1917

Margot saß im Entbindungssaal neben einer Frau, die ihr neugeborenes Mädchen in den Armen hielt und laut schluchzte. Margot fand keine Worte mehr, die Gerlinde Martin beruhigen konnten. Hilfesuchend sah sie sich nach der diensthabenden Hebamme, einer Frau Ende vierzig mit krausem, blondem Haar um. Ihr Name war Frieda, und sie kam aus Prenzlauer Berg. Diese hatte jedoch alle Hände voll zu tun, denn bei zwei Frauen schien die Geburt kurz bevorzustehen. Eine zweite Hebammenschülerin, ein verschüchtert wirkendes, schwarzhaariges Ding aus irgendeinem Nest in Brandenburg, Margot konnte sich ihren Namen nicht merken, betreute eine von ihnen. Sie massierte der Frau den Rücken und sprach ihr immer wieder Mut zu.

Der Ausbildungsalltag war rasch eingekehrt. Der Dienst begann morgens um sechs und endete um acht Uhr abends. Jede Schülerin hatte einen festen Stundenplan erhalten, nach dem es sich zu richten galt. In jeder Abteilung blieben sie in der Regel zwei Monate, wobei alle vierzehn Tage gewechselt wurde. So durchliefen sie die Stationen. Wochenstation, Entbindungssaal, gynäkologische Abteilung und Poliklinik. Zusätzlich würden sie im benachbarten Säuglingsheim sechs Wochen Dienst tun und in der Fürsorge arbeiten. Hin und wieder hatten sie auch Nachtdienst. Den nächsten Tag durften sie sich freinehmen und mussten lediglich zu den Vorlesungen von Professor Hammerschlag erscheinen. »Babys kennen keinen Zeitplan«, wurde die Marquard nicht müde zu sagen.

Heute war ein besonders warmer Tag, und im Raum stand die Luft. Margot wischte sich mit einem Tuch den Schweiß von der

Stirn und überlegte, wie sie die Frau vor sich noch trösten könnte. Sie war Mitte vierzig und damit eine der Spätgebärenden. Das Kind war während des letzten Heimaturlaubs ihres Gatten gezeugt worden; drei Wochen nach seiner Rückkehr an die Ostfront war er tot. Bereits fünf Kinder hatte Frau Martin großgezogen. Der Älteste, sein Name war Joachim, war vor zwei Wochen achtzehn geworden und unterstützte sie, wo er nur konnte. Er hatte Arbeit in einer Fabrik gefunden, hatte sie voller Stolz erzählt. Und er besorgte auf dem Schwarzmarkt immer ein Stückchen Butter. Was sie ja nicht zu laut sagen dürfe, denn ihre Nachbarin, die alte Lehmann, war recht neidend. Aber gerade ihre Jüngste, die kleine Johanna, sei doch immer so schwächlich. Da sei es wichtig, dass sie genug Fett bekam. Und jetzt war das eingetreten, wovor sich die Frau die letzten Wochen am allermeisten gefürchtet hatte: Ihr Joachim war an die Front beordert worden. Wie sollte es ohne ihn weitergehen? Sie selbst konnte nicht in die Fabrik gehen, denn wer sollte auf den Säugling aufpassen? Und von dem bisschen Witwenrente konnten sie nicht leben.

Margot kannte solche Geschichten zur Genüge. Sie geisterten durch die Straßen Neuköllns und waren genauso alltäglich geworden wie der Anblick der Kriegsversehrten oder das stundenlange Anstehen vor irgendwelchen Lebensmittelgeschäften. Die Frau strich ihrer neugeborenen Tochter über die Wange, ihre Tränen tropften auf das Tuch, in das die Kleine gewickelt war. Was für eine Zukunft würde dieses Kind erwarten? Sie dachte an die winzige Kellerwohnung, in der ihre Mutter und ihre Geschwister hausten. Vermutlich würde das kleine Mädchen mit dem blonden Flaum auf dem Kopf ein ähnlich ärmliches Leben fristen, falls es die ersten Jahre überstand. Die Kindersterblichkeitsrate war hoch, und durch den allgegenwärtigen Mangel wurde es jeden Tag schlimmer. Margot graute es davor, an den nächsten Winter zu denken.

»Margot, kommst du bitte mal?«, riss Frieda sie aus ihren Gedanken.

Margot erhob sich und trat neben die Hebamme, die ein ernstes Gesicht machte, was ungewöhnlich war, denn normalerweise hatte Frieda stets ein Lächeln auf den Lippen und schaffte es mit ihrem fröhlichen Wesen, die Frauen von den Geburtsschmerzen abzulenken.

»Es stimmt etwas mit Frau Landmann nicht. Das Kind will nicht rauskommen, und ich höre kaum noch die Herztöne. Geh und hol einen der Ärzte. Sie haben gerade Besprechung im Arztzimmer. Wir müssen einen Kaiserschnitt machen, sonst verlieren wir das Kind.«

Rasch lief Margot aus dem Raum und den Flur hinunter. Im Arztzimmer, dessen Tür sie nach kurzem Anklopfen öffnete, sahen vier Männer sie verwundert an. »Frieda schickt mich. Die Herztöne des Babys von Frau Landmann sind kaum noch hörbar«, sagte Margot.

Sofort sprangen zwei der Männer auf und eilten in den Entbindungssaal. Margot folgte ihnen. Frieda erklärte die Situation.

Dr. Erich Olsewitz begann sofort den Bauch der Patientin abzutasten, suchte ebenfalls mit dem Hörrohr nach dem Herzschlag des Kindes und nickte. »Nur noch schwach. Wir müssen uns beeilen. Sie muss sofort in einen der Operationssäle. Schwester, schnell.«

Frieda seufzte hörbar, nachdem sich die schwere Flügeltür hinter dem Bett von Frau Landmann geschlossen hatte.

»Hoffentlich schaffen sie es, das kleine Würmchen zu retten. Die arme Frau Landmann hat bereits drei Totgeburten hinter sich. Es ist ihr zu wünschen, dass sie dieses Kind lebend im Arm halten und aufwachsen sehen kann.« Zum ersten Mal, seit Margot Frieda kannte, schwang so etwas wie Wehmut in ihrer Stimme mit. »Seinen Vater wird das Kindchen nicht mehr kennenlernen. Er ist in Verdun gefallen. Es ist schrecklich. Ich kann gar nicht mehr zählen, wie viele Waisen ich in den letzten drei Jahren auf die Welt geholt habe. Was soll aus diesen Kindern nur werden? Mein Bruder hat von Anfang an gesagt, dass dieser Krieg der reinste Wahnsinn ist. Er ist Sozialdemokrat und saß für seine Überzeugungen sogar eine Weile im Gefängnis ein. Jetzt schickt er seinem Sohn Geschenke an die Front. Lebensmittel, Kleidung, Zigaretten. Der Bub ist im Osten, da ist es im Winter schrecklich kalt. Ich hab ihm einen Schal und Handschuhe gestrickt. Ich bete jeden Tag dafür, dass er heil wieder nach Hause kommt.« In ihre Augen traten Tränen, die sie hektisch fortwischte. »Es tut mir leid. Ich wollte nicht ... «

»Ist schon gut«, beruhigte Margot sie. »Viele von uns sprechen inzwischen ihre Sehnsucht nach Frieden offen aus. Vor mir hast du nichts zu befürchten. Wie du weißt, ist mein Vater gefallen. Mama trifft sein Verlust hart und das nicht nur der Existenz wegen. Sie hat ihn so sehr geliebt.«

Frieda nickte und antwortete nach einem kurzen Moment des Schweigens: »Komm. Lass uns zurückgehen und weitermachen. Sonst muss Christine das Kindchen von Frau Groslechner noch allein auf die Welt holen, und ich befürchte, damit wäre sie überfordert.«

Richtig, Christine hieß ihre dunkelhaarige Kommilitonin aus Brandenburg. Es würde noch eine ganze Weile dauern, bis sie die vielen Namen würde behalten können.

Als sie den Entbindungssaal wieder betraten, staunten sie nicht schlecht. Luise stand neben Christine, die gerade Frau Groslechner mit einem Lächeln ihren Sohn in die Arme legte. Frieda trat näher und klopfte sowohl Luise als auch Christine auf die Schultern. »Da bringt man mal flott eine Patientin in den Operationssaal und dann so etwas. Das habt ihr beiden großartig gemacht«, lobte sie.

»Es ging plötzlich so schnell, und Sie waren nicht da, und dann kam Luise, und sie weiß doch schon so viel. Da hat sie mir geholfen«, redete Christine wie ein Wasserfall drauflos.

»Schon gut«, sagte Frieda. »Heute ist es ein wenig chaotisch, weil Käthe und Berta erkrankt sind und im anderen Entbindungssaal die Hölle los ist. Und jetzt auch noch der Notfall mit Frau Landmann. Ich denke, wir haben uns einen Tee verdient. Möchten Sie auch einen Becher?«, fragte sie Frau Groslechner. Die Patientin nickte.

»Na fein«, sagte Frieda. Sie hatte ihre gute Laune wiedergefunden. »Dann kümmere ich mich jetzt mit Margot um die Nachgeburt, und Christine reinigt das Bett. Luise, geh du Tee kochen.« Sie klatschte in die Hände.

Alle drei nickten, und Luise machte sich auf den Weg in die Küche, wo sie auf einen der unverheirateten Ärzte traf. Günter Berger war blond, und seine Oberlippe zierte ein schmaler Schnauzbart. Seine blauen Augen verschwanden hinter einer Brille, die jedoch sein gutes Aussehen nicht schmälerte. Luise war ihm erstmals bei einem Vortrag begegnet. Er hatte eine Gruppe Schülerinnen angeleitet, wie man eine Schwangere untersuchen sollte. Dabei war er sehr feinfühlig mit seinem Vorführobjekt, einer der Hausschwangeren, umgegangen, was ihr gefallen hatte. Er war ihr sympathisch, und sie fand ihn attraktiv. Das taten die meisten Hebammenschülerinnen. Jedes Mal, wenn er irgendwo auftauchte, verstummten die Gespräche, er wurde freundlich gegrüßt, und die Blicke vieler Damen bekamen etwas Schmachtendes. Gewiss würde es bald die ersten Techtelmechtel im Haus geben. Luise konnte da nur verständnislos den Kopf schütteln. Nie würde sie ihre Ausbildung für so etwas riskieren.

Günter Berger grüßte sie freundlich zurück und fragte dann: »Sind Sie nicht Luise Mertens? Neulich erst hat der Herr Professor Sie lobend erwähnt. Sie scheinen mit Abstand die erfahrenste aller Schülerinnen zu sein. Er meinte sogar scherzhaft, dass sie bereits unterrichten könnten. Darf ich fragen, wie dieser Umstand zustande gekommen ist?«

Luise spürte, wie sie rot wurde. Sie berichtete dem Arzt in knappen Worten, wie sie aufgewachsen war.

»Dann sind Sie also sozusagen in den Beruf hineingewachsen«, sagte er mit einem Lächeln, das Luise dahinschmelzen ließ. »Solche Menschen wie Sie braucht das Reich. Aber sagen Sie, weshalb machen Sie dann noch die Ausbildung an unserer Schule?«

»Weil ich nicht einfach so als Hebamme arbeiten darf. Jedenfalls sagt das meine Oma. Ich brauche ein Hebammenprüfungszeugnis und später auch die Genehmigung eines Bezirksamtes, damit ich in der Region als Hebamme tätig sein kann. Meine Oma besitzt natürlich die erforderlichen Dokumente, aber sie können nicht vererbt werden.«

»Dokumente nicht, aber das Wissen«, antwortete Günter Berger und nahm seinen Kaffeebecher in die Hand. »Und das ist mehr wert als jedes Prüfungszeugnis. ›Papier ist geduldig‹, sagte mein Großvater immer.« Er zwinkerte Luise zu und verließ mit einem Abschiedsgruß auf den Lippen den Raum. Für einen Moment lächelte sie selig, dann schalt sie sich. *Schluss jetzt. Du bist nicht der Männer wegen nach Neukölln gekommen, und einen Ehemann suchst du schon gar nicht.*

Ende nächsten Jahres würde sie wieder in Ostpreußen sein, ihrer Oma stolz ihr Zeugnis zeigen und beim dortigen Bezirksamt die nötigen Anträge stellen. Und bis dahin galt es, sich an die Regeln zu halten.

Als sie wenig später zurück in den Entbindungssaal kam, wurde von einer Schwester gerade eine neue Patientin gebracht. Die braunhaarige Frau um die vierzig stöhnte bereits heftig und setzte sich schwerfällig auf eines der Betten.

»Ist noch gar nicht an der Zeit«, sagte sie zu Margot, die sogleich näher herangetreten war, um sich um sie zu kümmern. »Sollte erst in drei Wochen kommen. Aber nun ist die Fruchtblase geplatzt. So eine Sauerei. Den Kneipenboden muss jetzt das Julchen aufwischen. Mich hat gleich die Mallmann hergeschleppt. Die ist ja eigentlich 'ne rechte Schlampe, tanzt angeblich in einer Revue. Aber jetzt war ich dankbar, dass sie zufällig da gewesen ist. Hat schon bös gezwickt im Bauch auf dem Weg hierher, und in der Straßenbahn rumpelt das so heftig.«

Frieda kannte die Dame bereits von der Schwangerschaftsfürsorge. »Frau Kranewitz, was machen Sie denn schon hier? Da scheint es jemand mächtig eilig zu haben.« Sie half der Schwangeren dabei, die Schuhe auszuziehen.

»Der Bub will seinen Vater kennenlernen«, sagte Frau Kranewitz und begann erneut zu stöhnen. Sie legte die Hand auf ihren Rücken und verzog das Gesicht. »Der kommt nämlich morgen auf Heimaturlaub. Drei Wochen bleibt er da. Na, der wird Augen machen.«

»Heimaturlaub, wie schön. Na, das sind doch mal gute Neuigkeiten«, antwortete Frieda, während sie der Kneipenwirtin aus dem Kleid half. »Dann müssen wir uns beeilen und das Kindchen schnell auf die Welt holen. Ob es ein Junge wird, kann ich noch nicht sagen.«

Margot brachte rasch ein sauberes Hemd, das sie Frau Kranewitz überzogen.

Als Frieda ihren Bauch abtastete, betrat Dr. Berger den Entbindungssaal und kam näher. »Eine neue Patientin. Guten Tag, die Dame. Wen haben wir hier?«

»Ist 'n bisschen früh dran, das Kindchen. Aber es dürfte keine Probleme geben. Ich wollte gerade nach den Herztönen sehen und dann den Muttermund überprüfen.«

»Das kann ich gern übernehmen«, antwortete der Arzt. »Von der Aufnahme kommen zwei weitere Patientinnen nach oben. Heute ist viel Betrieb.«

Er hatte den letzten Satz noch nicht zu Ende gesprochen, da öffnete sich die Tür, und zwei Schwestern brachten die Patientinnen in den Raum, die in den letzten beiden unbelegten Betten Platz fanden. Margot und Luise halfen beim Umkleiden, stellten die ersten Fragen und füllten die Behandlungsbögen aus.

Frieda bat eine der Schwestern darum, rasch in den anderen Kreißsaal zu laufen, denn sie würden Unterstützung benötigen. »Ich kann nur hoffen, dass Käthe und Berta morgen wieder hier sind.« Dann trat sie zu Luise und sagte leise: »Auf dich kann ich mich am meisten verlassen. Wirst heute ein bisschen mehr machen als die anderen Schülerinnen. Wir müssen es ja nicht an die große Glocke hängen.«

Luise nickte.

Edith mochte den Dienst in der Fürsorgestelle der Kinderklinik, für den sie seit Beginn ihrer Ausbildung eingeteilt worden war. Den ganzen Tag war sie von Müttern mit ihren Kindern umringt, und es herrschte eine ganz besondere Art von Trubel. Gerade legte sie einen nur mit einer Stoffwindel bekleideten Säugling vor sich auf eine Waage und schob die Gewichte hin und her. Sie sah auf die Wiegekarte des Kleinen, die von der städtischen Säuglingsfürsorge Neukölln für jedes Neugeborene ausgestellt wurde, und legte die Stirn in Falten. »Er hat leider abgenommen«, sagte sie zu der neben ihr stehenden Mutter. »Stillen Sie den Kleinen regelmäßig?«

»Aber gewiss doch«, antwortete die Frau. »Aber es kommt oftmals nicht genug Milch. Ständig ist er am Weinen und Schreien. Er saugt mich regelrecht aus.«

Edith nickte. Die Frau wirkte ausgemergelt, und tiefe Ringe unterlegten ihre Augen. Das dunkelblaue Kleid, das sie trug, war an mehreren Stellen bereits geflickt. »Wie viele Kinder leben noch bei Ihnen im Haushalt?«, fragte sie.

»Vier«, antwortete die Frau. »Zwei Mädchen, die sind jetzt sieben und acht, und zwei fünfjährige Buben, Zwillinge. Sie bekommen in der Krippe regelmäßig Essen, aber daheim haben sie auch ständig Hunger. Und gestern war die Butter in der Ausgabestelle wieder leer, die Milch ebenfalls, obwohl ich ja eine zusätzliche Karte hab. Ich kam zu spät und stand ganz hinten in der Schlange.« Sie winkte ab. »Und von diesem Ersatzzeug krieg ich Magenkrämpfe. Weiß der Himmel, was sie da reinrühren.«

Edith nickte. »Ich werde sehen, was ich tun kann. Gewiss findet sich hier im Haus noch etwas Milchpulver, das ich Ihnen fürs Erste mitgeben kann. Dann können Sie zufüttern. Sie sollten viel trinken, wenn möglich Malzbier, gern auch Malzkaffee, den gibt es ja noch zur Genüge. Das baut Sie auf und unterstützt die Milchbildung.«

»Das mit dem Malzbier hab ich schon probiert«, antwortete die Frau. »Meine Lina holt welches bei der Trude im Kolonialwarenladen gegenüber. Aber sie kriegt nicht immer welches. Den Muckefuckkaffee hab ich auch schon versucht. Den mag ich nicht. Aber wenn's dem Buben guttut, will ich es noch einmal versuchen.«

»Sonst scheint er ja recht munter«, sagte Edith und nahm die winzigen Händchen des Kleinen in die ihrige. Er lächelte sie an, strampelte mit den Beinchen und kiekste fröhlich.

»Ja, er ist ein echter Sonnenschein«, antwortete die Mutter. »Hätten wir nur alle so viel zu lachen wie das Kindchen. Mein Erich ist heute mal wieder zu einer dieser Versammlungen gegangen. Es geht erneut um die Friedensverhandlungen, die sie durchsetzen wollen. Er wettert und schimpft ganz viel. Von einem Siegfrieden kann doch keine Rede mehr sein. Einigen sollen sich die Parteien. Und dann ist Russland ja noch so ein Pulverfass.« Sie winkte ab. »Jetzt trag ich die Politik schon bis in Ihre Kinderstube. Entschuldigen Sie bitte.«

»Kein Problem«, antwortete Edith. »Es ist schön, dass überhaupt von Frieden gesprochen wird. Nicht wahr, mein Junge?« Sie kitzelte den Säugling an den nackten Füßen, was ihm erneut ein fröhliches Lachen entlockte. »Und vielleicht einigen sich die Parteien ja bald.«

»Das wäre wünschenswert«, antwortete die Frau. »Aber bis dahin geh ich noch mal eine Kriegsanleihe zeichnen. Mein Gottfried hält ja nix davon, aber ich will bei den Nachbarn nicht blöd dastehen. Da müssen die silbernen Löffel meiner Mutter dran glauben. Was tut man nicht alles für seinen guten Ruf und fürs Vaterland!«

Edith nickte und erzählte, dass auch in der Hebammenschule für die erneute Kriegsanleihe gesammelt worden war und sie sich mit einer bescheidenen Summe beteiligt hatte. Sie hob den kleinen Mann von der Waage, reichte ihn seiner Mutter, damit diese ihn ankleiden konnte, und machte sich auf die Suche nach Milchpulverpackungen für die Frau. Als sie den Flur betrat, hörte sie plötzlich laute Stimmen.

»Welch ein Unglück, welch eine Katastrophe!«, sagte der Pförtner. Vor seinem Kämmerchen neben dem Haupteingang standen zwei ältere Männer, die einen recht bedröppelten Eindruck machten.

»Was ist denn los?«, fragte Edith und trat näher.

»Die Munitionsfabrik der AEG in Hennigsdorf ist in die Luft geflogen«, antwortete der eine, und der andere fügte hinzu: »Und halb Hennigsdorf gleich mit.«

»Oh mein Gott«, antwortete Edith und sagte im gleichen Atemzug: »Margot.« Dann rannte sie in Richtung Entbindungshaus.

5

Margot saß mit ihrer Schwester Hilde und Edith in einer vollkommen überfüllten Bahn, die nach Hennigsdorf fuhr. Offensichtlich waren sie nicht die einzigen Angehörigen, die sich auf die Suche nach ihren Liebsten machten. Im Flüsterton geisterten Gerüchte über das Ausmaß des Unglücks durch das Abteil. Ein älterer Herr, der Hilde gegenübersaß, sagte: »Der halbe Ort soll mit hochgegangen sein.« Dann starrte er wieder vor sich hin.

Margot versuchte, seine Worte zu ignorieren, und blickte zu ihrer Schwester, die ganz blass war und nervös ihre Finger knetete. Nachdem Edith ihr von dem schrecklichen Unglück erzählt hatte, war sie sofort losgestürmt. Erst nach einigen Metern hatte sie gemerkt, dass Edith ihr gefolgt war. In der Lazarettküche der Neuen Welt angekommen, hatte sie ihre Schwester völlig aufgelöst in einer Ecke sitzen sehen, und es hatte eine ganze Weile gedauert, bis sie sie hatte beruhigen können. Einer der Lazarettköche hatte von Hunderten Toten gesprochen. Sofort waren sie übereingekommen, nach Hennigsdorf zu fahren, um nach der Mutter zu suchen.

Der Zug hielt an der Haltestelle Heiligensee. Ein Schaffner lief durch die Gänge und bat alle Passagiere, auszusteigen; aufgrund der Vorgänge in Hennigsdorf sei eine Weiterfahrt im Moment leider nicht möglich. Die drei waren wie vor den Kopf gestoßen. Es gab vereinzelte Protestrufe, doch die meisten fügten sich und verließen den Waggon.

»Was machen wir denn jetzt?«, fragte Hilde und sah Margot hilflos an.

Edith sah sich um. Einige ihrer Mitfahrer standen ebenso wie sie auf dem Bahnsteig und schienen nicht so recht weiterzuwissen. Andere gingen jedoch zu den Treppen. »Wohin gehen Sie?«, fragte Edith eine neben sich stehende Frau mittleren Alters.

»Zu Fuß nach Hennigsdorf. Ist eine knappe Stunde am Seeufer entlang.« Dann eilte sie weiter.

Edith wandte sich an Hilde und Margot. »Los, das machen wir auch. Wir schließen uns ihnen einfach an. Sie werden den richtigen Weg schon kennen.«

Das Seeufer wirkte idyllisch. Im hellen Sonnenlicht lagen zwei Ausflugsschiffe an den Anlegern, Kinder spielten auf einer Wiese, einige von ihnen tobten im flachen Wasser. Kaum vorzustellen, dass nur wenige Kilometer weiter eine derart schreckliche Katastrophe passiert sein sollte. Doch der Tross, der sich in der Nachmittagshitze den breiten Uferweg entlangschlängelte, wirkte wie ein Trauermarsch. Die Menschen waren still, manche weinten. Bald spendeten einige am Ufer gepflanzte Bäume Schatten. Edith und Margot hatten ihre Hebammenhauben längst abgenommen, doch sie wirkten in ihrer Schwesterntracht trotzdem wie Fremdkörper. Den ganzen Weg über hielt Margot Hildes Hand. Ihre Schwester war immer noch aschfahl im Gesicht, und ihr blondes Haar klebte verschwitzt an ihrer Stirn. Margot selbst wollte der Angst keinen Raum geben, in Gedanken sprach sie sich Mut zu. Ihre Mutter musste das Unglück einfach überlebt haben, anders konnte es nicht sein. Erst der Vater, dann die Mutter, so grausam konnte das Schicksal nicht sein. Mit einem zaghaften Lächeln schaute sie zu Edith, aber die starrte auf den Boden. Wie froh sie war, dass Edith mitgekommen war. Ihre bloße Anwesenheit spendete Trost. Bei ihrer ersten Begegnung hätte sie sich nie träumen lassen, dass sie sich einmal so nahestehen würden. Für arrogant hatte sie Edith gehalten. Der feine Stoff ihres Kleides, ihr Auftreten und ihre gebildete Sprache. So eine würde sich doch unmöglich mit einem Gassenmädchen wie ihr abgeben. Doch sie hatte sich geirrt. In den wenigen Wochen, die sie nun zusammen in der Lehranstalt waren, hatten sie viel miteinander gelacht, sich abends im Bett Geschichten erzählt und bemerkt, dass sie, trotz der unterschiedlichen Herkunft, eine Menge Gemeinsamkeiten hatten. Am meisten imponierte Margot jedoch, dass Edith gegen die Einstellung ihrer Eltern rebellierte. Was für ein Mut und eine Willenskraft dahinterstecken mussten, konnte Margot nur erahnen.

Nachdem sie eine gute halbe Stunde gelaufen waren, kamen sie zu einer schmalen Holzbrücke und überquerten den See.

»Jetzt ist es nicht mehr weit«, sagte eine Frau neben ihnen. Margot zuckte zusammen. Es war nicht mehr weit. Bald würden sie erfahren, wie es wirklich stand.

Oh bitte, Herrgott im Himmel, flehte Margot in Gedanken. Mach, dass ihr nichts geschehen ist.

An der nächsten Wegbiegung kam ihnen eine Menschengruppe entgegen. Ihr Anblick war erschreckend. Ihre Gesichter waren verrußt, ihre Kleidung war schmutzig und zerfetzt. Eine Frau blutete aus einer Kopfwunde, ein bewusstloser Mann wurde von zwei weiteren getragen. Unter ihnen waren auch Kinder, die weinten. In ihren Augen spiegelte sich das blanke Entsetzen. Fieberhaft suchte Margot unter den Menschen ihre Mutter. Doch sie konnte sie nirgends entdecken.

Als sie in Hörweite waren, blieben sie stehen. »Wie ist die Lage in Hennigsdorf?«

»Der halbe Ort ist weg. Geht nicht dorthin. Es ist noch nicht vorbei, ständig gibt es neue Explosionen. Wer kann, läuft fort«, sagte eine Frau mittleren Alters mit tonloser Stimme.

Sie konnten doch jetzt unmöglich wieder umkehren, fand Margot. Allein die Vorstellung, dass ihre Mutter vielleicht irgendwo verletzt lag und darauf wartete, dass jemand ihr zu Hilfe kam, schnürte ihr Herz ein. Entschlossen drängte sie sich an die Spitze ihrer Gruppe. Sie wollte sie suchen, sie wollte…

Margot zuckte zusammen und starrte eine Gestalt an, die sich gerade aus der Umklammerung eines weinenden Mädchens löste und auf sie zuging. »Mutter!« Fast schrie sie es heraus. »Mama, du lebst!« Mit einer raschen Bewegung drehte sich Margot zu ihrer Schwester und Edith um. »Hilde, komm schnell, ich habe Mama gefunden!« Dann rannte sie los. »Mama, oh Gott sei Dank. Dir geht es gut. Wir haben dich gefunden.« Schluchzend lag sie in den Armen ihrer Mutter. Sie war von oben bis unten voller Ruß, ihr Kleid war zerrissen, und sie zitterte am ganzen Körper. Minutenlang hielt Linde Bach ihre Töchter im Arm; nur aus den Augenwinkeln registrierten sie, dass die Umstehenden weitergegangen waren.

Dann löste sich Margot aus der Umarmung. Mit einem Taschentuch, das sie am nahen Seeufer befeuchtet hatte, wischte sie ihrer Mutter vorsichtig das Gesicht ab. Linde hatte eine Wunde an der Stirn, hielt sich den linken Arm und weinte immer noch. »Das ist der Schock«, sagte Margot. »Wer weiß, was sie Schreckliches erlebt hat. Bringen wir sie doch erst mal nach Neukölln und am besten ins Krankenhaus.«

Die Schwestern nahmen ihre Mutter in ihre Mitte, und sie machten sich auf den Rückweg nach Heiligensee.

Edith blickte noch einmal den Feldweg entlang. Trotz der Warnungen war der Tross aus Berlin weitergegangen. Die Sorge um ihre Angehörigen trieb sie voran und ließ sie die Gefahr ausblenden. Sie hätte vermutlich ähnlich gehandelt.

Später am Tag saß Margot mit ihrer Mutter am Küchentisch und trank einen starken Tee, in den sie etwas von ihren kostbaren Zuckerreserven getan hatten. Nach ihrer Rückkehr in Neukölln waren sie im Städtischen Krankenhaus gewesen, wo die Wunde am Kopf genäht worden war. Ihr linker Arm war gebrochen und hing in einer Schlinge.

Schweigend saßen sich die beiden Frauen gegenüber. Margots Gedanken wanderten immer wieder zur Klinik. Eigentlich musste sie zurück. Ausgerechnet heute war sie für den Nachtdienst eingeteilt.

»Was ist denn genau passiert?«, fragte Hilde und unterbrach schließlich die Stille.

»Ich kann es nicht genau sagen«, antwortete ihre Mutter und zuckte mit den Schultern. »Ich war mit einer Kollegin in einem der Nebengebäude, als es passierte. Es hat einen schrecklichen Knall gegeben, und dann stürzte die Decke auf uns nieder. Ich muss wohl eine Weile bewusstlos gewesen sein.« Sie verstummte, und Tränen drangen in ihre Augen. »Als ich wieder zu mir kam, lag ich unter Schutt begraben. Die Luft war so voller Staub, dass man fast nichts sehen konnte. Ich dachte, ich müsste ersticken. Irgendwann entdeckte ich meine Kollegin Irmgard. Sie lag bewusstlos neben mir, ihr ganzes Gesicht war voller Blut. Himmel, ich dachte, sie sei tot. Aber als ich sie kräftig geschüttelt und ihr eine runtergehauen hab, ist sie wieder zu sich gekommen. Gemeinsam sind wir dann losgelaufen. Nur weg von dort, denn es wusste ja keiner, was noch hochgeht. Erst im Wald fiel mir auf, dass der Arm es nicht mehr tat. Und ich glaubte, ich sei taub. Irmgard war weg. Ich weiß nicht mehr. Es soll Tote geben.« Sie verstummte.

»Das mit den Ohren kommt durch den Knall«, sagte Hilde und nahm die Hand ihrer Mutter. »Jetzt ruhst du dich erst mal aus.«

Margot strich ihrer Mutter eine Haarsträhne aus der Stirn und gab ihr einen Kuss, dann verließ sie gemeinsam mit Hilde den Raum.

»Wollen wir kurz rausgehen?«, fragte Hilde.

Auf der Straße angekommen, lehnte sich Hilde gegen einen Laternenpfahl und zündete sich eine Zigarette an. Margot wusste, dass Hilde die Zigaretten im Lazarett von den Soldaten bekam. Sie musterte ihre Schwester von der Seite. Hilde war noch immer sehr hübsch, obwohl man auch ihr die täglichen Entbehrungen ansah. Sie hatte das blonde Haar ihres Vaters und seine grünen Augen geerbt. Selbst das graue Lazarettkleid konnte ihr ihre Schönheit nicht nehmen.

»Simon und Klara kommen gleich von der Tagesheimstätte nach Hause«, sagte sie, nachdem sie die Zigarette in den Rinnstein geschnippt hatte.

Margot nickte.

»Du weißt, dass du unter diesen Umständen nicht mehr in die Frauenklinik zurückkannst«, sagte Hilde. »Mama braucht uns jetzt. Papa ist tot, Mama verletzt. Wir müssen nun zusammenhalten. Am besten siehst du zu, dass du eine Anstellung in einer der Fabriken findest. Vielleicht haben wir ja Glück, und du kommst bei den Britzer Farbenwerken unter. Die zahlen nicht schlecht.«

Margot musste schlucken. Sie wusste, dass Hilde recht hatte, aber sie wollte einfach nicht akzeptieren, dass ihr Traum, Hebamme zu werden, einfach so zerplatzt war. Wie glücklich war sie gewesen, als man ihr von der Förderung einer Ausbildung berichtet hatte! Wie sehr hatte sie mit sich gehadert, die Stelle tatsächlich anzunehmen, und sich dann jeden Tag über ihren Mut, es getan zu haben, gefreut! Eine richtige Ausbildung, ein anständiger Beruf, der sie unabhängig machen würde. Das hatte noch keine vorher in ihrer Familie geschafft. Und wenn sie unvernünftig wäre? Wenn es irgendeine Möglichkeit gäbe? Es waren nur achtzehn Monate, die es zu überbrücken galt. Dann würde sie ein Gehalt bekommen und konnte ihre Familie besser unterstützen als mit einer Anstellung in der Farbenfabrik. Was, wenn die Bemühungen um Friedensverhandlungen fruchteten? Dann gäbe es bald keine Rüstungsbetriebe mehr, und die Frauen würden wieder nach Hause geschickt werden. Aber Kinder wurden immer geboren.

»Ich weiß, wie wichtig dir die Ausbildung zur Hebamme ist, aber ...«

»Ich gehe zurück«, sagte Margot.

»Wie bitte?«, fragte Hilde.

»Ich gehe zurück in die Klinik und setze meine Ausbildung fort. Wir werden das schon irgendwie schaffen. Mama wird sich wieder erholen und eine Anstellung finden. Vielleicht sind es nur einige Wochen, die wir überbrücken müssen.«

»Du bist verrückt geworden«, sagte Hilde fassungslos. »Und wer soll sich hier um alles kümmern? Ich allein?«

Oh, wie sehr Margot ihre Schwester für diese Aussage hasste. Hilde, die sich mit jeder Kleinigkeit überfordert zu fühlen schien, hatte das Arbeiten wahrlich nicht erfunden. Schon bei zwei Dienstbotenstellungen war sie rausgeflogen. Einmal hatte sie angeblich die Zimmer nicht ordentlich gereinigt, ein anderes Mal war sie mit der Köchin, angeblich einer echten Hexe, nicht zurechtgekommen. Ihre Anstellung in der Küche des Lazaretts konnte man als Glücksfall bezeichnen, denn von dort brachte sie manchmal Lebensmittel mit, die sonst schwer zu bekommen waren: Brot, Mehl, Gemüse, an guten Tagen sogar Butter oder ein Zipfelchen Wurst.

»Natürlich musst du dich nicht alleine kümmern«, antwortete Margot und schluckte die aufsteigende Wut hinunter. Es war niemandem geholfen, wenn sie sich stritten. »Mama ist nicht bettlägerig. Sie kann zur Volksküche in die Kindl-Biergärten gehen. Dort bekommt jeder Bedürftige eine warme Mahlzeit. Und wenn ihr Arm wieder verheilt ist, wird sie sich eine neue Anstellung suchen. Die Ausbildung zur Hebamme ist eine einmalige Chance für mich, die ich mir nicht nehmen lassen will. Das musst du doch verstehen.« Sie sah Hilde flehentlich an.

Der Blick ihrer Schwester wurde milder. »Natürlich verstehe ich das. Aber es ist jetzt schon alles knapp. Wie sollen wir denn ohne das Geld von der Fabrik klarkommen? Nächste Woche ist die Miete fällig.«

»Ich lasse mir etwas einfallen«, antwortete Margot. »Irgendein Weg wird sich finden.«

»Und wie soll der aussehen?«, fragte Hilde.

»Das weiß ich jetzt noch nicht«, antwortete sie. »Gib mir noch etwas Zeit. Ich finde eine Lösung.«

»Von mir aus«, antwortete Hilde. »Du mit deinen verrückten Träumen.« Sie schüttelte den Kopf. »So warst du schon immer. Weißt du noch, als wir einmal den Zeppelin über uns fliegen sahen? Da hast du gesagt, dass du eines Tages mit ihm um die Welt reisen würdest. Und wir mussten ihm bis aufs Tempelhofer Feld nachlaufen und haben sogar gewunken.«

»Ja, das weiß ich noch«, antwortete Margot wehmütig. »Und dann ist damals der brennende Zeppelin vom Himmel gefallen, und unsere verrückten Träume bekamen erste Risse.«

Lautes Kinderlachen ließ die beiden aufblicken. Ihre beiden kleineren Geschwister kamen mit drei anderen Kindern, die im Nachbarhof wohnten, auf sie zugelaufen. Sie sprangen ausgelassen über die Pfützen, die der Regen eines kurzen Gewitterschauers in der Nacht hinterlassen hatte. Margot heiterte der Anblick der arglosen Kinder auf.

Sie blieben vor ihnen stehen. »Was macht ihr beiden denn hier draußen?«, fragte Simon und grinste seine großen Schwestern frech an.

Hilde sah zu Margot, die resigniert seufzte und dann erzählte, was in Hennigsdorf vorgefallen war. Die beiden Kleinen hatten sich bei dem Bericht ängstlich aneinandergeklammert.

»Bleibst du jetzt wieder bei uns?« Klara sah Margot ängstlich an.

Diese schüttelte den Kopf. »Nein, ich muss jetzt wieder in die Schule. Aber ich komme morgen Abend schnell vorbei, und übermorgen habe ich meinen freien Nachmittag.«

»Bringst du wieder Streuselkuchen mit?«, fragte Simon.

Margot lächelte. An ihrem letzten freien Nachmittag, er war auf einen Sonntag gefallen, hatte sie ihr Stück Streuselkuchen vom Nachmittagskaffee von einer der Küchenhilfen einpacken lassen und ihn ihren Geschwistern mitgebracht, die sich mit großem Appetit darüber hergemacht hatten. In Neukölln galt, zu ihrem Glück, kein kriegsbedingtes Backverbot für Kuchen, wie es in Berlin der Fall war. »Ich werde es versuchen, kann aber nichts versprechen. Es gibt nicht jeden Nachmittag Streuselkuchen. Aber vielleicht haben wir Glück.« Sie zwinkerte ihren Geschwistern zu und ermahnte sie, schön artig zu sein und gut auf die Mama achtzugeben. Danach drückte sie ihre Schwester Hilde noch einmal an sich. Sie roch wie gewohnt nach einer Mischung aus Zigarettenrauch, Schweiß und Kölnisch Wasser. »Danke«, raunte sie ihr ins Ohr.

»Schon gut«, brummte Hilde. »Immerhin haben wir dann eine Hebamme in der Familie, die hoffentlich in den nächsten Jahren alle meine Kinder auf die Welt holen wird.«

Margot lief die Gasse hinunter. Plötzlich wurde sie in eine Toreinfahrt gezogen und schrie erschrocken auf.

»Ich hab sie«, sagte eine Stimme.

Margot erkannte sie sofort. Es war Gundel Sommer, eine Jugendfreundin von ihr, die in der Bäckerei Schmidt arbeitete. »Gundel, was soll das? Lass mich los.«

»Du musst Doro helfen«, sagte Gundel. Sie deutete auf die junge Frau, die zusammengekrümmt in einer Ecke lag.

»Sie hat es wegmachen lassen wollen. Aber es ist wohl was schiefgegangen.«

»Oh nein«, sagte Margot und trat näher an Doro heran.

»Doro, Liebes. Was ist passiert?«, fragte sie behutsam.

»Sie war eine Hexe mit langen Nadeln«, antwortete Doro zwischen zwei Schluchzern. »Es tut so weh.«

»Ich weiß«, antwortete Margot. »Ich weiß.« Sie hob kurz Doros Rock an und sah das Blut. »Wir müssen sie in die Frauenklinik bringen«, flüsterte sie Gundel zu. »Nur dort kann ihr geholfen werden. Wenn wir das nicht machen, dann wird sie eine Infektion bekommen und könnte daran sterben.«

Gundel riss erschrocken die Augen auf. »Das wollte ich alles nicht! Ich wollte ihr doch nur aus den Schwierigkeiten helfen. Bärbel hat die Frau empfohlen. Eine Freundin von ihr sei bei ihr gewesen, und alles sei reibungslos gelaufen. Vielleicht wird es ja noch besser.«

»Das denke ich nicht«, antwortete Margot bestimmt.

»Aber sie wird dafür ins Gefängnis gehen«, sagte Gundel.

»Du hast die Wahl. Entweder wir bringen sie jetzt gemeinsam in die Klinik, und sie wird am Leben bleiben und für ihre Tat einstehen müssen, oder wir laufen Gefahr, dass sie stirbt.«

Obwohl der Weg nicht weit war, kamen sie nur langsam voran. Als sie die Heilanstalt endlich erreichten, brachten sie Doro in die Poliklinik, wo ihnen sofort eine Krankenschwester zu Hilfe geeilt kam. »Was ist passiert?«, fragte sie.

»Sie war bei einer Pfuscherin«, antwortete Margot.

Die Schwester nickte. »Ich gehe und hole den Arzt. Bringt sie ins Zimmer rechts, das ist eben frei geworden.«

Gundel und Margot standen auf dem Flur und warteten.

»Es tut mir leid«, sagte Gundel mit tränenerstickter Stimme. »Sie ist doch erst achtzehn. Es war nur ein Mal, sie hat es geschworen. Weil er doch am nächsten Tag in den Krieg ziehen sollte. Da ist er dann gleich in der ersten Woche gefallen. Bestimmt hätte er sie geheiratet. Denkst du, das könnte mildernde Umstände geben?«

»Ich weiß es nicht«, antwortete Margot. »Könnte sein. Aber was sie getan hat, ist und bleibt eine Straftat, das wissen wir beide. Aber nun muss sie erst einmal wieder gesund werden. Ich muss jetzt auch gehen und mich bei der Oberhebamme melden. Doro wird sicher hierbleiben müssen. Ich werde später noch einmal nach ihr sehen. Versprochen.«

6

Edith knüllte den Brief ihrer Schwester zusammen, er strotzte nur
so vor Vorwürfen. Sie ziehe das Ansehen der Familie in den Dreck,
Papa sei enttäuscht und traurig, Mama weine viel. Drama, Theater. Beim Lesen war es Edith beinahe so vorgekommen, als hörte
sie Alex zetern. Ihre stets weinerlich klingende Stimme, die, wenn
sie wütend war, schrill werden konnte, hatte sie schon immer gehasst. Aber was hatte sie anderes erwartet? Sie war, ohne ein Wort
zu sagen, fortgegangen. Doch mit jedem Tag, den sie auf der Schule
war, wusste sie, dass sie die richtige Entscheidung getroffen hatte.
Sie würde ihren Traum verwirklichen. Entschlossen reckte sie das
Kinn nach vorn, holte den Brief aus der Schürzentasche, zerriss ihn
und warf ihn in einen Mülleimer. Dann lief sie die Treppe hinauf.
Ihre kurze Pause war längst zu Ende, und sie musste sich wieder um
eine der Hausschwangeren kümmern. Lotte Schüber stand auf dem
Flur vor dem Entbindungssaal und blickte auf den im Dunkeln liegenden Hof hinaus.

Edith trat näher und fragte: »Wie geht es dir?«

»Ich warte«, antwortete Lotte und zog eine Grimasse.

»Das wird schon«, antwortete Edith.

Die Frau nickte. Bevor sie noch etwas sagen konnte, krümmte sie
sich vor Schmerzen zusammen. Stöhnend stützte sie sich mit den
Händen auf der Fensterbank ab.

Edith massierte ihr den Rücken. »Jetzt wird es nicht mehr lange
dauern.« Lotte kämpfte nun schon seit fünfzehn Stunden mit den
Wehen, und Edith war die meiste Zeit an ihrer Seite gewesen. Die
zuständige Schülerin für die Nacht hatte sie vorhin ablösen wollen,

doch Edith hatte ihr gesagt, dass sie bei Lotte bleiben wolle. Sie wollte das Kindchen mit auf die Welt bringen, und wenn es bis zum Morgen dauerte. Irgendwann im Laufe der letzten Stunden waren Lotte und sie zum vertraulichen Du übergegangen. Lotte war Edith in den letzten Wochen mit ihrer fröhlichen Art ans Herz gewachsen. Sie hatte seit ihrer Ankunft in der Lehranstalt zumeist im Sterilisationsraum gearbeitet, hin und wieder aber auch in der Küche ausgeholfen und dabei immer wieder aus ihrem Leben erzählt.

Lotte arbeitete als Straßenbahnfahrerin. Sie war eine der Ersten gewesen, die diese Tätigkeit ausgeübt hatten. Immer mehr Frauen mussten in Männerberufen arbeiten, um die Männer, die an der Front kämpften, zu ersetzen. Sogar als Fensterputzerinnen waren sie tätig und trugen dazu Hosen. Das hatte Lotte dann doch nicht machen wollen. Hosen waren ihr zu unschicklich. Es reichten schon die Sprüche, die sie sich tagtäglich als Straßenbahnfahrerin anhören musste, besonders von älteren Herren, denen die Frau im Führerhaus so gar nicht schmeckte. Lotte jedoch gefiel ihre Arbeit. Am meisten Spaß machte es ihr, mit der Glocke zu läuten. Männer hatte sie vor der Ehe eigentlich nicht an sich ranlassen wollen, doch dann hatte sie sich Paul hingegeben, kurz bevor er in den Krieg gegangen war. Dass sie schwanger war, hatte er nicht mehr erfahren. »Paul wollte für uns eine Wohnung mieten. Keine im Hinterhof, sondern vorn an der Straße, vielleicht sogar eine mit Balkon. Er stand kurz vor einer Beförderung. Und jetzt hocke ich bei meiner alten Tante Gertie im Hinterhaus unterm Dach. Immerhin muss Mama die Schande nicht mehr ertragen. Sie starb vor einigen Jahren an Brustkrebs. Auch mein Vater lebt nicht mehr. Er war Künstler, arbeitete als Zauberer in den Varietés. Ich hab ein Foto von ihm. Auf dem Bild trägt er einen feinen Frack und einen Zylinder.« Sie unterbrach sich und stöhnte erneut auf. »Verdammte Männer«, fluchte sie, die Tränen schossen ihr in die Augen, und sie sog scharf die Luft ein. Als die Wehe abebbte, sprach sie weiter. »Er ist kurz vor meiner Geburt an Tuberkulose gestorben. Mama hat ihn so sehr geliebt. Bis zum Ende ihres Lebens hat sie mit ihm gesprochen, als ob er mit ihr in einem Raum wäre. Sie sagte, ich würde ihm ähneln. Dasselbe krause Haar, derselbe Blick und krause Sinn. Ich hätte ihn so gern kennengelernt.«

Edith dachte an ihre Eltern, daran, welches Glück sie hatte, so behütet aufgewachsen zu sein und zu wissen, wessen Kind sie war. War es wirklich gut, sich so sehr zu entzweien und niemals wieder ein Wort miteinander zu reden? Das Leben konnte so schnell vorbei sein. Vielleicht sollte sie ihrer Mutter schreiben und versuchen, ihr klarzumachen, weshalb sie unbedingt Hebamme werden wollte. Oder besser noch: Sie sollte ihrem Vater schreiben, denn ihm war sie viel ähnlicher als ihrer Mutter. Er musste doch verstehen, warum sie sich nicht davon abhalten lassen konnte, ihren Traum zu leben, so stur und unnachgiebig, wie er selbst war. Vielleicht konnte sie ihn ja doch noch davon überzeugen, den Weg seiner Tochter gutzuheißen.

Lotte stöhnte erneut auf und griff sich an den Bauch.

»Wir sollten in den Entbindungssaal zurückgehen, damit sich Fräulein Hembach die Sache ansehen kann«, sagte Edith.

Lotte nickte.

Edith stützte sie, während sie über den langen Flur zurückgingen. An den Wänden waren Handläufe angebracht. Es war nicht unüblich, dass hier schwangere Frauen auf und ab liefen, um die Geburt zu beschleunigen.

Im Entbindungssaal wurden sie von Lore Hembach, der diensthabenden Hebamme, einer blonden Mittvierzigerin, begrüßt.

Lotte setzte sich schwerfällig aufs Bett.

»Na, dann wollen wir mal sehen, wie weit wir sind«, sagte die Hebamme und untersuchte Lotte. »Der Muttermund ist vollständig geöffnet. Es kann losgehen.« Lächelnd tätschelte sie Lotte das nackte Bein.

Lotte nickte. Ihr Haar war vom Schweiß feucht und klebte an ihrer Stirn, ihre Wangen waren gerötet. Die nächste Wehe überkam sie, und Lore gab Anweisungen.

»Pressen«, sagte sie. »Fest pressen. Ich sehe das Köpfchen schon. Schwarzes Haar.«

Die Wehe ebbte ab, und Lotte entspannte sich.

Edith, die neben ihr stand und sie während des Pressens nach vorn gedrückt hatte, pustete sich eine Haarsträhne aus der Stirn, die sich unter der Haube gelöst hatte.

Eine weitere Wehe kam und ließ Lottes zarten Körper erbeben.

»Kommen Sie schon, meine Liebe. Sie machen das großartig. Gleich ist es geschafft. Nur noch ein wenig mehr.«

Erschöpft sank Lotte in die Kissen. »Ich kann nicht mehr. Es tut zu weh. Ich schaffe das nicht.«

»Doch, du schaffst das«, sagte Edith. »Gleich wirst du dein Kind in den Armen halten. Wir schaffen das gemeinsam.«

Bei der nächsten Wehe stieß Lotte einen Schrei aus, der Edith bis ins Mark erschütterte.

»Das Köpfchen ist draußen«, sagte Lore, was Edith erleichtert aufatmen ließ. »Jetzt nur noch einmal kurz pressen, dann ist es geschafft.«

Wenige Minuten später hielt Lore den Säugling im Arm, der aus Leibeskräften schrie. Edith sah bewegt auf das kleine Bündel Mensch. Lore durchschnitt die Nabelschnur, wickelte das Baby in ein Leinentuch und legte es Lotte mit den Worten »Es ist ein Mädchen« in die Arme. Da wurde die Kleine plötzlich ganz still, öffnete die Augen und sah ihre Mama an.

Vollkommen überwältigt betrachtete Lotte ihre Tochter, berührte ihre kleinen Fingerchen und strich ihr über die Wange. »Ist sie nicht wunderschön? Eine Tochter. Mein Mädchen. Wir beide gegen den Rest der Welt. Wir werden es denen da draußen schon zeigen, nicht wahr, meine Kleine?« Eine Träne rann über Lottes Wange.

Wenig später ging Edith, von der Geburt beseelt, in ihre Schlafkammer. Ja, Lotte würde es ihnen allen zeigen. Sie würde sich nicht unterkriegen lassen, dessen war sie sich sicher. Wie einmalig es doch war, das Wunder einer Geburt erleben zu dürfen. Der Moment, wenn so ein kleines Menschlein seinen ersten Atemzug tat, überflutete einen mit so viel Wärme. Dieses Gefühl ließ sich kaum in Worte fassen. Sie würde es trotzdem versuchen, und vielleicht würde ihr Vater dann verstehen und seinen Groll gegen sie ablegen. Mit diesem Gedanken schlief sie ein.

7

Margot saß am Ringbahnhof auf einer Bank am Bahnsteig und beobachtete, wie die Züge ein- und ausfuhren und wie Menschen aus den Waggons strömten. Hinter jedem von ihnen steckte eine Geschichte. Hinter dem alten Mann mit dem Gehstock und der mehrfach geflickten Jacke, den zwei Jungen achtlos anrempelten. Der älteren Dame, die ein aus der Mode gekommenes blaues Seidenkleid und einen auffälligen Hut mit Federn trug. Frauen, zumeist in einfache Röcke und Blusen gekleidet, viele mit einem Kind an der Hand, eilten an ihr vorbei. Viele kamen aus den Fabriken oder arbeiteten in den Lazaretten, vielleicht war die eine oder andere auch in einer der Kinderkrippen oder Tagesheimstätten tätig. Wie sehr sich das Bild Neuköllns in den letzten Jahren doch verändert hatte, fand Margot. Als sie klein gewesen war, hatte es Rixdorf geheißen und war der Inbegriff für Vergnügungen gewesen. Sie selbst hatte sich diese nicht leisten können, aber es war nett gewesen, die vielen hübschen Frauen in ihren mondänen Kleidern zu betrachten, wenn sie, oftmals mit einem fein gekleideten Herrn am Arm, in eines der vielen Musiktheater oder Varietés gingen. Gemeinsam mit Hilde hatte sie davon geträumt, eines Tages wie eine dieser Frauen zu sein und solche Kleider zu tragen. Sie hatten sich aus ihrem tristen Alltag geträumt, der vorbestimmt gewesen schien.

Träume, dachte Margot, zerplatzen schnell.

Sie wusste, dass ihr Traum, Hebamme zu werden, kurz davor stand, sich in Luft aufzulösen. Ein leises Plopp wie bei einer Seifenblase, dann wäre er verschwunden. Hebamme werden, mehr sein als ein einfaches Dienstmädchen oder eine Fabrikarbeiterin, die Vorstellung gefiel ihr. Und nun? Sie hatte kein Geld für die morgen fällige Miete auftreiben können. Hilde würde ihr Vorwürfe machen. Und sie hatte recht. Es galt Verantwortung zu übernehmen, nicht irgendwelchen Hirngespinsten von einem besseren Leben nachzulaufen. Jeder hatte seinen Platz in der Gesellschaft. Und sie hatte den ihren.

Seufzend stand Margot auf und verließ den Bahnhof. Sie lief die Berliner Straße hinunter. Es herrschte die übliche Betriebsamkeit. Kraftdroschken und Kutschen fuhren an ihr vorbei, ein Junge mit Schirmmütze verkaufte Zeitungen und rief die neuesten Nachrichten in die Menge. »Lest über den Siegeszug im Osten. Die Enthüllung des Reichskanzlers über geheime Sitzungen. Nur hier, neueste Nachrichten.« Margot lief weiter. Als sie die Knesebeckstraße erreichte, blieb sie davor stehen. Sie sah die schmale Straße entlang, in der sie aufgewachsen war. Sie lag im Schatten des frühen Sommerabends. Kinder spielten ein Hüpfspiel, eine ältere Frau sah ihnen von einem Fenster aus dabei zu. Hier war sie groß geworden. Hierher gehörte sie. Ihr Blick wanderte nach links. Es war nicht weit bis zum Mariendorfer Weg. Nur die Straße hinunter und um die Ecke. Keine zehn Minuten zu Fuß. Doch heute kam ihr diese Strecke wie die Unendlichkeit vor. Sie sah erneut in die Straße ihrer Kindheit. Wenige Stunden würde sie sich noch geben, einen letzten Abend gemeinsam mit Edith und Luise verbringen. Morgen früh würde sie dann gehen, dorthin, wo sie hingehörte.

Als sie kurz darauf in der Frauenklinik ihr Zimmer betrat, war etwas anders. Luise und Edith waren anwesend. Sie trugen jedoch nicht ihre Schwesterntracht, sondern hübsche Ausgehkleider, die nur aus Ediths Koffer stammen konnten.

»Da bist du ja endlich«, sagte Edith. »Wir haben schon nach dir gesucht. Wir dachten, heute Abend könnten wir dem Krankenhausalltag einmal entfliehen und ins Kino gehen.«

»Ins Kino?«, fragte Margot verwundert.

»Im Prinzeß-Theater wird eine Uraufführung des Lichtspiels Seine drei Frauen – Die Erlebnisse eines Detektives gezeigt. Das ist bestimmt nett«, sagte Edith.

»Ich kenne gar kein Prinzeß-Theater«, erwiderte Margot, die sich überrumpelt fühlte.

»Ist in Berlin«, antwortete Edith. »Ich war dort früher einige Male mit meinem Onkel, der gleich nebenan ein Ladengeschäft besaß. Es liegt in der Nähe des Zoos. Wir erreichen es gut mit der Ringbahn.«

»Aber ich habe gar kein Geld für ein Lichtspielhaus«, sagte Margot leise.

»Ich lade euch ein«, erwiderte Edith. »Nun komm schon. Sei kein Spielverderber. Das wird bestimmt lustig. Ich hab auch ein hübsches Kleid für dich. Es ist aus einem luftigen hellblauen Musselinstoff gefertigt und wird dir hervorragend stehen.«

»Meinetwegen«, fügte sich Margot. Die Idee war eigentlich gar nicht so schlecht. An ihrem letzten Abend als Hebammenschülerin würde sie mit ihren Kolleginnen ausgehen. Das wäre ein gebührender Abschied. Sie musste den beiden ja noch nicht verraten, dass sie morgen ihre Ausbildung abbrechen würde.

Schnell legte sie ihre Hebammenkleidung ab und zog das hellblaue Kleid an. Der fließende Stoff lag weich auf ihrer Haut und fühlte sich herrlich leicht an. Das Kleid besaß Lochstickereien am Rock und an den Ärmeln und wurde in der Taille gebunden. Es reichte bis zu den Knöcheln. Niemals zuvor hatte Margot ein solch edles Kleid getragen. Ehrfürchtig betrachtete sie sich im Spiegel und drehte sich von links nach rechts.

»Es passt dir wunderbar«, sagte Edith, die ein rosafarbenes Kleid trug, das an den Ärmeln etwas Spitze aufwies und durch einen breiten, braunen Stoffgürtel tailliert wurde.

Auch Luise sah ganz verändert aus. Sie trug ein hellgrünes, mit schimmernden Stickereien durchwirktes Kleid, das ebenfalls mit einem Stoffgürtel tailliert wurde.

»Nun noch die Haare richten, dann können wir los«, sagte Edith.

Die drei machten sich daran, sich Frisuren zu zaubern. Margots Haare wurden in sanfte Wellen gelegt, Luise erhielt eine Hochsteckfrisur, und Edith entschied sich dafür, einen kleinen Hut mit einer weißen Feder daran zu tragen. Nun fehlte noch etwas Farbe im Gesicht. Es wurde gepudert und Rouge auf die Wangen getupft, die Augen wurden getuscht und die Lippen rot. Am Ende standen sie zu dritt vor dem Spiegel und waren mit dem Ergebnis zufrieden.

Bald darauf liefen sie Arm in Arm und wie kleine Mädchen kichernd zur nahen Straßenbahnhaltestelle. Die Bahn beförderte sie zum Ringbahnhof, und von dort aus ging es in das benachbarte Berlin, wo sie am Zoo ausstiegen. Das Prinzeß-Theater lag unweit davon in der Kantstraße. Margot war noch nie in dieser Gegend gewesen. Besonders die große Kaiser-Wilhelm-Gedächtniskirche beeindruckte sie, die im Licht der Abendsonne vor ihr lag.

Vor der Kasse am Eingang des Lichtspielhauses hatte sich bereits eine lange Schlange gebildet, in die sie sich einreihten. Margot betrachtete die Menschen um sich herum. Sie waren durchweg schick gekleidet. In dieses Kino schien niemand zu gehen, der im fünften Hinterhof hauste. Vermutlich konnten viele dieser Menschen auch auf dem Schwarzmarkt für teures Geld Butter, Brot und Kaffee kaufen. Wie ungerecht diese Welt doch war. So viele Familien wussten in diesen Zeiten nicht, wie sie an das Essen für den nächsten Tag kommen sollten, und diese Menschen gingen ins Kino und Theater. Sie dachte an ihre Entscheidung, an den morgigen Tag. Sie würde ihre Kündigung in der Verwaltung abgeben, ihre wenigen Habseligkeiten in den abgewetzten Koffer stecken und wieder einer dieser grauen Menschen werden, die ums Überleben kämpften.

Plötzlich kam sie sich völlig fehl am Platz vor, und sie spürte die aufsteigenden Tränen. Was sollte das hier eigentlich noch? Morgen würde sie kündigen und Edith und Luise verlieren. Es gab nichts zu feiern, nichts zu genießen. »Es tut mir leid«, sagte sie abrupt. »Ich kann das nicht.« Sie rannte fort.

Verdutzt sahen ihr Edith und Luise nach, dann folgten sie ihr.

»Margot, warte!«, rief Edith.

Sie holten Margot vor der Kaiser-Wilhelm-Gedächtniskirche ein. Margot blieb stehen. Sie weinte nun.

»Margot, Liebes«, sagte Luise. »Was ist denn los? Wieso weinst du?«

Margot sank auf eine der zum Eingangsportal der Kirche führenden Stufen. Edith und Luise setzten sich neben sie.

»Wieso bist du denn bloß weggelaufen?«, fragte Edith.

»Weil ich morgen kündigen werde«, antwortete Margot leise.

Luise sah sie verwundert an. »Aber weshalb denn? Dir macht die Ausbildung doch so große Freude.«

»Aber ich verdiene kein Geld. Die Miete ist morgen fällig, und wir haben sie nicht. Es hilft alles nichts. Ich muss in die Fabrik gehen oder anderswo Geld verdienen. Meine Familie braucht mich. Ich kann die Ausbildung einfach nicht beenden.«

Luise nickte mit betretener Miene. »Ich verstehe, ich ...«

Edith unterbrach sie unwirsch. »Es ist also nur wegen des Geldes, oder? Wie hoch ist denn die Miete? Ich kann dir aushelfen. Mein Bruder steckt mir regelmäßig Geld zu. Ich hab genug.«

»Aber das wäre doch ...«

»Du kannst es mir später irgendwann zurückzahlen.« Ediths Stimme ließ keinen Widerspruch zu.

»Das ist wirklich sehr lieb von dir«, antwortete Margot mit einem zaghaften Lächeln. Luise reichte ihr ein Taschentuch, und sie wischte sich die Tränen von den Wangen. »Dann gehe ich morgen gleich zu Hilde und gebe ihr die Miete. Was bin ich erleichtert.«

»Und wenn du noch etwas mehr brauchst, dann sag es mir. Deine Mutter muss doch gewiss zum Arzt. Gern übernehme ich die Rechnungen. Diese Sache in Hennigsdorf hat uns alle sehr mitgenommen. Es ist so wunderbar, dass sie es nur leicht verletzt überstanden hat.«

»Das ist nun aber wirklich nicht nötig. Irgendwie wird es schon gehen.« Ediths Freigiebigkeit wurde ihr zu viel. Oder war es falscher Stolz, der in ihr aufkeimte? Für Edith schien es keine große Sache zu sein, die Miete und die Arztrechnung zu bezahlen. Sie besaß feine Kleider und lud sie ins Kino ein. Sie hatte gewiss niemals im Leben mit knurrendem Magen einschlafen oder für ein Stückchen Butter viele Stunden anstehen müssen.

Edith schien ihre Gedanken zu erraten. »Du kannst das Geld ruhig annehmen«, sagte sie. »Ich gebe es dir gern. Und es wird nirgendwo anders fehlen. Weißt du, ich war mein Leben lang finanziell abgesichert, mir fehlte es an nichts. Und selbst jetzt in den Kriegszeiten muss in unserem Haus niemand Hunger leiden. Aber mit Geld kann man kein Glück kaufen, kein Leben, das einen erfüllt. Ich lief zu Hause wie ein gefangenes Tier durch die vielen Räume unserer Villa und hatte oftmals das Gefühl, keine Luft mehr zu bekommen. Jetzt jedoch bekomme ich Luft. Unmengen davon. Ich fühle mich frei, hab mein neues Leben gefunden, und es macht mich glücklich. Und du bist ein Teil davon und sollst es bleiben. Du sollst auch frei atmen und glücklich sein dürfen.« Sie nahm Margots Hand und drückte sie fest.

Margot war so gerührt, dass sie lange nichts sagen konnte. Dann umarmte sie erst Edith, anschließend Luise. »Oh, was bin ich froh, dass ich euch beide gefunden habe«, sagte sie unter Tränen. »Es ist so schön, richtige Freundinnen zu haben. Und das sind wir doch, oder? Richtige Freundinnen?«

»Ja, das sind wir«, antwortete Luise lächelnd.

»Und wenn wir uns beeilen, dann schaffen wir es auch noch ins Kino«, sagte Edith.

»Na dann los«, erwiderte Margot und stand auf.

Die drei liefen Hand in Hand zurück zum Lichtspielhaus. Wenig später saßen sie in dem dunklen Vorführraum, leider in einer der hintersten Reihen. Von dem Film auf der Leinwand konnten sie dadurch nur wenig erkennen, denn der Kinosaal war einfach zu groß.

Ediths Gedanken schweiften ab. Mit Geld kannst du dir kein Glück kaufen. Armes reiches Mädchen, das du bist.

Sie dachte an den angefangenen Brief an ihren Vater, der in ihrer Nachttischschublade lag. Es fiel ihr schwer, ihre Gefühle so in Worte zu fassen, dass ihr Vater sie nachfühlen konnte. Er sollte begreifen, was sie antrieb, weshalb sie Hebamme werden wollte. Doch alles, was sie geschrieben hatte, kam ihr so profan vor. Ihr Blick wanderte zu Margot, Ihr Gesicht war im dämmrigen Licht kaum zu erkennen. Hin und wieder brachte Geld Glück. Heute hatte es das getan. Und vielleicht würde sie auch bald die richtigen Worte finden.

8

Luise war kein besonderer Freund der Fürsorgerunden, die die Hebammen regelmäßig im Viertel machen mussten. Doch auch dieser Dienst zählte zu ihren Aufgaben. Heute besuchten sie die Familie Damberg, die in einem der üblichen finsteren Hinterhöfen in einer Kellerwohnung lebte. Luise folgte Frieda in den kleinen Raum, der Familie Damberg als Küche und Wohnraum zugleich diente. Im Raum roch es muffig. Kleidungsstücke hingen an einer Leine über dem Ofen, auf dem verschmutzte Töpfe, Pfannen und ein verbeulter Teekessel standen. Teller mit undefinierbaren Essensresten darauf lagen in einer auf dem Boden stehenden Emailleschüssel. Ein Greis, der nur Unterhemd und Latzhose trug, saß auf einem Stuhl in der Ecke, neben dem sich ein Krückstock befand.

Luises Blick wanderte zur Decke, die mit einem Wellblech verkleidet war, das in den Ecken rostete. Petronella Damberg, die Frau, zu der sie wollten, saß vor einer Nähmaschine am Tisch. Sie arbeitete für die Kriegsschneiderei und konnte sich die Sachen mit nach Hause nehmen. Vor ihr in einem windschiefen Stubenwagen schlief ihr neugeborener Sohn Wilhelm, der vor zwei Tagen zur Welt gekommen war. Auf einem quietschenden Sofa, aus dem schon die Sprungfedern ragten, saßen zwei Jungen und zwei Mädchen zwischen drei und zwölf Jahren.

Eigentlich hätte Petronella Damberg noch auf der Wochenstation bleiben sollen, doch sie war auf eigenen Wunsch kurz nach der Geburt wieder nach Hause zurückgekehrt, um die ihr zugeteilten Aufträge für die Schneiderei zu beenden, denn nur dann bekam sie ihren Lohn. Ihr Mann war in Verdun gefallen. Die mickrige Witwenrente reichte für nichts. Ohne die Schneiderarbeiten könnten sie nicht überleben. Frieda grüßte betont freundlich in die Runde, verteilte einige Honigbonbons an die Kinder und bat sie darum, nach draußen zu gehen, was sie ohne Murren taten. Der Trick mit den Bonbons, die in der Küche der Lehranstalt von einer Hilfsköchin hergestellt wurden, war einmalig. Auf diese Weise bekam Frieda jedes Kind dazu, ihre Anweisungen zu befolgen.

»Wir kommen, um nach Ihnen und dem Baby zu sehen, Frau Damberg«, erklärte sie. »Wie ich sehe, ist der kleine Wilhelm recht munter.« Sie berührte eines der winzigen Händchen, das der Kleine aufgeregt bewegte.

Petronella zog eine Grimasse, der alte Herr erhob sich schwerfällig und verließ den Raum. »Ist mein Vater«, sagte sie. »Er weiß nicht, wohin. Früher hatte er Arbeit am Güterbahnhof und konnte dort in den Baracken schlafen, aber mit dem kranken Bein geht das nicht mehr. Ach, ist ja auch egal.« Die Frau winkte ab. »Sie sind wegen des Kindchens da.«

»Und Ihretwegen «, sagte Frieda. »Zuerst würde ich gern nach Ihnen sehen und den Bauch abtasten. Ist die Milch schon eingeschossen?«

»Nein, noch nicht. Ist aber kein Wunder. Von was soll sie auch kommen? Gibt ja nichts. Die Kinder haben sich nicht ordentlich angestellt, und Julchen hat obendrein die Buttermarken verloren. Ein paar Kohlrüben und Kartoffeln konnte ich gestern noch ergattern, dazu immerhin ein Stückchen Speck bei der Fleischzentrale. Aber die Suppe war trotzdem arg dünn. Ich will morgen wieder los und sehen, was ich kriegen kann.«

Es waren die üblichen Geschichten, die Luise und Frieda beinahe bei jedem ihrer Besuche hörten. Der Mangel war allgegenwärtig. Vorsorglich hatte Frieda Milchpulver mitgebracht, damit würde der kleine Bursche eine Weile satt werden.

Nach der Untersuchung der Mutter kam das Neugeborene an die Reihe. Wilhelm wurde gewogen, er hatte abgenommen, was jedoch in seinem Alter normal war, ansonsten schien er recht munter. Luise kleidete ihn nach dem Wiegevorgang wieder an, während Frieda die Frau darauf einschwor, regelmäßig in die Sprechstunde zu kommen. Dort würde sie weiteres Milchpulver erhalten. Auch sollte sie die zusätzlichen Marken für stillende Mütter bei der Zentralstelle für Kriegshilfe im Neuköllner Rathaus abholen. Sie stünden ihr zu und würden ihr das Leben erleichtern.

Als sie wenig später wieder auf der Straße standen, schüttelte Frieda den Kopf. »Ich gehe jede Wette ein, dass sie in spätestens drei Tagen mit einer Infektion bei uns in die Septische eingeliefert wird. Bei meinen Rundgängen sehe ich ja viele Wohnungen, doch diese hier war mit Abstand eine der schmutzigsten. Die armen Kinder. Hast du gesehen? Die Kleine kratzte sich ständig am Kopf. Bestimmt hatte sie Läuse.« Sie schüttelte sich.

»Diese Kellerwohnungen sind aber auch schrecklich«, sagte Luise. »Bei uns zu Hause gibt es auch arme Leute, aber in solch einem Elend muss auf dem Land keiner hausen.«

»Ja, daran müsste etwas geändert werden«, sagte Frieda, während sie sich in Bewegung setzten. »Aber solange Krieg herrscht, wird nichts passieren.«

Als sie an der Butterhandlung der Gebrüder Manns vorbeikamen, winkte Henriette Manns, die gerade dabei war, den Laden zu schließen, sie heran. »Gut, dass ich Sie beide treffe. Man will ja nicht tratschen, aber das arme Mädchen stöhnt und winselt nun schon so lange da oben. Und die Sorte Gewinsel kenn ich, wenn Sie verstehen, was ich meine.«

Luise sah zu Frieda, die nickte und fragte: »Wo müssen wir hin?«

»Das ist die Gitte Maresch. Die wohnt im dritten Stock links.«

Luise bedankte sich, und die beiden eilten ins Treppenhaus. Im dritten Stock angekommen, klopfte Frieda beherzt an die Tür. »Frau Maresch?«, rief sie. »Wir sind Hebammen. Frau Manns schickt uns. Sie ist in Sorge um Sie.«

Nichts passierte. Das Stöhnen war jedoch bis in den Flur zu hören.

»Frau Maresch«, rief Frieda erneut und klopfte nochmals an. »Bitte, so öffnen Sie doch. Wir wollen nur sehen, ob alles in Ordnung ist.«

Es dauerte einen Moment, dann waren schlurfende Schritte zu hören, und die Tür öffnete sich. Eine junge Frau sah sie aus müden Augen an. Sie trug ein einfaches Hemd und einen hellblauen Morgenmantel darüber, ihr blondes Haar war offen, wirr und klebte vom Schweiß an ihrer Stirn. »Die Manns wieder, das neugierige Weibsbild. Aber kommen Sie rein.«

Luise und Frieda betraten die Wohnung, die einen überraschend luxuriösen Eindruck machte.

Die junge Frau begann erneut zu stöhnen und klammerte sich an der Lehne eines mit grünem Damast bezogenen Sofas fest. Frieda und Luise warteten, bis die Wehe abebbte.

»Da staunen Sie, was? Wie kommt die junge Schwangere in so eine schöne Wohnung? Die hat mein Ludwig extra für mich angemietet. Er ist Offizier an der Front und ein hochangesehener Rechtsanwalt. Wenn er zurückkommt, lässt er sich von seiner Frau scheiden, und wir wollen heiraten.«

Ein Liebchen also, dachte Luise.

Ob die Ehefrau davon wusste? Vermutlich nicht. Sie saß irgendwo, gewiss mit Kindern, und hoffte darauf, dass ihr Mann aus dem Krieg wiederkam. Oder tat sie der jungen Frau unrecht? Vielleicht war die Ehe längst zerrüttet. Sie kannte diese Menschen nicht, über sie zu urteilen stand ihr nicht zu. Das hatte ihre Oma stets zu ihr gesagt, wenn sie bei ihnen in der Gegend auf ähnliche Fälle gestoßen waren: Du weißt nicht, was sie umtreibt, wie es ihnen geht, was sie erlebt haben. Betreue sie und hilf ihnen, so gut es geht. In den Momenten, in denen du bei ihnen bist, soll es ihnen gutgehen. Wir holen Babys auf die Welt. Moralaposteln kann gern der Pfarrer, wenn er denn will.

»Warum sind Sie nicht zu uns in die Klinik gekommen?«, fragte Frieda, während sie ihre Tasche auspackte.

»Weil ich es nicht wollte«, antwortete die Frau und krümmte sich erneut zusammen. »Ich weiß doch, was in solchen Läden von Frauen wie mir gehalten wird.«

»Wir sind Hebammen. Uns geht es nur um Ihre Gesundheit und die Ihres Kindes, alles andere ist uns egal«, antwortete Frieda. »Das Kind muss ordentlich gemeldet werden, und Sie erhalten Unterstützung, die wichtig ist. Zusätzliche Lebensmittelmarken, Milchpulver für das Kleine. Es soll doch gut gedeihen, damit sich sein Vater daran erfreuen kann, wenn er heimkehrt.« Sie verlieh ihren letzten Worten einen warmen Unterton und lächelte die Frau an, deren verschlossener Gesichtsausdruck langsam wich. Im nächsten Moment schrie sie jedoch erschrocken auf. Ihre Fruchtblase war geplatzt.

»Dann mal los«, sagte Frieda und legte ihren Mantel ab. »Wäre doch gelacht, wenn wir drei das nicht hinkriegen würden.«

Sie schafften die Gebärende in das nebenan liegende Schlafgemach, in dem ein breites Bett stand, das von Luise mit sauberen Tüchern abgedeckt wurde. Frieda kontrollierte den Muttermund und verkündete, dass er vollständig geöffnet war. Allerdings gab es ein anderes Problem. »Das Kind liegt nicht richtig.«

Gitte Maresch sah sie erschrocken an. »Wie, nicht richtig?«

»Falsch herum. Es wird mit dem Po zuerst kommen. Aber auch das bekommen wir hin.«

Sie sah zu Luise, die nickte. Auch sie hatte bereits Erfahrung darin, ein Kindchen mit dem Po zuerst auf die Welt zu holen. Die größte

Schwierigkeit war, dafür zu sorgen, dass sie einwandfrei die Arme herausbekamen. War das geschafft, ging der Rest ganz schnell. Aber es gab auch Fälle, in denen das Kindchen im Becken der Mutter stecken geblieben und am Ende bei der Geburt gestorben war. Doch so weit würden sie es heute auf keinen Fall kommen lassen.

»Zuerst müssen wir ihre Position verändern«, wies Frieda Luise an. »Sie muss mit dem Becken nah an die Bettkante. Am besten stellen wir die Beine auf zwei Stühle.«

Als das getan war, setzte Luise sich hinter die junge Frau sodass sie sich bei ihr anlehnen konnte. Mit einem Mal ging alles sehr schnell. Das erste Beinchen war zu sehen, dann das zweite. »Weiterpressen«, sagte Luise. »So ist es gut.«

»Ein Ärmchen ist da«, sagte Frieda. »Und hier haben wir das andere. Und jetzt: Flach hinlegen.«

Luise wusste, was kam. Frieda würde das Baby kurz hängen lassen und dann den Körper in die Waagerechte bringen, damit der Kopf glatt herauskommen konnte. Gitte Maresch schrie laut auf und Luise drückte auf den Bauch. Dann war es geschafft. Frieda hielt das Baby in den Händen. Jedoch gab es keinen Ton von sich.

Gitte Maresch sackte erschöpft in sich zusammen und fragte: »Was ist es? Wieso weint es nicht?«

Frieda befreite rasch Nase und Mund von Schleim, und da fing es plötzlich an zu greinen. »Da bist du ja, kleines Fräulein«, sagte sie erleichtert lächelnd. »Herzlich willkommen auf der Welt. Darf ich dir deine Mama vorstellen?« Sie nahm die Kleine hoch, wickelte sie in ein Leinentuch, das Luise bereithielt, und reichte sie Gitte Maresch. »Sie haben eine entzückende Tochter, meine Liebe. Herzlichen Glückwunsch.«

Die Augen von Gitte Maresch wurden groß. Voller Erstaunen betrachtete sie das kleine Menschlein in ihrem Arm, das zu weinen aufgehört hatte und sie mit einem Auge ansah.

»Sie ist wunderschön«, flüsterte sie.

»Ja, das ist sie«, sagte Luise und sah zu Frieda, die sich erhob und ans Fenster trat.

Auf der Straße stand Henriette Manns und sah mit besorgter Miene zu ihr hoch. Frieda hielt den Daumen nach oben. Die Frau lächelte, nickte und deutete zur Tür, was Frieda verwunderte. Die Dame hatte nicht den Anschein erweckt, wirkliche Anteilnahme an Frau Mareschs Situation zu haben. Doch vielleicht würde sich dies durch die Geburt des neuen Erdenbürgers ja ändern. Zu wünschen wäre es. Frieda nickte und beobachtete, wie Frau Manns zur Hoftür lief.

»Wir bekommen Besuch«, sagte sie. »Frau Manns scheint gratulieren zu wollen.«

»Ach, die. Die hat mir ständig das Leben schwer gemacht«, sagte Gitte Maresch. »Sie bezeichnete mich sogar als Schlampe.«

»Meinungen über Menschen ändern sich«, antwortete Luise. »Und es wäre doch gut, sich mit einer Nachbarin anzufreunden. Oder haben Sie Freunde und Verwandte in der Nähe, die Ihnen in dieser Situation helfen könnten?«

Gitte Maresch schüttelte den Kopf. Luise schien einen wunden Punkt getroffen zu haben, denn plötzlich schimmerten Tränen in ihren Augen.

»Ich hab niemanden«, sagte sie. »Ich bin mit einem Burschen aus unserem Dorf durchgebrannt. Das verzeiht mir meine Mutter niemals. Vater ist gestorben, das weiß ich von meiner Schwester, die in Schwerin wohnt, mich aber wegen der Schande nicht bei sich aufnehmen möchte. Ihr Mann ist bei der Marine. Mein großes Glück war es, Ludwig zu treffen.«

»Andere Geschwister?«, fragte Frieda.

Gitte Maresch schüttelte den Kopf. »Mein Bruder ist gefallen. Schon im September 1914 in Belgien. Nur Ludwig ist mir geblieben. Er ist in Russland und schreibt regelmäßig. Erst vor einigen Tagen kam ein Brief von ihm an. Er freut sich schon auf das Kind und will bei seinem nächsten Heimatbesuch die Scheidung von seiner Frau vorantreiben, damit wir bald heiraten können. Ihm ist diese Angelegenheit äußerst unangenehm. Ach, wenn doch dieser dumme Krieg nicht wäre. Alles könnte so schön sein.«

Frieda wollte etwas antworten, wurde jedoch von einem Klopfen an der Tür gehindert. Sie trat in den Flur und öffnete. Henriette Manns stand davor mit einem Korb in den Händen, der einen halben Laib Brot, ein Stück Butter und eine Flasche Milch enthielt, und lächelte schüchtern.

»Was ist es denn geworden? Darf ich reinkommen?«

»Aber gern«, antwortete Frieda. »Es ist schön, dass Sie da sind. Und was für ein hübscher Präsentkorb. Darüber wird sich das Fräulein Maresch gewiss freuen. Treten Sie doch ein.«

Unsicher betrat Henriette Manns den Raum. »Oh, mein Liebe. Was bin ich froh darüber, dass die beiden Damen eben vorbeigekommen sind. Gerade rechtzeitig, um das Kindchen auf die Welt zu holen. So allein geht das ja gar nicht.«

Gitte Maresch lächelte schüchtern.

»Was ist es denn?«

»Ein Mädchen«, antwortete sie.

»Darf ich mal gucken?«

Gitte Maresch nickte, und Henriette Manns trat näher heran. Ihr Blick wurde mild, als sie den Säugling sah, und sie lächelte. »Was ist die niedlich. So eine süße Kleine. Und ganz die Mama. Wie soll sie denn heißen?«

»Victoria. Nach ihrer Großmutter«, antwortete Gitte Maresch. »Sie war ein besonderer Mensch.«

»Ein hübscher Name«, sagte die Manns und wandte sich den Hebammen zu. »Ich kümmere mich jetzt. Wir sind ja Nachbarn. Da müssen wir zusammenhalten. Wenn du magst, Gitte, ich darf doch du sagen, kannste, wenn du dich ausgeruht hast, im Laden helfen, und ich versorg dich und die Kleine immer anständig.«

Gitte Maresch sah zu Frieda und Luise. Sie schien nicht so recht zu wissen, was sie mit dem plötzlichen Angebot der Frau, die ihr bisher anscheinend wenig freundschaftlich begegnet war, anfangen sollte. Henriette Manns ahnte, weshalb Gitte Maresch zögerte. »Weißte, ich hab nachgedacht«, sagte Henriette Manns. »Meine beiden Buben sind im Krieg gefallen. Meinen Mann hat mir die Tuberkulose im letzten Winter genommen. Mir ist nur noch meine alte, halb taube Mutter geblieben. So allein ist das Leben aber doch nichts. Und du bist doch auch allein. Jedenfalls jetzt noch. Und wegen der Kleinen und dem Gerede der Leute, da mach dir mal keine Gedanken. Was meinste?« Sie sah Gitte Maresch abwartend an.

Diese nickte und antwortete: »Gut, dann machen wir das so. Bis mein Ludwig wiederkommt und wir heiraten.«

»Aber sicher doch. Bis er wiederkommt. Und dann feiern wir eine Hochzeit, die sich gewaschen hat. Darfst Henni zu mir sagen. Das machen alle so.«

»Na, dann scheint die Versorgung ja geregelt«, sagte Frieda zufrieden lächelnd. »Wir müssen dann auch weiter, denn die nächsten Kinder wollen auf die Welt geholt werden. Luise wird morgen noch einmal vorbeikommen und nach Ihnen sehen, Fräulein Maresch. Ruhen Sie sich aus. Es war eine schwere Geburt.«

Gitte Maresch nickte.

»Und auf die Kleine kann ich auch mal gucken«, sagte Henriette Manns und tätschelte ihrer neugewonnenen Freundin, wenn man es denn so nennen konnte, den Arm.

Frieda und Luise verabschiedeten sich und verließen das Haus. Auf dem Rückweg in die Frauenklinik schüttelte Frieda den Kopf. »Also so etwas habe ich noch nie erlebt. Es geschehen noch Zeichen und Wunder. Das sich so eine wie die Manns mit einer ledigen Mutter abgibt. Verkehrte Welt.«

»Das ist der Krieg«, antwortete Luise. »Er verdreht alles. Aber dieses Mal scheint es ausnahmsweise was Gutes zu haben.«

»Ja, das stimmt«, antwortete Frieda. »Gott sei Dank sind wir gerade an dem Haus vorbeigekommen. Nicht auszudenken, was geschehen wäre, wenn die Frau dort oben das Kind allein zur Welt gebracht hätte.«

»Darüber will ich gar nicht nachdenken«, antwortete Luise und fügte hinzu: »Es ist ja noch mal gutgegangen.«

9

Margot stand im Eingangsportal des Verwaltungsgebäudes und zog ihre Strickjacke fester um sich. Es war überraschend kühl geworden. Sie schloss kurz die Augen und genoss den frischen Wind, der einen ersten Gruß des nahenden Herbstes mit sich brachte und nach Regen duftete. In der Nacht hatte ein Gewitter die schwüle Luft der letzten Tage vertrieben, und am frühen Morgen war in sämtlichen Räumen der Klinik ordentlich gelüftet worden. Nur in einem Raum war das Fenster zugeblieben: in der kleinen Kammer, in die Doro zum Sterben gebracht worden war. Die unsachgemäße Abtreibung hatte eine Infektion zur Folge gehabt, von der sie sich nicht wieder erholt hatte. Mitten in der Nacht war Margot von Dr. Hammerschlag gerufen worden, der mitbekommen hatte, dass sie einen besonderen Bezug zu der Patientin hatte. Die letzten Stunden hatte sie bei Doro gesessen und ihre Hand gehalten, während ihr Atem immer schwächer geworden war. Doro war genauso alt wie sie selbst. Sie waren zusammen aufgewachsen; Doro im dritten Hinterhof in der Dachwohnung rechts. Ihr Vater war Holzarbeiter gewesen, heute war er einer der vielen Kriegsversehrten, die die Straßen bevölkerten. Sein linkes Bein und die rechte Hand hatte er verloren. Einmal hatte Doro ihr erzählt, dass er sich wünschte, er wäre mit seinen Kameraden an jenem Tag auf dem Feld den Heldentod gestorben. Denn jetzt, als Krüppel, war er nichts mehr wert.

»Hier steckst du«, riss Edith Margot aus ihren Gedanken. »Wir haben dich beim Abendessen vermisst.«

»Ich hatte keinen Hunger«, antwortete Margot.

»Was ist passiert?«, fragte Edith.

»Doro ist gestorben«, antwortete sie und wischte sich über die Augen.

»Oh, wie schrecklich, das tut mir leid«, sagte Edith.

Margot nickte. Sie holte ein Taschentuch hervor, schnäuzte sich und wischte sich die Tränen von den Wangen. »Warum ist sie denn nur nicht zu mir gekommen? Wir hätten gewiss eine Lösung gefunden. Sie ist doch nicht die Einzige, die ledig ein Kind zur Welt bringt. Stattdessen ist sie zu diesem Pfuscher gegangen.«

»Ich weiß«, antwortete Edith und legte tröstend den Arm um Margot. »Aber du kannst nichts an ihrer Entscheidung ändern.«

»Als Kinder waren wir eng«, sagte Margot. »Wir gingen in dieselbe Klasse der Volksschule und spielten gemeinsam auf der Straße. Damals wollten wir Prinzessinnen werden und so hübsche Kleider wie die Kaiserin tragen. Einmal, bei einem Festumzug am Sedanstag, sahen wir sie von Weitem. Da fuhr sie in einer prachtvollen Kutsche an uns vorbei, und wir winkten ihr mit bunten Fähnchen zu. Sie sah so wunderschön aus. Doro war ganz vernarrt in sie und hatte sogar ein Foto von ihr. Mit vierzehn fing sie dann in der Neuen Welt als Bedienung an. Am Anfang war sie richtig stolz, dort zu arbeiten. Es ging bald darauf das Gerücht um, sie sei ein leichtes Mädchen geworden. Ich hab das nie geglaubt und sie sogar einmal danach gefragt. Sie meinte, da sei nichts. Allen Bedienungen würden sie was nachsagen. Kommen ja die ganzen jungen Burschen aus den benachbarten Kasernen, um sich dort zu vergnügen. Als Kinder waren wir auch manchmal dort. Wenn wir ein paar Pfennige hatten, fuhren wir Karussell. Einmal fuhr ich sogar mit der Wasserrutschbahn. Daran erinnere ich mich noch gut. Zumeist hatten wir aber kein Geld für Vergnügungen. Also schauten wir nur zu. Über die Teichanlagen in der Nähe des indischen Tempels war ein Hochseil gespannt, auf dem Akrobaten beeindruckende Kunststücke vorführten, und es gab viele Konzerte und Bühnen, vor denen man stehen bleiben und zusehen konnte. Doro arbeitete in einem der Biergärten, später bediente sie auch bei den Politikveranstaltungen der SPD im großen Saal. Sie berichtete mir manchmal, was geredet wurde. Wegen der Kriegstreiberei und so. Sie meinte immer, die Sozis sollten nur still sein. Ihr Vater sagte: ›Der Kaiser wird es schon richten. Alles für das Deutsche Reich‹.« Margot schüttelte den Kopf. »Und heute ist der herrlich bunte Vergnügungspark ein Lazarett, in dem fast täglich Menschen sterben. Ach, ich wünschte, ich könnte noch einmal mit Doro vor einer der Theaterbuden stehen oder eines der großartigen Feuerwerke bewundern, die im Sommer regelmäßig stattfanden.«

Edith wusste nicht, was sie antworten sollte. Sie legte den Arm um Margot, und diese lehnte sich an ihre Schulter. Schweigend sahen sie eine Weile dabei zu, wie die Dämmerung hereinbrach.

»Ich bin noch nie Wasserrutschbahn gefahren«, sagte Edith irgendwann.

»Wirklich nicht?«, fragte Margot erstaunt.

»Nein, ehrlich.«

»Und das, obwohl du aus so einer reichen Familie kommst.«

»Das sagt nicht alles. Reich sein bedeutet nicht gleich Glück, weißt du? Es macht einiges leichter, aber sorgt nicht immer für Zufriedenheit. Das weiß ich jetzt.«

»Es macht sehr viele Dinge leichter«, antwortete Margot. »Besonders in diesen Zeiten. Ich war gestern mit Frieda bei einer reichen Familie zur Entbindung eines Jungen. Die können sich die teure Hausgeburt natürlich leisten. Sie haben uns nach der Geburt Kirschkuchen und Wein angeboten. Und während der vielen Stunden Wartezeit sind wir mit leckeren Käse- und Wurstbroten mit richtiger Butter drunter versorgt worden. Meiner Mutter darf ich das gar nicht sagen. Die regt sich dann wieder viel zu arg auf, und das schadet ihrem Kreislauf.«

»Wie geht es ihr denn?«, fragte Edith.

»Besser. Sie hört wieder richtig. Der gebrochene Arm heilt gut. In drei Wochen kann sie ihn wohl wieder bewegen. Sie hat sich bei den Farbenwerken vorgestellt. Es könnte sein, dass das mit der Anstellung klappt. Bis dahin bringt sie jeden Tag die beiden Kleinen in die Tagesheimstätte und hilft dort, so gut es mit einer Hand geht, bei der Arbeit mit.«

Zwei Frauen traten ins Licht einer Straßenlaterne vor dem Haus und zogen die Aufmerksamkeit der beiden auf sich. Eine von ihnen schien die andere zu stützen.

Edith und Margot eilten den beiden Frauen entgegen.

»Helfen Sie, helfen Sie schnell. Es ist viel zu früh. Das Kind darf noch nicht kommen.«

Rasch brachten sie die Frau in die Poliklinik, wo heute Dr. Olsewitz Dienst hatte, der über einigen Patientenakten am Schreibtisch saß. Gemeinsam brachten sie die junge Frau in einen der Behandlungsräume. Noch bevor sie auf der Untersuchungsliege Platz nehmen konnte, wurde es unter ihren Beinen nass.

»Die Fruchtblase ist geplatzt«, sagte der Arzt. »Da will heute jemand auf die Welt kommen.«

»Aber das geht nicht«, sagte die junge Frau. »Es ist zu früh. Bis zur Geburt sind es noch acht Wochen.«

Die andere Frau, sie schien ihre Mutter zu sein, begann zu weinen. »Das auch noch. Welch ein Unglück. Die ganze Welt ist ein großes Unglück.«

»Wir werden sehen«, antwortete Olsewitz. »Jetzt beruhigen wir uns erst einmal.« Er wandte sich an die Schwangere. »Wir bringen sie in einen unserer Entbindungssäle. Dort werde ich Sie untersuchen, und eine unserer Hebammen wird Sie betreuen. Die Geburt wird sich nicht aufhalten lassen, aber Kinder der zweiunddreißigsten Woche überleben meistens, und manchmal wird sich bei den Terminen etwas verrechnet. Ein, zwei Wochen können da eine

Menge ausmachen. Wie heißen Sie denn? Waren Sie schon einmal bei uns?«

Eine weitere Wehe setzte ein, sie stöhnte auf.

Ihre Mutter antwortete für sie. »Ihr Name ist Elise Walter. Und ich heiße Reichpietsch, Gabriele Reichpietsch.« Ihre Stimme zitterte vor Aufregung.

»Ich war vor einer Weile bei der Untersuchung«, sagte Elise. »Ich bin angemeldet, als Patientin zweiter Klasse.«

Olsewitz nickte. Der Name Reichpietsch sagte ihnen allen etwas, doch niemand wagte es, etwas dazu zu sagen. Im Reich hatte sich herumgesprochen, dass der Sohn des Portiers und frommen Baptisten Hermann Reichpietsch ein Revolutionär war. Einer der Rädelsführer sollte er bei den Aufständen der Matrosen in Wilhelmshaven gewesen sein. Es war zu Protesten gegen die Heeresführung gekommen. Von Befehlsverweigerungen, unerlaubten Landgängen und Kundgebungen zur Unterstützung der Kriegsopposition war die Rede gewesen. Sogar in der Zeitung war darüber berichtet worden, und in der Zentrale der Sozialdemokraten, aber auch auf den Straßen Neuköllns hatte es kein anderes Thema mehr gegeben als die Aufstände der Matrosen.

»Mein Mann ist an der Front in Frankreich«, sagte Elise Walter, während Margot ihr in einen Rollstuhl half, den sie rasch aus dem Flur geholt hatte. »Er freut sich so sehr auf das Kind. Es darf nicht sterben.«

»Wir werden alles dafür tun, dass es das nicht tut«, antwortete Edith. »Und vielleicht haben wir ja Glück, und der Termin ist falsch berechnet worden.« Sie sah zu Margot, deren Miene ernst war. Acht Wochen zu früh. Das könnte kritisch werden. Oder auch nicht. Sie würden sehen. Nun galt es erst einmal, die Gebärende zu beruhigen. Dr. Olsewitz schickte Frau Reichpietsch nach Hause und meinte, man werde sich melden. Es könne alles noch ein Weilchen dauern.

»Ich hätte eh nicht bleiben können«, antwortete Gabriele Reichpietsch. »Meine beiden Jüngsten schlafen bereits, aber sie wissen ja, wie das mit Kindern ist, und mein Gatte ist heute unterwegs. War ein harter Tag für uns.«

Olsewitz wusste, was Gabriele Reichpietsch andeutete. Ihr Sohn Max Reichpietsch und ein weiterer Rädelsführer waren zum Tode verurteilt worden. So hatte es heute Morgen in sämtlichen Zeitungen gestanden.

Olsewitz mochte sich lieber nicht vorstellen, wie es sich für Eltern anfühlen musste, eine solche Nachricht aus der Zeitung zu erfahren. »Ich muss jetzt nach Ihrer Tochter sehen«, antwortete der Arzt, ohne auf die Bemerkung der Frau einzugehen. »Wir melden uns bei Ihnen, sobald das Kind auf der Welt ist.«

Die Frau nickte, nahm ihre Tasche, die sie auf einen Hocker neben der Tür gestellt hatte, und verließ mit einem knappen Abschiedsgruß auf den Lippen den Raum.

10

Edith sorgte dafür, dass es Elise Walter gemütlich hatte, und schob ihr ein weiteres Kissen unter den Rücken. Sie war im Moment die einzige Gebärende im Entbindungssaal, was ihnen eine besondere Form von Privatsphäre gab.

Frieda betrat den Raum, trat mit einem einnehmenden Lächeln ans Bett, krempelte die Ärmel hoch und sagte: »Guten Tag, Frau Walter. So schnell sieht man sich wieder. Da will wohl jemand die Welt besonders schnell kennenlernen. Dann wollen wir mal sehen, wie weit wir sind.« Sie bat die Patientin, die Beine zu spreizen, und untersuchte sie.

»Erst fünf Zentimeter. Das wird noch ein Weilchen dauern.« Sie sah zu Edith, die ihr die Patientenkarte reichte, die erst vor wenigen Tagen bei dem Vorstellungsgespräch in der Tagesklinik ausgefüllt worden war. Frieda las die sich darin befindenden Angaben durch und nickte. »Zweiunddreißigste Woche, vielleicht dreiunddreißigste. Das schaffen wir. Machen Sie sich keine Sorgen, Liebes.« Sie tätschelte der Patientin das Knie. »Ich habe schon viel jüngere Babys auf die Welt geholt, die durchgekommen sind. Bei der Betreuung von Frühgeborenen hat es in den letzten Jahren viele Verbesserungen gegeben. Besonders erwähnenswert ist natürlich die Erfindung des Inkubators für Säuglinge, der während der Weltausstellung in Berlin ausgestellt worden ist. Meine Mutter, ihres Zeichens ebenfalls Hebamme, war mit mir damals dort. Sie empfand es als befremdlich, dass die Inkubatoren, die ja medizinische Geräte sind, im Vergnügungsbereich der Ausstellung neben dem Kongodorf und den Tiroler Jodlern ausgestellt waren. Als ›Kinderbrutanstalt‹

wurden die Apparate dort bezeichnet. Aber angeblich soll während der Messe keines der Kleinen gestorben sein, und der Zweck heiligt ja bekanntlich die Mittel. Obwohl ich denke, dass ihr Kleines es auch im Wärmebettchen schaffen könnte. Wir werden sehen.«

Eine Wehe überkam Elise Walter, und sie begann zu stöhnen.

»Vielleicht sollten Sie sich noch ein wenig bewegen«, schlug Frieda vor und sah zu Edith und Margot, die verstanden. Wieder einmal würden sie einige Stunden damit verbringen, im Entbindungsraum und im davorliegenden Flur auf und ab zu laufen. Daran, Feierabend zu machen, dachte keine von beiden. Es galt, die Gebärende zu unterstützen und darauf zu hoffen, dass das Neugeborene kräftig genug war, um eigenständig zu atmen und zu überleben.

So ging es auf den Flur hinaus, wo Elise Walter nach nur wenigen Schritten stehen blieb, sich an den Rücken griff und laut aufstöhnte.

Margot stützte sie und fand tröstende Worte.

Als die Wehe abebbte, setzte sich Elise in Bewegung und begann, über ihren Bruder zu sprechen. »Max hat mir oft geschrieben. Er ist kein schlechter Mensch, müssen Sie wissen.« Sie sah Edith und Margot an.

Beide wussten nicht so recht, was sie antworten sollten. Selbst Margot kannte Max Reichpietsch oder seine Familie nicht näher.

»Er hat sich schon vor fünf Jahren zur Kriegsmarine gemeldet. Er träumte davon, eines Tages mehr zu sein als ein einfacher Müllmann. Er sagte immer, er wolle auch mal einen weißen Anzug wie die Reichen tragen. Wie die auf den Tennisplätzen, für die er als Junge für ein paar Pfennige Bälle geholt hatte.« Sie machte eine Pause, denn die nächste Wehe kam. Stöhnend stützte sie sich an einer Fensterbank ab. Die Wehe ebbte ab, und sie sprach weiter. Es schien ihr ein Bedürfnis zu sein, all diese Dinge laut auszusprechen, weshalb Edith und Margot sie in ihrem Redefluss nicht unterbrachen. Es war wichtig, dass sich die Gebärende wohlfühlte, und wenn es Elise

Walter guttat, über ihren Bruder zu reden, dann hörten sie eben zu und unterbrachen sie nicht. »Zu Kriegsbeginn war Max Signalgast auf dem Flaggschiff der Marine, der SMS Friedrich der Große. Ich weiß noch, wie begeistert er in seinem Brief darüber schrieb, dass er dem Kaiser gegenübergestanden hat. Doch die Ernüchterung folgte schnell. Wir sind eine sehr gläubige Familie, und von dem Kriegstaumel der Anfangszeit haben wir uns nicht anstecken lassen. Max stand dem Ganzen stets mit gemischten Gefühlen gegenüber. Besonders die Seeschlacht vor Skagerrak ernüchterte ihn. Er hat mir geschrieben: ›Tausende sind gestorben, Schwesterchen. So viel Leid, so viel Grausamkeit.‹ Doch er kämpfte weiter. Bis ihn ein Ereignis erschütterte. Ein Unteroffizier hat ihn grundlos niedergeschlagen.« Sie blieb erneut stehen und sog scharf die Luft ein.

»Die Abstände werden kürzer«, sagte Edith, die eine Uhr in Händen hielt. »Das ist gut.«

Elise sprach weiter. »Er hatte immer das Ziel vor Augen, ein guter Matrose zu werden. Er hat geglaubt, als zuverlässiger Mann am obersten Deck des Flaggschiffes sei er das auch, und diese Tätigkeit würde ihm trotz seiner ärmlichen Herkunft Ansehen bringen. Doch er hat mir geschrieben: ›Nun, Schwesterchen, ich bin ehrlich, ich fühle mich wieder wie der Ballholer für die Reichen auf dem Tennisplatz.‹ Sie haben ihn zum Revolutionär gemacht.« Sie begann zu weinen. »Und er hat doch recht. Dieser Krieg muss beendet werden. So kann es doch nicht weitergehen. Und jetzt wollen sie ihn einfach so umbringen. Das ist nicht gerecht.«

»Vielleicht wird sein Todesurteil ja noch in eine lebenslange Haft umgewandelt«, sagte Edith, die von Elises Worten ergriffen war. Sie hatte die Berichte über den Aufstand der Matrosen in den Zeitungen verfolgt. Die Menschen begannen sich zu wehren, und das fand sie gut. Sie gingen auf die Straßen und forderten Veränderungen. So hatte es auch in Russland begonnen, wo der Zar und seine Familie sogar ermordet worden waren, was Edith jedoch für ein grausames Vorgehen hielt.

Eine weitere Wehe überkam Elise, und Margot meinte: »Wir sind recht weit den Flur hinuntergelaufen. Gleich befinden wir uns im Treppenhaus. Wir sollten zurückgehen und schauen, wie die Dinge stehen.« Sie bemühte sich darum, ihrer Stimme einen aufmunternden Klang zu verleihen. Die werdende Mutter gehörte aufgebaut, denn eine schmerzhafte Geburt stand ihr bevor, deren Ausgang ungewiss war. Da war Politik gewiss nicht das richtige Thema.

Sie machten sich auf den Rückweg in den Entbindungssaal, in dem inzwischen ein weiteres Bett belegt war. Margot kannte die junge Frau, die in derselben Straße wie sie selbst aufgewachsen war, vor vier Jahren geheiratet hatte und nun bereits das zweite Kind bekam. Die Heimaturlaube ihres Gatten, eines Druckergesellen, waren eine fruchtbare Angelegenheit.

»Guten Abend, Bärbel«, grüßte sie fröhlich, als sie an ihrem Bett vorüberging. »Na, ist es endlich so weit?«

»Ja, Gott sei Dank. Ich kann mich gar nicht mehr bewegen, so dick bin ich geworden. Ich dachte schon, es will für immer drinbleiben.« Bärbel bemühte sich um ein Lächeln.

»Alle sind irgendwann rausgekommen«, sagte Lore Hembach, die Bärbel in Empfang genommen und hierhergebracht hatte. Sie würde sich heute mit Frieda und einer weiteren Hebammenschülerin, ihr Name war Judith, und sie kam aus Neuruppin, die Nachtschicht teilen.

Margot reagierte verwundert, als sie Judith sah.

»Judith, was machst du denn hier?«, fragte sie. »Sollte nicht Gerda heute die Nachtschicht übernehmen?«

»Schon. Aber sie hat mich gefragt, ob wir tauschen. Ihr Liebster ist von der Front nach Hause gekommen, und sie wollte ihn unbedingt sehen.«

»Sie hat einen Liebsten?«, fragte Edith.

»Aber gewiss doch«, antwortete Judith. »Sie hofft, er macht ihr jetzt endlich einen Antrag. Vielleicht gibt es sogar eine Blitzheirat. Wer weiß?«

»Solange er ihr kein Blitzkind macht und dann nicht wiederkommt«, sagte Edith und zuckte mit den Schultern.

»Aber wenn sie verheiratet ist, wird sie die Ausbildung abbrechen müssen«, sagte Margot. »Sie wollte doch unbedingt Hebamme werden.«

Judith wollte etwas antworten, wurde aber von einem lauten Räuspern unterbrochen, das von Lore kam.

Alle drei zogen die Köpfe ein. Allgemeiner Klatsch hatte in diesen Räumen nichts zu suchen. Sie widmeten ihre Aufmerksamkeit wieder ihren Patientinnen.

Um Elise Walter hatte sich während des kurzen Gesprächs Frieda gekümmert, die verkündete: »Es kann losgehen. Das ging nun doch schneller als gedacht.« Sie wies Margot an, hinter Elise zu treten, um sie beim Pressen zu unterstützen. Edith forderte sie auf, neben sich zu treten, damit diese den Geburtsvorgang beobachten und lernen konnte. »Jetzt pressen, meine Liebe. Sie machen das hervorragend. Ich sehe das Köpfchen schon. Gleich ist es geschafft.«

Margot schob Elise bei jeder Wehe nach vorn und ertrug es tapfer, dass diese ihre Hand so fest drückte, dass sie glaubte, die Knochen würden brechen.

»Das Köpfchen ist da«, verkündete Frieda. »Nun noch ein letztes Mal pressen, dann ist es geschafft.«

Das kleine Wesen rutschte aus Elises Körper und wurde von Frieda sogleich begutachtet. Es hatte eine Menge Käseschmiere auf dem Körper, bewegte sich nicht und gab keinen Laut von sich.

»Was ist?«, fragte Elise und beugte sich nach vorn. »Lebt es? Atmet es? Wieso schreit es nicht?« Ihre Stimme wurde panisch. »Es muss doch atmen. Es muss doch schreien. Das machen Babys doch nach der Geburt. Sie schreien.«

»Schnell, den Schlauch«, wies Frieda Edith an. Diese tat wie geheißen, und Frieda reinigte die Luftwege des Kindes, es war ein Junge, von Schleimresten. Sie trennte die Nabelschnur durch, streichelte seinen Bauch, drehte es auf den Bauch, massierte seinen Rücken und kitzelte es an seinen winzigen Füßchen. Es waren lähmende Sekunden, doch dann kam endlich Leben in den kleinen Jungen. Er begann leise zu greinen und Arme und Beine zu bewegen. »Na, da hast du dir aber Zeit gelassen, mein Kleiner«, sagte Frieda erleichtert. Schnell reichte Edith ihr ein Tuch, in das Frieda den Säugling wickelte. Dann legte sie ihn seiner Mutter mit den Worten in die Arme: »Ich gehe und sage dem Arzt Bescheid, damit er ihn untersuchen kann. Er ist noch sehr klein und muss gewiss ins Wärmebettchen.«

Elise Walter sah ihren Erstgeborenen mit großen Augen an.

»Hallo, kleiner Mann«, flüsterte sie ehrfürchtig. »Ich bin es, deine Mama.« Sie begann zu weinen. »Du hast uns einen gehörigen Schrecken eingejagt, weißt du das?«

»Jetzt wird bestimmt alles gut«, sagte Margot. »Er wirkt schon recht kräftig. Wie soll er denn heißen?«

»Max natürlich. Nach seinem Onkel. Sein Vater wird das gewiss verstehen. Er wollte eigentlich, dass er Alfred heißt, wie sein Großvater. Aber unter diesen Umständen...« Sie sprach nicht weiter.

»Gewiss doch«, antwortete Margot. Sie war sich nicht sicher, ob der Vater des kleinen Jungen wirklich Verständnis dafür aufbringen würde, dass sein Sohn nach einem Revolutionär benannt wurde. Dort draußen gab es noch immer viele Menschen, die nichts von einem Einigungsfrieden hören wollten. Für sie zählte nur ein Siegfrieden der Mittelmächte, sonst nichts. Und vielleicht gehörte der Vater des Jungen ja zu den Menschen mit dieser Meinung. Zu den

Männern, die den Heldentod für König und Vaterland sterben und stolz darauf sein würden.

Dr. Olsewitz betrat den Raum und nahm Elise den Kleinen, der zu greinen begonnen hatte, ab. Er lächelte freudig. »Er scheint recht munter. Da sind wir aber froh. Jetzt untersuche ich ihn rasch, und dann kommt er ins Wärmebettchen. Vermutlich ist doch etwas bei der Bestimmung des Termins schiefgelaufen. Dieses Mal, wie es aussieht, zu unseren Gunsten.« Er wandte sich Frieda zu. »Lief alles normal?«

Frieda nickte. »Wie immer. Nachgeburt ist auch vollständig. Wir werden Frau Walter jetzt gleich auf die Wochenstation bringen.«

»Fein. Dann nehme ich den Kleinen schon mal mit auf die Säuglingsstation. Die Damen, ich wünsche eine gute Nachtruhe.« Er nickte Edith und Margot zu und verließ den Raum.

»Die wünsche ich euch auch«, sagte Frieda. »Seht zu, dass ihr in eure Betten kommt. Morgen beginnt der Tag früh, und ihr seid trotz der Mehrarbeit nicht freigestellt, wie ihr euch denken könnt.«

Margot und Edith nickten, verabschiedeten sich von Elise, Lore und Judith und trollten sich aus dem Entbindungssaal. Als sie kurz darauf über den Hof zum Verwaltungsgebäude gingen, sagte Margot plötzlich: »Ich bin noch nicht müde. Wollen wir schnell zu Frau Reichpietsch laufen und ihr sagen, dass ihr Enkelsohn gesund auf die Welt gekommen ist? Sie ist gewiss in großer Sorge um ihn.«

Edith stimmte zu.

Die beiden machten sich durch die dunklen Straßen und Gassen auf den Weg Richtung Hasenheide. Es waren nur noch wenige Passanten auf den Straßen unterwegs. Sämtliche Läden waren geschlossen, und auch die Straßenbahn fuhr nicht mehr. In einer schmalen Seitengasse wohnte die Familie Reichpietsch neben einer Gaststätte in einem Hinterhaus im ersten Stock. In dem Gasthaus herrschte noch Betrieb. Die Fenster waren hell erleuchtet, und Musik drang auf die Straße. Genau in dem Moment, als Margot das Hoftor öffnen wollte, wurde dieses aufgerissen und eine junge Frau auf die Straße geschleudert. »Mach, dass du fortkommst, du elende Hure! Miststück!«, brüllte eine Männerstimme.

Die Frau landete unsanft auf dem Straßenpflaster und krümmte sich, offensichtlich von Schmerz erfüllt, zusammen. Wie gelähmt starrten sowohl Margot als auch Edith sie für einen Moment an, dann kam Leben in sie. Sie näherten sich der Frau und gingen neben ihr in die Hocke.

»Hallo«, sagte Margot und berührte die Schulter der dunkelhaarigen Frau. »Können wir Ihnen helfen?«

Die Frau wandte den Kopf. Sie blutete an der Lippe, und ihr rechtes Auge hatte ebenfalls etwas abbekommen.

»Verschwinde, Schätzchen«, nuschelte sie. Offensichtlich war sie betrunken. »Mir kann keiner helfen. Niemand, hörst du?« Sie wollte aufstehen, schaffte es jedoch nicht, denn erneut übermannten sie die Schmerzen, und sie krümmte sich zusammen. »Vermaledeites Balg aber auch!«, schrie sie. »Hau doch ab! Haut alle ab!«

»Sie sind schwanger?«, fragte Edith und sah Margot an, die nickte.

»Was denn sonst, Schätzchen? Aber das Kleine geht gerade.«

Tränen schossen der Frau in die Augen. »Der Penner hat es totgeprügelt.« Sie sank in Ediths Arme, begann bitterlich zu weinen und murmelte: »Ist aber auch besser so. Was soll ich Hure denn mit so einem Würmchen machen?« Sie krümmte sich erneut zusammen.

»Wir bringen Sie besser in die Frauenklinik im Mariendorfer Weg«, sagte Margot. »Wir sind Hebammenschülerinnen. Dort wird Ihnen geholfen. Alles wird wieder gut. Das versprechen wir Ihnen.«

»Ins Krankenhaus.« Die Frau, Margot schätzte sie auf Mitte dreißig, richtete sich auf. »Nee, Schätzchen, lass mal. Da geh ich nicht hin. Keine zehn Pferde bringen mich in die Bude. Und gut wird es so auch.« Sie stand wacklig auf.

»Aber Sie haben eine Fehlgeburt. Das muss sich ein Arzt ansehen.«

»Ach, Schätzchen, was weißt du schon?«, erwiderte die Frau und schüttelte den Kopf. »Das ist nicht mein erster Abgang. Ist doch ein Segen, was? Wegen der Schande. Aber bei einer wie mir ist das eh schon egal. Bleib mir bloß mit dem Arzt weg. Weiß auch nicht mehr als der Kurpfuscher um die Ecke, der mir das letzte Balg vom Hals geschafft hat.« Sie tätschelte Margot die Wange und strich über ihr Haar.

Margot schlug eine Schnapsfahne entgegen. Sie glaubte Tränen in den Augen der Frau schimmern zu sehen.

»Bist ein hübsches Ding. Hebammen also. Ist eine schicke Sache. Macht was aus euch, ihr beiden. Lasst euch bloß nicht auf die Kerle ein. Das bringt eh nichts. Glaubt es mir. Die bringen nur Unglück.« Sie ließ ihre Hand sinken, drehte sich um und ging davon.

Margot und Edith sahen ihr nach. An der Hausecke kam sie noch einmal ins Straucheln und hielt sich für einen Moment an der Mauer fest. Edith wollte zu ihr eilen, doch Margot hielt sie zurück. »Sie wird sich nicht helfen lassen«, sagte sie. »Von ihrer Sorte gibt es viele in Neukölln. Wir können nur hoffen, dass die Schwangerschaft erst am Anfang stand und sie es überstehen wird.«

Edith nickte. Die Frau war aus ihrem Blickfeld verschwunden.

»Lass uns zu Frau Reichpietsch gehen«, sagte Margot.

»Sie wird sich darüber freuen, dass bei der Geburt ihres Enkelsohnes alles problemlos verlaufen ist und der Kleine und seine Mutter wohlauf sind. Die guten Neuigkeiten kann diese Frau heute mehr als brauchen.«

11

NEUKÖLLN, SEPTEMBER 1917

Margot nahm Hildes Hand, während diese die Namen auf der Liste las. Es waren viele Zettel, die am Anschlagbrett vor dem Rathaus hingen. Sie waren die Einzigen, die davor standen. Die meisten Angehörigen waren bereits in den Morgenstunden gekommen, um nach den Namen ihres Ehemanns, Sohnes oder Vaters zu suchen. Jetzt war es bereits früher Abend, und die Dämmerung legte sich über die Häuser der Stadt. Lange würde es nicht mehr dauern, bis einer der Mitarbeiter kam und die Listen wieder abhängte. So war es immer. Abends wurden die Listen ins Haus geholt und morgens durch neue ersetzt. Wer dann noch nach Angehörigen suchte, musste sich anderweitig erkundigen. Anfangs waren es noch Briefe gewesen, die den Hinterbliebenen zugestellt worden waren, doch schnell war man dazu übergegangen, Verlustlisten an Rat- und Gemeindehäusern aufzuhängen. Jeden Tag bildeten sich davor Menschentrauben, und die Angst war spürbar. Hilde lief bereits seit einer Weile täglich zum Rathaus, denn Peter hatte länger nicht geschrieben. Heute war Margots freier Tag, und sie hatte die Zeit dazu, Hilde bei diesem schweren Gang zu begleiten. Hildes Hand zitterte, während sie mit dem Finger die Reihen nach unten fuhr. Sie war bereits bei der vierten und letzten Liste, als sie plötzlich innehielt. Margot sah, wie ihre Miene erstarrte. Nein, bitte, das durfte nicht sein. Nicht Peter.

Hildes Zeigefinger war auf einem der Namen stehen geblieben, halb verdeckte er ihn. Doch Margot konnte dennoch lesen, was dort in klaren Schreibmaschinenlettern stand: *Peter Weingard*. Die Buchstaben verschwammen vor ihren Augen. Reflexartig griff sie nach der Hand ihrer Schwester, zog sie an sich. Hilde war wie versteinert. Sie sagte nichts, weinte nicht. Noch nie hatte sich Margot so hilflos gefühlt.

Nach einer gefühlten Ewigkeit, in der die beiden nur nebeneinanderstanden, trat eine ältere Frau mit grauem, hochgestecktem Haar und einer Nickelbrille auf ihrer breiten Nase zu ihnen, die Mitarbeiterin des Amtes. »Gehen Sie doch mal zur Seite, die Damen. Ist gleich Feierabend für heute, und die Listen müssen abgehängt werden.« Ihre Stimme klang resolut. Sie schob sich an ihnen vorbei und begann, die Reißzwecken aus dem Papier zu ziehen. Als sie die vierte Liste abnehmen wollte, hielt Hilde sie zurück.

»Nicht. Ich muss noch einmal nachsehen«, sagte sie. Hildes Stimme bebte. »Vielleicht habe ich mich verlesen. Es darf nicht sein. Bitte, nur einen Moment.«

Die Frau sah von Hilde zu Margot, dann wurde ihr Blick eine Nuance milder. »Meinetwegen. Aber flott. Ich hab nachher noch Termine.« Sie hielt Hilde die Liste hin. Margots Blick glitt ebenfalls über die vielen Namen. Da stand er, ohne Zweifel. Er stand unter seinem Regiment. Er war bei der Infanterie gewesen. Infanterieregiment Nr. 27. So hatte es auch immer auf den Briefen und Paketen gestanden, die Hilde ihm geschickt hatte. *Peter Weingard, Leutnant, tot.* Mehr Angaben gab es nicht. Hilde begann zu schluchzen. Erst leise, dann wurde sie lauter. Margot nahm ihr behutsam die Liste ab und reichte sie der Amtsmitarbeiterin, die wortlos von dannen ging.

»Es darf nicht sein«, sagte Hilde. »Es muss eine Verwechslung sein. Gewiss ist es das. Er hat doch erst neulich geschrieben, dass ich mir keine Sorgen machen müsse. Er sei nicht an vorderster Front, er hat es doch geschrieben.« Ein Heulkrampf brach sich Bahn.

Margot legte die Arme um Hilde und zog sie fest an sich. Sie streichelte ihr über den Rücken und begann ebenfalls zu weinen. Sie mochte Peter so sehr wie einen Bruder. Hilde und er hatten sich schon vor einigen Jahren kennengelernt. Er hatte sie ganz ungeniert auf offener Straße fotografiert, weil er sie so hübsch gefunden hatte. Da waren sie ins Gespräch gekommen und auch mal miteinander ausgegangen. Zwei Monate später hatte der Krieg begonnen, und er war mit einem der ersten Züge Richtung Westen gefahren. Nur noch wenige Male hatten sie sich bei einem seiner Heimaturlaube gesehen. Vor einem Jahr hatte er ihr einen Antrag gemacht. Doch heiraten wollten sie erst nach dem Krieg. Im Frieden, wenn er denn bald käme. So hatte er es gesagt. Dann würde er ihr ein wunderschönes Hochzeitskleid kaufen, und er würde seinen Traum von einem eigenen Fotoatelier verwirklichen. Dazu käme es nun nicht mehr. Was genau geschehen war, würden sie nicht erfahren. Ob es seine Angehörigen schon wussten? Seine Mutter wohnte in Berlin. Wo genau, wusste Margot nicht. Sein Vater war wohl bereits verstorben. Geschwister gab es keine.

Es begann zu regnen. Erst kamen nur vereinzelte Tropfen, doch dann öffnete der Himmel seine Schleusen.

»Komm, wir sehen zu, dass wir nach Hause kommen.« Margot nahm Hildes Hand und zog sie mit sich. Sie rannten bis zur nächsten Straßenbahnhaltestelle.

Während der kurzen Fahrt schwiegen beide. Sie waren vom Regen vollkommen durchnässt worden. Hilde begann zu zittern. Margot, der trotz der Nässe warm war, nahm die Hand ihrer Schwester und drückte sie fest. Sie ließ sie erst wieder los, als sie zu Hause ankamen, in der kleinen Kellerwohnung, in der ihre Mutter über eine Näharbeit gebeugt am Fenster saß und aufblickte. Sie wusste sofort, was los war, noch ehe jemand etwas sagte. »Nun hat es ihn also auch erwischt.«

Hilde nickte wortlos und ging ins Nebenzimmer. Margot blieb an der Tür stehen.

Ihre Mutter hustete. Es klang scheußlich. Erst nach mehreren Schlucken Wasser beruhigte sie sich wieder. »Und du?«, fragte Linde sie.

»Was soll sein?«, fragte Margot.

»Musste wieder gehen?«

Margot wollte etwas antworten. Doch sie wurde durch das Eintreten von Simon und Klara daran gehindert. Die beiden schoben sich hinter ihr in den Raum und sahen verwundert von ihrer großen Schwester zu ihrer Mutter.

»Der Peter ist gefallen«, sagte diese ohne ein Wort des Grußes und begann erneut zu husten.

Aus dem Nebenzimmer war Schluchzen zu hören. Margots Blick wanderte zur über dem Küchentisch hängenden Uhr. Es war bereits nach sechs. Sie sollte sich auf den Weg in die Klinik machen. Gleich gab es dort Abendbrot. Die Marquard sah es nicht gern, wenn jemand fehlte. Über Nacht fortzubleiben war generell verboten. Doch sie brachte es nicht fertig, zu gehen. Sie musste sich kümmern. Um ihre kranke Mutter, um die arme Hilde, deren Zukunftsträume sich mit einem Schlag in Luft aufgelöst hatten, und um ihre kleinen Geschwister, die, ebenfalls vom Regen durchweicht, neben ihr standen und nicht so recht wussten, was sie tun sollten. »Also gut«, sagte Margot und krempelte die Ärmel hoch. »Jetzt sehen wir mal zu, dass wir euch aus den nassen Sachen rausholen, und dann machen wir etwas zu essen und einen warmen Tee. Der wird uns allen guttun.« Sie wedelte mit den Armen, und Simon und Klara liefen ins Nebenzimmer.

Linde sah ihre Tochter dankbar an. »Heißt das, du bleibst heute Nacht hier?«

»Ja, das heißt es«, antwortete Margot und fragte: »Ist noch etwas zu essen da?«

»Bisschen Rüben und drei Kartoffeln. Äpfel haben wir auch noch.

Die alte Pfarrersfrau hat mir welche geschenkt. Ihr Baum hing voll damit.«

Margots Blick fiel auf den halb gefüllten Korb in der Ecke.

»Wir könnten Reibekuchen machen«, schlug sie vor. »Ist noch Margarine da? Mehl?«

Ihre Mutter nickte. »Hilde hat gestern angestanden. Vier Stunden, aber es hat was gebracht.«

»Na fein. Dann suche ich mir rasch trockene Kleidung, und dann legen wir los«, sagte Margot.

Ihre Mutter nickte. »Ich kann dir helfen.« Das letzte Wort ging in einem erneuten Hustenanfall unter.

Margot wartete ab, bis er vorbei war, dann fragte sie: »Seit wann ist es so schlimm?«

»Erst seit heute«, antwortete ihre Mutter. »Wird auch wieder besser werden.«

»Du musst zum Arzt.«

»Ach, zu dem Quacksalber. Da wird man doch nur kränker als vorher. Mir reicht schon der Arm.«

»Er wird dir Medizin verschreiben. Was ist, wenn es etwas Schlimmeres...?«

»Ich geh nicht zum Arzt«, fiel ihr ihre Mutter harsch ins Wort. »Es ist nur ein gottverdammter Husten, mehr nicht.«

Margot sah ihre Mutter finster an. Linde erwiderte ihren Blick mit stoischer Miene. Margot gab nach. Gegen den Sturschädel ihrer Mutter war kaum anzukommen. Sie würde erst zum Arzt gehen, wenn es gar nicht mehr ging. Es war einem Wunder gleichgekommen, dass sie sich nach der Explosion in Hennigsdorf hatte untersuchen lassen. »Dann eben nicht.« Margot seufzte hörbar, dann ging sie ins Nebenzimmer und zog sich um.

Später am Abend, Klara, Simon und ihre Mutter schliefen bereits, kuschelte sich Margot zu ihrer Schwester unter die Decke. Sie wusste, dass Hilde, die die ganze Zeit über im Bett liegen geblieben war und nichts gegessen hatte, noch wach war.

»Es ist wie früher«, sagte Hilde irgendwann. »Als wir noch klein waren. Da hat die eine die andere auch getröstet, wenn sie Kummer hatte. Da lagen wir genauso in diesem Bett wie jetzt.«

»Nur dass der Kummer früher kleiner war«, sagte Margot.

»Ja, das war er. Die Sorgen von Kindern. Sie erscheinen winzig gegen die Übermacht des Krieges, die uns alles wegnimmt. Wann wird es nur endlich aufhören?«

»Ich weiß es nicht«, antwortete Margot. »Aber irgendwann muss es passieren. Es kann ja nicht für immer so weitergehen.«

Margot kuschelte sich noch enger an ihre Schwester und legte den Arm um sie. »Wollen wir singen? So wie früher?«, fragte sie.

Hilde nickte und Margot stimmte *Das Abendlied* von Matthias Claudius an. Hilde fiel in den Gesang mit ein, und irgendwann schliefen sie dabei ein.

Die Morgendämmerung zog in den Raum, als Margot die Augen öffnete. Leise stand sie auf und kleidete sich im Halbdunkel an. Ihr Blick fiel auf ihre schlafenden Geschwister. Simon hatte Klara die Decke weggenommen und sich darin eingewickelt. Behutsam wickelte sie ihn aus und deckte beide wieder zu. Dann verließ sie die Kammer und schlich an ihrer neben dem Ofen schlafenden Mutter vorbei zur Tür. Sie eilte den Kellerflur hinunter und durch die vier Hinterhöfe. Auf der Straße war alles ruhig. Selbst die Straßenbahnen fuhren noch nicht. Immerhin regnete es nicht mehr. Margot lief die Hermannstraße hinunter und bog in den Mariendorfer Weg ein. Wenn sie Glück hatte, würde sie im Verwaltungsgebäude niemandem begegnen und einfach in ihre Kammer schlüpfen können.

Als sie an der Klinik ankam, saß der alte Pförtner jedoch bereits an seinem Platz in dem winzigen Kämmerchen am Eingang und sah sie verwundert an. »Ja, Mädchen«, sagte er, »wo kommst du denn zu dieser frühen Zeit her?«

Margot murmelte etwas Unverständliches und lief rasch zum Treppenhaus. Hoffentlich meldete sie der alte Rudolph nicht.

Oben angekommen, rannte sie beinahe in Gerda Hartwig hinein, die sie verwundert ansah. »Na, wen haben wir denn da?«, sagte sie mit gehässigem Tonfall, nachdem sie sich von dem ersten Schreck erholt hatte. Sie musterte Margot von oben bis unten und zog eine Augenbraue hoch. »Du siehst aber nicht so aus, als wärst du von der Nachtschicht gekommen. Wir werden doch nicht die Regeln gebrochen haben und über Nacht weg gewesen sein? Was wohl die Marquard dazu sagen wird?«

Margot fluchte innerlich. Wieso nur war sie ausgerechnet Gerda in die Arme gelaufen, diesem verdammten Biest, das sie noch nie hatte leiden können?

»Hast wohl irgendwo ein Techtelmechtel am Laufen. Fragt sich bloß, mit wem.«

»Du weißt, dass das nicht wahr ist«, antwortete Margot. Wieder einmal fühlte sie sich in Gerdas Gegenwart eingeschüchtert, und ihr fehlten die richtigen Worte. Dabei hatte sie sich doch so fest vorgenommen, sich gerade von Gerda nichts mehr gefallen zu lassen. Sie versuchte es mit der Wahrheit. »Hildes Verlobter ist gefallen. Sie brauchte Trost.«

»Also warst du tatsächlich über Nacht fort«, antwortete Gerda. »Dann war es das jetzt mit der Hebammenkarriere für das arme Arbeitermädchen. Regeln sind Regeln, und sie gelten für uns alle, ohne Ausnahme. Und die rührselige Geschichte kannst du deiner Großmutter erzählen. Ihr Gassenkinder habt doch nur eines im Kopf.«

»Du elendes Biest«, zischte Margot. »Geh doch zur Marquard und verpetze mich!« Damit ließ sie Gerda stehen und ging zu ihrer Kammer. Mit klopfendem Herzen lehnte sie sich von innen an die

Tür und schloss die Augen. Gerda würde sie verpfeifen, dessen konnte sie sich sicher sein. Und dass Gerda dreist genug war, eine Lüge zu erfinden, um sie in einem schlechteren Licht dastehen zu lassen, war so sicher wie das Amen in der Kirche. Sie konnte nur darauf hoffen, dass Auguste Marquard ihr Glauben schenken würde.

12

Luise nahm das Paket ihrer Oma vom Pförtner mit leuchtenden Augen entgegen und lief damit eilig die Stufen nach oben und in ihre Kammer. Dort traf sie auf Edith, die am Tisch saß und schrieb. »Edith, du bist hier«, sagte Luise überrascht. »Hast du nicht noch Dienst?«

»Ich habe etwas früher Schluss«, antwortete Edith. »Frau Stiefens Kind ist problemlos gekommen, und nachdem ich sie den Schwestern der Wochenstation übergeben hatte, konnte ich Feierabend machen.«

Luise nickte und legte das Paket auf ihr Bett.

»Von deiner Oma, nehme ich an«, sagte Edith.

»Ja. Sie schickt ständig Päckchen.«

»Wenn wieder so leckere Marmelade wie neulich drin ist, kann sie das gern noch öfter machen.«

»Mal sehen«, antwortete Luise und machte sich daran, das Päckchen zu öffnen. Dieses Mal enthielt es keine Marmelade, sondern einen dunkelgrünen, selbstgestrickten Schal und die passende Mütze dazu.

»Sie scheint schon für den Winter vorsorgen zu wollen«, sagte Edith mit einem Lächeln.

»Ja, und das gründlich«, erwiderte Luise und hielt den Schal in die Höhe. »Der Schal ist so lang, den kann ich mir fünfmal um den Hals wickeln. Seine Farbe kommt mir auch bekannt vor. Es könnte sein, dass sie einen alten Pullover meines Opas aufgeribbelt hat.«

Sie holte den beiliegenden Brief ihrer Oma heraus und las ihn laut vor. Ihre Zeilen sprachen von so viel Liebe zu ihrer Enkelin, dass es

Luise ganz warm ums Herz wurde. Ihre Großmutter berichtete von einer Geburt in der Nachbarschaft, von den vollhängenden Pflaumenbäumen, die ein Segen waren, und davon, dass die Nachbarin vom Pferd getreten worden war.

Edith rührten die alltäglich klingenden Schilderungen, und ihr Blick fiel auf die wenigen Worte, die auf dem Papier vor ihr standen. Erneut hatte sie versucht, einen Brief an ihren Vater zu verfassen. Doch wieder hörte sich alles, was sie schrieb, falsch an. Wie sollte sie ihm nur erklären, was sie antrieb, wie sie fühlte? Würde er sie überhaupt jemals verstehen? Er war so sehr in seinen veralteten Konventionen gefangen. In seinen Augen gehörte eine Frau an die Seite eines Mannes. Sie ging keine eigenen Wege und hatte sich zu fügen, zu heiraten. Es fiel ihm schwer, zu akzeptieren, dass andere Zeiten anbrachen und Frauen mehr sein wollten. Luises Blick fiel auf den begonnenen Brief. »Du versucht wieder an deinen Vater zu schreiben, oder?«

Edith nickte. In ihre Augen traten plötzlich Tränen. »Ständig versuche ich es. Ich beginne zu schreiben, streiche durch, beginne neu, knülle das Papier zusammen und werfe es weg. Neulich hab ich einen Brief eine Woche in meiner Schürzentasche herumgetragen, ihn jedoch nicht abgeschickt. Immer häufiger denke ich, es ist sinnlos, ihm zu schreiben. Er wird meinen Weg niemals akzeptieren können.« Die Tränen liefen ihr über die Wangen.

Luise stand auf und nahm Edith wortlos in die Arme. Sie glaubte nachfühlen zu können, was Edith durchmachte. Sie wollte nicht von ihrer Familie getrennt und das schwarze Schaf sein. Sie wollte, dass ihr Vater stolz auf sie war und ihre Entscheidung respektierte. Luise mochte sich gar nicht vorstellen, wie es wäre, im Streit mit ihrer Oma leben zu müssen. Doch manches Mal brauchte es wohl Streit und Missstimmungen, auch wenn es schwerfiel.

Sie löste sich aus der Umarmung und sah auf das Papier. Dort stand nur: *Geliebter Papa*. Mehr nicht. »Schreib ihm trotzdem«, sagte Luise. »Schreib ihm, was du denkst, wie du fühlst. Schreib ihm, wie glücklich du hier bist. Vermutlich wird er dir nicht antworten. Aber vielleicht wird er deinen Brief lesen und sich Gedanken darüber machen. Du bist seine Tochter. Er kann und wird dich nicht für den Rest seines Lebens verstoßen. Das kann ich mir nicht vorstellen.«

»Da kennst du meinen Vater aber schlecht«, antwortete Edith.

»Und wieso beginnst du dann immer wieder diesen Brief?«, fragte Luise.

Edith lächelte. »Du hast mich erwischt.«

»Vielleicht wird ja doch irgendwann noch alles gut«, sagte Luise und sah auf die Uhr. »Abendbrotzeit. Danach hab ich Nachtschicht. Kommst du mit, oder willst du noch weiterschreiben?«

»Ich komme mit«, antwortete Edith und stand auf.

Luise wollte gerade die Tür öffnen, da hielt Edith sie zurück.

»Danke«, sagte sie.

»Wofür?«, fragte Luise.

»Fürs Zuhören und dafür, dass du da bist.«

»Gern geschehen«, antwortete Luise.

Auf dem Flur begegneten sie Margot, die genauso säuerlich roch, wie ihre Miene war. Ihre Schürze war beschmutzt. »Ich will nicht darüber reden«, sagte sie und lief an ihnen vorbei. Edith und Luise grinsten. Kinderkriegen war nicht immer ein Zuckerschlecken. Auch nicht für Hebammen.

Eine Weile später saß Luise im Schwesternzimmer. Sie mochte die Nachtschicht nicht sonderlich. Auch früher schon hatte sie es gehasst, wenn sie mitten in der Nacht aus dem Schlaf gerissen und zu einer Geburt geholt worden war. Das war ein großer Nachteil der Hebammentätigkeit. Babys hatten keinen Zeitplan. Luise verabscheute an der Nachtarbeit jedoch nicht so sehr den Schlafmangel. Es war die Dunkelheit, die sie nicht leiden konnte. Sie löste eine besondere Art von Beklemmung in ihr aus, die sie nicht erklären konnte. Vielleicht lag es daran, dass das Unglück ihrer Eltern abends geschehen war. Sie hatte mit auf dem Wagen gesessen und war ins Gebüsch geschleudert worden. Zwei Stunden hatte sie neben ihrer toten Mutter weinend am Wegesrand gekauert, bis Hilfe gekommen war. Erinnerungen daran hatte sie keine mehr. Ihre Oma hatte ihr davon erzählt, als sie in ihren Augen alt genug gewesen war, um es zu ertragen. Vermutlich kam daher die Angst. Doch es galt sich ihr zu stellen. Sie war nicht mehr das kleine Mädchen von damals, sondern eine erwachsene Frau und eine Hebamme. Und so jemand hatte sich nicht vor der Dunkelheit zu fürchten. Außerdem war es während der Nachtschicht ja nie richtig dunkel. In diesem Gebäude, vielmehr in ganz Neukölln, schien es keine wirkliche Finsternis zu geben. Jedenfalls nicht so wie auf dem Land, wo es keine Straßenlaternen und kein elektrisches Licht gab. Hier in der Klinik brannte immer irgendwo Licht. Im Moment war es ihre Schreibtischlampe, und auf dem Flur war es die nächtliche Notbeleuchtung. Der nebenan befindliche Entbindungssaal lag jedoch im Dunkeln, denn im Moment war keine Gebärende anwesend. Was sich allerdings schnell ändern konnte. Luise hoffte darauf, dass bald ein Kind auf die Welt kommen wollte, denn heute fiel es ihr schwer, die Augen offen zu halten. Sie nahm einen Schluck Tee und versuchte, sich auf ihre mitgebrachte Lernarbeit zu konzentrieren. In diesem Abschnitt ihrer Unterlagen ging es um die Mütter- und Schwangerschaftsfürsorge, in der sie in der nächsten Woche tätig sein würde. Gemeinsam mit Lore Hembach würde sie zu den Frauen nach Hause gehen, die Schwangeren betreuen, aber auch die Nachsorge nach der Geburt durchführen. Es war wichtig, dass die Hebammen und Fürsorgeschwestern sich vor Ort kümmerten, denn nicht alle Mütter kamen mit ihren Kindern in die öffentlichen Fürsorgestellen. Es galt, mit allen Mitteln die hohe Kindersterblichkeitsrate zu senken. Das hatte auch Professor Hammerschlag erst neulich wieder in einem seiner Vorträge betont. Dafür mussten sie jeden Tag kämpfen. Jedes Kind, das das erste Lebensjahr gesund überstand, war ein Gewinn.

Plötzlich hörte Luise eilige Schritte auf dem Flur und sprang auf. Eine Krankenschwester brachte ein junges Mädchen, Luise schätzte es auf nicht mal fünfzehn. Das Mädchen weinte und hielt sich den Unterleib.

»Eine Frühgeburt«, sagte die Krankenschwester. »Die diensthabende Hebamme in der Aufnahme wird gleich hier sein. Es gab noch einen weiteren Fall unter den Hausschwangeren, der begutachtet werden musste, und im Entbindungssaal der zweiten Klasse steht gerade eine Geburt an, die mehrere Hände benötigt. Es sind wohl Zwillinge. Lore Hembach sagte, es sei fünfter Monat. Sie hat den Arzt bereits informiert. Können Sie sie schon übernehmen?«

Luise nickte. Sie nahm die Patientin von der Schwester entgegen und brachte sie in einen der Behandlungsräume.

»Guten Abend, meine Liebe«, begrüßte sie das Mädchen. »Ich bin Luise Mertens, die zuständige Hebamme für heute Abend. Und wer bist du?« Ohne groß darüber nachzudenken, duzte sie das Mädchen.

»Ich heiße Barbara«, antwortete das Mädchen leise. »Barbara Singer.« Sie verzog erneut das Gesicht und legte die Hand auf ihren Bauch. »Es ist Blut am Rock«, sagte sie. »Ich wollte das nicht. Wirklich.«

»Wir bekommen das hin«, versuchte Luise das Mädchen zu beruhigen. »Gleich kommt der Arzt und wird sich alles in Ruhe ansehen.« Sie half Barbara auf die Untersuchungsliege und fragte, während sie den Rock näher in Augenschein nahm: »Du kommst aus Neukölln?«

»Nein, aus Britz. Ich bin hierhergelaufen.«

»Das hast du gut gemacht. Wir können dir helfen.« Die Menge an Blut auf dem Rock erschreckte Luise. Hier schien einiges im Argen zu sein. Sie sah zur Tür. Hoffentlich würde Dr. Berger, der heute Nachtdienst hatte, gleich kommen.

Wie auf Kommando öffnete sich in diesem Moment die Tür, und der junge Arzt betrat den Raum. »Es tut mir leid, dass es etwas länger gedauert hat«, entschuldigte er sich. »Es gab noch eine kleinere Komplikation im Säuglingszimmer. Aber jetzt bin ich da. Was gibt es denn?« Er sah von Luise zu der Patientin.

Luise berichtete mit knappen Worten, was sie wusste, und zeigte dem Arzt die ungewöhnliche Menge an Blut auf dem Rock.

Er nickte, dann begrüßte er die Patientin mit einem Lächeln. Anschließend nahm er Luise zur Seite und sagte leise: »Der Operationssaal ist belegt, und während der Nachtschicht steht uns nur ein Saal zur Verfügung. Wir müssen es hier hinbekommen. Schaffen Sie das?«

Luise nickte und fragte dennoch: »Wo ist Lore?«

»Bei der Zwillingsgeburt. Auch Professor Hammerschlag ist dort.«

Luise nickte, und sie wandten sich wieder ihrer Patientin zu, die erneut zu stöhnen begonnen hatte.

»Holt es raus. Bitte, so holt es endlich aus mir raus. Ich wollte das doch nicht. Wirklich.«

»Wir schaffen das. Du musst langsam pressen, hörst du? Nicht zu fest.« Er sah zu Luise, die die Beine der Patientin gespreizt und ein sauberes Tuch über ihre Oberschenkel gelegt hatte.

Die nächste Wehe kam, und das Mädchen begann zu pressen. Eine halbe Stunde später hatte sie ein winziges Kind tot geboren. Es war viel zu unterentwickelt, als dass es hätte überleben können. Rasch wickelte Luise es in ein Tuch und legte es in eine Schale auf einem Beistelltisch. Für einen kurzen Moment hatte sie gehofft, es könnte doch leben. Sie hätte es dem Kleinen gewünscht.

»Ist es weg?«, fragte Barbara.

Luise nickte. »Ja, es ist fort.«

Barbara nickte. Erleichterung zeichnete sich auf ihrem blassen Gesicht ab. »Also bin ich jetzt nicht mehr die Schande der Familie. Niemand muss es mehr aus mir herausprügeln.«

Alarmiert sah Dr. Berger zu Luise. Die Nachgeburt kam und brachte einen weiteren Schwall Blut mit. »Wer wollte es aus dir herausprügeln?«, fragte Dr. Berger.

»Mein Stiefvater. Dabei war er es doch, der ...« Sie sprach nicht weiter und begann zu schluchzen.

Luise strich ihr beruhigend über den Arm.

»Mama hat gesagt, ich sei eine Hure. Ich habe ihr gesagt, dass er es war, aber sie wollte mir nicht glauben.« Barbara begann zu weinen.

»Hat er dich geschlagen, bevor du hierhergekommen bist?«, fragte Dr. Berger.

Barbara nickte. »Er hat mich erwischt, als ich fortlaufen wollte. Da hat er mich auf den Boden geworfen und mir mehrfach in den Unterleib getreten. Ich dachte, ich müsste sterben. Er wollte auch, dass ich sterbe. Er sagte, ich sei Abschaum. Er ist böse, unsagbar böse. Mama hat mich nicht angesehen. Sie wollte nicht mit mir reden.« Sie verstummte und sackte zusammen.

»Der Blutverlust«, sagte der Arzt. »Mit Sicherheit hat sie innere Verletzungen.« Vorsichtig untersuchte er sie, dann nickte er mit ernster Miene. »Die Gebärmutter scheint gerissen. Wir müssen schnell handeln. Lauf und sieh nach, ob der Operationssaal frei ist, und informiere den Professor. Sie muss sofort operiert werden.«

Luise nickte und rannte los. Zuerst in den Entbindungssaal der zweiten Klasse, wo die Entbindung der Zwillinge ein gutes Ende gefunden hatte. Dort traf sie auf Professor Hammerschlag, dem sie die

Situation mit knappen Worten schilderte. Sofort kam er mit ihr und forderte eine der Schwestern auf, rasch eine Notfallgruppe zu organisieren.

Als die beiden jedoch nur wenige Minuten später bei Barbara und Dr. Berger eintrafen, schüttelte dieser den Kopf.

»Ich konnte die Blutung einfach nicht mehr stoppen, sie wurde bewusstlos. Es ging alles so schnell«, sagte Dr. Berger mit versteinerter Miene.

Professor Hammerschlag ließ die Schultern sinken.

»Dann hat er also erreicht, was er wollte«, sagte Luise mit Tränen in den Augen. »Er hat sie totgeschlagen.«

Professor Hammerschlag sah von ihr zu Dr. Berger.

»Ihr Stiefvater muss ihr, kurz bevor sie zu uns kam, mehrfach in den Unterleib getreten haben«, erklärte er.

»Dann ist dies ein Fall für die Polizei«, antwortete der Professor. »Ich werde mich sogleich mit der Wache in Verbindung setzen.«

Luise und Erich Berger blieben zurück. Einen Moment herrschte Stille, dann sagte der Arzt: »Sie müssen das nicht machen. Ich kann eine der Schwestern bitten, sich zu kümmern.«

»Nein, schon gut«, antwortete Luise. »Ich möchte es.«

Erich Berger nickte, trat neben Luise und legte ihr die Hand auf die Schulter. »Ich bewundere Ihren Mut und Ihr Können, Luise.«

Luise konnte nichts sagen. Sein Gesicht war nah neben dem ihren, sie konnte seinen Atem auf der Wange spüren. Sie wünschte sich so sehr, dass er sie in den Arm nahm und sie sich fallenlassen und weinen konnte. Doch er tat es nicht. Er hielt ihren Blick für einen Moment fest, dann verließ auch er den Raum. Die Tür fiel hinter ihm ins Schloss, und Stille hüllte Luise ein. Sie trat neben Barbara, strich ihr eine Haarsträhne aus der Stirn und flüsterte, während sie zu weinen begann: »Es tut mir so unendlich leid.«

Später saß Luise auf der hinteren Treppe des Entbindungshauses und beobachtete, wie sich der Himmel im Osten rot färbte und Stück für Stück heller wurde. Es war Margot, die sich irgendwann neben sie setzte und sagte: »Ich suche schon eine Weile nach dir. Wir haben dich in der Schlafkammer vermisst. Was machst du hier draußen?«

»Ich kann nicht sagen, wie oft ich der Sonne bereits beim Aufgehen zugesehen habe«, wich Luise Margots Frage aus. »Anfangs ist es nur ein schmaler Streifen Helligkeit am Horizont über dem Waldrand oder den Dächern der Stadt. Er wird größer, färbt sich rot, wird golden. Dann steigt die Sonne auf und vertreibt mit ihrem Licht die Dunkelheit. Manches Mal taucht sie die Wolken am Himmel in rosa Licht. Hin und wieder sieht es so aus, als ob der ganze Horizont glüht. Oma sagt dazu immer: ›Morgenrot, Schlechtwetterbot‹.«

»Was ist passiert?«, fragte Margot.

»Sie ist gestorben. Verblutet, und wir konnten nichts tun.«

Margots Miene wurde betroffen.

»Sie war fünfzehn, ein halbes Kind. Ihr Stiefvater hat sich an ihr vergangen und sie gestern Abend verprügelt. Sie ist vor unseren Augen verblutet. Ich kenne ähnliche Geschichten. Hin und wieder wurde eines der Dienstmädchen auf den Gutshöfen oder bei den Bauern eine der Mägde geschwängert. Meistens von anderen Hausangestellten, selten vom Hausherrn. Aber es kam vor. Manchmal gingen sie zu einer Engelmacherin, und es ging schief. Dann versuchten Oma und ich zu retten, was zu retten war. Viele bekamen die Kinder, einige heirateten den Vater, um des Anstandes willen. Diese Gesellschaft ist so verdammt verlogen. Und am Ende sind es immer wir Frauen, die die Schuld an allem tragen. Professor Hammerschlag will den Stiefvater des Mädchens anzeigen. Aber was wird dabei herauskommen? Es fehlen die Beweise, und soweit herauszuhören war, steht die Mutter nicht hinter dem Mädchen. Vermutlich wird es nicht einmal zu einer Anklage kommen.«

Sie verstummte, und eine Weile sagte niemand etwas. Irgendwann sagte Luise: »Du siehst müde aus.«

Margot nickte. »Ich war heute Nacht zu Hause. Es ging nicht anders. Leider bin ich verpfiffen worden. Gerda hat mich heute Morgen kommen sehen. Sie hat mich sofort bei der Marquard angeschwärzt. Ich bin noch einmal mit einer Verwarnung davongekommen. Sollte ich der Schule jedoch erneut über Nacht fernbleiben, kann ich meinen Koffer packen und gehen. Dieses verdammte Biest. Andere zu verpetzen hat ihr schon immer Freude bereitet.«

Luise nickte. »Ich verstehe nur nicht, was sie davon hat, Unfrieden zu säen.«

»Das verstehe ich auch nicht«, antwortete Margot. »Sie war schon immer so. Keiner weiß, warum. Aber wie es aussieht, wird sie sowieso bald gehen und keinen Abschluss machen. Ich hörte sie neulich mit Trude reden. Sie ist fest entschlossen, ihren Verlobten bei seinem nächsten Heimatbesuch zu heiraten. Und als verheiratete Frau muss sie die Schule verlassen.«

»Dann können wir das Problem also aussitzen«, antwortete Luise. »So ist es mir am liebsten. Wie geht es deiner Mutter?«, fragte sie.

»Sie hustet scheußlich«, antwortete Margot. »Ich befürchte Schlimmes. Ich kann Hilde in dieser Situation nicht alles allein machen lassen.«

»Denkst du, sie hat Tuberkulose?«

»Schon möglich. Es gibt wieder einige Fälle in der Nachbarschaft. Sie will nicht zum Arzt gehen, meint, es würde wieder besser werden. Wenn sie nicht hingeht, bekommt sie keine Medizin. Sie ist so verdammt stur.«

»Wenn sie Tuberkulose hat, muss sie ins Krankenhaus.«

»Ich weiß«, antwortete Margot. »Was, wenn sie die Kleinen oder Hilde ansteckt? Daran will ich gar nicht denken.«

»Es wird bestimmt alles gut werden«, versuchte Luise sie zu

trösten. »Ich kann heute Nachmittag gern bei dir zu Hause vorbeigehen und mit ihr reden. Vielleicht lässt sie sich ja von mir überzeugen, zum Arzt zu gehen.«

»Das würdest du wirklich machen?«, fragte Margot.

»Aber natürlich. Wir müssen doch zusammenhalten, oder?«

»Ja, das müssen wir«, sagte Margot und nahm Luises Hand. »Dass es so was noch gibt.«

»Wie meinst du das?«, fragte Luise.

»Deine Art, sich selbstlos zu kümmern, ist nicht selbstverständlich. Zumeist denkt jeder nur noch an sich.« Margot gab Luise einen flüchtigen Kuss auf die Wange. »Danke.« Dann stand sie auf. »Ich muss jetzt los, und du gehörst ins Bett. Leg dich bis zum Beginn der Vormittagsvorlesung aufs Ohr. Ich komme und wecke dich. Fest versprochen.«

»Da ist noch etwas«, sagte Luise und senkte den Blick. »Erich Berger hat den Fall gestern in der Nachtschicht mit mir zusammen betreut. Wir kamen uns näher irgendwie, ich weiß nicht…«

»Er hat dich gern«, vollendete Margot.

Luise sah sie erstaunt an und fragte: »Woher…?«

»Ich hab Augen im Kopf«, antwortete sie. »Du magst ihn auch, oder?«

Luise nickte.

»Du kennst die Regeln. Laut der Marquard dürfen wir die unverheirateten Ärzte nicht einmal anschauen.«

»Natürlich. Ich werde … Ich meine …« Luise wurde rot. »So etwas ist mir noch nie passiert.«

»Geh ihm am besten aus dem Weg.« Margot seufzte. »Gut, schlechter Rat. Geh ihm, soweit es möglich ist, aus dem Weg, und achte darauf, dass ihr nicht allein in einem Raum miteinander seid. Da werden Männer mutig.«

»Ich werde es beherzigen«, antwortete Luise.

13

Edith liebte den Trubel, der bei den wöchentlichen Sprechstunden in der Tagesklinik herrschte. Mehrere Untersuchungsbereiche waren durch Trennwände voneinander abgeteilt worden. Die Babys wurden gewogen, es wurden Tipps zur Säuglingspflege gegeben und zusätzliches Milchpulver oder Essensmarken für Schwangere oder stillende Mütter ausgeteilt, falls nötig. Hier trafen sich Frauen aus allen gesellschaftlichen Schichten, und oftmals bestimmten ähnliche Sorgen ihr Leben. Zumeist waren ein oder mehrere Familienmitglieder im Krieg, verschollen oder gefallen. Im Raum stand die Angst vor dem nächsten Winter, der, so wie es im Moment aussah, wieder ein Kriegswinter werden würde. Inzwischen war es Ende September und kühl geworden. Die Blätter der Bäume hatten sich bunt gefärbt, und es hatte bereits die ersten Nachtfröste gegeben. Das herbstliche Wetter brachte die erste Erkältungswelle mit sich.

»Dieser scheußliche Husten geht in der Krippe um«, beklagte sich eine der Mütter bei Edith. Ihr Name war Marta Stiefler. Sie war mit ihren beiden Kindern, einer dreijährigen Tochter und ihrem zwei Monate alten Sohn, gekommen. Ihr Mann war nicht im Felde, sondern betrieb einen Kolonialwarenhandel. Die Kinder machten einen gutgenährten Eindruck. Das bedeutete eine ausgewogene Ernährung durch den teuren Schwarzmarkt. Die kleine Tochter der Stieflers ging nicht in die Krippe. Um ihre Bedürfnisse kümmerte sich ein Kindermädchen. Und dieses schien der Stein des Anstoßes zu sein. »Bille, unser Kindermädchen, hat sie wohl angesteckt. Sie kommt nur vormittags zu uns, wenn ich im Laden aushelfe. Gewiss hat sie sich die Erkältung bei einem ihrer sechs Geschwister geholt.

Davon gehen drei noch in die Krippe. Und von der hört man ja nichts Gutes. Es soll dort auch einen Fall von Tuberkulose geben. Ich werde sie, so leid es mir tut, entlassen und mich nach einem anderen Kindermädchen aus einem besseren Haushalt umsehen müssen.«

Die Worte der Frau schnappte eine schwangere Arbeiterin auf, die in der Kabine nebenan auf den Arzt wartete. Sie schob ruckartig den Vorhang zur Seite und begann zu zetern. »Na, das haben wir gern. Da wird das arme Mädchen wegen eines Schnupfens entlassen. Was schämen sollten Sie sich. Wissen Sie eigentlich, wie schwer es für uns Arbeiter ist, über die Runden zu kommen? Und Hunger kennen Sie auch nicht. Die Kinderchen haben dicke Backen und feine Kleidchen. Das hat Ihr Kindermädchen nicht. Die füttert mit dem bisschen Geld, das Sie ihr geben, daheim die Familie durch.«

»So ist es«, mischte sich eine weitere Frau ein. »Und Ihr feiner Herr Gatte verdient sich eine goldene Nase auf dem Schwarzmarkt, während wir uns am Güterbahnhof um ein paar matschige Kürbisse kloppen. Sind Sie mal schön still, Sie Madame.«

»Also das ist ja wohl die Höhe!«, zeterte Frau Stiefler zurück. »Jeden Tag liefern wir kostenlose Lebensmittel für die Volksküchen der Stadt. Und dann muss ich mir solche Vorwürfe anhören!«

»Scheinheiligkeit ist das«, meldete sich eine weitere Frau zu Wort. »Die paar Dosen mit Erbsen und das bisschen Fett kannste auch behalten. Ich sehe doch, was da ankommt. Aber bei Stieflers ist man schon vor dem Krieg immer über den Tisch gezogen worden. Das weiß doch jeder in Neukölln.«

»Also jetzt ist es aber genug!«, wurde Edith laut und stemmte die Hände in die Hüften. »Wir sind hier in der Fürsorgestelle, und hier wird niemand an den Pranger gestellt. Beruhigen Sie sich bitte, meine Damen.« Sie zog den Vorhang der Untersuchungskabine wieder zu, doch der Unmut der Frauen war geweckt und ließ sich nicht mehr beruhigen.

»Ja, ja, verstecken Sie sie und ihre gutgefütterten Bälger nur«, murrte eine weitere Arbeiterfrau. »Das reiche Frauchen, das sich jeden Tag Butter aufs Brot schmiert, das ohne Holzmehl gebacken ist. Die weiß doch gar nicht, wie Ersatzkaffee riecht.«

Eine der Frauen zog erneut den Vorhang zur Seite. In ihren Augen funkelte der blanke Hass. »So einer sollte es verboten sein, hierherzukommen.«

Mit einem Mal kippte die Stimmung, und Edith fühlte sich mit der Situation überfordert. Sie sah sich um. Mit ihr hatten zwei weitere Hebammenschülerinnen Dienst.

Ausgerechnet Gerda sprang ihr zur Seite. »Jetzt ist aber mal gut!«, rief sie und hob beschwichtigend die Hände. »Wir beruhigen uns jetzt alle mal wieder. Frau Stiefler hat wie jede andere Frau auch das Recht, unsere Fürsorgestelle aufzusuchen. In dieser Einrichtung werden keine Standesunterschiede gemacht.«

»Sagt die Tochter des Stadtrats«, rief eine der Frauen. »Und redet Unsinn. Meine Nichte ist eine der Hausschwangeren. Den ganzen Tag muss sie die Flure putzen, damit sie hier entbinden darf. Und die feinen Damen der ersten und zweiten Klasse, die kriegen den Hintern abgewischt. Da sag ich nur: Pfui Teufel!« Sie spuckte vor Gerda auf den Boden, die erschrocken einen Schritt zurück machte.

»Wer hier nicht in der Versicherung ist, der kann malochen«, rief eine andere Frau.

In diesem Moment betrat Dr. Merwitz, der sich in einem Nebenraum um einen Notfall gekümmert hatte, von den lauten Stimmen angelockt, den Raum und erkundigte sich mit forscher Stimme, was los war. Sofort verstummten die Aufrührerinnen. Der Arzt sah von Edith zu Gerda.

»Es gab nur kleinere Diskussionen zur ersten Erkältungswelle«, erklärte Gerda. »Die Damen waren gerade dabei, sich wieder zu beruhigen.«

»Dann ist es ja gut«, antwortete der Arzt. »Ich dachte schon, ich müsste die Sprechstunde für beendet erklären. Im Sinne der Fürsorge wäre das nicht wünschenswert. Hier geht es schließlich um das Wohl der Kinder und nicht um die Befindlichkeiten ihrer Mütter oder irgendwelche Gerüchte, die Verbreitung finden.« Noch einmal erfasste sein Blick die umstehenden Damen, dann ging er in sein Behandlungszimmer zurück.

Lore Hembach, die zuständige Hebamme, die gerade ein junges Mädchen zur Aufnahme brachte, sah in die Runde und fragte: »Habe ich was verpasst?«

»Nein, nein«, antwortete Edith und sah zu Gerda. »Alles wie immer.«

»Fein«, sagte Lore und fragte: »Wer ist die Nächste?«

Als die Sprechstunde bald darauf beendet war, atmete Edith erleichtert auf. »Also heute war es besonders schlimm. So aggressiv kenne ich die Mütter sonst gar nicht«, sagte sie.

»Sie haben Angst vor dem nahenden Winter«, antwortete Lore. »Und wenn ich ehrlich sein soll, habe ich das auch. Uns steht ein weiterer Kriegswinter bevor, und der wird nichts Gutes bringen. Ach, wenn doch dieser elende Krieg endlich ein Ende finden würde.« Da brach Gerda in Tränen aus, öffnete die Tür und rannte nach draußen.

Erstaunt sah Lore zu Edith und fragte: »Was ist denn jetzt passiert?«

»Das frage ich mich auch«, erwiderte Edith, verspürte jedoch keine Lust, ihr nachzulaufen. Gerda hatte sich ihnen gegenüber seit Beginn der Ausbildung meist arrogant und abweisend verhalten.

»Jemand sollte ihr nachlaufen und fragen, was los ist«, meinte Lore.

Edith seufzte.

Lore wusste ihr Zögern einzuordnen. »Sie hat es nicht leicht gehabt. Ihr seid euch ähnlicher, als du denkst.«

Edith ahnte, worauf Lore hinauswollte. Gerda stammte wie sie selbst aus wohlhabenden Verhältnissen. Vermutlich hatte auch sie sich gegen den Willen ihrer Eltern dafür entschieden, die Ausbildung zur Hebamme anzutreten.

»Ich räume gern allein auf«, fügte Lore hinzu.

Edith nickte. »Meinetwegen, ich rede mit ihr.« Sie verließ das Untersuchungszimmer und sah sich auf dem Flur des Verwaltungsgebäudes um. Ein leises Schluchzen ließ sie aufhorchen. Die Tür zu einem der Schwesternzimmer war nur angelehnt. Edith schob sie auf. Gerda stand am Fenster und weinte. Edith betrat den Raum und schloss die Tür hinter sich. Sie trat wortlos näher und blieb neben Gerda stehen. Eine Weile sagte keine von beiden etwas.

Gerda war diejenige, die irgendwann das Gespräch begann. »Es ist mein Verlobter Karl. Er ist gefallen.«

Edith nickte, sagte jedoch nichts.

Gerda sprach weiter. »Er war an der Ostfront.«

Edith legte ihr eine Hand auf die Schulter und reichte ihr ein Taschentuch. Was hätte sie auch sagen sollen?

»Du wunderst dich bestimmt darüber, weshalb ich die Ausbildung zur Hebamme begonnen habe, wenn ich doch einen Verlobten habe, oder?«, fragte Gerda.

»Ein wenig schon, ja.«

»Die Vorstellung gefiel mir.«

»Und nun?«, fragte Edith.

»Du hältst mich für arrogant.« In Gerdas Stimme lag ein herausfordernder Unterton.

»Ich kenne dich nicht näher«, antwortete Edith.

»Du bist Jüdin, oder?«

»Spielt das eine Rolle?«, fragte Edith.

»Nein, eigentlich nicht. Mein Vater mag die Juden nicht. Er sagt, sie horten das Geld und sind hinterhältig.«

»Das sagen viele«, antwortete Edith. »Hier geht es aber eigentlich um etwas anderes, oder? Du hast zu weinen begonnen und bist fortgelaufen.«

»Karl war auch Jude«, sagte Gerda. »Wir haben uns heimlich verlobt. Mein Vater hätte diese Ehe niemals zugelassen. Als Karl dann vor drei Jahren als einer der Ersten eingezogen worden ist, fühlte ich mich schrecklich. Ich wollte etwas machen, irgendetwas Nützliches. Als ich von der Hebammenschule hörte, fand ich es gut. Und es gefiel mir, gegen den Willen meiner Eltern etwas zu tun. Karls Schwester ist Krankenschwester. Er lobte sie stets in den höchsten Tönen. Ich dachte, wenn ich Hebamme werde, dann gefällt ihm das. Aber nun...«

Sie hat die Ausbildung begonnen, um einen Mann zu beeindrucken, dachte Edith fassungslos.

Aus einem solchen Grund begann man doch keine Hebammenausbildung! Dieser Beruf verlangte so viel Verantwortung und Aufopferung, war mehr Berufung als Beruf. Gerda schien ihre Gedanken zu erraten. »Hältst mich genauso wie Margot für eine Ziege, was? Sie hielten mich alle für eine. Die Kinder der Arbeiter und armen Schlucker, die in den dreckigen Wohnungen der Hinterhöfe hausten und vor Neid platzten, wenn ich ein neues Kleid bekam. Du bist doch auch aus reichen Verhältnissen. Ihr Juden seid nie arm. Du kennst doch dieses Gefühl. Du weißt, wie man sich fühlt, wenn sie dich auf offener Straße begaffen und hinter deinem Rücken tuscheln.«

»Nein, dieses Gefühl kenne ich nicht«, antwortete Edith. »Meine beste Freundin Juliane war die Tochter unserer Köchin. Es war uns egal, wer welches Kleid trug. Einmal schenkte ich ihr eine Puppe, damit sie auch eine zum Spielen hatte. Juliane besitzt sie noch immer. Sie arbeitet heute als Zimmermädchen bei uns und schreibt mir häufig Briefe.«

»Oh, wie rührend«, antwortete Gerda abfällig. »Kein Wunder, dass du dich ständig mit Margot und dieser Landpomeranze herumdrückst. Aber mir kann es gleich sein. Ich werde gehen. Nachdem Karl tot ist, muss ich mir das hier nicht mehr antun. Ich hätte es gleich bleibenlassen sollen. Eigentlich wollte ich Krankenschwester werden. Aber dann wäre ich am Ende noch in einem der scheußlichen Feldlazarette gelandet, und dorthin wollte ich auf keinen Fall. Babys zur Welt bringen klang bedeutend netter. Aber es ist ebenso widerlich. Das ständige Gejaule der Frauen. Über den Rest will ich gar nicht reden. Meine Eltern werden sich freuen, wenn ich wieder nach Hause komme.« Ohne ein weiteres Wort hinzuzufügen, auch kein Abschiedsgruß kam über ihre Lippen, ließ sie Edith stehen und verließ den Raum. Fassungslos sah Edith ihr nach. Was war diese Person nur für ein Mensch? Lore hatte unrecht. Sie ähnelten sich kein bisschen. Sie alle konnten froh darüber sein, dass sie ihren Koffer packen und gehen würde. Edith trat in den Flur. Dort traf sie auf Lore. »Sie geht«, sagte Edith.

Lore nickte und antwortete: »Ihr fehlte die Seele für diesen Beruf.«

»So kann man es auch nennen«, erwiderte Edith. Sie verabschiedete sich von Lore und machte sich auf die Suche nach Margot und Luise. Sie wollte unbedingt die Erste sein, die ihnen die frohe Kunde von Gerdas schnellem und unrühmlichem Abgang überbrachte.

14

NEUKÖLLN, OKTOBER 1917

Margot saß gemeinsam mit ihrer Mutter in der Praxis von Dr. Martin Deutmann und versuchte, sich auf ihre mitgebrachte Lernlektüre zu konzentrieren. Nach langem Zureden hatte sich ihre Mutter nun doch dazu überreden lassen, zum Arzt zu gehen, um den scheußlichen Husten, der jeden Tag schlimmer zu werden schien, abklären zu lassen. In zwei Wochen sollte sie eine Anstellung in den Farbwerken antreten, und bis dahin mussten sowohl die Armschlinge als auch der Husten weg sein. Oh, was hatte sich ihre Mutter darüber gefreut, dass sie die Anstellung in der weitaus nähergelegenen Fabrik in Britz bekommen hatte.

Sie saßen bereits seit zwei Stunden im Wartezimmer von Dr. Deutmann. Anfangs hatten sie im Flur gestanden, doch nach einer Weile waren Sitzplätze frei geworden, und langsam wurden die Patienten weniger.

Neben ihnen saß eine ältere Dame, die die Treppe hinuntergefallen war und sich dabei das Knie verdreht hatte. Doch trotz des Unfalls schien sie ihre gute Laune nicht verloren zu haben. »Ich wollte nur schnell die Zeitung holen«, sagte sie zu Margot. »Und dann bin ich so ungeschickt und falle die Treppe runter. Und mein Nachbar, der alte Ludwig, der trotz des ganzen Hungerns noch immer recht kräftig ist, hat nichts Besseres zu tun, als mich als Zimperliese zu bezeichnen. Aber eines sag ich Ihnen: Sobald ich wieder laufen kann, kann er was erleben, der alte Griesgram.«

Margot sah zu ihrer Mutter, die grinste. Sie wollte etwas antworten, kam jedoch nicht mehr dazu, denn ihr Name wurde aufgerufen, und sie folgten einer jungen, blonden Sprechstundenhilfe ins Sprechzimmer, wo sie bereits von Dr. Deutmann erwartet wurden.

Wie aufs Kommando begann Linde zu husten.

»Guten Tag, die Damen«, begrüßte sie der Arzt und erhob sich. »Ich nehme an, der Husten ist der Grund für Ihr Kommen?«

Margot nickte bestätigend, während ihre Mutter versuchte, wieder zu Atem zu kommen.

»Dann wollen wir mal sehen«, sagte der Arzt und wies Linde an, sich obenherum frei zu machen. Margot half ihr dabei. Während sie die Bluse ihrer Mutter aufknöpfte, wandte sich der Arzt an Margot. »Ich hörte davon, dass Sie eine Ausbildung zur Hebamme bei meinem hochgeschätzten Kollegen Professor Hammerschlag machen.«

»Ja, das stimmt«, antwortete Margot voller Stolz.

»Dann darf ich Sie also bald Kollegin nennen«, erwiderte der Arzt, dessen Haar bereits ergraut war, mit einem Augenzwinkern.

Margot nickte lächelnd. Sie kannte den Arzt schon, seit sie klein war. Er hatte sich um sie gekümmert, als sie die Windpocken gehabt oder sich bei einem Sturz auf der vereisten Straße das Handgelenk gebrochen hatte. Und als ihre Schwester Hilde diese schreckliche Rippenfellentzündung gehabt hatte, an der sie beinahe gestorben wäre, hatte er es sich nicht nehmen lassen, sie im Kinderkrankenhaus zu besuchen.

»Da können Sie stolz auf Ihre Tochter sein«, sagte der Arzt zu Linde, während er ihren Hals abtastete. »Nicht jedes junge Mädchen wird bei meinem werten Kollegen aufgenommen. Die Damen werden einer genauen Eignungsprüfung unterzogen.

»Die Lymphknoten sind geschwollen«, stellte er fest. Er nahm sein Stethoskop zur Hand und begann, Brust und Rücken abzuhören. Dann schaute er ihr noch in den Hals und prüfte, ob sie Fieber hatte. »Es ist eine Bronchitis«, sagte er. »Sie können sich wieder anziehen.«

»Gott sei Dank«, antwortete Margot erleichtert. »Wir befürchteten schon...«

»Sie nahmen an, es sei Tuberkulose«, antwortete der Arzt. »Da kann ich Sie beruhigen. Dafür gibt es keinerlei Anzeichen. Aber mit einer Bronchitis ist auch nicht zu spaßen. Sie müssen sich ausruhen, Frau Bach. Ich werde Ihnen einen Kräutersaft verschreiben, der den Schleim löst und den Hustenreiz lindert. Warme Brustwickel wären ebenfalls ratsam. Wir wollen ja nicht, dass sich eine Lungenentzündung entwickelt. In einer Woche sehen wir uns wegen des Arms wieder. Dann kann ich den Fortschritt Ihrer weiteren Genesung begutachten. Wann, sagten Sie, treten Sie Ihre neue Anstellung in der Farbenfabrik an?«

»In zwei Wochen«, antwortete Margots Mutter.

»Bis dahin sollten wir das hinbekommen haben. Aber nur, wenn Sie sich an die Regeln halten und sich schonen.« Er hob mahnend den Zeigefinger.

»Dafür wird gesorgt werden«, antwortete Margot für ihre Mutter und warf ihr einen strengen Blick zu. Sobald sie zu Hause waren, würde sie Hilde darauf einschwören, einen besonderen Blick auf ihre Mutter zu haben.

Der Arzt reichte ihnen das Rezept für die Apotheke und verabschiedete sich.

Als die beiden wenig später wieder auf der Straße standen, lugte die Sonne zwischen den Wolken hervor und ließ die verfärbten Blätter der hier gepflanzten Buchenallee golden schimmern.

»Jetzt gehen wir noch schnell in die Apotheke, und dann bringe ich dich nach Hause«, sagte Margot, der die Diagnose des Arztes einen Stein vom Herzen hatte fallenlassen.

Ihre Mutter nickte, hängte sich bei ihrer Tochter ein und sagte: »Und ich hatte solche Angst, es könnte die Tuberkulose sein.«

»Ich weiß«, antwortete Margot. »Es ist ja noch einmal gutgegangen. Aber auch eine Bronchitis sollte nicht auf die leichte Schulter genommen werden. Du versprichst mir, dich auszuruhen? Hilde wird sich um dich kümmern. Ich habe übermorgen Nachtschicht. Danach muss ich nur zu den Vorlesungen. Ansonsten habe ich frei. Dann komme ich vorbei und unterstütze Hilde bei der Wäsche.«

»Was der Doktor da gesagt hat, wegen deiner Ausbildung zur Hebamme, so hab ich das noch nie gesehen.«

»Wie meinst du das?«, fragte Margot.

»Na, dass da nicht jedes Mädchen angenommen und genau hingeguckt wird. Dass er das so gelobt hat und meinte, ihr wäret dann Kollegen. Meine Tochter, die Kollegin eines Arztes. Das muss man sich mal vorstellen.« Sie lächelte und drückte Margots Arm.

Die Freude ihrer Mutter tat Margot gut. Besonders in den letzten Tagen hatte sie oftmals mit sich gehadert, ob sie die Ausbildung fortsetzen sollte. Die Angst davor, ihre Mutter könnte Tuberkulose haben, hatte wie ein Gespenst hinter ihr gestanden. Dann wäre alles anders gewesen, und sie wäre endgültig zu Hause gebraucht worden. Aber nun schien sich alles zum Guten gewendet zu haben. Bald schon würde es ihrer Mutter bessergehen, sie würde wieder arbeiten können und nicht mehr den weiten Weg nach Hennigsdorf auf sich nehmen müssen.

Sie erreichten die Apotheke und besorgten den Saft. Dann brachte Margot ihre Mutter nach Hause, wo sie bereits von Hilde erwartet wurden. Auch ihr war die Erleichterung angesichts der guten Nachrichten anzusehen. Sie versprach, sofort Tee zu kochen und warme Wickel zu machen, und schlug vor, bei Frau Stutner – sie wohnte im Vorderhaus auf der gegenüberliegenden Straßenseite – Pfefferminze und Salbei für ein paar Pfennige zu kaufen. Die Ehefrau des sich inzwischen im Ruhestand befindenden Grundschullehrers Adolf Stutner hatte einen kleinen Schrebergarten, in dem sie nicht nur Kräuter, sondern auch allerlei Gemüse anbaute.

Margot hielt das für eine hervorragende Idee und schlug vor, gleich zu ihr zu laufen, um alles zu holen. So viel Zeit bliebe noch, bis sie wieder in der Schule sein musste.

Sie eilte rasch durch die Hinterhöfe und stand kurz darauf vor der Wohnungstür der Familie Stutner, die im zweiten Stock eines Vorderhauses mit hübscher Stuckverzierung über den Fenstern lag.

Es dauerte eine Weile, bis Helene Stutner die Tür öffnete. »Ach, da schau an, die Margot«, begrüßte die Lehrergattin sie. »Groß bist du geworden, Mädchen.«

Margot musste lächeln. Diesen Satz sagte Helene Stutner jedes Mal, wenn sie ihrer ansichtig wurde. »Guten Tag, Frau Stutner«, grüßte Margot. »Wie geht es Ihnen?«

»Komm doch rein, mein Kind«, sagte Helene Stutner und schob die Tür ein Stück weiter auf. Margot betrat den schmalen Flur und kurz darauf die Wohnstube, in der Adolf Stutner in einem Lehnstuhl am Fenster saß. Auf seinen Knien lag eine Zeitung.

»Guten Tag, Herr Stutner«, grüßte Margot.

Der Lehrer blickte auf. Wie sehr er in den letzten Jahren doch gealtert war, fand Margot. Sein Haar war ergraut und schütter geworden. Tiefe Falten hatten sich in sein hager gewordenes Gesicht gegraben. Er schenkte ihr ein Lächeln. »Die Margot Bach. Wie schön. Wie geht es dir, mein Kind?«

Margot musste lächeln. Er hatte noch immer denselben Tonfall wie früher. »Mir geht es gut«, antwortete sie. »Wie es in den Zeiten so ist.«

»Ja, die Zeiten«, antwortete er und seufzte. Er hob die Zeitung in die Höhe. »In Russland soll der Teufel los sein. Lenin ist zurück, und die Menschen sind wieder auf der Straße. Von einer erneuten Revolution ist die Rede.«

»Jetzt ist es aber gut«, sagte Helene Stutner. »Margot ist gewiss nicht zu uns gekommen, um sich mit dir über Politik zu unterhalten.

Und in der Zeitung steht ja eh nur das zensierte Zeug. Sind doch alles nur noch Lügen.« Sie wandte sich Margot zu. »Ich habe gehört, du machst jetzt eine Ausbildung zur Hebamme in der neuen Frauenklinik im Mariendorfer Weg.«

»Ja, das mache ich«, antwortete Margot.

»Wie schön. Da wird deine Mutter mächtig stolz auf dich sein. Frau Gärtner erzählte mir neulich, dass dein Vater gefallen ist. Es tut mir schrecklich leid. Sein Tod hat euch gewiss sehr mitgenommen. Ach, dieser elende Krieg, wenn er doch nur endlich ein Ende hätte.«

»Mama kommt zurecht«, sagte Margot und kam auf den Grund für ihr Kommen zu sprechen. »Sie hat nur leider eine scheußliche Bronchitis, und ich wollte fragen, ob ich Ihnen etwas Salbei und Pfefferminze für sie abkaufen dürfte.«

»Abkaufen?« Die Lehrergattin sah Margot irritiert an. »Also das wäre ja noch schöner, wenn ich dafür Geld nähme. Wer redet denn von so etwas? Gern gebe ich dir Salbei und Pfefferminze mit. Erst gestern habe ich frische Kräuter im Garten geschnitten. Dieses Jahr wächst das Zeug durch den vielen Regen wie Unkraut. Wenn das doch auch die Gurken und Zucchini machen würden. Die verfaulen mir am Strauch. Und meine Kürbisse haben sie mir geklaut. Das muss man sich mal vorstellen.« Sie bedeute Margot, ihr in die Küche zu folgen, wo sie ihr zwei große Sträuße Kräuter und eine genaue Anleitung gab, wie man den Tee am besten kochte. »Habt ihr Honig?«, fragte Helene Stutner.

Margot schüttelte den Kopf.

»Dann gebe ich dir welchen mit. Bernd Hinners vom Nachbarschrebergarten hat seine Bienenvölker vergrößert, und ich bekomme bei ihm Rabatt. Er ist ein schlauer Bursche und versteckt die Gläser unter einer Klappe im Fußboden seiner Gartenhütte. Sonst müsste er ja alles abgeben. Ist schon eine Schande mit den Lebensmittelprüfungen. Aber immerhin dürfen wir noch Kuchen backen. Meine Schwester Helene arbeitet als Konditorin in Berlin. Dort haben sie ja Kuchenbackverbot. Natürlich brauchen wir vor allem Brot, aber so ein Stück Torte ist ja auch gut für die Seele, nicht wahr?« Sie winkte seufzend ab und öffnete ihren Küchenschrank. »Ein Glas Honig kann ich dir mitgeben. Den rührt ihr deiner Mutter in den Tee. Das wird ihr guttun.«

Es war kein großes Glas, das Helene aus dem Schrank holte, aber Margot betrachtete es wie das siebte Weltwunder. Schon sehr lange Zeit hatte sie keinen echten Bienenhonig mehr gegessen. Selbst in der Klinik wurde dieser nicht aufgetischt. Es gab zumeist Marmelade und Margarine. Auch Butter war selten. »Aber den Honig bezahle ich«, sagte Margot und legte etwas Geld auf den Tisch. »Den haben Sie von Ihrem Nachbarn bestimmt nicht geschenkt bekommen.«

»Wenn du unbedingt willst«, antwortete Frau Stutner. »Richte deiner Mutter schöne Grüße von mir aus. Und wenn ihr noch mehr Kräuter benötigt, dann kommt einfach rüber. Morgen geh ich wieder in den Garten, und dann schneide ich frische ab.«

Margot bedankte sich nochmals, dann verabschiedete sie sich und verließ die Wohnung. Beschwingt lief sie die Treppe nach unten. Heute war endlich mal wieder ein guter Tag. Mama würde es bald bessergehen, und sie hatte sogar Honig bekommen. Als sie die Flurtür öffnete, stieß sie mit einem jungen Mann zusammen. Um ein Haar wäre ihr das Honigglas runtergefallen. »So pass doch auf«, sagte sie.

Der junge Mann war bereits die halbe Kellertreppe runter, da blieb er stehen. »Margot.«

Margot sah ihn einen Moment verdutzt an. Dann erkannte sie ihn. Ihr Jugendfreund Richard Franke stand vor ihr. Früher hatten sie viel Zeit miteinander verbracht. Er war sogar derjenige gewesen, der sie zum ersten Mal geküsst hatte. So richtig, wie es Mann und Frau taten. Ihr Puls beschleunigte sich. Er hatte sich verändert. Sein blondes Haar trug er kürzer, und er hatte einen Oberlippenbart.

»Richard. Was machst *du* denn hier? Ich dachte, du seist an der Front.«

Der junge Mann sah hinter sich. »Das war ich auch. Es ist …« Spontan nahm er Margots Hand und zog sie mit sich die Kellertreppe nach unten.

»Was soll das?«, fragte Margot.

Es ging durch mehrere Flure, bis sie schließlich eine Kellerwohnung betraten. Die kleine Wohnstube war leer. Auf dem Ofen standen ein Topf und eine Pfanne mit Essensresten. Ein Kanapee stand an der Wand, davor waren ein Tisch und zwei Stühle. Die Tür zum Nebenraum war geöffnet. In der winzigen Kammer lagen drei Matratzen auf dem Boden.

»Was soll das?«, fragte sie.

»Es tut mir leid«, antwortete er. »Ich hatte Sorge, ich könnte im Flur entdeckt werden. Hier kennt mich ja jeder.«

»Wieso hast du mich hierhergebracht?«, fragte Margot.

»Ich weiß es nicht«, antwortete er. Er schien nervös zu sein und strich sich durchs Haar. »Es ist schön, dich zu sehen«, sagte er.

Margot nickte und fragte: »Was machst du hier? Hast du Heimaturlaub? Du bist im Osten stationiert, oder?«

»War ich, ja. Aber nun …« Er brach ab.

Margot ahnte, was er ihr sagen wollte. »Du bist desertiert«, vollendete sie seinen Satz.

Er nickte und nahm ihre Hände in die seinen. »Du kannst es dir nicht vorstellen. So viel Leid, Gewalt und Kummer. Sie sterben wie die Fliegen. Ich wollte niemals diesen Krieg. Das weißt du. Ich bin wie mein Bruder Otto. Wir kämpfen nun Seite an Seite mit Rosa Luxemburg und Karl Liebknecht für das Kriegsende. Deutschland muss sich verändern. Es darf keine Monarchie mehr geben. Unser Land braucht einen Neubeginn. Es ist wie in Russland, weißt du? Die Menschen gehen auf die Straße. Sie lassen sich nichts mehr gefallen. Die Arbeiter erheben sich. Wir müssen uns auch erheben. Wir werden wie Kanonenfutter behandelt. Es muss aufhören.«

Er sprach schnell, die Worte wirbelten nur so um sie.

Rosa Luxemburg, Karl Liebknecht. Waren das nicht diese Sparta… Ach, sie wusste den genauen Begriff nicht mehr.

In Richards Tonfall lag eine Art Begeisterung, die Margot gefiel. Er sprach vom Ende des Krieges. Doch er war desertiert und hielt sich nicht an die Regeln. Er hatte seine Kameraden an der Front im Stich gelassen. Peter war an der Front gestorben, ihr Vater, so viele, die sie kannte. Und *er* war davongelaufen. Dieser Wesenszug an ihm war ihr fremd. Früher hätte er niemals jemanden im Stich gelassen. Früher hätte er sie umarmt und sie gefragt, wie es ihr ging. Nun redete er nur von sich. Doch trotzdem war sie froh, ihn wiederzusehen. Endlich einer, der zurückkehrte.

Hin und wieder hatte sie bei seiner Mutter Hertha nachgefragt, wie es ihm ging. *Es kommen noch Karten und Briefe von den Buben*, hatte sie immer gesagt. *Solange sie schreiben, ist alles gut.* Ihr selbst hatte er niemals geschrieben, obwohl er sie damals geküsst hatte. Aber das war Jahre her, sie war gerade mal fünfzehn und ein halbes Kind gewesen. Nun standen sie einander als Erwachsene gegenüber.

»Weiß deine Mutter, dass du hier bist?«, fragte Margot ihn.

Er sah sie verwundert an. Dann schüttelte er den Kopf. »Es ist besser, wenn sie es nicht weiß. Die Polizei würde bei ihr nach uns suchen, und am Ende verplappert sie sich.«

»Also ist Otto auch wieder in Neukölln«, sagte Margot.

Richard nickte. »Er ist an der Front unglaublichen Schikanen ausgesetzt gewesen, da sie ihn ja zwangsweise eingezogen haben, weil er an den Antikriegsdemonstrationen teilgenommen hat. Du kannst dir nicht vorstellen, wie schlecht sie ihn behandelt haben. Auch ich bekam etwas ab, aber bei ihm war es schlimmer.«

Margot nickte.

»Und wie ist es dir ergangen?«, fragte Richard und musterte sie genauer. »Du bist noch hübscher als damals, wenn ich das so sagen darf.«

Margot merkte, wie sie gegen ihren Willen rot wurde. »Ich mache jetzt eine Ausbildung zur Hebamme an der neuen Frauenklinik im Mariendorfer Weg. Ich bin dort auf Empfehlung, weshalb ich kein Schulgeld zahlen muss. Mama ist sehr stolz auf mich. Sie tritt jetzt bald eine Stellung bei den Farbenwerken an.«

»Um noch mehr Munition für den sinnlosen Krieg herzustellen«, sagte Richard.

Margots Miene verfinsterte sich.

»Wir müssen alle sehen, wo wir bleiben. Papa ist gefallen, das Geld reicht kaum zum Leben. Der letzte Winter war ein Albtraum, und wir fürchten uns vor dem nächsten.«

»Das mit deinem Vater tut mir leid. Du musst deine Mutter nicht verteidigen«, sagte Richard und hob abwehrend die Hände.

»Ich muss gehen«, sagte Margot abrupt. »Mama ist krank, und ich muss zurück in die Klinik, sonst bekomme ich Ärger.«

Sie wandte sich zur Tür. In ihrem Hals hing ein dicker Kloß, und sie spürte die aufsteigenden Tränen. Früher war er nie so gewesen. Es war doch erst gestern, als er sie im Arm gehalten und getröstet hatte, nachdem ihre kleine Schwester Annegret mit nur einem Jahr an einer Lungenentzündung gestorben war.

Er hielt sie an der Schulter zurück. »Es tut mir leid. Ich wollte nicht…«

»Schon gut«, antwortete Margot. »Es ist, wie es ist.«

Er ließ sie los. »Sehe ich dich wieder?«

»Ich weiß nicht«, antwortete Margot.

»Wir haben eine Versammlung. Sonntag um acht bei Leo Jogiches in der Manitiusstraße. Im zweiten Hinterhof hinter der Bäckerei Baum in der Dachwohnung links. Es wäre schön, wenn du kommen würdest.«

»Ich habe oft Dienst«, antwortete Margot ausweichend, murmelte einen Abschiedsgruß und ging. Sie war froh, als sie wenig später wieder auf der von der Sonne beschienenen Straße stand. Was er sich dachte! Sie und eine solche Versammlung! Doch es wäre schön, ihn wiederzusehen.

15

Luise mochte die Hausschwangere Elfi, die ihr heute mal wieder bei der Sterilisation der Gerätschaften zur Hand ging. Elfi war aus Wien nach Neukölln gekommen und geblieben. Sie schlug sich als Theaterschauspielerin durch und hatte zuletzt in der Neuen Welt für die verwundeten Soldaten gespielt. Dort hatte sie auch Fritz Neumann kennengelernt. Er hatte blondes, lockiges Haar, Grübchen um die Mundwinkel, wenn er lächelte, und himmelblaue Augen. Sie hatte nicht widerstehen können. Ihre heimliche Liaison hatte jedoch nur wenige Wochen gehalten, dann war er zurück an die Front gefahren, und sie hatte festgestellt, dass sie schwanger war. Sie hatte ihm davon geschrieben, doch geantwortet hatte er nie. Einer seiner Kameraden hatte ihr dann irgendwann mitgeteilt, dass er gefallen war. Da hatte sie die Schwangerschaft schon nicht mehr verbergen können. Und nun saß sie hier in der Frauenklinik und hoffte darauf, dass es nach der Geburt des Kindes irgendwie weitergehen werde.

»Heute ist es komisch«, sagte Elfi. »Den ganzen Tag zwickt es mich im Rücken. Ich glaube, das Kindchen will bald auf die Welt kommen. Ist auch besser so. Ich sehe nämlich meine Füße nicht mehr und komme auch nicht mehr an sie ran... Und das ich, die ich so beweglich bin.«

»Könnte schon sein, dass es heute so weit ist. Wann ist der errechnete Termin? In einer Woche?« Sie legte Elfi die Hand auf den Bauch. »Er ist hart«, stellte sie fest. »Du solltest dich von Frieda untersuchen lassen. Sie hat heute Dienst, und du hast sie von den Hebammen doch am liebsten.«

»Ja, schon. Aber dich mag ich lieber«, antwortete Elfi.

»Aber ich bin eine Schülerin und keine Hebamme«, erwiderte Luise.

»Ach, das macht doch bei dir keinen großen Unterschied«, sagte Elfi. »Babys auf die Welt holen kannst du doch schon perfekt. Hast mir ja so viel erzählt von deiner Oma und Ostpreußen. Hört sich ja alles recht nett, aber doch recht provinziell an. Ich wüsste nicht, ob ich dort leben könnte. Bin ja so eine Stadtschickse. Erst Wien, dann Berlin. Das hab ich von meiner Mutter. Die tingelte auch immer von Bühne zu Bühne. Manchmal waren wir auch auf dem Land unterwegs. Da waren wir Teil einer fahrenden Schaustellertruppe. Wir waren damals auch auf einem Landgut in der Nähe von Hamburg zu Gast. Da war es schon fein. Es war ein riesengroßes Gebäude mit vielen schick eingerichteten Zimmern. Ich kann mich noch daran erinnern, dass sie dort viele Pferde hatten. Ich war damals sieben oder acht Jahre alt. Einer der Stallburschen setzte mich auf ein Pony. Das hab ich nie vergessen. Es war braun und hatte eine weiße Mähne. Wir sind dort als Theatergruppe auf einem Fest aufgetreten. Sogar ich stand schon auf der Bühne, was die feinen Damen ganz entzückend fanden.«

»Ich habe auch einmal in einem Theaterstück mitgespielt«, sagte Luise. »Wir führten damals das Märchen Schneewittchen auf. Es war sehr lustig.«

»Lass mich raten«, sagte Elfi. »Du warst die böse Königin.«

»Nicht ganz«, antwortete Luise.

»Etwa das Schneewittchen?«, fragte Elfi.

»Nein, dafür war ich noch zu klein. Ich war ein Pilz.«

»Oh ja, die Pilze. Das sind die wichtigsten Mitspieler überhaupt«, antwortete Elfi laut auflachend. »Ohne die würde das ganze Stück nicht funktionieren.« Sie wollte noch etwas hinzufügen, kam jedoch nicht mehr dazu, denn plötzlich bildete sich unter ihren Füßen eine Pfütze. »Ach du je. Aber ich musste gar nicht aufs Klo.«

»Ich glaube, das hat nichts mit der Toilette zu tun«, erwiderte Luise. »Dir ist gerade die Fruchtblase geplatzt.«

»Bedeutet das, dass ich bald meine Füße wieder sehen werde?«, fragte Elfi.

»Ja, das bedeutet es«, antwortete Luise grinsend. Solch eine Frage konnte nur Elfi stellen. »Und den kleinen neuen Erdenbürger. Dann bringe ich dich mal in den Entbindungssaal.«

»Aber du bleibst doch bei mir, oder?«, fragte Elfi und nahm Luises Hand. »Ohne dich Landmädchen kriege ich das nicht hin.«

Luise zögerte einen Moment mit ihrer Zusage. Normalerweise begann jetzt gleich einer der Vorträge von Professor Hammerschlag. Aber unter diesen Umständen würde er gewiss ein Auge zudrücken. Immerhin schwänzte sie ja nicht zu ihrem Vergnügen, sondern um eine Gebärende zu betreuen. Sie antwortete: »Natürlich bleibe ich bei dir. Und wenn es die ganze Nacht dauert. Mich wirst du so schnell nicht los.«

Die beiden machten sich auf den Weg in den unweit gelegenen Entbindungssaal. Dort herrschte der übliche Betrieb. Eine weitere Hausschwangere, ihr Name war Susanne, brachte gerade ihr Kind zur Welt. Frieda bat sie gerade darum, kräftig zu pressen. Edith half bei der Geburt mit und stützte die Gebärende. Zwei weitere werdende Mütter waren anwesend. Bei einer von ihnen schien es bis zur Geburt noch etwas zu dauern, denn sie machte einen entspannten Eindruck. Die andere stand stöhnend am Fenster und hielt sich den Rücken. Eine Hebammenschülerin, es war Susanne Wellenbrinck, war bei ihr, um sie zu unterstützen.

»Ganz schön was los heute«, merkte Elfi an und verzog das Gesicht. Sie griff sich erneut in den Rücken. »Also das ist jetzt aber ein bisschen mehr als Zwicken.«

»So soll es sein«, antwortete Luise und bugsierte Elfi zu einem freien Bett am Ende des Raumes.

Elfi setzte sich stöhnend und fragte: »Hilfst du mir mit den Schuhen?«

»Aber natürlich«, antwortete Luise. »Wir ziehen dich komplett um. Ich gehe gleich und hole dir ein Hemd. Aber vorab kann ich ja schon einmal prüfen, wie die Lage ist.« Sie griff nach dem Vorhang, der die Betten voneinander trennte, und sah noch einmal zu Frieda. Erneut gab diese die Anweisung, fest zu pressen. Der Kopf sei schon zu sehen. Lange werde es nicht mehr dauern. Luise zog den Vorhang zu und wandte ihre Aufmerksamkeit Elfi zu. Sie hob ihren Rock und fuhr mit den Händen in ihren Unterleib. »Ich weiß ja nicht, wie du das gemacht hast, aber es sind schon fünf Zentimeter. Da scheint es jemand mit dem Auf-die-Welt-Kommen eilig zu haben. Und es hat wirklich nur ein wenig im Rücken gezwickt?«

»Ja. Heute früh auch ein bisschen im Bauch. Stimmt etwas nicht?«

»Nein, alles gut. Es ist nur verwunderlich, dass du nicht mehr gespürt hast. Es ist bestimmt alles in Ordnung. Sei froh darüber. Andere quälen sich über Stunden bis zu diesem Befund. Ich gehe schnell in die Kleiderausgabe und hole dir das frische Hemd.« Sie tätschelte Elfi das Bein und verließ den Raum. Um in die Kleiderausgabe zu gelangen, musste sie über den Flur und ein Stockwerk tiefer. Dort traf sie auf die Wäscherin Lene, die heute in der Ausgabe Dienst hatte.

»Guten Tag, Luise«, grüßte sie fröhlich. »Haste gehört? Der Krieg im Osten ist aus. Da gibt es nun einen Waffenstillstand mit den Russen. Jetzt wird alles gut, ich weiß es. Bestimmt kommt dann auch mein Ludwig heim. Er hat mir erst letzte Woche eine Karte geschrieben. Darin stand, dass die Russen reihenweise desertieren. Die haben alle keinen Bock mehr. Wir wollen später feiern. Willste dazukommen?«

»Gern«, antwortete Luise freudig. »Das sind wunderbare Neuigkeiten. Wenn der Krieg im Osten vorüber ist, dann endet er gewiss auch bald im Westen. Vielleicht haben wir ja zu Weihnachten schon wieder Frieden.«

»Das glaub ich nicht«, antwortete Lene. »Aber schön wäre es schon. Wir werden sehen. Aber solange der Kaiser an der Macht ist, wird er nicht nachgeben. Das in Russland: ist ja nur deswegen so gekommen, weil die Russen die Revolution gemacht haben. Mit dem Lenin und so. Aber ich alte Wäscherin kenn mich mit so was ja eigentlich gar nicht aus. Wollen wir beten, dass es so wird und die nächste Weihnacht keine Kriegsweihnacht mehr ist. Das wäre schon was.«

»Ja, das wäre schön«, antwortete Luise und kam auf den Grund für ihr Kommen zu sprechen. »Ich brauche ein Hemd für eine der Hausschwangeren. Ich habe sie gerade in den Entbindungssaal gebracht.«

»Wird gemacht«, sagt Lene und holte ein weißes Leinenhemd aus einem Regal.

»Wer ist es denn?«, fragte sie neugierig.

»Elfi Graf«, antwortete Luise.

»Ach, unsere Schauspielerin. Na denn wünsch ihr mal viel Glück von mir. Sie ist ganz eine Nette. Hat mir auch schon in der Wäscherei geholfen.«

»Ja, sie ist sehr nett. Aber sie braucht mich jetzt an ihrer Seite. Es könnte schnell gehen. Ich komme dann heute Abend zu euch in die Wäscherei. Wie immer in der Flickstube?«

»Ja, wie immer. Ulrich will Bier organisieren. Und Else, eine der Bügelfrauen, hat uns sogar Wein versprochen.«

»Na fein. Dann bis später«, sagte Luise, nahm das Hemd für Elfi an sich und eilte zurück in den Entbindungssaal. Dort angekommen, staunte sie nicht schlecht, denn Frieda legte Elfi gerade ihr Neugeborenes in die Arme.

Luise trat näher. »Ja aber, das ist doch … Ich war nur …« Sie konnte es nicht fassen.

»Kurz in der Kleiderausgabe, ich weiß«, sagte Frieda grinsend. »Das junge Fräulein hatte es wirklich eilig, auf die Welt zu kommen. Du warst noch nicht ganz zur Tür raus, da ging es los.«

»Das war, als hätte mich die Straßenbahn überrollt«, sagte Elfi erschöpft lächelnd und fügte hinzu: »Schau sie dir an. Sie ist perfekt. Das wunderschönste Wesen auf der ganzen Welt.«

Luise trat näher und besah sich das Neugeborene in Elfis Armen. Es hatte die Augen geöffnet, etwas Käseschmiere klebte an seinem Köpfchen, das ein blonder Flaum zierte. Ein Händchen streckte es nach vorn. Luise ergriff es, und die kleinen Fingerchen schlossen sich um ihren Zeigefinger. »Sie ist wunderschön«, sagte Luise. »Und sie ist dir wie aus dem Gesicht geschnitten.«

»Nein, ihrem Papa«, sagte Elfi mit einem Hauch von Wehmut in der Stimme. »Ich werde ihr eines Tages von ihm erzählen. Und von der wunderbaren Zeit, die wir miteinander hatten. Und ich bin mir sicher, er wäre zu uns zurückgekommen, und wir wären eine richtige Familie geworden.«

Eine Weile danach, es war bereits dunkel, saß Luise neben Edith und Margot in der Flickstube des Wäschereigebäudes und klatschte den Takt der Melodie mit, die Michael, einer der Hilfsgärtner, auf einer Fiedel spielte. Lene hatte Kerzen angezündet, damit es heimeliger wurde. Sie hatte ihre übliche Wäscherinnenkleidung abgelegt und trug nun einen dunkelblauen Rock und eine hübsche Spitzenbluse. Else hatte ihr Versprechen wahr gemacht und Wein mitgebracht. Sie war die Tochter eines Britzer Gastwirtes und hatte drei Flaschen aus dem Weinkeller gemopst. *Man muss die Feste feiern, wie sie fallen*, hatte sie gesagt. Und dass der Waffenstillstand mit Russland für alle ein Fest war, wurde in diesem Raum vorausgesetzt. Und vielleicht brachte das Ende der Kämpfe im Osten nun tatsächlich die Wende, und es würde bald ein Friedensvertrag geschlossen werden. Ludwig, ein junger Heizer und gerade mal siebzehn Jahre alt, hielt Edith, die sich für ein weinrotes Kleid entschieden hatte, verschmitzt grinsend die Hand hin und bat sie um einen Tanz. Die beiden begannen durch den Raum zu tanzen. Natürlich herrschte reichsweites Tanzverbot, aber wer sollte sie hier schon erwischen? Übermütig taten es ihnen die anderen gleich.

Zu essen hatte eines der Küchenmädchen, ihr Name war Gertrud Steckmann, einige Kekse, etwas Käse und Birnen auftreiben können.

Luise saß auf einem der Tische und klatschte den Takt des fröhlichen Gassenhauers mit. Sie trug eines von Ediths Kleidern. Es war moosgrün und wies am Saum eine Lochstickerei auf. Ein schwarzes Samtband taillierte es. Sie spürte bereits den Alkohol, obwohl sie doch recht trinkfest war. Bei den Bauern auf den Dörfern hatte es nach einer Entbindung stets Alkohol, zumeist selbstgebrannten, gegeben, und die Gläser waren häufig nachgefüllt worden. Die meisten von ihnen besaßen eine eigene Schnapsbrennerei. Bei den Bauern gab es jedoch zumeist deftiges Essen zum Alkohol, was heute Abend fehlte. Eine weitere Geburt hatte dazu geführt, dass sie das Abendbrot versäumt hatte. Auch hatte sie sich etwas zu viel zugemutet und nach der Nachtschicht am nächsten Morgen einfach weitergearbeitet.

»Du siehst müde aus«, bemerkte Edith, die den jungen Heizer um eine Pause gebeten hatte und sich neben sie setzte.

»Ach, es ist nichts«, wiegelte Luise ab.

»Wir waren heute Morgen zu laut, oder?«, fragte Edith schuldbewusst.

Edith und Margot hatten sich heute früh aus irgendeinem Grund in die Wolle bekommen. Ihr zwanzigminütiges, in gedämpftem Tonfall geführtes Streitgespräch hatte Luise aufgeweckt und danach hatte sie nicht mehr einschlafen können, und sie hatte sich zum normalen Dienst gemeldet.

»Ich habe gehört, dass Elfi ihr Kind bekommen hat.«

»Ja, das hat sie«, bestätigte Luise. »Die reinste Sturzgeburt. So schnell konnten wir gar nicht gucken, wie die Kleine auf der Welt war.« Luise wollte noch etwas hinzufügen, kam jedoch nicht mehr dazu, denn Günter Berger betrat den Raum. Luise sah ihn verwundert an. Der junge Arzt begrüßte Ulrich Winkler, den Hausmeister der Anstalt, mit Handschlag.

»Dachte ich mir doch, dass Günter hier auftaucht«, sagte Lene zu Luise. »Die beiden sind beste Kumpels, seitdem Günter seiner Frau Gretel und dem Buben das Leben gerettet hat. Der Günter, das ist keiner von den arroganten Ärzten, der weiß, wo er hingehört. Der ist einer von uns.«

Luise spürte, wie sich ihr Herzschlag beschleunigte. Was machte sie denn jetzt? So sah Aus-dem-Weg-Gehen nicht aus. Sie sah zu Edith, die aufgestanden war, um sich noch etwas zu trinken zu holen. Das Richtige wäre es, sofort zu gehen. Sie brachte es jedoch nicht fertig.

Günter Berger hatte sie entdeckt und kam mit einem Lächeln auf sie zu. »Sie auch hier«, stellte er erfreut fest und setzte sich neben sie.

Luise nickte. »Lene hat mich eingeladen.«

»Unsere gute Lene. Die lädt nur die liebsten Menschen der Klinik zu den privaten Festen ein. Also scheinen Sie eine besonders liebenswerte Person zu sein. Obwohl ich das bereits vorher wusste.« Er zwinkerte sie an, und Luise senkte errötet den Blick. »Ich hörte von der Sturzgeburt heute Nachmittag«, sagte der Arzt.

Luise nickte. »Ja, das war eine Überraschung. Aber alle sind wohlauf.«

Michael begann erneut zu spielen.

»Wollen Sie tanzen?«, fragte Günter.

Luise schüttelte den Kopf. In ihr bebte alles. Er saß so nahe bei ihr, sie spürte seine Wärme. Wie konnte es ein Mann nur schaffen, einen so um den Verstand zu bringen? Sie kannte ihn doch kaum. Sie musste hier weg und das so schnell wie möglich. Günter Berger war ein Arzt der Klinik, und er bildete sie zur Hebamme aus. In ihn durfte sie sich nicht verlieben. Sie stand abrupt auf. »Ich bin müde. Es war ein langer Tag. Ich wünsche Ihnen noch viel Freude beim Fest.« Ohne ihn anzusehen, lief sie an den Tanzenden vorbei und verließ den Raum.

Draußen empfing sie kalte Luft, die ihr für einen Moment den Atem raubte. Sie schlang die Arme um ihren Oberkörper und folgte dem zum Verwaltungsgebäude führenden Kiesweg. Nach wenigen Schritten hörte sie eine Stimme hinter sich.

»Fräulein Luise.« Er war ihr gefolgt. »Ihr abrupter Aufbruch besorgt mich etwas. Geht es Ihnen auch gut?«

Luise nickte. »Es tut mir leid, falls ich ruppig gewesen bin«, setzte sie zu einer Entschuldigung an. »Ich hatte eine Doppelschicht und ...«

»Ich verstehe«, fiel er ihr ins Wort. »So fleißig also. Aber etwas anderes würde ich von Ihnen auch nicht erwarten. Das mit neulich, mit dem jungen Mädchen Barbara, ich weiß nicht, ob Sie es erfahren haben. Der Stiefvater wurde verhaftet. Ihm wird der Prozess wegen Mordes gemacht.«

»Das macht sie aber auch nicht mehr lebendig.«

»Ich weiß«, antwortete er, trat noch näher an sie heran, legte seine Hände auf ihre Schultern und sah ihr in die Augen. »Wir haben getan, was wir konnten.«

Luise nickte. In ihre Augen traten Tränen. »Sie war noch so jung.«

Genau in diesem Moment begann es zu schneien. Sacht fielen die Schneeflocken auf sie herab.

»Sie frieren«, sagte er und zog sie noch näher an sich heran.

Plötzlich waren seine Lippen auf den ihren. Sie spürte seinen Atem, er roch nach Wein und Zigaretten. Er öffnete ihre Lippen, ihre Zungen berührten sich sanft. Luise zuckte zurück. »Das dürfen wir nicht«, sagte sie und schaute ihm lange in die Augen. Dann drehte sie sich um und lief durch das dichter werdende Schneetreiben davon.

16

NEUKÖLLN, NOVEMBER 1917

Margot wusste nicht, was sie sagen sollte. Sie betrachtete Klara, die, an der Lippe blutend, mit verschränkten Armen und gesenktem Blick vor ihr stand.

»Ich möchte noch einmal betonen, dass Gewalt in unserem Haus keinen Platz hat«, sagte die Leiterin der Tagesheimstätte. »Klara kann gern nach der Schule zu uns kommen, aber solch ein flegelhaftes Benehmen können wir nicht durchgehen lassen.«

»Selbstverständlich nicht. Es wird nicht mehr vorkommen, Frau Gruber, das verspreche ich Ihnen.«

»Gut, dann werde ich in diesem Fall noch einmal eine Ausnahme machen. Aber nur, weil es zum ersten Mal vorkam. Passiert es noch einmal, will ich Klara hier nicht wieder sehen. Verstanden?«

In Klaras Augen schwammen Tränen. Margot wusste zwar noch nicht, was vorgefallen war, aber sie würde es schon erfahren. So hatte sie sich ihren freien Nachmittag nun wirklich nicht vorgestellt. Eigentlich hatte sie mit Helene Stutner in deren Schrebergarten gehen wollen, um ihr bei der Gartenarbeit zu helfen. Dafür hatte Frau Stutner versprochen, ihr noch etwas von dem Wintergemüse zu geben, das gerade in ihrem Garten reif war.

»Sie müssen verstehen, dass ich so streng bin, weil sich Ereignisse dieser Art bei uns häufen«, sagte die Leiterin. »Die sittliche Verwahrlosung nimmt immer weiter zu. Wir erleben hier Sachen… Viele der älteren Schüler sind oftmals betrunken, über andere Dinge möchte ich in der Gegenwart des Kindes nicht reden. Aber Sie als Hebamme haben mit diesen Themen gewiss Erfahrung. Wenn das Kind in den Brunnen gefallen ist, dann ist das Geschrei jedes Mal groß. Der Direktor Fallgruber hat mir erst neulich wieder berichtet, dass Gerichte und Polizei vermehrt damit beschäftigt sind, notorische Schulschwänzer zu maßregeln. Aber wie soll es auch gehen, die Kinder zu anständigen Erwachsenen zu erziehen? Die Väter sind im Felde, die Mütter arbeiten in den Fabriken. Wir tun unser Möglichstes, aber es gibt Grenzen.«

Margot beeilte sich, zu nicken und verständnisvolle Worte zu finden. Sie hatte die Leiterin der Tagesheimstätte noch nie sonderlich gemocht. Wie konnte sie die kleine Rangelei zweier Achtjähriger mit der Verwahrlosung der Jugend vergleichen? »Wir gehen dann jetzt«, sagte sie. »Komm, Klara.« Sie nahm die Hand ihrer Schwester und führte sie rasch aus dem Raum. Als sie wenig später auf der Fuldastraße im hellen Sonnenlicht standen, fragte Margot: »Was ist vorgefallen?«

»Uwe hat mir meine Stulle weggenommen. Das macht er in letzter Zeit immer. Er sagt, Mädchen bräuchten nicht so viel zu essen wie Jungs.«

Margot wusste, von welchem Uwe die Rede war. Sein vollständiger Name war Uwe Krause. Er wohnte in ihrer Straße gemeinsam mit seiner Mutter und seinen vier Geschwistern in einer engen Dachgeschosswohnung. Sein Vater war bei den Gleisbauern und des Alters wegen nicht mehr an die Front geschickt worden. Sein ältester Bruder Dirk hatte ihr schon das Leben schwergemacht. »Und was war *heute*?«, fragte Margot.

»Heute wollte ich ihm die Stulle nicht geben. Es war Salami drauf, sogar mit Butter. Die wollte ich selber essen. Dann hat er mich geschubst. Da hab ich ihn auch geschubst, so fest es ging. Da hat er sich auf mich draufgeworfen. Ich hab mich gewehrt und ihm das Gesicht zerkratzt. Simon sagt immer, ich habe Krallen wie eine Katze. Der hat böse geblutet, der Uwe.«

»Und was war *dann*?«

»Dann kam Frau Gruber und hat mit uns geschimpft. Sie sagte, wir würden aus der Tagesheimstätte fliegen, weil wir uns nicht benehmen können.«

»Das konnten wir ja gerade noch einmal abwenden«, sagte Margot.

»Aber meine Stulle konnte ich nicht essen, denn die ist in eine Dreckpfütze gefallen«, antwortete Klara.

»Wir werden einen Ersatz finden«, tröstete Margot sie. Die beiden setzten sich in Bewegung. »Ich will nachher Frau Stutner in ihrem Schrebergarten bei der Gemüseernte helfen. Wenn du magst, kannst du mitkommen. Frau Stutner hat Honig. Wenn wir lieb fragen, macht sie dir bestimmt eine Honigstulle. Was meinst du?«

»Oh, das wäre toll. Eine Honigstulle ist ja noch viel besser als eine mit Salami«, freute sich Klara.

»Aber vorher gehe ich noch schnell zu Krauses rüber, um mit Uwes Mutter ein ernstes Wörtchen zu reden. So kann es nicht weitergehen.«

Als die beiden in der Knesebeckstraße ankamen, trat Helene Stutner gerade auf die Straße. Ihr Gesicht hellte sich auf, als sie Margot und Klara sah. »Ach, da bist du ja, Margot. Dann können wir ja doch gemeinsam in den Garten.« Sie bemerkte Klaras geschwollene Lippe, und ihr Blick wurde besorgt. »Kind, was ist geschehen?«, fragte sie.

»Das war der Uwe, der klaut mir immer die Stullen«, antwortete Klara.

»Könnten Sie Klara schon mitnehmen?«, fragte Margot. »Ich wollte die Angelegenheit noch schnell klären gehen.«

»Aber gewiss doch«, antwortete Helene Stutner und hielt Klara die Hand hin. »Und das mit der Stulle ist gar nicht so schlimm. In meiner Tasche«, sie hielt ihren Beutel in die Höhe, »habe ich einen halben Laib Brot, den mir die Tochter des Bäckers Friedrichsen heute

Morgen vorbeigebracht hat. Und in unserem Schrebergarten hab ich Honig. Du magst doch Honig, oder?«

Klara nickte und sah zu Margot, die lächelte.

»Fein. Dann geht ihr schon mal voraus, und ich komme später nach«, sagte sie.

Klara nahm die Hand der Lehrergattin, und die beiden liefen die Straße hinunter. Margot sah ihnen noch so lange nach, bis sie außer Sicht waren. Klara wurde ihr nicht nur äußerlich immer ähnlicher. Anscheinend hatte sie auch schon den gleichen Sturkopf und ein gutes Durchsetzungsvermögen. Das waren Dinge, die einen im Leben durchaus weiterbringen konnten. Gewiss würde sie ihren Weg machen. Nur, wenn man acht Jahre alt war, konnte manches übermächtig sein, und da war es gut, wenn einem jemand zu Hilfe kam. Und wer eignete sich dazu besser als die große Schwester? Margot straffte die Schultern und machte sich auf den Weg zu Familie Krause. Sie brauchte einen Moment, bis sie den Zugang zum Treppenhaus im dritten Hinterhof fand. Er lag versteckt hinter einem Mülltonnenverschlag. Daneben war eine hölzerne Tür nur angelehnt, die provisorisch zusammengezimmert aussah. Sie wurde geöffnet, als Margot daran vorbeigehen wollte. Ein junger Bursche in abgerissener Kleidung kam heraus und sah Margot für einen Moment überrascht an. Sie wich zurück, denn er stank nach Rauch und Alkohol.

»Was glotz'n so blöd?«, fuhr er sie an. »Willste was?«

»Nein, nein. Ich muss nur, ich wollte …« Sie deutete zur Tür. »Ich wollte Sie nicht erschrecken.«

Der Typ betrachtete sie genauer. »Bist ganz hübsch.« Sein Blick wurde begehrlich. Margot machte einen weiteren Schritt rückwärts und stieß gegen die nur angelehnte Tür des Treppenhauses. Er grinste. »Könntest einen armen Schlucker wie mich schon ein bisschen glücklich machen. Hab schließlich für euch an der Front gekämpft.« Er machte einen Schritt auf Margot zu.

Sie wich weiter zurück und stolperte ins Treppenhaus. Dort stieß sie gegen jemanden.

»Hoppla«, sagte eine ihr wohlbekannte Stimme.

Sie wandte sich um und sah in Richards Gesicht. »Richard, wie schön!«, sagte sie erleichtert.

Richards Blick wanderte zu dem Burschen. »Verschwinde, Egon. Wie oft soll man dir eigentlich noch sagen, dass du dich hier nicht rumzutreiben hast? Mach, dass du fortkommst.«

Murrend zog der Mann von dannen.

»Hat er dir was getan?«, fragte Richard, nachdem er fort war.

»Nein, hat er nicht«, antwortete Margot. »Und wenn er es versucht hätte, hätte ich ihm das Handgelenk gebrochen.«

»Meine Margot. Etwas anderes hätte ich von dir auch nicht erwartet.«

Sie lächelte. Meine Margot. Du liebe Güte. Wie lange hatte sie diese Worte nicht mehr aus seinem Mund gehört?

Eine Weile standen sie einander schweigend gegenüber.

»Ich muss dann mal weiter. Ich wollte zu...«

»Gehen wir ein Stück?«, fragte Richard. »Natürlich nur, wenn du Zeit hast. Vielleicht musst du ja arbeiten, aber es ist...«, nervös zupfte er an seinem Hemd, »es ist schön, dich wiederzusehen.«

»Das finde ich auch.« Margot spürte, wie sich ein warmes Gefühl in ihr ausbreitete. Ihr Blick wanderte zur Treppe. Zu Krauses konnte sie später immer noch gehen. Und Klara war bei Frau Stutner im Schrebergarten gut versorgt. »Ich muss nicht arbeiten, ich hab Zeit.«

Er lächelte und hielt ihr den Arm hin. »Wenn das so ist, mein Fräulein.«

Lachend hängte sie sich bei ihm ein.

Sie schlenderten Richtung Teltow-Kanal. An dessen Ufer setzten sie sich auf eine Bank und beobachteten eine Weile die bunten

Blätter, die im Wasser schwammen. Die Sonne stand nun tiefer am Horizont und malte funkelnde Sterne auf die Wasseroberfläche.

»Ich habe eigentlich gehofft, dass du zu einem unserer Treffen in die Manitiusstraße kommst«, sagte Richard irgendwann.

»Um dort was zu tun?«

»Es war dumm von mir, ich weiß«, antwortete er. »Du machst eine Ausbildung zur Hebamme, und das ist großartig. Aber ich dachte, dich hätten meine Worte von neulich begeistert. Außerdem warst du ja schon damals gegen den Krieg und hast dich nicht von diesem unsinnigen Siegestaumel anstecken lassen.«

»Das stimmt«, antwortete Margot. »Und ich hatte tatsächlich überlegt, zu kommen. Bevor ich meine Ausbildung begonnen habe, wäre ich vermutlich noch am selben Abend dort gewesen, denn ich hätte nichts zu verlieren gehabt. Heute sieht es jedoch anders aus. Ich habe die einmalige Möglichkeit erhalten, mehr aus mir zu machen. Ich bin noch immer gegen diesen Krieg. Mein Vater und der Verlobte von Hilde sind gefallen, das tägliche Leid und die Not überall sind erschreckend. Ich befürworte, was ihr tut, und ich bewundere Frauen wie Rosa Luxemburg für ihren Mut, aber so bin ich nicht. Nenn mich feige, gern auch egoistisch, aber jeder muss doch sehen, wo er bleibt, oder? Und ich helfe den Menschen, den Frauen, eben auf meine Weise. Das ist doch auch wertvoll, oder?«

»Natürlich ist es das«, antwortete Richard. »Und ich kann dich durchaus verstehen. Aber wenn dieser Krieg weitergeht, dann gehen wir alle daran zugrunde, und du wirst den Frauen und Kindern irgendwann nicht mehr helfen können, denn die Not wird größer werden. Denk an den letzten Kriegswinter und wie viele damals gestorben sind. Das Wichtigste ist, dass dieser Wahnsinn so schnell wie möglich aufhört, nur so können wir die Lage für die Bevölkerung vielleicht noch verbessern. Die Männer könnten von der Front heimkehren, und das sinnlose Sterben hätte endlich ein Ende.«

»Aber wie soll ich euch denn helfen?«, fragte Margot.

»Manchmal helfen schon kleine Dinge. Du könntest Flugblätter verteilen. Ihr seid doch als Hebammen häufiger in den Häusern bei den Familien. Oder du legst in der Fürsorgestelle welche aus.«

»Ich weiß nicht«, antwortete Margot. »Meine Tätigkeit als Hebamme möchte ich ungern dafür nutzen. Aber das mit den Flugblättern könnte ich mir vorstellen. Ich kann sie ja auch nach der Arbeit verteilen, das kann mir doch keiner vorwerfen, oder?«

»Nein, natürlich nicht«, antwortete Richard. »Der Kampf für den Frieden kann niemals verwerflich sein.«

»Wir wissen beide, dass viele Menschen im Reich das anders sehen«, sagte Margot.

»Ich weiß«, antwortete Richard. »Aber deshalb müssen wir weiterarbeiten und die Menschen aufrütteln. Ich war an der Front, Margot. Ich habe so viele meiner Kameraden qualvoll sterben sehen. Eine ganze Generation wird sinnlos hingerichtet. Wir müssen dafür sorgen, dass das endlich aufhört.« Er nahm Margots Hand und sah sie eindringlich an. Seine Augen glühten vor Begeisterung.

Margot musste lächeln; sie mochte es, wenn er so sprach. »Also gut«, sagte sie. »Das mit den Flugblättern mache ich, und vielleicht komme ich doch zu euch in die Manitiusstraße. Wenn ich denn da wirklich erwünscht bin.«

»Du bist immer erwünscht«, sagte er, schloss sie übermütig in seine Arme und drückte ihr sogar einen Kuss auf die Wange.

Er war wie früher, wenn er sich über etwas freute, fand Margot. Nur fühlte sich seine Nähe heute anders an. Sie waren erwachsen geworden.

17

Luise und Frieda holten die Fahrräder aus dem Schuppen neben dem Wäschereigebäude und befestigten ihre Taschen auf den Gepäckträgern. Heute wollten sie in die Kirchengemeinde St. Clara, die ein Stück entfernt vom Mariendorfer Weg in der Prinz-Handjery-Straße lag. Die Räder waren für die Hebammen erst vor kurzem angeschafft worden und erfreuten sich inzwischen immer größerer Beliebtheit. Allerdings konnten einige der Frauen nicht Fahrrad fahren. Unter viel Gelächter und Gejohle hatte Hausmeister Ulrich ihnen auf dem Hof Fahrunterricht gegeben. Es hatte nicht lange gedauert, bis auch die Ungeschickteste unter ihnen das Gleichgewicht hatte halten und sie auf die Straßen Neuköllns hatten geschickt werden können. Die Fahrt mit dem Rad ersparte ihnen die Fahrten mit den Straßenbahnen, und sie waren zu jeder Tages- und Nachtzeit mobil. Luise konnte bereits Fahrrad fahren; zu einigen Höfen in der Nachbarschaft war sie auch in Eckersberg mit dem Rad gefahren.

Es war ein kühler und grauer Tag Ende November, und dichter Nebel hing zwischen den Häusern. Auf den Straßen herrschte der übliche Betrieb. Bimmelnd fuhr die Straßenbahn an ihnen vorbei. Vor einem Haus in der Hermannstraße hatte eine neue Suppenküche geöffnet, vor der sich eine Menschentraube gebildet hatte. Vorrangig alte Menschen, Frauen und Kinder in ärmlicher Kleidung, aber auch Kriegsversehrte standen hier. Die Versorgungslage schien in diesem November etwas besser zu sein als im Jahr zuvor. Doch sie als gut zu bezeichnen, wie es so manche Zeitungen taten, klang wie blanker Hohn in den Ohren der Menschen, die jeden Tag ums Überleben kämpften. Und ein Ende des Krieges war, trotz des Waffenstillstands mit Russland, nicht in Sicht. Bald schon würde der Jahrgang 1898 in den Krieg eingezogen werden. Junge Burschen, die seit Jahren unterernährt und schlecht ausgebildet waren. Eine ältere Frau, sie war mit ihrem Enkel in die Fürsorgestation gekommen, hatte es letztens ganz unverblümt gesagt: *Sie werden zur Schlachtbank geführt.* Luise hatte nicht gewusst, was sie hätte antworten sollen. Vor ihr auf der Waage hatte ein kleiner Junge gelegen, gerade mal drei Wochen alt, der seine Eltern niemals kennenlernen würde. Der Vater war im Feld gefallen, die Mutter kurz nach der Entbindung an einer Lungenentzündung gestorben. Ohne den Krieg wäre er vermutlich in einer behüteten Familie aufgewachsen. So aber war er eines von vielen Waisenkindern, die einen denkbar schlechten Start ins Leben hatten.

Nach einer viertelstündigen Fahrt erreichten die beiden die Kirche und stellten ihre Fahrräder vor dem danebenliegenden Pfarrhaus ab. Die hochschwangere Frau des Küsters, Johanna Gärtner, benötigte im Moment besondere Fürsorge, denn sie war vor einigen Tagen auf der Treppe gestürzt und hatte sich das Bein gebrochen. Durch den Sturz hatten Wehen eingesetzt, die jedoch wieder abgeklungen waren. Trotzdem hatte der Arzt ihr absolute Bettruhe verordnet. Die Hebammen sahen wöchentlich nach der Küstergattin, die bereits drei Kinder geboren hatte, von denen jedoch nur noch zwei am Leben waren. Die Jüngste, die kleine Lene, hatte den letzten Winter nicht überlebt und war im Alter von sechs Monaten gestorben.

Frieda läutete, und die schwerhörige Köchin des Pfarrers, ihr Name war Alma, öffnete ihnen die Tür. »Ach, die Hebammen, wie schön. Guten Morgen, die Damen«, brüllte sie ihnen entgegen. »Sie wurden bereits angekündigt.«

Luise und Frieda traten in den schmalen Flur. Es roch nach gebratenen Zwiebeln.

»Heute gibt es Bratkartoffeln«, sagte die Köchin freudig. »Hab welche beim Gemüsehändler Paulsen ergattern können. Da wird sich die Johanna freuen. Muss ja tüchtig essen, so eine Schwangere.«

Auf dem Flur im ersten Stock waren Wäscheleinen gespannt, an denen hauptsächlich Kinderkleidung hing. Ein Puppenwagen stand neben der Wohnungstür, in dem ein struppiger Teddybär mit blauen Knopfaugen saß, der der kleinen Ina gehörte, wie Luise wusste. Sie war vier Jahre alt und besuchte den benachbarten Kindergarten.

Der Küster öffnete ihnen die Tür. »Ach, die Damen von der Schwangerschaftsfürsorge«, begrüßte er sie. »Gut, dass Sie da sind. Meine Johanna fühlt sich heute etwas unwohl. Es ist der Magen, der mal wieder rebelliert. Ich wollte gerade zu Alma hinunterlaufen und sie um einen Kamillentee bitten.«

»Dann werden wir mal nach der Patientin sehen«, sagte Frieda.

Als sie das Schlafzimmer des Ehepaars betraten, begrüßte Johanna Gärtner sie mit einem Lächeln. »Ich habe schon auf Sie gewartet. Endlich taucht mal jemand auf, mit dem man anständig reden kann. Mein feiner Herr Gatte lässt mich den ganzen Tag allein, und unsere Alma schreit mich jedes Mal an, wenn sie hochkommt.«

»Ihr Gatte sagte, dass Ihnen nicht wohl ist. Aber so sehen Sie gar nicht aus.«

»Das ist ein neuer Trick von mir«, sagte Johanna Gärtner. »Wenn ich ihn, ohne zu jammern, um einen Tee bitte, dann bekomme ich keinen, weil er ständig vergisst, ihn bei Alma zu bestellen. Er ist und bleibt ein verwirrter Geist. Aber genau dafür liebe ich ihn.«

»Was macht der Bauch?«, fragte Frieda schmunzelnd.

»Dem geht es bestens. Das Kleine in mir boxt heute recht viel. Beliebt ist der Rippenbogen.« Johanna Gärtner legte eine Hand auf den Bauch.

»Dann liegt das Kind also richtig«, sagte Frieda. »Nur drinbleiben sollte es schon noch drei Wochen. Dann kann es gern kommen.« Sie schob Johannas Nachthemd hoch, tastete den Bauch ab und suchte mit dem Hörrohr nach dem Herzschlag des Kindes, den sie rasch fand.

»Sonst auch alles gut?«, fragte Luise. »Wie lange muss der Gips denn noch dranbleiben?«

»Noch mindestens drei Wochen. Es ist zum Haareraufen. Ausgerechnet jetzt, wo die Proben für das Krippenspiel beginnen sollen, passiert mir so etwas Dummes. Ich habe Helmut schon gefragt, ob er für mich einspringen kann, aber er hat mit seiner zusätzlichen Tätigkeit in der Stadtmission und seiner Arbeit als Küster genug zu tun. Da wird uns dieses Jahr wohl nichts anderes übrigbleiben, als es abzusagen.«

»Ach, das ist aber schade«, sagte Luise. »Das Krippenspiel ist doch immer ein besonders schöner Teil des Gottesdienstes.«

»Das stimmt. Und die Kinder haben sich schon darauf gefreut. Sie haben doch so wenig, worauf sie sich freuen können… Und ich liege hier und kann mich nicht bewegen.«

»Und wenn ich Ihnen helfe?«, fragte Luise. »Ich habe früher in unserer Gemeinde als Kind im Krippenspiel mitgespielt und später beim Einstudieren geholfen. Meine Oma hat immer die Kostüme für die Kleinen genäht. Willst du nicht auch mitmachen, Frieda? Das wird bestimmt ein Riesenspaß.«

Frieda sah Luise irritiert an. »Aber ich bin doch gar nicht katholisch«, antwortete sie.

»Spielt das eine Rolle?«, fragte Luise.

»Nein, eigentlich nicht.«

»Wir könnten auch Lene fragen, ob sie mithelfen möchte. Sie kann hervorragend nähen und hätte gewiss Freude daran.«

»Oh, das wäre so schön, wenn das klappen würde. Die Kinder würden sich riesig freuen. Und ich wäre sehr erleichtert.«

Luise sah zu Frieda.

»Meinetwegen«, stimmte sie zu. »Ist auch mal etwas anderes als kleine Babys. Aber wehe, die Blagen hören nicht und sind unartig. Dann bin ich ganz flott wieder weg.«

»Sie sind alle lieb«, sagte Johanna schnell. »Ich werde gleich nachher Helmut sagen, dass er den Termin für die erste Probe bekanntgeben soll. Ist den Damen Donnerstagnachmittag um fünf recht? Später sollte es wegen der kleinen Engel nicht sein.«

Frieda wollte etwas sagen, wurde aber durch ein Klopfen an der Tür unterbrochen.

Als Luise öffnete, stand Helmut Gärtner mit einer Tasse Tee in Händen davor. »Der Kamillentee. Wie steht es denn?«

»Es ist alles in bester Ordnung«, antwortete Frieda und bat ihn herein. »Etwas Bauchgrimmen ist keine Seltenheit bei einer Schwangeren. Es ist nett, dass Sie sich um den Tee gekümmert haben. Er wird Ihrer Gattin guttun.«

»Ein Krippenspiel.« Auguste Marquard sah erstaunt von Frieda zu Luise. »Sie bitten mich allen Ernstes wegen der Proben zu einem Krippenspiel um eine Freistellung?«

»Wir können es auch Schwangerschaftsbetreuung nennen. Immerhin kann Frau Gärtner die Proben nur deshalb nicht selbst beaufsichtigen, weil sie das Bett hüten muss, um eine Frühgeburt zu verhindern. Sie hat sich so sehr über unseren Vorschlag gefreut.« Sie sah die Oberhebamme bittend an.

»Na gut, meinetwegen«, antwortete die Marquard. »Ich will ja kein Unmensch sein. Aber das muss eine Ausnahme bleiben. Meine Hebammen haben normalerweise nichts in irgendwelchen Pfarrsälen bei Theaterproben verloren.«

»Es ist ja auch nur für einen begrenzten Zeitraum«, sagte Luise. »Nur die sechs Wochen bis Weihnachten. Und wir könnten das Ganze sogar mit unserer Arbeit verbinden und unsere Fürsorgerunde auf

Donnerstagnachmittag verlegen. Damit hätten wir zwei Fliegen mit einer Klappe geschlagen.«

»Luise Mertens mal wieder«, sagte die Marquard. »Nie um einen guten Vorschlag verlegen.« Sie lächelte. »Ihre Oma wird Sie in Ostpreußen vermissen, nehme ich an.«

»Ja, das tut sie«, antwortete Luise erfreut über das Kompliment. »Aber sie ist stolz auf mich und freut sich darüber, dass ich in der ›großen Stadt‹, wie sie sie nennt, so gut zurechtkomme.«

»Dann machen wir es so«, sagte die Marquard. »Ich trage Sie beide für die nächsten sechs Wochen für die donnerstägliche Fürsorgerunde ein.«

»Oh, vielen Dank, Fräulein Marquard«, sagte Luise. »Und wenn Sie möchten, können Sie gern zu dem Gottesdienst kommen.«

»In eine katholische Kirche«, sagte die Marquard. »Ich werde es mir überlegen.« Dann klatschte sie in die Hände. »Nun aber rasch wieder an die Arbeit. Die Pflicht ruft. Soweit ich sehe, sind Sie, Fräulein Mertens, heute für den Nachtdienst eingeteilt.«

»Ja, das bin ich«, antwortete Luise.

»Na, dann will ich mal in Ihrem Sinne auf eine ruhige Nacht hoffen. Die gestrige war recht turbulent. Gleich acht Geburten, davon eine mit Zwillingen, und drei Notfälle in der Poliklinik. Da bleibt einem nicht viel Luft zum Atmen.«

»Ach, wir haben das Kind doch immer geschaukelt gekriegt«, antwortete Frieda. »Und viel Betrieb ist mir lieber.«

»Da ist was Wahres dran«, antwortete die Marquard. »Gibt ja nichts Schlimmeres als sich ziehende Stunden in der Nacht. Dann wünsche ich uns mal einen normalen Abend.« Sie bedeutete den beiden, dass sie gehen konnten, und wandte sich wieder ihren Büchern zu.

Auf dem Flur liefen Frieda und Luise in Margot hinein, die offensichtlich gelauscht hatte.

»Was machst du denn hier?«, fragte Luise verdutzt.

»Ich hörte, dass ihr bei der Marquard seid«, antwortete Margot. »Da dachte ich, gehste mal gucken, ob sie was ausgefressen haben.«

»Es hat doch nicht jeder gleich was ausgefressen, nur weil er mal bei der Marquard ist«, erwiderte Frieda. »Wir hatten etwas Terminliches zu klären.«

»Das da wäre?«, fragte Margot und sah Luise an.

Luise erklärte in knappen Worten, was vorgefallen war.

»Das Krippenspiel also«, antwortete Margot. »Wie schön. Da habe ich früher auch einige Male mitgespielt. Glaubst du, ich könnte mich euch anschließen?«

»Noch eine mehr also, die vom Dienst freigestellt werden will«, erklang plötzlich die Stimme von Auguste Marquard hinter ihnen.

Die drei zuckten erschrocken zusammen und wandten sich um.

»Margot wäre eine Bereicherung«, sagte Frieda sogleich. »Sie ist quasi vom Fach.«

»Meinetwegen.« Die Oberhebamme winkte ab. »Es ist ja nur für sechs Wochen. Und ja, ich komme mir das Stück gern ansehen, katholisch hin oder her.« Sie wandte sich um und lief den Flur hinunter.

Als sie um die Ecke war, prusteten die drei los.

»Habt ihr ihren Blick gesehen?«, fragte Frieda. »Das passt ihr *gar* nicht.«

»Aber sie lässt mich mitmachen«, sagte Margot. »Was für eine Freude.«

»Ja, das ist es«, antwortete Luise. »Und wir werden dafür sorgen, dass dieses Krippenspiel das schönste wird, das Neukölln je gesehen hat.«

18

Einige Stunden später stand Luise in einem der Schwesternzimmer des Entbindungshauses und kochte Tee. Ihr leistete die Hausschwangere Elfi Gesellschaft, die ihre kleine Tochter Lotte auf dem Arm hatte. Lotte war ein recht unruhiges Baby, das es am liebsten hatte, von irgendwem durch die Gegend getragen zu werden. Sobald man die Kleine hinlegte, begann sie sofort zu greinen.

»Ist alles ruhig heute«, sagte Elfi und setzte sich Luise gegenüber an den kleinen, unterhalb des Fensters stehenden Tisch.

»Das kann sich schnell ändern«, antwortete Luise und stellte die Teebecher auf den Tisch. Ihr Blick fiel auf die kleine Lotte, die selig schlief.

»Ist sie nicht süß?«, fragte Elfi mit leuchtenden Augen.

»Ja, das ist sie. Aber auch recht eigenwillig«, antwortete Luise.

»Sie ist eben die Tochter einer Theaterschauspielerin. Was hast du erwartet? Wir haben alle unsere Allüren.«

Luise lächelte, kam dann jedoch auf das Thema zu sprechen, das Elfi nicht gern hörte.

»Wie sieht es denn mit der Zukunft aus? Hat sich schon etwas ergeben, wohin ihr nach der Klinik könnt?«

Elfis Miene verfinsterte sich.

»Die Fürsorgerin hätte eine Anstellung für mich organisiert. Küchenmädchen in einer der Volksküchen in Wilhelmsdorf. Dort hätten sie auch kein Problem mit der Kleinen, und wir bekämen eine Unterbringung. Sie beschrieb es in den höchsten Tönen, als wäre es das Paradies. Feste Arbeitszeiten, warme Mahlzeit und das ganze Gedöns.«

»Das klingt doch recht vernünftig«, erwiderte Luise und nippte an ihrem Tee.

»Das ist es. Es klingt vernünftig. Aber ich bin eine Theaterschauspielerin. Ich brauche eine Bühne, um glücklich zu sein. Eine Garderobe, in der funkelnde Kostüme hängen und schwerer Parfümgeruch liegt. In so einer Volksküche tragen sie graue Kleider und Kopftücher und gehen zum Lachen in den Keller.«

»Zum Lachen gibt es im Moment ja auch nicht gerade viel«, sagte Luise. »Und vielleicht findet sich dort ja doch die eine oder andere Frohnatur. Man kann nie wissen. Es wäre nur für eine Weile. So eine Art Überbrückung, bis der Krieg endet und die Menschen wieder anderes im Sinn haben als die tägliche Frage, woher sie Butter oder Brot bekommen.«

»Hast ja recht. Im Moment ist die Bühne nicht sonderlich glamourös. Vor verwundeten Männern im Lazarett aufzutreten macht wenig Freude, da kann ich auch in die Volksküche gehen. Aber das eine sage ich dir: Wenn dieser Krieg irgendwann einmal ein Ende hat, dann kommst du in das Theater, in dem ich auftrete, und bist mein Ehrengast.«

»Abgemacht«, antwortete Luise. »Wenn sie mich Landmädchen da überhaupt reinlassen.«

»Dafür werde ich sorgen«, antwortete Elfi und zwinkerte Luise grinsend an.

Eine Krankenschwester eilte herein. »Wo ist die zuständige Hebamme aus der Nachtschicht?«

»Hier nicht«, erwiderte Luise perplex. »Es ist Lore Hembach. Sie müsste eigentlich im Schwesternzimmer neben dem Entbindungssaal der zweiten Klasse sein.«

»Dort war ich bereits, aber da ist sie nicht.«

»Seltsam. Weshalb suchen Sie sie denn?«

»Doktor Berger braucht in der Poliklinik Unterstützung. Eine

Frau mit einem Abgang muss versorgt werden, und nun kamen auch noch zwei Schwangere mit Wehen an.«

»Ich komme«, antwortete Luise.

Als sie in der Poliklinik eintrafen, bot sich den beiden ein chaotisches Bild. Eine der beiden Schwangeren klammerte sich an einen Stuhl fest und jammerte lautstark. Die andere massierte ihr den Rücken. Unter ihrem Rock hatte sich eine Pfütze auf dem Boden gebildet.

»Laufen Sie, und sehen Sie nach, ob Auguste Marquard noch im Haus ist. Wenn wir Glück haben, sitzt sie über den Wochenplänen und ist noch nicht nach Hause gefahren«, wies Luise die Krankenschwester an. Dann ging sie zu den beiden Frauen. »Guten Abend, die Damen. Luise Mertens mein Name. Ich bin eine der Hebammen im Haus.« Ganz bewusst ließ sie das Wort Schülerin weg. Jetzt ging es darum, den beiden Frauen Vertrauen zu vermitteln. »Ich werde mich um Sie kümmern. Können Sie mir Ihre Namen nennen? Waren Sie bereits hier?«

Karin Seewald war bereits zur Anmeldung da gewesen. Die andere, Monika Berthold, war noch nicht in der Klinik vorstellig geworden, aber eine der Hebammen hatte sie zu Hause besucht.

»Fein«, sagte Luise. »Frau Seewald, Ihre Fruchtblase scheint geplatzt zu sein.« Sie deutete auf den Boden. »Frau Berthold, in welchen Abständen kommen die Wehen?«

In dem Moment betrat Günter Berger den Raum und sah von den beiden Frauen zu Luise. Sofort begann ihr Herz höher zu schlagen. Seit dem Kuss waren sie sich nur wenige Male über den Weg gelaufen. Er erkundigte sich nach der Lage.

»Alles so weit im Griff. Eine geplatzte Fruchtblase und eine Patientin mit Wehen. Ich habe die Krankenschwester darum gebeten, Unterstützung zu holen. Die beiden Damen sollten so schnell wie möglich in den Entbindungssaal gebracht werden.«

»Dann veranlassen Sie das«, antwortete der Arzt. Er trat näher an Luise heran und fügte leise hinzu: »Sorg bitte dafür, dass Doktor Hammerschlag so schnell wie möglich informiert wird. Die Frau im Behandlungszimmer muss notoperiert werden und irgendetwas stimmt mit der Telefonverbindung zum Direktorenhaus nicht.«

Luise nickte. Sie spürte seinen Atem auf der Wange, was sie innerlich erzittern ließ. »Ich kümmere mich«, antwortete sie, darum bemüht, ihrer Stimme einen festen Klang zu verleihen. Oh, wenn er sie doch nicht immer so durcheinanderbringen würde.

Mit einem knappen Nicken verließ er den Raum.

Sie sah zu den beiden Schwangeren und setzte ein beruhigendes Lächeln auf. »Eine Minute, die Damen. Ich bin sofort wieder für Sie da.« Vor dem Warteraum kam ihr Auguste Marquard entgegen; ihr Anblick ließ sie erleichtert aufatmen. »Zwei Schwangere und ein Abgang«, sagte Luise. »Lore Hembach scheint verschwunden. Eine Notoperation steht an. Ich muss schnell Professor Hammerschlag holen. Irgendetwas stimmt mit der Telefonleitung nicht.« Sie eilte weiter, verließ die Poliklinik und rannte über das Gelände zum Direktorenhaus, in dem noch Licht brannte. Dort klingelte sie Sturm. »Ein Notfall in der Poliklinik«, stieß Luise atemlos hervor, als ihr geöffnet wurde. »Doktor Berger schickt mich.«

In der Tagesklinik hatte Doktor Berger mit der Hilfe zweier Krankenschwestern die Patientin bereits auf eine fahrbare Trage verbracht.

»Was haben wir?«, fragte Doktor Hammerschlag.

»Abgang, dritter Monat. Sie hört nicht auf zu bluten. Wir müssen uns beeilen.«

Der Professor nickte. »Dann also schnell.«

Luise sah der Gruppe zu, wie sie über den Hof ins Entbindungshaus eilte, dann fiel ihr Blick auf die große Blutlache auf dem Boden des Behandlungszimmers. So viel Blut. Wie sollte die Frau das nur überleben? Doch sofort schob sie den Gedanken beiseite und straffte die Schultern. Sie musste sich jetzt auf die beiden Schwangeren konzentrieren.

»Da sind Sie ja endlich«, rief die Marquard, als sie die Tür zum Entbindungssaal öffnete. »Kommen Sie. Es gilt Kinder auf die Welt zu holen.«

Luise nickte, krempelte die Ärmel hoch, setzte ein Lächeln auf und ging zu Karin Seewald, die just in diesem Moment erneut zu stöhnen begann.

Einige Stunden später betrat Luise die Poliklinik. Sie hatten zwei gesunde Babys auf die Welt geholt. Einen Jungen und ein Mädchen, die Luise höchstpersönlich zur Säuglingsstation gebracht und der dort zuständigen Kinderschwester übergeben hatte. Auch Lore hatte man inzwischen gefunden. Die Ärmste plagte ein scheußlicher Magen-Darm-Infekt, der ganz plötzlich gekommen war. Einer der Ärzte hatte sie bereits untersucht, und sie ruhte sich nun in einem der Krankenzimmer aus.

Luise betrat den Untersuchungsraum, in dem Günter Berger am Schreibtisch saß. Sie hatte ihn von draußen gesehen und eine Weile beobachtet. Er saß einfach nur da und starrte auf die Tischplatte. Sie ahnte, was geschehen war, und ging trotz der warnenden Stimme in ihr, zu ihm. Vor dem Schreibtisch blieb sie stehen. Beide schwiegen. Eine sonderbare Stimmung lag in dem kleinen, nur von der Schreibtischlampe erhellten Raum. Es war der Tod. Er war in diesem Haus ein ständiger Begleiter, genauso wie das Leben.

»Sie war neunzehn Jahre alt«, sagte Günter Berger irgendwann. »Ihr Name war Berta Ewald. Erst vor einem Jahr hatte sie geheiratet. Eine Blitzheirat, kurz bevor er eingezogen wurde. Ich habe einige Stunden vor der Eheschließung das letzte Kind ihrer Mutter, einen kleinen Jungen, auf die Welt geholt. Es war eine komplizierte Hausgeburt, weshalb ich von der zuständigen Hebamme hinzugezogen wurde. Die Tochter war damals anwesend und hat geholfen. Sie war die Älteste von zehn Kindern. Der Vater ist Lehrer und war nicht mehr an die Front beordert worden. Ich weiß nicht, wie ich es ihnen beibringen soll. Sie hatten mich und die Hebamme, Frieda, zum Hochzeitsfest eingeladen, das gleichzeitig ein Geburtstagsfest war.« Er schüttelte den Kopf. »Kurz bevor sie bewusstlos wurde, hat sie mir mit leuchtenden Augen vom letzten Brief ihres Liebsten und seinen Plänen für die gemeinsame Zukunft erzählt. Er kommt aus einem wohlhabenden Haus, der Vater ist Architekt. Er wollte bei ihm ins Geschäft einsteigen, ihnen eine Wohnung in einer wohlhabenden Gegend suchen. Raus aus Neukölln, an den Stadtrand, in die Nähe eines Parks, wo die Kinder spielen könnten. Und nun ist sie tot.«

Luise antwortete nicht.

Er sah auf und ihre Blicke trafen sich. »Danke.«

»Wofür?«, fragte Luise.

»Dass du gekommen bist.«

Luise nickte. »Ich wollte neulich nicht fortlaufen. Es ist nur ...«

»Es ist kompliziert«, beendete er ihren Satz.

»Meine Großmutter sagt immer, ich ziehe das Komplizierte magisch an. Nichts in meinem Leben scheint einfach.«

»Ich würde deine Großmutter gern kennenlernen.«

»Sie dich gewiss auch«, erwiderte Luise mit einem Lächeln. Erneut herrschte für einen Moment Schweigen.

»Ich kann es der Familie sagen, wenn du möchtest.«

»Nein«, erwiderte er und erhob sich. »Ich muss das selbst tun, aber ich danke dir, dass du es mir anbietest. Du bist so stark, so selbstlos, so ...« Günter stand auf und trat zu ihr. Ganz sacht berührte er ihre Wange und strich eine Haarsträhne aus ihrer Stirn.

Sie spürte, wie ihr Herzschlag schneller wurde. Seine Lippen näherten sich den ihren.

In diesem Moment wurde die Tür aufgerissen, und eine der Putzfrauen betrat den Raum. Sofort rückten die beiden ein Stück voneinander ab.

»Ach, hier ist ja jemand«, sagte die Putzfrau.

»Gleich nicht mehr«, antwortete der Arzt und schenkte der älteren Frau ein charmantes Lächeln. »Wir sind die Überbleibsel der Nachtschicht und hatten nur noch eine Kleinigkeit zu besprechen. Wir sind schon weg.«

Im Flur drückte er noch einmal ihre Hand, dann ging jeder seiner Wege.

Luises Herz klopfte immer noch heftig, während sie die Treppen zu den Schlafräumen nach oben lief. Sie hätte nicht zu ihm gehen sollen. Oder doch? Es war so schön, seine Nähe zu spüren. Doch diese Liaison durfte es nicht geben, schon wieder war sie viel zu weit gegangen. Doch Gefühle ließen sich durch Vernunft nicht vertreiben. Wieder ein Satz ihrer Oma. Gerade jetzt wäre es so schön, zu ihr gehen und mit ihr reden zu können.

Als sie wenig später ihren Schlafraum betrat, war dieser leer. Es war bereits kurz vor sieben, längst hatte der Dienst der anderen begonnen. Sie machte kein Licht an und legte sich aufs Bett. Vielleicht passten ja Unvernunft und Kompliziertheit zusammen. Sie würde es herausfinden.

19

Der Pfarrsaal der Kirchengemeinde St. Clara lag in einem schmalen Nebengebäude, das direkt an das Pfarrhaus angrenzte. Er besaß
einen Parkettboden, hohe Fenster sorgten für Licht, und es gab eine
Bühne mit einem roten Samtvorhang. Margot konnte sich noch gut
daran erinnern, wie sie selbst dort oben während der Proben zum
Krippenspiel gestanden hatte. In einem Jahr hatte sie sogar die Maria spielen dürfen, worauf sie unglaublich stolz gewesen war. Nur
leider war der zum Einsatz gekommene Esel damals etwas störrisch
gewesen und hatte partout nicht laufen wollen, was die Aufführung
gestört und sie zur Verzweiflung getrieben hatte. Am Ende waren sie
dann ohne Esel von Haus zu Haus gezogen und auch im Stall hatte
das Tier gefehlt, dessen Theaterkarriere nach diesem unrühmlichen
Auftritt beendet gewesen war.

Die Kinder, die sich im Pfarrsaal eingefunden hatten, waren recht
lebhaft. Margot kannte einige von ihnen aus der Nachbarschaft. Es
waren über dreißig, die es zu bändigen galt, stellte sie seufzend fest.
Frieda stand neben ihr und betrachtete den laut durch den Raum
tobenden Haufen kindlichen Übermutes mit skeptischer Miene.
Luise hatte sich abgemeldet, denn bei einer der Hausschwangeren,
der sechzehnjährigen Ilse Bliese, hatten die Wehen eingesetzt. Luise
mochte das schüchterne Mädchen, das in den letzten Wochen zumeist bei der Sterilisation der Gerätschaften geholfen hatte, und hatte ihr versprochen, bei ihrer Entbindung dabei zu sein.

Margot sah sich hilflos um. Die Kinder rannten laut kreischend
um sie herum, die Buben schienen die Mädchen zu jagen. Oder war
es umgekehrt? Eines der kleineren fiel hin und begann zu weinen.

Sie ging zu ihm, stellte es wieder auf die Füße und tröstete es. »Jetzt ist aber mal Ruhe!«, rief Frieda laut, klatschte in die Hände und befahl: »Alle mal herkommen!«

Schlagartig hörten die Kinder auf und kamen näher. Friedas laute Stimme schien Eindruck gemacht zu haben.

»Schluss mit Fangen und Plärren«, mahnte Frieda. »Es gilt hart zu arbeiten, damit unsere Darbietung des Krippenspiels ein Erfolg wird. Jetzt nennt ihr mir alle mal eure Namen. Die schreibe ich auf meine Liste, damit ich sie nicht vergesse. Ich habe nämlich ein Hirn wie ein Sieb.« Einige der Kinder lachten. »Und durch die Löcher plumpsen mit Vorliebe Namen. War schon immer so. Wir können dann auch gleich die vorgesehene Rolle dahinterschreiben. Wer ist Chormitglied?«

Sofort schossen einige Hände in die Höhe. Die zehn Kinder mussten sich auf die rechte Seite stellen und ihre Namen nennen. So ging es munter weiter. Die Kleinsten wurden als Engel und Schäfchen eingeteilt, es gab eine Gruppe mit Hirten, und ein brünettes zwölfjähriges Mädchen, ihr Name war Anna, wurde als Maria ausgewählt. Sie hatte die Rolle bereits im letzten Jahr mit Bravour gemeistert, wie viele Kinder zu berichten wussten. Auch ihre Zweitbesetzung war schnell gefunden. Als es um die Auswahl des Josef ging, kam es zu ersten Streitereien. Gleich drei Jungen wollten die Hauptrolle übernehmen. Am Ende wurde es ein dreizehnjähriger blonder Bursche mit Namen Simon, und seine Zweitbesetzung wurde ein elfjähriger mit Nickelbrille. Der dritte Junge wurde von Frieda zum Erzähler gemacht, was ihm gefiel. So war schnell wieder für Frieden gesorgt.

Lene betrat, gefolgt von einem der Flickmädchen, den Raum. Die beiden schleppten jeweils eine große Kiste, die sie erleichtert auf an der Wand stehenden Tischen abstellten.

»Entschuldigt, dass wir etwas spät sind«, sagte Lene. »Es hat doch länger gedauert, die Kostüme zu sichten.« Sie sah in die Runde. »Wie steht es? Haben wir schon einen Josef und eine Maria?«

»Und ob wir die haben«, antwortete Margot und sah in Annas Richtung.

»Und ganz viele Schafe, Hirten und Engel«, fügte Frieda hinzu.

»Na fein«, antwortete Lene. »Dann würde ich sagen, machen wir heute Kostümprobe, damit wir sehen, ob was fehlt oder ausgebessert werden muss. Wie sieht es denn mit den Kulissen aus?«

Margot sah zu Frieda. Darüber hatten sie sich noch gar keine Gedanken gemacht.

Anna meldete sich zu Wort. »In der Sakristei stehen die vom letzten Jahr. Einige Häuser aus Pappe für Bethlehem und der Stall. Aber der ist halb kaputt, denn da ist letztes Jahr der Kalle aus Versehen draufgefallen.«

»Den kriegen wir wieder hin«, sagte Simon. »Mein Papa hat eine Holzwerkstatt. Er kommt bestimmt und hilft beim Reparieren.«

»Das wäre nett«, antwortete Margot.

»Und meine Tante hat in Britz einen Bauernhof. Bestimmt kann sie uns einen Esel und einen Ochsen leihen«, sagte eines der kleineren Kinder. Das blondgelockte Mädchen war als Schaf eingeteilt worden.

»Ich weiß nicht, ob das mit echten Tieren so eine gute Idee ist«, sagte Margot. »Die können doch manchmal recht eigenwillig sein.«

»Aber ohne Esel geht es doch nicht«, sagte Anna. »Worauf soll ich denn dann reiten?«

»Ein berechtigter Einwand«, meinte Lene.

»Obwohl ich mir mit dem Ochsen nicht ganz sicher bin«, meinte das blonde Mädchen. »Den wollte der Ludwig letztens schlachten, damit wir mal wieder Fleisch auf dem Tisch haben. Mama sagt, dass gehe nicht, denn er sei für die Bestellung der Felder zu gebrauchen. Der zieht immer den Pflug. Uns haben sie die Hälfte der

Kartoffeln geklaut, und die Kürbisse sind komplett weg. ›Das ist eine Sauerei‹, sagt die Mama. Der Ludwig hat einen der Diebe so arg verdroschen, der kommt nicht mehr. Aber es kamen ganz viele andere, meistens in der Nacht. ›Was will man machen?‹, hat die Mama gesagt.«

Margot nickte. »So ein richtiger Ochse erscheint mir auch ein wenig groß für unser Krippenspiel«, sagte sie, ohne auf den weiteren Bericht des Mädchens einzugehen. »Vielleicht sollten wir uns einen Ersatz überlegen. Ein Kälbchen wäre nett.«

»Aber das ist ja dann gemogelt«, sagte das zukünftige Schaf entrüstet.

»Na und?«, rief ein etwa zehnjähriger Junge, der als Hirte eingeteilt war. »Wir sind ja alle nicht echt. Obwohl du mit dem Heuschober auf dem Kopf ja schon ein bisschen wie ein Schaf aussiehst. Und vielleicht bist du ja auch so dumm. Määäh.« Er streckte die Zunge heraus und lachte gehässig. Das zukünftige Schäfchen begann zu heulen, was dazu führte, dass sein großer Bruder, ein Chormitglied, auf den Zehnjährigen losging und ihn zu Boden warf. Eine Sekunde waren sowohl Margot als auch Lene und Frieda wie gelähmt.

Lene war diejenige, die dazwischenging und die beiden Streithähne voneinander trennte. »Was soll das denn?«, schimpfte sie. »Wer sich nicht benehmen kann, fliegt raus, verstanden? Das hier ist die Probe zu einem Krippenspiel für den Gottesdienst und keine Hinterhofscharade und schon gar kein Kampfschauplatz. Ihr solltet euch was schämen.«

Die beiden Buben zogen die Köpfe ein.

Sie wandte sich dem Zehnjährigen zu. »Und du entschuldigst dich bei der Kleinen. Solch eine Gehässigkeit will ich in diesem Raum niemals wieder hören.«

Der Junge zog den Kopf ein und nickte. Er ging zu dem blonden

Mädchen, reichte ihr die Hand und murmelte eine Entschuldigung, die mit finsterer Miene angenommen wurde.

Margot beobachtete die Szenerie leicht belustigt. Das konnte ja heiter werden. Wie sollten sie aus diesem aufrührerischen Haufen bloß eine anständige Theatergruppe kreieren?

Genau in diesem Moment wurde die Tür zum Pfarrsaal aufgerissen, und die Köchin des Pfarrers stürmte mit den Worten in den Raum: »Gott sei Dank, dass Sie beide hier sind. Das Kind kommt.«

Margot und Frieda sahen entgeistert von der Frau zu den Kindern. »Ja, aber das Krippenspiel! Wir können doch Lene nicht alles allein machen lassen«, sagte Margot.

Die Pfarrersköchin reagierte rasch und sagte in gewohnt lautem Tonfall: »Sie gehen zu Frau Gärtner, und ich kümmere mich mit um die Blagen. Das wäre doch gelacht, wenn wir das nicht hinbekommen würden, oder?«

Lene stimmte ihr zu und wedelte mit den Armen. »Flott. Macht euch auf zu der Gebärenden. Ihr seid ja schließlich Hebammen. Und wehe, hier schlägt sich noch einer.« Sie blickte in die Runde. »Denjenigen oder diejenige setze ich eigenhändig vor die Tür. Verstanden?«

Die Kinder nickten hastig.

Margot und Frieda räumten schmunzelnd das Feld. So kannten sie ihre Lene. Mit dieser Wäschefrau sollte sich lieber keiner anlegen.

Sie eilten zum Pfarrhaus, wo ihnen Helmut Gärtner die Tür öffnete. Er war blass um die Nase, und seine Stimme zitterte, während er erklärte, was vorgefallen war. »Sie musste zur Toilette. Ich half ihr wie immer aus dem Bett. Wir waren noch nicht ganz über den Flur, da wurde es schon nass unter ihren Beinen. Und dann fing sie auch noch an zu winseln und griff sich ans Kreuz.«

»Wir sind ja jetzt da«, versuchte Frieda den Küster zu beruhigen.

»Sie gehen am besten heißes Wasser holen und besorgen saubere Tücher. Und wir kümmern uns um Ihre Gattin.«

Der Küster nickte und blieb im Flur stehen, während Margot und Frieda den Raum betraten. Johanna Gärtner kniete vor dem Bett und winselte vor Schmerzen.

»Oh, meine Gute. Wir sind jetzt da. Es wird alles gut werden. Ich verspreche es«, begann Frieda beruhigend auf die Gebärende einzureden.

»Es muss drinbleiben«, sagte Johanna Gärtner unter Tränen. »Es ist zu früh. Es darf noch nicht rauskommen. Tun Sie was. Sie müssen es aufhalten.«

»Das wird nicht mehr möglich sein, meine Teuerste«, sagte Frieda, während sie sich eine saubere Schürze umband, die sich in ihrer Hebammentasche befunden hatte. Zum Glück hatten sie vor den Krippenspielproben ihre übliche Runde bei den Frauen gemacht und all ihre Utensilien dabei. Auch Margot band sich eine Schürze um. »Es darf jetzt kommen«, sagte sie. »Bis zum errechneten Termin sind es nur noch drei Wochen. Das wird das Kindchen schaffen.«

Eine erneute Wehe überkam die Küstergattin. »Verdammt, ich halte das nicht aus!«

»Natürlich halten Sie das aus«, antwortete Frieda. Sie kniete sich neben die Gebärende, nahm ihre Hand und suchte ihren Blick. »Wir drei stehen das gemeinsam durch. Wir werden diesen Raum erst wieder verlassen, wenn Sie den neuen kleinen Erdenbürger in den Armen halten.« Sie zückte ein Taschentuch und wischte der Küsterfrau liebevoll die Tränen von den Wangen.

Johanna Gärtner nickte. »Das verdammte Bein juckt.« Sie lächelte verkrampft.

»Dagegen können wir nichts tun. Aber wir können nachsehen, wie es steht. Kommen Sie. Margot und ich helfen Ihnen.« Die beiden bugsierten Johanna aufs Bett, und Frieda kontrollierte den Muttermund. Der Befund war niederschmetternd. »Nur zwei Zentimeter. Es wird wohl noch ein Weilchen dauern.«

»Ein Weilchen«, sagte Johanna alarmiert. »Was ist damit gemeint? Eine Stunde, drei Stunden, die ganze Nacht?«

»Wir wissen beide, dass Kinder sich gern mal Zeit lassen, um auf die Welt zu kommen«, antwortete Frieda. »Aber vielleicht haben wir Glück, und es geht schneller als gedacht.« Sie sah zu Margot, die nickte.

Sie wollte etwas antworten, wurde aber durch ein Klopfen an der Tür daran gehindert. Sie öffnete und nahm eine Schüssel mit heißem Wasser und saubere Tücher von Helmut Gärtner entgegen, der neugierig in den Raum linste und sich nach der Lage erkundigte. »Nur Geduld«, antwortete Margot. »Ein Tee wäre nett.«

»Tee, selbstverständlich. Sofort«, antwortete er und strich sich über seinen Kopf, auf dem kaum noch Haare waren.

»Er ist so aufgeregt«, sagte Johanna Gärtner. »Wir dachten, wir könnten keine Kinder mehr bekommen. Liebe Güte, ich bin doch bereits vierundvierzig.« Eine erneute Wehe überkam sie, und sie begann zu stöhnen.

»Atmen«, riet Frieda. »Atmen Sie. Ja, so ist es richtig. Schön einund ausatmen und mich dabei ansehen. Gleich ist es vorbei.«

So ging es einige Stunden. Helmut Gärtner brachte den Tee und sogar Kekse, die Alma am Nachmittag gebacken hatte. Nichts Besonderes, mit Ersatzbutter hergestellt und Rübensirup gesüßt, aber immerhin mit richtigem Weizenmehl.

Die Stunden vergingen, Margot tröstete Johanna und massierte ihren Rücken, und Frieda erzählte eine ihrer üblichen Aufheiterungsgeschichten, die Margot bereits kannte. Sie berichtete davon, wie sie als junges Mädchen das erste Mal tanzen gegangen war. Mit einem netten Burschen, dem sie die ganze Zeit auf die Füße getreten war, weil sie sich beim Tanzen wie eine Planschkuh angestellt hatte. Der Mann war danach nicht mehr mit ihr ausgegangen, was sie ihm nicht hatte verübeln können. Vermutlich hatte er ganz viele blaue Flecken gehabt, denn die Leichteste sei sie noch nie gewesen. Eher so Typ Trampeltier mit zu großen Füßen, das es schwer hatte, die passenden Schuhe zu finden. Beim letzten Satz hob sie stets umständlich ihre Füße in die Luft und zeigte ihre schwarzen Schnürschuhe, die tatsächlich riesig waren. Spätestens dann rang sie den meisten Frauen ein Lächeln ab.

Endlich wurden die Abstände der Wehen kürzer, und mit einem Mal ging es ganz schnell.

»Der Kopf ist da«, sagte Frieda. »Nun noch einmal pressen, dann ist es geschafft.«

Johanna tat, wie ihr geheißen, und Frieda nahm das Neugeborene in Empfang, hieß es auf der Welt willkommen und verkündete, dass es ein Junge war. Margot durfte die Nabelschnur durchtrennen. Der kleine Mann wurde in ein Tuch gewickelt und seiner Mutter in die Arme gelegt.

Mit strahlenden Augen betrachtete Johanna Gärtner ihren Sohn. »Oh, was ist er bezaubernd. Er sieht wie sein Vater aus. Hallo, kleiner Mann. Ich bin es, deine Mama.«

Andächtig betrachteten Frieda und Margot den Augenblick des intimen Glücks.

»Jetzt warten wir noch auf die Nachgeburt, und dann holen wir den frischgebackenen Papa«, sagte Frieda.

Margot nahm Johanna das Neugeborene ab, badete es und zog es mit den bereitliegenden Kleidungsstücken an. Dazu gehörte ein Hemdchen mit langen Ärmeln, über das ein Jäckchen kam. Beides wurde am Rücken des Säuglings zugebunden. Nun kamen die unterschiedlich großen Stoffwindeln zum Einsatz, in die es gewickelt wurde ... Margot beherrschte die einzelnen Handgriffe inzwischen perfekt. Sie hatte bereits mehrere Dienste auf der Säuglingsstation hinter sich und wusste genau, welche Stoffwindel für was verwendet und wie gelegt wurde. Als sie mit dem Ankleiden des Kindes fertig war, hatte Frieda alles andere erledigt. Die Nachgeburt lag in einer Porzellanschüssel auf der Kommode und war vollständig, das Betttuch war erneuert, und Johanna Gärtner hatte ein frisches Hemd angezogen bekommen. Nun war alles für das Kommen des Papas bereit.

Margot legte der Küsterfrau ihren Sohn in die Arme und öffnete die Tür. Im Flur stand Helmut Gärtner und sah sie erwartungsfroh an. Sie bat ihn herein, und er ging zu seiner Frau, die ihm freudestrahlend mitteilte, dass sie einen kleinen Sohn hatten.

Margot und Frieda verabschiedeten sich alsbald von den dreien mit dem Versprechen, am nächsten Tag wieder nach ihnen zu sehen. Als sie wenig später auf die Straße traten, schlug die Kirchturmuhr fünfmal, und es schneite leicht.

»Der erste Dezember«, sagte Frieda. »Ein schöner Tag, um Geburtstag zu haben.«

»Das finde ich auch«, antwortete Margot und befestigte ihre Tasche auf dem Gepäckträger ihres Fahrrads. Sie gähnte. »Nur bin ich der Meinung, dass es noch etwas früh am Tag ist. Und wie ich die Marquard kenne, wird sie kein Erbarmen haben und mich trotz der unvorhergesehenen Nachtschicht in die Poliklinik schicken, wo ich heute Dienst habe.«

»So ist das Leben einer Hebamme«, antwortete Frieda, während sie losradelten. »Schlaf wird überbewertet.«

Sie fuhren die menschenleere Straße hinunter und erreichten alsbald den Mariendorfer Weg. Viele Fenster der Klinik waren bereits hell erleuchtet. Der Anblick ließ Margot lächeln und ein warmes Gefühl breitete sich in ihr aus. Es hatte etwas von Nach-Hause-Kommen.

20

Luise setzte sich im Bett auf, als Edith mit einem dampfenden Tee-becher eintrat.

»Wie geht es dir?«, fragte Edith und stellte den Tee auf den Nacht-tisch.

»Wie es einem eben so geht, wenn sich einem der Magen die gan-ze Nacht umdreht«, antwortete Luise und zwang sich zu einem Lä-cheln.

»Bist auch arg blass um die Nase«, erwiderte Edith. »Ich hab der Marquard schon Bescheid gegeben, dass du krank bist.«

»Das ist lieb von dir«, antwortete Luise.

Edith setzte sich neben sie aufs Bett. »Ich hab noch zwei Minuten und wollte dir was erzählen.«

»Das da wäre?«, fragte Luise und griff nach dem Teebecher.

»Ich hab den Brief an meinen Vater gestern endlich abgeschickt.«

»Das ist gut!«, antwortete Luise.

»Ja, das ist es«, erwiderte Edith. »Es fühlte sich wie eine Befrei-ung an. Jetzt ist *er* am Zug.«

»Wir werden sehen, was passiert.« Luise nippte an ihrem Tee.

»Ich hab dich neulich übrigens mit Günter in der Teeküche ge-sehen«, sagte Edith. »Ihr habt recht vertraut gewirkt. Das mit dem Aus-dem-Weg-Gehen scheint nicht so gut zu funktionieren, oder? Wenn du mich fragst, er ist in dich verliebt. So, wie er dich ansieht. Und du?«

Luise warf Edith einen Blick zu, der alles sagte.

Edith nickte und fragte: »Und was nun?«

»Ehrlich gesagt, weiß ich es nicht«, erwiderte Luise. »Ich mag ihn, vielleicht liebe ich ihn auch. Er bringt mich ganz durcheinander. Aber es darf nicht sein, schon gar nicht während meiner Ausbildung. Wenn die Marquard davon erfährt, kann ich sofort meinen Koffer packen.«

»Ich weiß«, erwiderte Edith und seufzte.

»Und außerdem will ich ja gleich nach der Ausbildung zurück nach Eckersberg...«

»Es ist also kompliziert«, stellte Edith trocken fest.

»Ja, das ist es wohl«, antwortete Luise.

»Ich würde dir jetzt gern einen Rat geben«, erwiderte Edith, »aber mit der Liebe kenne ich mich nicht aus. Obwohl ich mich tatsächlich schon einmal verloben sollte. Allerdings war der Mann von meiner Mutter ausgewählt. Ein schrecklicher Charakter und obendrein noch unansehnlich. Natürlich hatten seine Eltern Geld.«

»Ich habe überlegt, Oma von ihm zu schreiben.« Luise war mit den Gedanken ganz woanders. »Wir haben uns immer alles erzählt. Aber was soll ich ihr schreiben? Dass da jemand ist und dann auch wieder nicht? Dass ich nicht weiß, was draus wird? Am Ende denkt sie noch, ich möchte nicht nach Eckersberg zurückkommen.«

»Sei mir nicht böse«, antwortete Edith und erhob sich, »aber ich glaube nicht, dass deine Oma in diesem Fall die richtige Ansprechpartnerin ist.« Sie zwinkerte Luise an. »Meine zwei Minuten sind um. Die Arbeit ruft. Es war nett, mit dir zu plaudern. Ruh dich aus. Ich sehe später noch einmal nach dir. Fest versprochen.«

Luise nickte.

Edith trat zur Tür, verließ jedoch noch nicht den Raum. Sie wandte sich um. »Er passt zu dir«, sagte sie unvermittelt. »Ich weiß, du willst zurück nach Eckersberg zu deiner Oma. Aber vielleicht ist das nicht der richtige Weg für dich. Familie ist wichtig, aber wir müssen unseren eigenen Weg gehen. Und vielleicht führt deiner nicht zurück.« Sie nickte Luise noch einmal zu und verließ endgültig den Raum.

Luise schloss die Augen. Wieso musste ausgerechnet ihr so etwas passieren? Wieso war dieser Mann nicht Edith über den Weg gelaufen? Sie hätte es so sehr verdient, mit einem wie Günter glücklich zu werden. Und die Heirat mit einem angesehenen Arzt hätte vielleicht auch ihren Vater versöhnlich gestimmt. Aber es war nicht Edith, sondern *sie*. Und sie wusste noch immer nicht, wie sie mit der Situation umgehen sollte.

—

Eine Weile später betrat Edith hinter Lore Hembach eine kleine Kellerwohnung und sah sich um. Es roch muffig und war kalt, in einem neben der Tür stehenden Ofen glomm nur ein wenig Glut. Darauf standen ein Topf mit Eingebranntem und ein Teekessel. Gesine Hellberger war die erste Station auf ihrer heutigen Liste. Sie saß auf einem kleinen Kanapee, das unterhalb des Fensters stand, vor dem speckige Vorhänge hingen, die in einem früheren Leben mal weiß gewesen waren. Neben ihr lag ihr neugeborener Sohn in einem mit Kissen ausgepolsterten Wäschekorb.

Edith mochte es nicht sonderlich, die Fürsorgerunden zu drehen. Es war die Armut, die sie jedes Mal aufs Neue schockierte. In diesen Löchern, Wohnungen konnte man sie nicht nennen, war das Leben nicht lebenswert. Frau Hellberger hatte noch zwei weitere Kinder, die sie aus fahlen Gesichtern ansahen. Das Ältere der beiden, ein dreijähriger Junge, hatte krumme Beine und stand schief. Ein Anzeichen für Rachitis. Dieses Krankheitsbild sahen sie bei sehr vielen Kindern, oftmals waren bereits die ganz Kleinen im Alter von einem Jahr betroffen. Es fehlte an Licht und Vitaminen. *Früher haben wir den Kindern Lebertran gegeben*, hatte Auguste Marquard erst neulich während einer Unterrichtsstunde zum Thema Rachitis zu ihnen gesagt. *Aber diesen gibt es leider durch die Seeblockade nicht mehr.* So erkrankten immer mehr Kinder, und sie konnten nur hilflos dabei zusehen. Gesine Hellberger, die vor drei Wochen entbunden hatte, war ebenfalls krank. Sie plagte eine Lungenentzündung, weshalb sie mehrmals täglich von der Fürsorge betreut wurde. Am Vormittag kam eine Fürsorgeschwester, am Nachmittag zumeist die Hebammen. Gesine war Witwe. Ihr Mann war vor zwei Monaten im Westen gefallen. Wie es weitergehen sollte, wusste sie nicht. Sie erhielt eine kleine Rente, die nur das Notwendigste abdeckte. Für Kleidung, Essen oder gar Medikamente blieb kaum etwas. Ohne die Volksspeisungen und die Unterstützung der Fürsorge wäre es noch schlimmer. Auch heute hatte Edith wieder in der Klinikküche bei der Köchin vier Kartoffeln und einige Äpfel erbeten, die sie Gesine Hellberger auf den Tisch legte.

»Sehen Sie mal, was ich Ihnen mitgebracht habe«, sagte sie mit einem Lächeln. »Daraus können Sie später eine Suppe kochen, und es gibt Vitamine für die Kinder.« Sie gab sich Mühe, ihrer Stimme einen aufmunternden Ton zu verleihen.

»Oh, wie schön. Haben Sie vielen Dank.«

»Und Milchpulver haben wir auch mitgebracht«, sagte Lore. »Damit uns der kleine Schatz nicht vom Fleisch fällt. Wie sieht es denn mit der Milchbildung aus?«

»Nichts.« Frau Hellberger schüttelte den Kopf und begann zu husten. Es dauerte einen Moment, bis sie wieder sprechen konnte. »Aber ist ja auch kein Wunder. Ich schaffe es nicht bis zur Volksküche an der Straßenecke, dafür bin ich zu schwach. Ich kann kaum aufstehen.« Sie hustete erneut. Nachdem sie sich beruhigt hatte, fügte sie hinzu: »Und Kohlen haben wir auch keine mehr. Heute Morgen habe ich das letzte bisschen in den Ofen geschoben. Wir werden alle in diesem Loch verhungern und erfrieren. Ach, wenn mein Emil doch heimkommen würde.« In ihre Augen traten Tränen. »Dann würde alles wieder gut werden. Er würde sich kümmern.

Aber er kommt ja nicht mehr. Und er hatte sich schon so sehr auf seinen kleinen Jungen gefreut.«

»So kann das auf gar keinen Fall weitergehen«, sagte Lore Hembach. »Ich werde nachher gleich zur Fürsorgestelle fahren und für Sie vorsprechen, Frau Hellberger. Gewiss kann Abhilfe geschaffen werden. Und ich kümmere mich darum, dass der Arzt nach Ihnen sieht.« Sie berührte die Stirn der Frau. »Sie haben Fieber und benötigen Medikamente. In Ihrem Zustand wäre ein Aufenthalt im Krankenhaus in Erwägung zu ziehen.« Ihr Blick fiel auf die beiden Kinder, die auf einem Bett in der Ecke neben der Tür saßen. »Und ihr beiden versprecht mir, die Äpfel zu essen. Die Vitamine werden euch guttun. Geht ihr denn in die Tagesheimstätte?«

»Es ist zu weit«, sagte Frau Hellberger. »Allein möchte ich sie nicht laufen lassen, dafür sind sie noch zu klein. Sonst kommen sie mir noch unter die Räder. Und bei der Volksküche an der Ecke werden sie weggeschubst.«

»Könnten sie denn nicht mit einer Nachbarin gehen?«, fragte Edith. »Gewiss sind sie nicht die einzigen Kinder, die in die Tagesheimstätte gebracht werden. Es wäre wichtig, dass sie wenigstens eine warme Mahlzeit am Tag erhalten, damit sie bei Kräften bleiben.«

»Daran habe ich noch gar nicht gedacht. Hiltrud Waldmann aus dem Dachgeschoss könnte ich fragen. Ihre Anstellung liegt in der Nähe der Heimstätte. Sie arbeitet als Dienstmädchen bei einem der Stadtabgeordneten.«

»Das wäre doch ein Anfang«, sagte Edith. »Und jetzt wollen wir mal sehen, wie es dem kleinen Mann geht.« Sie hob den Säugling aus dem Wäschekorb und spürte die Nässe an seiner Rückseite. »Wann haben Sie ihn denn zuletzt gewickelt?«, fragte sie und sah zu Lore, deren Miene beim Anblick der feuchten Stoffwindeln ernst wurde.

»Heute früh«, antwortete Gesine Hellberger.

Margot wusste, dass sie log. Die Windeln waren patschnass. Der

Junge musste die ganze Nacht in der Nässe und in seinem Kot gelegen haben.

Sie öffnete die Stoffwindeln und blickte auf gerötete und wunde Haut. Es kam einem Wunder gleich, dass der kleine Kerl so ruhig geschlafen hatte. Edith füllte frisches Wasser in eine Schüssel und begann den kleinen Po vorsichtig zu reinigen.

Lore betrachtete die wunden Hautstellen mit ernster Miene. »Bei aller Liebe, Frau Hellberger, ich kann verstehen, dass Sie krank sind, aber Sie können den Kleinen nicht stundenlang in der Nässe liegen lassen. Die Haut ist an einigen Stellen bereits entzündet. Wenn wir das nicht in den Griff bekommen, kann es sein, dass er eine Infektion bekommt, was in seinem Alter lebensbedrohlich sein kann.«

»Ich weiß es ja«, antwortete die Frau. »Aber ich habe keine Windeln mehr. Und zum Wäschewaschen fehlt mir die Kraft.« Sie brach in Tränen aus und bekam einen weiteren Hustenanfall.

Lore Hembachs Blick wurde milder. »Warum sagen Sie denn nichts? Die Fürsorgerin war doch gestern Nachmittag bei Ihnen. Sie hätte Ihnen gewiss bei der Wäsche unter die Arme gegriffen, wenn es darum geht, dass der Kleine trockene Windeln erhält.«

Gesine Hellberger nickte, während sie weiterhustete. Sie schien sich gar nicht mehr zu beruhigen.

»Wir kochen Ihnen jetzt erst einmal einen warmen Tee, und dann sehen wir weiter. Wie hieß noch gleich die Nachbarin aus der Dachgeschosswohnung?«

»Waldmann«, brachte Frau Hellberger hervor. »Hiltrud Waldmann. Sie wohnt dort mit ihrer Mutter.« Sie hustete weiter.

Lore sah zu Edith, die verstand. Es galt Hilfe zu organisieren, denn trotz der Unterstützung der Fürsorge funktionierte es nicht. »Sind Sie gut bekannt?«, fragte Lore.

»Nachbarn eben«, antwortete Gesine Hellberger. »Manchmal unterhalten wir uns im Treppenhaus. Sie ist schon etwas älter.«

»Ich gehe hoch und rede mit ihr«, sagte Edith. »Gewiss kann Sie Ihnen die nächsten Tage etwas unter die Arme greifen. Und wenn es nur darum geht, die Windeln zu waschen und die Kleinen in die Tagesheimstätte zu bringen. Die von der Heilsarmee in der Berliner Straße nehmen die Kinder bereits ab einem Alter von drei Jahren auf, und dort gibt es jeden Tag ein warmes Essen.«

Edith trat in den muffigen Kellerflur, in dem der Schimmel in den Ecken hing. Vollbehangene Wäscheleinen waren an der Decke gespannt. Sie schlängelte sich durch das Wirrwarr an Kleidungsstücken und lief die Treppe zum Dachgeschoss hinauf. Auch hier hing auf jedem Treppenabsatz Wäsche. Kinder saßen auf den Treppen und sahen sie mit großen Augen an. Allesamt waren sie blass, schmal und klapperdürr. So sahen die meisten Kinder Neuköllns aus. Auch das karge Essen, das in den Kindervolksküchen, den Tagesheimstätten, Horten und Kindergärten serviert wurde, reichte bei weitem nicht aus, um die Unterernährung aufzuhalten. Es fehlte an allen Ecken und Enden am Nötigsten. An Vitaminen, Fett und Kohlenhydraten. Von dem bisschen Brot und einem Schüsselchen dünner Gemüsesuppe – der Hauptbestandteil waren noch immer Kohlrüben – konnte kein Kind anständig satt werden und sich seinem Alter entsprechend entwickeln. Sie konnten alle nur hoffen, dass der Krieg und mit ihm die Seeblockade enden würde, damit die Ernährungslage sich wieder besserte. Nur leider sah es im Moment immer weniger danach aus. Im Osten war das Ringen um den Frieden ein zäher Kampf, und im Westen ging das Sterben unvermindert weiter.

Sie erreichte das Dachgeschoss und klopfte an die Tür, auf der *Waldmann* mit roter Farbe geschrieben stand. Schlurfende Schritte waren zu hören. Die Tür öffnete eine hagere, grauhaarige Frau mit Brille auf der Nase, die Edith fragend ansah. Edith grüßte und kam ohne Umschweife auf den Grund für ihr Kommen zu sprechen.

»Die Frau Hellberger also«, sagte die Frau und nickte. »Ich hab sie heute Morgen husten hören, als ich an ihrer Wohnung vorbeigegangen bin. Klingt ebenso scheußlich wie das Gebell von den Kindern nebenan.« Sie deutete auf die Nebentür, die in eine weitere Wohnung führte. »Da hausen in zwei Zimmern zehn Familienmitglieder, das muss man sich mal vorstellen. Die Kleinen haben alle Rotznasen und sind zum Gotterbarmen dünn. Aber die Mutter, ihr Name ist Else, ist recht tüchtig. Sie geht im Kabelwerk arbeiten, damit das Geld reicht. Ihr Mann lebt noch. Ist im Osten. Sie hofft darauf, dass er nach Hause kommt, wenn sie sich endlich mal geeinigt haben. Aber ob das mit dem Frieden mit dem Russen kommt, steht ja in den Sternen.« Sie winkte ab. »Ich helfe der Frau Hellberger gern so lange mit dem Kleinen, bis sie wieder auf den Beinen ist. Und die Kinder kann meine Hiltrud in die Tagesheimstätte in die Berliner Straße mitnehmen. Die liegt auf dem Weg zu ihrer Anstellung. Sie nimmt jeden Morgen die beiden Jüngsten von Else mit. Sind gerade mal vier Jahre alt, Zwillingsbuben mit blonden Locken, allerliebst, wenn sie nicht gerade Läuse haben. Die beiden können nicht allein laufen, da geraten sie unter die Räder, und die älteren Geschwister müssen in die andere Richtung zur Schule. Hiltrud hat bestimmt nichts dagegen, noch zwei Kinderchen mehr mitzunehmen. Wie alt ist denn der Kleine von Frau Hellberger jetzt? Vier Wochen?«

»Drei Wochen«, antwortete Edith erleichtert. So einfach hatte sie es sich nicht vorgestellt, auch wenn die Schwatzhaftigkeit der älteren Dame sie etwas überforderte.

»Ach, noch so ein Würmchen. Ja, da ist es wichtig, dass er untenrum immer schön trocken ist und es warm hat.«

»Das wäre das nächste Problem, um das wir uns kümmern müssten. Frau Hellberger sind die Kohlen ausgegangen. Sie kennen nicht zufällig jemanden, der aushelfen könnte?«

»Gewiss doch«, antwortete die Frau und bat Edith in die Wohnung.

Edith betrat die kleine Wohnstube, die einen aufgeräumten Eindruck machte. Vor dem Dachfenster hingen gehäkelte Vorhänge, auf dem Ofen stand ein Teekessel, darüber hingen Pfannen und Töpfe an Haken. Eine Anrichte bot Platz für das Geschirr. Auf dem Esstisch lag ein sauberes Tischtuch, es gab ein Kanapee und zwei Stühle. Im Nebenraum standen ein gemachtes Doppelbett und ein Kleiderschrank.

Frau Waldmann erriet Ediths Gedanken. »Ich hab es gern ordentlich. Es mag beengt sein, aber Sauberkeit geht auch auf kleinstem Raum. Nur gegen die Schimmelflecken in den Ecken sind wir machtlos.« Sie deutete zur Decke. »Da müsste das Dach neu gedeckt werden.« Sie winkte ab. »Aber es geht ja nicht ums Haus, sondern um die Kohlen, nicht wahr? Ist saukalt da draußen. Da ist es wichtig, dass Frau Hellberger einheizen kann, sonst wird sie uns gar nicht mehr gesund.« Sie griff nach einem Korb und öffnete eine neben dem Schrank stehende Truhe. Zu Ediths Verwunderung holte sie einige Stücke Kohle heraus und legte sie in den Korb. »Schräg gegenüber in einem Verschlag neben den Mülltonnen haust ein junger Bursche namens Hermann Plössnitz. Er hat im Krieg seinen linken Unterarm verloren und arbeitet jetzt als Kohlenschipper für die Eisenbahn. Er hat sich in meine Hiltrud verguckt und will sie heiraten, wenn der Krieg aus ist und er als Journalist – das hat er nämlich gelernt – wieder eine Anstellung findet. Bis dahin kann er uns immer Kohle abzweigen. Ich sag ihm, dass wir in der nächsten Zeit immer zwei, drei Stücke mehr brauchen, dann reicht es für Frau Hellbergers Stube mit aus. Obwohl diese Kellerlöcher ja schon schwer warm zu bekommen sind. Sind noch kälter und feuchter als unser Dachgeschoss. Die frieren da unten sogar im Sommer, während wir hier oben vor Hitze fast eingehen.« Sie drückte Edith den

Korb in die Hand und plapperte munter weiter. »Wieso ist sie denn nicht gekommen? Längst hätte ich ihr geholfen. Aber so ist das mit uns Frauen. Wir wollen stets alles allein hinbekommen. Mein Eduard, Gott hab ihn selig, hat das immer gesagt. ›Bis ihr Weiber mal Hilfe von anderen annehmt, seid ihr schon halbtot.‹ Und jetzt ist *er* tot, gestorben an einem Herzanfall vor zwei Jahren. Einfach so ist er in seiner Arbeitsstelle, einer Metallwerkstatt, zusammengebrochen. Da war nichts mehr zu machen. Immerhin kriege ich eine annehmbare Rente. Sie reicht nicht fürs Paradies, aber zum Überleben. Damit steh ich besser da als viele der Kriegswitwen, und die haben dann oft auch noch einen ganzen Sack Kinder. Ist schon bewundernswert, das kann ich Ihnen sagen. Was sind Sie eigentlich? Krankenschwester? Oder arbeiten Sie bei der Fürsorgestelle?«

Edith wollte antworten, doch die Frau ließ sie nicht zu Wort kommen.

»Ach, ist ja nicht so wichtig. Ich kann auch mal Erich Michelsen, einen alten Bekannten von mir, nach Frau Hellberger gucken lassen. Er war der Vorgänger von Doktor Deutmann. Musste die Praxis leider aufgeben, weil er so zittrige Hände bekommen hat. Aber bei so einer Lungenentzündung kann er bestimmt noch helfen. Oder was meinen Sie?«

»Gewiss«, beeilte sich Edith zu antworten. »Ich müsste dann wieder.«

»Jetzt halte ich Sie mit meinem Geplapper auch noch auf«, sagte Frau Waldmann. »Hätten Sie doch eher was gesagt. Das ist die Einsamkeit hier oben. Meine Hiltrud ist ja die ganze Zeit nicht da, und dann der Eduard …« Sie winkte ab. »Aber nun hab ich ja eine Aufgabe. Das wird mir guttun. Vielleicht sollte ich mich beim Sozialdienst melden. Das wäre doch eine gute Idee.«

»Ja, das wäre es«, antwortete Edith und schob sofort einen Abschiedsgruß hinterher. Sie trat rasch aus der kleinen Wohnung zurück in den Flur und bedankte sich noch einmal für die Kohlen. Dann eilte sie zur nahen Treppe.

»Keine Ursache«, rief ihr Frau Waldmann noch hinterher. »Richten Sie Frau Hellberger bitte liebe Grüße von mir aus. Ich komme dann später runter.«

Edith hörte erleichtert, wie die Tür ins Schloss fiel.

Du meine Güte, dachte sie. *Was für eine geschwätzige Person. Aber liebenswert und hilfsbereit.*

Sie betrat erneut die Kellerwohnung der Familie Hellberger, zeigte ihre Kohlenbeute und berichtete, was sie erreicht hatte.

Gesine Hellberger schienen die Neuigkeiten nicht sonderlich zu schmecken. »Dann hab ich die geschwätzige Kuh also jetzt am Hals«, grummelte sie. »Ich lauf immer davon, wenn sie in meine Nähe kommt. Wenn die einmal anfängt, dann kommt man nicht mehr weg. Wäre besser gewesen, Hiltrud hätte sich gekümmert. Sie ist ein liebes Mädchen.« Sie begann erneut zu husten.

»Ich stimme Ihnen zu«, sagte Edith. »Aber in Ihrer Situation bleiben Ihnen nicht viele Möglichkeiten. Entweder Sie ertragen Frau Waldmann und ihre Geschwätzigkeit, oder Sie werden hier unten erfrieren und an Ihrer Lungenentzündung sterben. Von den Kindern wollen wir gar nicht reden.«

Lore, die gerade die Kohlen in den Ofen schob, hielt inne und sah Edith erschrocken an. Als Hebammen schlugen sie eher sanftere Töne an. Doch damit war hier niemandem geholfen.

»Sie haben ja recht«, antwortete Gesine Hellberger. »Dann soll sie eben schwatzen. Es ist lieb von ihr, dass sie sich kümmern möchte.«

»Das wollten wir hören«, antwortete Lore Hembach und bemühte sich um ein Lächeln. »Ruhen Sie sich aus. Morgen werden unsere Kolleginnen nach Ihnen und dem Kind sehen.«

Sie nickte Frau Hellberger noch einmal zu, strich dem kleinen Max zärtlich über die Wange und verließ die Wohnung.

Edith folgte ihr und sie durchquerten raschen Schrittes die Hinterhöfe. Auf der Straße angekommen, atmeten sie erleichtert auf.

»Es ist immer wieder schrecklich, diese Zustände zu sehen«, sagte Lore und schüttelte den Kopf. »Was für ein Elend. Und eine Besserung scheint nicht in Sicht.«

»Nein, das scheint sie nicht«, antwortete Edith. Sie befestigte ihre Tasche auf ihrem Fahrrad. Da sah sie plötzlich Margot, die auf der anderen Straßenseite einen Stapel Blätter einem Zeitungsjungen in die Hand drückte und auf ihn einredete. Was machte sie da nur?

21

NEUKÖLLN, DEZEMBER 1917

Margot blickte hinter sich, während sie die Manitiusstraße hinunterlief. Es nieselte leicht, und ein kühler Wind wehte ihren Mantel auf. Ihr Herz schlug ihr vor Aufregung bis zum Hals, und ihre Hände zitterten. So etwas hatte sie nie zuvor getan, und sie war sich noch immer unsicher darüber, ob es das Richtige war, sich der Gruppe der Spartakisten anzuschließen. Sie war Richard vor einigen Tagen nach der Krippenspielprobe wieder begegnet, und sie waren in einem nahen Wirtshaus gelandet. Es war so schön gewesen, ihm gegenüberzusitzen und seine Stimme zu hören, auch wenn er die ganze Zeit über Politik geredet hatte. Ein paar Tage später hatte sie ihm zum ersten Mal beim Verteilen von Flugblättern geholfen. Und nun war sie hier. Er hatte sie gebeten, herzukommen. Sie sollte heute Abend Leo Jogiches, den Anführer der Gruppe, kennenlernen. Gesehen hatte sie ihn bereits. Kurz auf der Straße, gemeinsam mit Otto Franke, Richards Bruder. Margot hatte sein Anblick erschreckt. Otto Franke schien in den letzten Jahren schwer gealtert zu sein. Kaum ein Haar war ihm auf dem Kopf geblieben, und tiefe Falten hatten sich in sein Gesicht gegraben. Er hatte sie wiedererkannt, nach ihrem Vater gefragt und auf seinen Tod bestürzt reagiert. Es war das bedingungslose Pochen auf ein Ende des Krieges, das die Gruppe propagierte, was sie dazu gebracht hatte, heute hierherzukommen. Oder redete sie sich das nur ein? War es nicht eher Richards Nähe, die sie suchte? Es war schön, ihn nach so langer Zeit um sich zu haben und seine Begeisterung für die Sache zu spüren. Es schien ein wenig wie früher zu sein, als sie alles gemeinsam gemacht hatten und unzertrennlich gewesen waren. Doch dies hier war kein Lausbubenstreich oder die

Schwärmerei eines Backfischs, sondern eine große politische Sache. Für ihr Engagement konnte sie ins Gefängnis kommen. So hatte es jedenfalls Edith zu ihr gesagt, die sie bei der Verteilung der Flugblätter gesehen und der sie ihr Engagement innerhalb der Gruppe gebeichtet hatte. *Revolutionäre kommen ins Gefängnis*, hatte sie gesagt und sie beschworen, sich nicht mehr zu engagieren. Aber war es nicht das einzig Richtige, gegen den Krieg zu sein? Sich einzusetzen? Sie sah jeden Tag die Armut um sich herum: Hunger, Not, Elend und unermessliches Leid. Es war wichtig, dass dieser Krieg endlich ein Ende fand und es keine Heimatfront mehr gab. Diese bröckelte inzwischen sowieso an allen Ecken und Enden und stand vor ihrem endgültigen Fall. Umso wichtiger war es, sich zu erheben und auf die Straße zu gehen. Denn wozu führte es schon, nur auf ein gutes Ende zu hoffen? Was hatte der Waffenstillstand im Osten gebracht? Sämtliche Hoffnungen auf ein baldiges Kriegsende waren zerschlagen. Die Soldaten waren an die Fronten im Westen und Süden verlegt worden, und das Sterben ging weiter.

Margot öffnete ein Hoftor und schlüpfte in einen im Dunkeln liegenden Innenhof. Rasch durchquerte sie ihn und betrat im nächsten Hof ein düsteres Treppenhaus. Sie wagte es nicht, Licht zu machen. Es galt unentdeckt zu bleiben. Im Dachgeschoss angekommen, klopfte sie, wie vereinbart, an die Tür. Dreimal kurz, zweimal lang. Es war Richard, der ihr öffnete und sie hereinbat. Wie selbstverständlich legte er den Arm um sie, während er sie in das Wohnzimmer führte, das als Hauptzentrale der Vereinigung galt. Dort trafen sie auf Leo Jogiches und Otto Franke, die über den Texten für den neuen Spartakusbrief saßen, der im Januar erscheinen sollte. Otto hatte Margots Mitarbeit akzeptiert. Bei Leo sah das anders aus. Er stand ihr skeptisch gegenüber und machte daraus keinen Hehl.

»Was macht das Mädchen hier?«, fragte er Richard mit ernster Miene. »Wir hatten das doch geklärt.«

»Wieso sollte sie nicht hier sein?«, verteidigte Richard sie. »Sie ist die Tochter eines Arbeiters und will für unsere Sache eintreten. Ihr Vater ist an der Front gefallen, die Mutter arbeitet in einer der Munitionsfabriken.«

»Darum geht es mir nicht«, antwortete Leo Jogiches. »Sie könnte gesehen werden oder sich irgendwo verquatschen. Je weniger Menschen von dieser Wohnung wissen, desto besser ist es. Ich habe dir erst letztens gesagt, dass wir äußerst vorsichtig sein müssen. Unsere Arbeit wird immer gefährlicher, und überall lauern Spitzel.«

Leos harsche Zurechtweisung ließ Margot zusammenzucken. Wie hatte sie auch nur einen Moment lang annehmen können, dass sie zu einer politischen Vereinigung gehören könnte? Sie verstand nur wenig von Politik, wenn sie es genau nahm, eigentlich gar nichts. Aber musste man das in diesen Zeiten überhaupt? Für den Frieden zu kämpfen, erforderte kein Politikwissen. Oder sah sie das zu naiv?

Richard sah zu seinem Bruder, der mit den Schultern zuckte. »Ich hielt es anfangs für keine schlechte Idee. Aber vielleicht ist es tatsächlich besser, wenn sie geht«, sagte er und wandte sich Margot zu. »Du bist doch Hebammenschülerin, nicht wahr? Richard hat mir erzählt, dass du es auf Empfehlung in die Ausbildung in der Klinik im Mariendorfer Weg geschafft hast. Das solltest du dir durch ein Engagement in unserer Gruppe nicht verderben. Hier könnte jeden Tag die Polizei vor der Tür stehen, und wenn du mit uns erwischt wirst, ist es vorbei mit deinem Traum von einer sicheren Zukunft, und du landest im Gefängnis. Es ist besser, wenn du wieder gehst.«

Margot wusste nicht, was sie erwidern sollte. Sie sah zu Richard. Einen Moment sahen sich die Brüder stumm an. Es schien wie ein Machtkampf zwischen ihnen zu sein.

Richard war derjenige, der nachgab. »Er und Leo haben recht, Margot«, sagte er. »Meine Idee war dumm. Ich hätte dich nicht dazu überreden dürfen, hierherzukommen. Es ist besser, wenn du gehst.

Es ist zu gefährlich. Du solltest dir nicht durch mich deine Zukunft verbauen. Komm«, er legte den Arm um sie, »ich bringe dich zurück zum Mariendorfer Weg.«

Margot überlegte, Widerworte zu geben, unterließ es dann jedoch. Sie hatte von Beginn an ihr Engagement für die Gruppe angezweifelt. Erneut kamen ihr Ediths mahnende Worte in den Sinn. Otto Franke hatte sich ganz ähnlich geäußert. Beide hatten recht. Sollte sie erwischt werden, könnte sie ihren Traum, Hebamme zu werden, ein für alle Mal vergessen. Und dafür hatte sie die letzten Monate jeden Tag gekämpft. Den Menschen helfen konnte sie auch auf *ihre* Art. Für sie da sein, sich kümmern und zuhören. Sie war keine Rosa Luxemburg, die sie im Stillen bewunderte. Dafür fehlten ihr der Mut, der Wille. Und dabeihaben wollten sie sie nicht.

Otto Franke verabschiedete sich von ihr, Leo Jogiches war bereits wieder in seine Schriften vertieft. Weshalb war sie überhaupt hergekommen? Sie kannte die Antwort. Richard. Er war in ihr Leben zurückgekehrt und hatte es wie ein Wirbelwind erschüttert. Ihre neugeknüpfte Bande fühlte sich ungewohnt und doch vertraut an. Er hatte sich verändert, war reifer geworden. Oder war es der Krieg, der ihn hart gemacht hatte? Er lebte als Deserteur im Untergrund und betrat die Straßen Neuköllns nur selten bei Tageslicht. Er hatte das Sonnenlicht früher geliebt. Wenn keine Wolke am Himmel zu sehen war, dann war er besonders glücklich gewesen. *Wenn die Sonne scheint, dann ist die Stadt weniger grau und die Menschen lachen mehr*, hatte er immer gesagt. Am liebsten waren sie damals in der Hasenheide gewesen. Dort waren sie auf dem Turnplatz geklettert oder hatten Bäume erklommen. Manchmal hatten sie auf einer Wiese im Gras gelegen, die Wolken am Himmel beobachtet und Tiere in ihnen ersonnen. Heute war die Hasenheide kein Ort mehr für Kinder. Der Krieg hatte auch diesen Platz erobert. Dort lagen nun ein Pionierübungsplatz und Schießstände, an denen jeden

Tag junge Männer fürs Feld ausgebildet wurden. *Kanonenfutter*, wie Frieda zu sagen pflegte.

An Richards Hand ging es durch das dunkle Treppenhaus. Als sie auf die Straße traten, sahen sie, dass das Wetter während ihres kurzen Aufenthalts in der Wohnung umgeschlagen war. Es hatte zu schneien begonnen. Richard legte den Arm um ihre Schulter, und sie schmiegte sich eng an ihn. Sie liefen die menschenleere Manitiusstraße schweigend hinunter und erreichten alsbald die breite Berliner Straße, auf der mehr Betrieb herrschte. Schneeflocken tanzten durch das Licht der Straßenlaternen und schmolzen auf dem feuchten Pflaster. Menschen huschten, zumeist geduckt oder mit Schirmen tief über dem Kopf, an ihnen vorbei.

Pferdekutschen fuhren vorüber, und ein Bierwagen blieb vor einer Eckkneipe stehen, deren Licht in den Fenstern sich in den Pfützen der Straße spiegelte. Vor dem Eingang des Lokals saß ein Kriegsversehrter und bettelte. Es herrschte noch immer Tanzverbot, in Kneipen zu gehen, war jedoch erlaubt, genauso wie ins Theater. In Neukölln gab es einige kleine Musiktheater, die noch geöffnet hatten und mit ihrem Programm die Menschen für einen kurzen Augenblick von ihrem kargen Leben ablenkten. Mit den Jahren waren es jedoch weniger geworden, die ihren Betrieb aufrechterhielten. Sie liefen an einem vorbei. Es lag am Hohenzollernplatz in einem Eckhaus und war winzig klein: das Musiktheater *Gröning*. Ein Plakat vor der Tür wies auf das heutige Programm hin: *Ein gebildeter Hausknecht* von David Kalisch, eine Posse in einem Akt, wurde heute aufgeführt.

»Ein Posse von David Kalisch«, sagte Richard mit einem Hauch Wehmut in der Stimme. »Die würde ich gern sehen. Aber leider kann ich nicht in ein Musiktheater gehen. Zu groß ist das Risiko, von jemandem erkannt zu werden.«

Margot ging nur selten in Musiktheater, ab und zu war sie mit einer Freundin im Konzertcafé *Tivoli* am Kottbusser Damm, dann jedoch nur in den Nachmittagsstunden. Daran, abends auszugehen, hatte sie nie gedacht; ihre Eltern hätten sie ohnehin nicht gehen lassen. Nur liederliche Mädchen trieben sich zu später Stunde auf den Straßen herum. Oder volljährige, wie Margot feststellte. Zwei Frauen gingen an ihnen vorbei und öffneten die Tür des Theaters. Beide trugen Samtmäntel, die im Licht der Straßenlaterne schimmerten. Gewiss waren diese Damen keine armen Leute.

»Noch ein Grund, weshalb der Krieg ein Ende finden muss«, antwortete Margot und stupste ihn in die Seite. »Dann kannst du dich wieder überall blicken lassen. Ich stelle es mir schrecklich vor, im Geheimen leben zu müssen.«

»Das ist es auch«, antwortete er, »aber der Tag wird kommen, und die Monarchie wird in die Knie gezwungen. Es wird wie in Russland sein. Die Menschen werden auf die Straße gehen und sich ihre Freiheit erkämpfen. Davon bin ich fest überzeugt. Leo will Massenstreiks unter den Arbeitern organisieren. Aber, ach, was rede ich nur wieder? Otto hat schon recht damit, dass wir dich aus der Sache raushalten sollen. Es tut mir leid, dass ich dich überhaupt mit reingezogen habe. Es ist nur … Ich dachte …« Er kam ins Stocken. Sie blieben stehen.

»Es ist wie früher«, sagte Margot. »Wir sprachen immer über alles und waren eine Einheit. Wir konnten nicht ohneeinander. Bis der Krieg kam und dich mir weggenommen hat.«

Er nickte und nahm ihre Hände in die seinen. Sie sahen einander lange in die Augen. Schneeflocken fielen auf sie herab, Menschen eilten an ihnen vorbei, ein Mann rempelte sie an. Doch sie nahmen es nicht wahr. In diesem Moment gab es nur sie beide. Ganz langsam näherten sich seine Lippen den ihren und berührten sie. Sie ließ es zu, dass er seine Arme um sie schlang und mit der Zunge ihren Mund öffnete. Er schmeckte nach Tabak, seine Barthaare kitzelten ihre Wange. Als sie voneinander abließen, sagte keiner von beiden etwas.

Margot spürte ein wunderbar warmes Gefühl in sich, sie bebte regelrecht. Alle Vernunft schien in diesem Moment wie weggeblasen zu sein. Nun gab es nur sie beide. Margot und Richard, Kinderfreunde, Seelenverwandte und vielleicht Liebende.

»Jetzt geht doch mal aus dem Weg«, riss ein altes Mütterchen mit einer Wollmütze auf dem Kopf sie aus ihren Gedanken. »Da stehen sie mitten auf dem Bürgersteig herum und starren einander an wie die Ölgötzen und das bei dieser Saukälte.«

Kichernd gingen Margot und Richard zur Seite. Er ließ ihre Hand los. Der Zauber des Augenblicks war verflogen.

Eine Straßenbahn näherte sich rumpelnd. »Das ist meine«, sagte Margot. »Ist besser, wenn ich sie nehme.«

Richard nickte. »Wann sehe ich dich wieder?«

»Ich weiß nicht«, antwortete Margot. »*Du* bist derjenige, der sich verstecken muss.«

»Ich melde mich bei dir«, sagte er, drückte ihr einen Kuss auf die Wange und eilte davon.

Margot sah ihm noch einen Moment nach, dann lief sie zur nahen Straßenbahnhaltestelle und sprang im letzten Moment in den Wagen. Sie setzte sich ans Fenster und blickte nach draußen. Inzwischen schneite es heftig, und die Straßen und Wege wurden weiß. Ihre Revolutionskarriere war beendet, bevor sie begonnen hatte. Gewiss war es besser so. Alles andere würde sich fügen.

22

Frieda, Luise und Margot hatten alle Mühe damit, die wild gewordenen Schäfchen, Engel, Hirten und sonstigen Komparsen im Zaum zu halten, die durch den Pfarrsaal tobten. Es würde nun nicht mehr lange dauern, bis die Aufführung begann. Traditionell fand das Krippenspiel zum Gottesdienst um achtzehn Uhr statt. Auch Johanna Gärtner war anwesend. Sie saß mit ihrem Gipsbein auf einem Stuhl und half einem der Schäfchen ins Kostüm. Die Dreijährige zappelte aufgeregt, was das Ankleiden nicht erleichterte. Lene war ebenfalls mit von der Partie, obwohl sie ein übler Schnupfen plagte. Doch die Aufführung der Kinder wollte sie auf keinen Fall verpassen. Während der Generalprobe am Nachmittag war alles glattgelaufen. Nur Josef war einmal kurz gestolpert. Auch passende Tiere hatten beschafft werden können. Der Esel war jedoch ein Pony, das recht zahm war und den Namen *Sternchen* trug, was allen gefiel. Der Ochse war ein Kälbchen, das keinen Namen hatte, weil es bald ein Braten werden würde. Diese Aussage von Otto, einem der Hirten, der das Kälbchen gebracht hatte, hatte einige der kleineren Kinder so erschreckt, dass sie zu weinen begonnen hatten. Das liebe, kleine Kälbchen konnte doch kein Braten werden. Otto hatte nach einem strengen Blick von Frieda zurückgerudert und gemeint, er wüsste es noch nicht so recht. Vielleicht würde er ja auch ein Zuchtbulle werden. Was das denn wäre, hatte sich einer der Engel erkundigt, was Frieda erneut in Bredouille gebracht hatte. Luise war diejenige, die sie aus ihrer Erklärungsnot befreit, in die Hände geklatscht und gemeint hatte, es sei genug über die Tiere gesprochen worden.

Ochs und Esel standen im Hinterhof für die Aufführung bereit und wurden von einem der Ministranten bewacht. Man konnte ja nie wissen. Der Hunger verleitete Menschen zu den seltsamsten Verbrechen. Am Ende kam noch jemand auf die Idee und klaute ihnen ihr Sternchen weg, das durften sie auf gar keinen Fall zulassen.

»Bitte, Kinder«, rief Frieda gegen die allgemeine Lautstärke im Raum an. »Wir wollen uns jetzt alle in Zweierreihen aufstellen und in die Sakristei gehen. Der Gottesdienst beginnt in wenigen Minuten. Die Chorkinder sind bereits drüben, sie singen das erste Lied. Die Kulissen sind im Altarraum aufgebaut. Bitte benehmt euch. Josef, pass auf, wohin du läufst. Nicht, dass du uns wieder stolperst wie vorhin. Maria, ist dein Tuch anständig befestigt? Letztens ist es dir vom Kopf gerutscht.«

Beide Kinder nickten. Sie schienen sich der Verantwortung, die die Hauptrollen mit sich brachten, bewusst zu sein.

»Und untersteht euch, in der Sakristei zu toben. Alle sitzen still und warten auf ihren Einsatz. Verstanden?«

Frieda trat neben die Küsterfrau und half ihr beim Aufstehen. Um ihren Sohn, der den Namen Alfred erhalten hatte, kümmerte sich die Pfarrersköchin, die einen Narren an dem Kleinen gefressen hatte und ihn gern in einem Körbchen in der Küche bei sich hatte. Johanna Gärtner war das nur recht, denn die Geburt hatte sie sehr geschwächt, und sie hatte Fieber bekommen, das erst nach einigen Tagen wieder gesunken war. Heute würde der Kleine seinen ersten Bühnenauftritt haben. Er war das Jesuskind.

In der Sakristei angekommen, schielte Luise in den Altarraum. Der Gottesdienst hatte begonnen, und die Kirche war gut gefüllt. Der Chor sang gerade *Ihr Kinderlein kommet*. Besonders der Weihnachtsbaum gefiel Luise. Es war eine drei Meter hohe Fichte, die mit vielen Strohsternen, mit Lametta und Kerzen geschmückt war. Der vertraute Geruch von Weihrauch schwängerte die Luft. Sie dachte an zu Hause. Wie gern wäre sie jetzt bei ihrer Oma in Eckersberg.

Die Weihnachtszeit war stets etwas Besonderes für sie beide gewesen. Wenn der Wind den Schnee ums Haus gewirbelt hatte und sie an ihrem warmen Ofen in der Stube gesessen hatten. Oma hatte die dunkle Jahreszeit meist zum Stricken genutzt, denn im Garten gab es dann ja nichts zu tun. Sie hatten oft gebacken. Lebkuchen und Buttergebäck, und am Weihnachtsabend hatte es meist leckere Würstchen und Kartoffelsalat gegeben. Auch einen Baum hatten sie gehabt. Er hatte in der Stube am Fenster gestanden. Mit Lametta, Kerzen und Glaskugeln. Einmal hatten sie auch ein Christkind zur Welt geholt. Das war bei Bauer Lübke im Nachbardorf gewesen. Das zehnte Kind, ein gesunder Junge. Dort hatte es ein wahres Festessen für sie gegeben. Braten mit Klößen und Rotkraut, dazu ein leckerer Rotwein und als Nachtisch Schokoladenpudding und Kuchen. Sie waren in den frühen Morgenstunden des ersten Weihnachtstages regelrecht nach Hause gekugelt. Wie gern hätte Luise ein solches Festmahl auch heute gehabt.

Doch sie wollte nicht ungerecht sein. Immerhin würde sie morgen in der Klinik ein warmes Essen erhalten, es sollte sogar Fleisch geben. Vermutlich war es wieder Kassler mit Rübenpüree. Wenn sie Glück hatten, gab es Klöße. Es könnte aber auch sein, dass ihnen wieder dieser seltsam schmeckende Fleischersatz angedreht wurde, der zäh wie eine Schuhsohle war. Dann doch lieber gleich Nudeln oder eine Suppe. All diese sonderbaren Ersatzlebensmittel fand sie gruselig. Ganz besonders verabscheute sie den Ersatzkaffee aus Eicheln; davon wurde ihr stets übel. Wie vermisste sie doch richtigen Bohnenkaffee, dessen Duft schon etwas Betörendes an sich hatte! Luise wischte sich eine Träne aus dem Augenwinkel. In einem Jahr wäre sie an Weihnachten wieder zu Hause. Bis dahin galt es durchzuhalten. Wie ihre Heimat dann aussehen würde, daran wollte sie heute lieber nicht denken. Würde es noch Krieg geben oder dann endgültiger Frieden mit den Russen herrschen? Oder wären die

Kämpfe bis dahin wieder aufgeflammt? Sie hoffte so sehr darauf, in ein friedliches Ostpreußen heimkehren zu können, und dann würde sie mit ihrer Oma das schönste Weihnachtsfest überhaupt feiern. Hoffentlich. In den letzten Wochen hatte sie immer wieder ein ungutes Gefühl gehabt, wenn sie an ihre Großmutter gedacht hatte. Es kamen keine Briefe mehr, was untypisch für sie war. Luise hatte mit einem Päckchen, jedoch mindestens mit einem Brief zum Fest gerechnet. Aber bisher war nichts eingetroffen. Vermutlich lag es an der Post, hatte Edith sie zu beruhigen versucht. Es herrsche ja Krieg. Da könnte schon mal was verlorengehen. In der Zeitung stand neulich, dass Päckchen auch gern mal gestohlen wurden. Gewiss hatte Edith recht, und sie machte sich vollkommen unnötig Gedanken. Bestimmt würde bald ein Brief von ihr eintreffen.

Gerade wollte sie sich wieder auf einen der Stühle in der Sakristei setzen, da nahm sie einen Mann wahr, der unschlüssig neben der hintersten Kirchenbank stand. Es war Günter. Sofort schlug ihr Herz höher. Er hatte sein Versprechen also wahr gemacht und war zum Gottesdienst gekommen. Ein Lächeln umspielte ihre Lippen, und ein warmes Gefühl breitete sich in ihr aus. Mit einem Kopfschütteln gemahnte sie sich zur Konzentration. Gleich würde das Krippenspiel beginnen. Schnell rückte sie noch einem Hirten den Filzhut zurecht, korrigierte den Heiligenschein eines Engels und putzte einem Schäfchen die Nase. Dann ging es los.

Es war der Vorleser, der als Erster den Altarraum betrat und mit fester Stimme begann, die Weihnachtsgeschichte vorzutragen. Wundersamerweise klappte alles hervorragend. Das Pony tat, was es sollte, und das Kälbchen blieb an seinem Platz im Stall. Das Jesuskind verschlief seinen ersten großen Bühnenauftritt, und Josef stolperte dieses Mal nicht. Die Heiligen Drei Könige folgten artig ihrem Stern, und Johannes, der Mohr, bekam dieses Mal auch keinen Lachkrampf wie bei der Generalprobe.

Als das Stück zu Ende war, verbeugten sich die Kinder, und das Publikum spendete tosenden Applaus. Es war deutlich zu spüren, wie alle in dieser schweren Zeit ein wenig Ablenkung brauchten. Und plötzlich entdeckte Luise im Publikum sogar Edith, die begeistert klatschte. Ihr Anblick brachte sie zum Schmunzeln. Eine Jüdin, die zu einem katholischen Gottesdienst ging, um sich ein Krippenspiel anzusehen. Es schien verrückt. Sie fing Ediths Blick auf. Diese hielt lächelnd einen Brief in die Höhe. Luise nickte freudig. Endlich war das ersehnte Lebenszeichen ihrer Oma eingetroffen.

23

Eckersberg, 20. 12. 1917

Meine liebe Luise,

endlich habe ich herausgefunden, in welcher Klinik Du tätig bist. In Neukölln also und nicht in Berlin. Else war nie gut darin, Ordnung zu halten. Ich habe das ganze Haus nach Deiner Adresse abgesucht und Deine Briefe schließlich in einer blechernen Federschachtel entdeckt, die sie im Küchenschrank hinter den Tellern versteckt hat. Du wirst sicher besser wissen, weshalb sie das getan hat. Aber ich schreib zu viel unnötigen Kram, der nicht wichtig ist. Es soll auch keine Entschuldigung sein, oder vielleicht doch. Es ist nicht richtig, dass Du von ihrem Tod auf diese Weise und so spät erfährst. Am liebsten hätte ich es Dir persönlich gesagt, aber unter diesen Umständen muss es nun auf diese Art geschehen. Deine Oma ist am 15. Dezember leider gestorben. Es war wohl ein Schlaganfall. Wir haben sie gestern beerdigt. Es tut mir so unendlich leid. Ich weiß nun auch nicht so recht, wie es hier weitergehen soll. Du bist ja die offizielle Erbin des Hauses, nur leider nicht da. Bauer Kollwitz hat jetzt erst einmal die Pflege der Tiere übernommen. Er hält dies für eine Selbstverständlichkeit, immerhin hat Else ihm seine acht Blagen auf die Welt geholt. Wirst Du nun ihren Platz als Dorfhebamme einnehmen? Die Leute hier würde es freuen. Wen Fremdes will hier keiner haben. Und wen soll es auch in unsere gottverlassene Gegend verschlagen? Bitte antworte mir so schnell wie möglich. Und noch einmal mein herzliches Beileid.

Deine Suse

Luise ließ den Arm sinken, der Brief fiel zu Boden, doch sie achtete nicht darauf. In den letzten Tagen hatte sie ihn wieder und wieder gelesen, es einfach nicht fassen können. Mechanisch ging sie zu ihrem Kleiderschrank, holte den Koffer herunter und legt ihn geöffnet auf das Bett. Dann faltete sie ihre Bluse zusammen und legte sie in den Koffer. Ihr folgten ein Leibchen, ein Unterrock und Strümpfe. Ihr Blick fiel auf ihre säuberlich zusammengelegte Hebammentracht, die ebenfalls auf dem Bett lag. Erneut stiegen ihr Tränen in die Augen. Die letzten Tage waren wie ein schwarzes Loch gewesen. Ihre Großmutter, ihre geliebte Oma, die einzige Familie, die ihr noch geblieben war, war tot. Und sie hatte sie nicht einmal beerdigen dürfen. Verfluchte Federschachtel in der Küche, in der sie die wichtigen Sachen aufbewahrt hatte. *Dort würde kein Dieb der Welt suchen*, hatte sie gesagt. Darin befanden sich die Besitzurkunde für das Haus und andere wichtige Papiere. Luise zog ein Taschentuch aus ihrer Rocktasche und wischte die Tränen von ihren Wangen. Es kam ihr vor, als hätten die letzten Tage nur aus Tränen bestanden. Einmal hatte sie auch geschrien vor Wut, vor Verzweiflung. Sie hätte nicht gehen dürfen, niemals auf sie hören sollen. Gottverdammte Hebammenschule! Wenn sie bei ihr gewesen wäre, hätte sie auf sie achtgeben können. Wenn sie zu Hause geblieben wäre, hätte sie es vielleicht verhindern können, und Else wäre noch am Leben. Jetzt, wo es zu spät war, würde sie heimkehren. Zurück in das Haus ihrer Kindheit. Sie musste sich kümmern. Um die Tiere, um die vertrauten Menschen, die sie nun brauchten. Hebammenzeugnis hin oder her, Genehmigung hin oder her. Irgendwie würde es schon gehen. Sie wusste, wie man Babys auf die Welt holte. Eine bessere Lehrmeisterin als ihre Oma hätte sie niemals haben können. Sie war die Vorzeigeschülerin in diesem Haus, diejenige, die ständig gelobt wurde. Und nun? Wer war sie jetzt? Die Hinterbliebene? Das Mädchen aus Ostpreußen, das nach Berlin gezogen war, um das zu werden, was sie schon war? Den Bauersfrauen in ihrem Dorf war ein Zeugnis egal. Hauptsache, jemand holte ihre Kinder gesund auf die Welt. Aber durfte sie das auch so einfach? Vor ihrer Reise nach Neukölln hatte sie unter dem Schutz ihrer Oma gearbeitet, die alle offiziellen Anmeldungen und Unterlagen besessen hatte. Sie war ihr Lehrmädchen gewesen. Doch nun? Irgendein Weg würde sich gewiss finden. Der fand sich doch immer. Jetzt galt es erst einmal, nach Hause zu fahren. Sie musste zu ihrem Grab, sie musste mit ihr reden. Sie musste irgendetwas. Sie sank neben dem Koffer aufs Bett, schlug die Hände vors Gesicht und begann laut zu schluchzen.

Irgendwann setzte sich jemand neben sie und nahm sie in die Arme. Es war Edith, die beruhigend auf sie einzureden begann, während sie ihr über den Rücken strich. »Es ist gut«, sagte sie. »Es wird alles wieder gut werden.«

»Nein, das wird es nicht«, erwiderte Luise und schüttelte ihren Arm ab. »Niemals wieder wird es das. Du kannst das gar nicht nachvollziehen, du hast noch eine Mutter, einen Vater, auch wenn er hasst, was du tust. Er ist am Leben. Du kannst zu ihm gehen, mit ihm sprechen und ihn anschreien. Er wird dir Antwort geben. Er wird mit dir reden, wie man nur mit der Familie redet. Doch ich habe keine Familie mehr. Meine Eltern sind tot. Mir fehlt jede Erinnerung an sie. Der einzige Mensch, der mir noch geblieben war, war *sie*. Sie war alles, was ich hatte.« Erneut erfasste Luise ein Weinkrampf.

Edith sah sie hilflos an.

Die letzten Tage waren schrecklich gewesen. Luise wäre am liebsten gleich noch an Heiligabend nach Hause aufgebrochen. Davon hatten sie sie abbringen können. Dann war ein schwerer, mehrere Tage anhaltender Schneesturm über sie hereingebrochen, der eine Reise nach Ostpreußen unmöglich gemacht hatte. Luise hatte völlig neben sich gestanden, nicht geschlafen, war unstet durch die Gänge und Flure der Klinik gerannt und hatte viel geweint. Edith und

Margot hatten alles versucht, um sie zu beruhigen. Doch ihre Worte waren nicht zu ihr durchgedrungen. Luise war zu sehr in ihrer Trauer gefangen.

»Dann geh«, sagte Edith plötzlich. Sie hatte genug. Genug vom Trösten, von dem ständigen Weinen und den unruhigen Nächten, die ihr Luises Rastlosigkeit eingebracht hatte. »Geh zurück nach Ostpreußen ans Ende der Welt und versinke dort in deinem Selbstmitleid. Du wirst schon sehen, was du davon hast. Deine Oma hätte das gewiss nicht gewollt. Sie war so stolz auf dich. Sie hat dich hierhergebracht. Vergiss das nicht.« Türknallend verließ sie den Raum.

Auguste Marquard kam ihr just in diesem Moment entgegen. »Und? Wie steht es?«, fragte sie.

»Unverändert«, antwortete Edith. »Sie packt und weint.«

Auguste Marquard nickte. »Es hat sie hart getroffen.«

»Aber sie darf nicht gehen«, antwortete Edith, nun ebenfalls den Tränen nah. »Sie ist so eine verdammt gute Hebamme. Sie kann doch jetzt nicht einfach alles hinwerfen.«

»Was sie kann, entscheidet sie selbst«, antwortete Auguste Marquard. »Sie hat mir ihre Kündigung gegeben, und ich habe sie angenommen. Sollte sie es sich jedoch anders überlegen, werde ich sie sofort zerreißen. Aber ich vermute, das wird nicht geschehen. Nehmen Sie es nicht so schwer. Es kommen neue Wegbegleiter, und Luise wird ihren Weg finden. Sie ist ein starkes Mädchen.«

Edith nickte. Tränen liefen über ihre Wangen.

Auguste Marquard zog ein Taschentuch aus ihrer Tasche und reichte es ihr. »Kommen Sie. Es wird Zeit, Kinder auf die Welt zu holen. Heute scheint etwas in der Luft zu liegen. Im Entbindungssaal der zweiten Klasse haben sich gleich fünf Mütter eingefunden, und auch vier Hausschwangere liegen in den Wehen. Es gibt viel zu tun.«

Auguste Marquard hatte recht. Es war Luises Entscheidung. Sie musste wissen, was das Richtige für sie war. Doch es fiel so verdammt schwer, sie damit allein zu lassen. Edith war davon überzeugt, dass der Weg, den Luise einschlug, der falsche war. Er war kein Schritt in die Zukunft, sondern einer in die Vergangenheit, und diese lag hinter ihr. Sosehr es auch schmerzte.

Luise trat ans Fenster und blickte in den grauen Wintertag. Es hatte zu schneien aufgehört, war jedoch bitterkalt. Die Äste der neben dem Verwaltungsgebäude stehenden Bäume ragten, von Eis überzogen, in den wolkenverhangenen Himmel. Gleich würde sie diesen Ort für immer verlassen. Ihr Koffer war noch geöffnet. Obenauf lagen die Briefe ihrer Oma, säuberlich mit einem roten Band zusammengebunden. Daneben lag der Brief von Suse, ihrer Nachbarin, die oft auf ein Schwätzchen vorbeigekommen war. Wie würde es sein, sie alle wiederzusehen? War es wirklich die richtige Entscheidung, zurückzugehen? Edith hatte recht mit dem, was sie gesagt hatte. Ihre Oma war so stolz darauf gewesen, dass sie ihre Ausbildung in der Hebammenschule machen durfte. Sie hatte einen Großteil ihrer Ersparnisse dafür geopfert.

Doch nun war alles anders. Sie musste allein klarkommen. Oma hatte sich immer gekümmert. Nun lag es an *ihr*.

Entschlossen klappte sie den Deckel des Koffers zu, schlüpfte in ihren Mantel, setzte ihre Mütze auf und verließ das Zimmer, das für kurze Zeit ihr Zuhause gewesen war. Im Flur beschleunigte sie ihre Schritte, hastete durchs Treppenhaus und gestattete sich keinen Blick nach rechts oder links. Jetzt nur nicht Margot oder einem anderen lieben Menschen in die Arme laufen. Margot war wütend auf sie, zuletzt hatten sie gestritten. Ihre Kündigung hatte ihr hart zugesetzt. Aber sie würde es auch ohne sie schaffen. Auch Edith konnte sie guten Gewissens zurücklassen. Dennoch, die beiden würden ihr fehlen. Genauso wie Frieda und Lene, mit denen sie neuerdings oft in den Abendstunden bei einem heißen Tee in der Flickstube beisammengesessen und geschwatzt hatte.

Sie trat auf den Hof. Ihr Blick wanderte zum Entbindungshaus, und sie glaubte eine Gestalt an einem der oberen Fenster zu sehen. Ihr Herz begann zu klopfen. War das Günter? Sie blieb stehen und blickte hinauf, doch die Gestalt war fort. Einen Moment starrte sie zum leeren Fenster, dann ging sie, ohne sich noch einmal umzudrehen, zur Straßenbahnstation. Günter zu verlieren traf sie am meisten. Sie wusste nicht einmal, ob er wieder in der Klinik war. Er hatte seit Weihnachten Urlaub und war bei seinen Eltern in Dresden. Seiner Mutter ging es nicht gut, sie hatte Krebs. *Vermutlich wird es ihr letztes Weihnachtsfest gewesen sein,* hatte er ihr traurig gesagt. Gleich nach der Aufführung des Krippenspiels war er aufgebrochen. Er hatte nicht mehr mitbekommen, dass ihre Welt nun in Scherben lag.

Noch weniger wusste er, dass sie ging. Vielleicht war es besser so. Die Verbindung zwischen ihnen war von Beginn an zum Scheitern verurteilt gewesen. Die Hebammenschülerin und der Arzt, der noch dazu einer ihrer Ausbilder war. Sie kannte die Regeln. Er würde eine andere finden, die er lieben und heiraten konnte. Der Gedanke schmerzte.

Die Straßenbahn kam, und sie stieg ein. Zügig verschwand die Klinik aus ihrem Sichtfeld. Am Ringbahnhof angekommen, stieg sie aus und lief die Treppe zum Bahnsteig hinunter. Es war sehr voll. Um sie herum standen dicht an dicht Menschen, die meisten in abgetragener Kleidung. Mancher Mantel war mit Zeitungspapier gegen die Kälte ausgestopft. Kinder weinten, ein Mann auf Krücken mit hohlen Wangenknochen und einem abgerissenen Hut auf dem Kopf bat sie um ein paar Pfennige. Sie wandte sich ab und war froh, als die Bahn endlich einfuhr. Als sich die Türen schlossen, wanderte ihr Blick zum Fenster. Vermutlich würde sie Neukölln niemals wiedersehen. Der Gedanke schmerzte, obwohl die Stadt nicht schön war. Vom Krieg gebeutelt, hatte das frühere Rixdorf seine Lebensfreude verloren. Sie dachte daran, was Margot ihr von der Neuen

Welt erzählt hatte. Wie es früher dort gewesen war. Als es dort noch eine Achterbahn, Seiltänzer und Biergärten gegeben hatte. Als die Menschen noch hatten tanzen dürfen.

An Weihnachten sind wir wieder zu Hause, dachte sie wehmütig.

Ihr Blick fiel auf einen Kriegsversehrten, der unweit von ihr auf einer Bank saß. Ihm fehlte ein Auge und sein rechter Arm. So viel Leid, so viel Kummer und Schmerz. Elend, wohin man blickte. Und nun hatte das Unglück auch sie getroffen. Es hatte sich heimlich, still und leise angeschlichen und war mit voller Wucht über sie hereingebrochen. Der Tod war in ihrem Fall nicht auf dem Schlachtfeld gekommen. Der Schmerz über den Verlust war jedoch derselbe.

Am Schlesischen Bahnhof stieg sie aus. In der Bahnhofshalle herrschte hektisches Treiben. Auf der Suche nach ihrem Zug blickte sie auf die Anzeigentafel. Es ging erst nach Königsberg und von dort mit einem anderen Zug weiter. Nach Eckersberg, wo es keinen Bahnhof gab, würde sie ein Nachbar mit dem Pferdeschlitten bringen. Eine weite Reise, die mehr als fünfzehn Stunden dauern würde.

Der Zug würde in einer halben Stunde auf Gleis drei abfahren und stand schon bereit. An einem der Schalter besorgte sie sich eine Fahrkarte und fand ein leeres Abteil, in dem sie, nachdem sie den Koffer verstaut hatte, am Fenster Platz nahm. Sie beobachtete, wie auf der anderen Seite des Bahnsteigs Soldaten in einen Zug stiegen. Männer mit blassen Gesichtern, denen die Angst anzusehen war. Eine Gruppe junger Burschen war dabei, einer verabschiedete sich von seiner weinenden Liebsten. Luise schätzte sie auf gerade mal achtzehn. Kanonenfutter für den Kaiser. Längst war der Stolz fort, für Kaiser und Vaterland zu sterben. Wohin sie wohl fahren würden? Der Frieden mit Russland stand auf wackligen Beinen. Dort sammelten sich die Truppen erneut. Oder ging es für diese Männer in den Westen oder den Süden? In einen der vielen Schützengräben, aus denen sie Fotos und Briefe an ihre Liebsten daheim schickten? Luise konnte nicht mehr zählen, wie viele von ihnen sie während ihrer Zeit in Neukölln in den Wohnungen gesehen hatte. Postkarten, Fotos, Feldpost, die immer wieder gelesen und hoffnungsvoll erwartet worden war. Oftmals ging es den Frauen weniger um den Inhalt der Briefe. Schon wenige Zeilen reichten als Lebenszeichen aus. Wer schrieb, war nicht tot, wer schrieb, könnte wieder nach Hause kommen. Hunderttausende schrieben nicht mehr.

Als die Abteiltür geöffnet wurde, blickte Luise auf. Sie erstarrte. Es war Günter. In seinem Gesicht spiegelte sich Erleichterung, aber auch Nervosität wider. Sie stand auf, wollte etwas sagen, doch ihre Stimme versagte.

»Gott sei Dank, ich hab dich gefunden«, sagte er und trat ins Abteil. »Edith telegrafierte mir, was passiert ist. Es tut mir so leid.«

Luise konnte nur nicken. Tränen stiegen in ihre Augen. Er zog sie in seine Arme. Sie begann zu weinen. Es war so schön, seine Nähe zu spüren, sie fühlte sich so geborgen. Er war gekommen. Er hatte alles stehen und liegen gelassen nur wegen ihr. Da wusste sie es plötzlich: Sie konnte nicht gehen und ihn zurücklassen. Sie liebte ihn. Es war falsch, was sie taten, aber irgendwann würde der Tag kommen, an dem es das nicht mehr sein würde. Sie hob den Kopf und sah ihm in die Augen.

»Geh nicht«, sagte er. »Sie hätte nicht gewollt, dass du es tust.«

»Ich weiß«, antwortete Luise mit Tränen in den Augen. »Sie wurde ohne mich beerdigt. Meine Briefe waren in der Federschachtel mit den wertvollen Dingen hinten im Küchenschrank. Ich sollte ihren Platz einnehmen.«

»Du wirst es nicht tun können, wenn du jetzt abfährst. Du musst deine Ausbildung zu Ende bringen.«

Luise nickte.

Er nahm ihre Hand und sah ihr eindringlich in die Augen.

»Es tut mir so leid, dass ich fort war.«

Luise liefen Tränen über die Wangen. Er wischte sie zärtlich weg, zog sie wieder ganz nah an sich, umschloss ihr Gesicht mit seinen Händen und küsste sie, liebevoll und voller Zärtlichkeit. Sie wünschte, sie könnte diesen Moment für immer festhalten.

Dann hörten sie die schrille Pfeife des Schaffners. »Wir sollten gehen. Der Zug fährt gleich ab.«

»Ja, lass uns gehen«, erwiderte sie und zwang sich zu einem Lächeln. »›Heute ist ein guter Tag, um Babys auf die Welt zu holen‹, hat sie immer gesagt.«

»Ja, heute ist ein guter Tag dafür«, antwortete er und nahm ihren Koffer. Sie traten auf den Bahnsteig, und er nahm ihre Hand. Gemeinsam liefen sie durch die Bahnhofshalle und schlugen den Weg zur Ringbahn ein.

Luise blickte zurück. Die Bahn fuhr ab. Sie fuhr in die Vergangenheit. Es galt, die Zukunft zu gestalten. Wie auch immer diese aussehen würde.

24

Edith saß in einer der hinteren Reihen und hörte Professor Hammerschlags Vortrag über Erscheinungen der Blutarmut und ihre Behandlung nur halbherzig zu. Sie war heute Morgen nur schwer aus dem Bett gekommen, und ihr war kalt, obwohl sie bereits eine Strickjacke über ihre Hebammentracht gezogen hatte und der Vorlesesaal beheizt war. Es schien, als wäre eine handfeste Erkältung im Anmarsch. Diese konnte sie heute jedoch so gar nicht gebrauchen, denn sie hatte sich freiwillig zur Mitarbeit in einer Arztsprechstunde in der Krippe des Magistrates an der Kanner Straße gemeldet. Dort wurden neuerdings ebenfalls Mütter mit ihren Säuglingen durch die Fürsorge betreut. Die Sprechstunde war sehr gut aufgenommen worden, weshalb jede helfende Hand gern gesehen war. Heute war eigentlich ihr freier Tag, und sie hätte sich nach dem Vortrag in ihr Bett legen und schlafen können, doch sie wollte ihre Zusage nicht zurückziehen. Da die Sprechstunde auf Freiwilligenbasis war, gab es dort nur wenige Ärzte und Krankenschwestern, geschweige denn Hebammen. Also würde sie in den sauren Apfel beißen und durchhalten.

Nachdem Professor Hammerschlag seinen Vortrag beendet hatte, eilten die Hebammenschülerinnen aus dem Vorlesungssaal.

Edith lief zu ihrem Zimmer, um Mantel, Mütze und Schal zu holen. Besonders wichtig waren die Handschuhe, die sie in den Taschen des Mantels fand. In die Kanner Straße kam man von hier aus am schnellsten mit dem Fahrrad, und bei der noch immer vorherrschenden Kälte war man gut beraten, wenn man sich warm einpackte.

»Geht es dir besser?«, fragte Luise, der sie wenig später im Treppenhaus begegnete.

»Nicht wirklich«, antwortete Edith. »Aber es wird schon gehen.«

»Ich denke, du solltest lieber nicht zu der Sprechstunde gehen«, sagte Luise. »Da schwirren viele Viren und Bazillen durch den Raum. Du wirst dort noch kränker, als du es schon bist.«

»Aber ich habe es versprochen«, antwortete Edith. »Und so schlimm ist es jetzt auch wieder nicht. Die Menschen, die zur Sprechstunde kommen, verlassen sich auf uns. Ich kann doch nicht wegen jedes Wehwehchens gleich kneifen.«

»Wenn du meinst«, erwiderte Luise. »Aber gib auf dich acht dort draußen. Die Straßen sind glatt, es hat heute Nacht schon wieder geschneit.«

»Du hörst dich an wie meine Mutter«, antwortete Edith schmunzelnd.

Die beiden trennten sich auf dem Hof, und Luise lief zum Entbindungshaus, wo sie heute auf der Wochenbettstation Dienst hatte. Edith sah ihr lächelnd nach. Es war so schön, dass sie geblieben war. Sie hatte es gewusst. Wenn jemand Luise zum Bleiben bringen konnte, dann Günter. Die beiden waren ein hübsches Paar. Und allzu lange würden sie ihre Liebe nicht mehr geheim halten müssen. Wenn Luises Ausbildung am Jahresende beendet war, konnten sie ihre Beziehung öffentlich machen und heiraten.

Der Gedanke gefiel Edith. Und vielleicht war bis dahin auch endlich dieser schreckliche Krieg vorbei. Überall im Land wurden die Rufe nach Frieden lauter. Der Kaiser musste ihnen endlich Gehör schenken.

Edith holte eines der Fahrräder aus dem Schuppen neben dem Wäschereigebäude und machte sich auf den Weg in die Kanner Straße. Es schneite nur noch leicht, die Sonne lugte zwischen den Wolken hervor und ließ die vom Himmel fallenden Flocken wie kleine Diamanten funkeln. Ediths Stimmung hob sich merklich. Schwungvoll bog sie um die nächste Hausecke. Wie aus dem Nichts tauchte eine Gruppe Jungen vor ihr auf. Mitten auf der Straße hatten sie ein Fuhrwerk mit Kohlesäcken zum Anhalten gezwungen und versuchten nun, auf die Ladefläche zu steigen. Edith bremste scharf, und bevor sie das Rad zum Stillstand bringen konnte, trat einer der Burschen einen Schritt zurück. Edith schrie erschrocken auf und strauchelte. Das Vorderrad traf auf ein vereistes Stück Kopfsteinpflaster und rutschte zur Seite weg. Kopfüber fiel sie auf das Pflaster. Das Letzte, was sie sah, war das Gesicht eines Jungen mit einer Wollmütze, dann wurde alles schwarz um sie herum.

—

Margot saß neben Ediths Bett und las ihr eine Geschichte vor. Es war der Roman *Die Tänzerin* von Hans Senden. Edith hatte ihn sich zuletzt in der Bücherei ausgeliehen. Es ging darin um eine ungarische Tänzerin, die sich unsterblich in einen Grafensohn verliebte. Margot mochte die Geschichte nicht sonderlich, denn ihr war die Hauptfigur zu naiv geraten. Aber Edith liebte solche Romane, also las Margot ihn in der Hoffnung vor, Edith damit zum Aufwachen zu bewegen. Der Fahrradunfall war nun drei Tage her. Edith war von den Helfern in das Städtische Krankenhaus Neukölln gebracht worden. Die dortigen Ärzte hatten Professor Hammerschlag informiert, der sofort eine Verlegung in die Frauenklinik in die Wege geleitet hatte. Sie hatte eine schwere Gehirnerschütterung erlitten und war in eine tiefe Bewusstlosigkeit gefallen. Wann und ob sie überhaupt wieder aufwachen würde, war nicht zu sagen.

Luise betrat den Raum. »Noch immer keine Veränderung?«, fragte sie.

Margot ließ das Buch sinken und schüttelte den Kopf. »Leider nein. Professor Hammerschlag war vorhin hier. Er meinte, wenn sie nicht bald zu sich kommt, sieht es schlecht aus. Es könnte eine Schwellung des Gehirns vorliegen.« In Margots Augen traten Tränen.

Luise nickte. »Und ich bat sie noch darum, nicht zu fahren. Es ging ihr nicht gut. Ich hätte energischer sein müssen.«

Es klopfte an der Tür, und Elfi stand mit betroffener Miene vor ihnen. »Ich finde keine Ruhe. Wie geht es ihr?«

»Unverändert«, sagte Luise.

Elfi blieb vor dem Bett stehen. Niemand sagte etwas.

Dann wurde die Tür erneut geöffnet, und Auguste Marquard betrat den Raum. Sie sah Elfi verwundert an, schickte sie jedoch nicht fort.

»Unverändert«, sagte Luise unaufgefordert.

Die Oberhebamme nickte. »Ich habe gerade ihre Eltern informiert«, sagte sie. »Ihre Mutter meinte, sie habe keine Tochter mit dem Namen Edith. Das muss man sich mal vorstellen. Nur weil sie ihren eigenen Weg gehen und Hebamme werden möchte, verstößt ihre Familie sie.«

»Das darf doch nicht wahr sein«, antwortete Elfi entrüstet. »Man sollte nach Potsdam fahren und diesen Leuten Beine machen. Wie kann man nur so herzlos sein?«

»Darüber habe ich auch schon nachgedacht«, antwortete die Oberhebamme.

»Man müsste mit ihrem Vater reden«, sagte Luise. »Es schmerzt sie am meisten, dass er ihren Weg nicht akzeptiert. Ich weiß, dass sie ihm einen Brief geschrieben hat, in dem sie ihn bat, ihren Weg anzuerkennen und seinen Frieden mit ihr zu schließen. Sie hat bis heute keine Antwort erhalten.«

»Wir sollten hinfahren und mit ihm reden«, sagte Margot. »Von Angesicht zu Angesicht ist doch etwas anderes als am Telefon. Ich bin mir sicher, dass er dann nicht so ablehnend reagieren wird. Himmel, Edith will Hebamme werden und ist doch nicht mit einem Liebhaber durchgebrannt.«

Auguste Marquards Blick fiel auf Edith. »Gut«, sagte sie nach einem Moment des Schweigens. »Ihr könnt fahren. Ich werde Professor Hammerschlag darüber informieren. Und vielleicht haben wir Glück, und Herr Stern und seine Frau lassen sich zu einem Besuch bei ihrer Tochter überreden. Es könnte ja sein, dass ...« Sie sprach den Satz nicht zu Ende. »Daran wollen wir nicht einmal denken«, sagte sie. »Am besten, ihr brecht sofort auf. Und passt auf euch auf. *Eine* Hebammenschülerin zwischen Leben und Tod ist mir weiß Gott genug.«

Margot und Luise nickten. Margot erhob sich. Sie wollte das Buch zuklappen und auf den Nachttisch legen, doch Elfi hinderte sie daran. »Ich werde ihr weiter vorlesen«, sagte sie. »Das ist das Mindeste, was ich für sie tun kann.«

Nur wenige Minuten später standen sie an der Straßenbahnhaltestelle im Schneetreiben. Der Winter hielt Neukölln fest im Griff, was die Lage gerade für die arme Bevölkerung beinahe unerträglich machte. Besonders in den Kellerwohnungen war es klamm und kalt, gefühlt war jeder in der Stadt krank, und die Zahl der Todesfälle stieg jeden Tag. Besonders von den ganz Kleinen schafften es viele nicht. Fast jeden Tag erreichten die Frauenklinik und die Fürsorgestellen Mitteilungen über Todesfälle, die Betrübnis auslösten.

Die Straßenbahn kam, und Luise und Margot stiegen ein. Die Fahrt zum Ringbahnhof dauerte nicht lange. Vor dem Bahnhofsgebäude gerieten sie in dichtes Gedränge. Unweit des Haupteingangs war eine mobile Suppenküche eingerichtet worden, vor der die Menschen Schlange standen. Alte Frauen und Männer, Kriegsversehrte, Kinder. Ihre Augen lagen tief in den Höhlen, und ihre Gesichter waren blass und hohlwangig. Margot betrachtete im

Vorbeigehen eine Gruppe Kinder. Zwei Mädchen und ein Junge, sie schätzte sie auf neun bis zehn. Sie sahen sie mit ausdruckslosen Augen an. Eines der Mädchen hatte ein Geschwisterchen auf dem Arm, einen Säugling, vielleicht ein halbes Jahr alt. Er war in eine zerschlissene Decke gewickelt und weinte. Am liebsten hätte sie die Kinder eingepackt und in die Klinik mitgenommen, wo es im Speisesaal täglich eine warme Mahlzeit gab. Keine luxuriöse Kost. Oftmals Erbsen- oder Kartoffelsuppe, Spinat mit Spiegelei. Fleisch gab es auch bei ihnen nicht mehr. Der Speisesaal wurde nur überschlagen geheizt, denn auch in der Klinik galt es, mit den Kohlen sparsam umzugehen, und die Zimmer der Patienten hatten Vorrang. Doch dort hätten sie es wärmer als hier draußen in der Kälte. Und die Köchin würde ihnen bestimmt eine extragroße Portion geben.

»Margot, wo bleibst du denn?«, riss Luise sie aus ihren Gedanken. Sie war schon ein ganzes Stück vorausgelaufen und stand in der geöffneten Tür des Bahnhofs.

Margot schloss zu ihr auf, und sie reihten sich in die Schlange vor dem Fahrkartenschalter ein, um ein Billett nach Potsdam zu erwerben.

Eine Weile darauf saßen sie in der Bahn und blickten stumm auf die an ihnen vorüberhuschenden Häuser. Luise dachte daran, wie sie im Sommer nach Neukölln gekommen war. Wie sie damals die große Stadt Berlin mit leuchtenden Augen betrachtet hatte. Heute versank die sonnige Welt von damals, auf die sie all ihre Hoffnungen gesetzt hatte, in Tristesse und Traurigkeit. Sie dachte noch immer mehrmals am Tag an ihre Oma. Sie vermisste sie so sehr. Niemals wieder würde ein Brief von ihr kommen, niemals wieder würde sie einen ihrer aufmunternden Sprüche hören oder sie vor dem alten Holzhäuschen auf der Bank in der Sonne sitzen sehen. Was mit dem Haus werden sollte, wusste sie noch nicht. Sie hatte Suse geschrieben, dass sie erst einmal nicht nach Hause kommen, sondern ihre

Ausbildung zur Hebamme beenden würde. Günter war nun an ihrer Seite, und alles schien verändert. Es waren nur wenige Monate, zwei Wechsel der Jahreszeiten gewesen, die sich jedoch wie ein ganz neues Leben anfühlten.

»An dem Tag, als Ediths Unfall geschah, kam ein Brief meiner Tante bei uns an. Auch ihr Mann ist nun gefallen«, sagte Margot. »Mama war wie vor den Kopf gestoßen. Sie mochte Albert und überlegt nun, zu Tante Bille nach Dresden zu fahren, um ihr Trost zu spenden. Die beiden sind, trotz der Entfernung, sehr eng miteinander. Eigentlich wollte sie längst weg sein, aber Klara hat eine Lungenentzündung. Wir wissen nicht, ob sie durchkommt. Deshalb kam ich gestern Abend auch so spät in die Klinik zurück. Wir haben die halbe Nacht Wadenwickel gemacht, um das Fieber zu senken.«

Luise sah Margot ungläubig an. Von all diesen Dingen hörte sie gerade zum ersten Mal. »Du liebe Güte«, sagte sie. »Warum hast du nichts gesagt? Ich hätte dir doch helfen können.«

»Aber da war doch der Unfall mit Edith. Er bereitet uns allen schon genug Kummer«, antwortete Margot. »Ich wollte es nicht noch schlimmer machen.«

»Gar nichts machst du schlimmer«, sagte Luise. »Das mit Edith ist schrecklich, aber dein Kummer ist es ebenso. Ich kann Günter nach unserer Rückkehr bitten, dass er mal nach der Kleinen sieht.«

»Das würdest du machen?«

»Aber warum denn *nicht*?«, antwortete Luise. »Wir sind doch Freundinnen und müssen zusammenhalten.«

Margot nickte und wischte sich die aufsteigenden Tränen aus den Augen. Ihr Blick wanderte erneut zu den vorbeihuschenden Häusern. Sie dachte an Richard. Seit ihrem Abschied vor einigen Wochen hatte sie ihn nicht mehr gesehen. Einmal war sie noch in der Manitiusstraße gewesen, hatte sich jedoch nicht getraut, zur Wohnung zu gehen. Ein anderes Mal war ihr Otto Franke über den Weg gelaufen, der sie jedoch nur knapp gegrüßt hatte und dann raschen Schrittes weitergelaufen war, als wäre er vor ihr geflohen. Wieso meldete sich Richard nicht bei ihr? Bedeutete ihm ihr Kuss denn gar nichts? Sie wusste, dass es der reinste Irrsinn war, sich mit ihm einzulassen. Er war ein Deserteur, ein Aufständischer, Mitglied des Spartakusbundes. Sie sollte sich von ihm und dieser Gruppe fernhalten, wenn sie nicht in Teufels Küche kommen wollte. Aber immer wieder wanderten ihre Gedanken zu ihm, und sie hoffte darauf, eine Nachricht von ihm zu erhalten und ihn wiederzusehen.

Sie erreichten den Potsdamer Bahnhof und stiegen aus. Vor dem Bahnhofsgebäude blieben sie stehen und sahen sich um.

»Und nun?«, fragte Luise.

»Ich überlege, ob wir es nicht besser im Geschäft ihres Vaters versuchen sollten«, sagte Margot. »Gewiss hält er sich um diese Zeit dort auf. Was meinst du? Es ist das Warenhaus Stern in der Brandenburger Straße.«

»Woher weißt du, wo der Laden liegt?«, fragte Luise.

»Edith hat mir mal davon erzählt. Wir könnten jemanden fragen, wie wir dorthin kommen. Soweit ich weiß, liegt die Villa der Familie Stern ein ganzes Stück von hier entfernt in einem Wohngebiet. Gewiss ist diese Brandenburger Straße näher. Wir könnten es erst einmal dort versuchen. Was meinst du?«

»Von mir aus. Alles, was bei dieser Kälte Wege erspart, ist gern gesehen.« Luise rieb sich die Hände.

Margot sprach einen vor dem Eingang zum Bahnhof stehenden Schutzmann an. Er verwies sie auf die Straßenbahn, die alle paar Minuten ins Zentrum fuhr. Das Warenhaus Stern könnten sie dort gar nicht übersehen, es sei eines der größten Gebäude.

Es dauerte tatsächlich nicht allzu lange, bis sie die Brandenburger Straße erreichten. Von der Straßenbahn aus hatte Luise das Kaufhaus Stern bereits entdeckt. Sie eilten rasch über die Straße und betraten das Gebäude. Das Haus beeindruckte mit seiner Größe. Es gab ein riesiges Vestibül, das von einem gläsernen Dach überspannt war. Mit Stuck verzierte Säulen unterstrichen das luxuriöse Ambiente. Eine Rolltreppe führte in die oberen Abteilungen. Luise und Margot sahen sich mit staunenden Augen um. Rechts und links des Vestibüls gingen verschiedene Abteilungen ab.

Luise erspähte Tischwäsche, Schuhe und Kurzwaren. Auch einen Zeitungsladen gab es hier. »Wenn das meine Oma sehen könnte«, sagte Luise mit staunenden Augen. »Was für eine Pracht.«

»Die Juden wussten eben schon immer, wie das Geschäftemachen geht«, antwortete Margot. »Davon können wir uns eine Scheibe abschneiden.«

»Da könnte was dran sein«, antwortete Luise und betrachtete eine mit Blumen bestickte Tischdecke in einer Auslage genauer. Ihre Oma hätte ihre Freude an dem Stück gehabt.

»Jetzt müssen wir nur noch herausbekommen, wo in diesem riesigen Haus Ediths Vater sein Büro hat«, sagte Margot, während sie ein Paar Schuhe aus braunem Leder in Augenschein nahm, die sie sich niemals im Leben würde leisten können.

»Kann ich Ihnen helfen?«, fragte eine näher getretene Verkäuferin. Ihre spitz klingende Stimme ließ Margot zusammenzucken. Die grauhaarige Verkäuferin sah sie streng an.

»Wir möchten gern zu Herrn Stern«, antwortete Luise für Margot. »Es geht um eine private Angelegenheit.«

Die Verkäuferin musterte die beiden genauer und zog eine Augenbraue hoch.

Sie erinnerte Luise an eine ihrer Lehrerinnen, Frau Dorothea Hellweg. Sie war besonders streng gewesen und hatte häufig Schläge mit dem Rohrstock ausgeteilt.

»Wenn Sie meinen«, sagte sie. »Er hält sich zu dieser Stunde zumeist in den Büroräumlichkeiten im dritten Obergeschoss auf.«

Margot bedankte sich für die Auskunft, und die beiden machten sich auf den Weg zur Rolltreppe. Auf so einer waren weder Margot noch Luise je zuvor gefahren. Einen Moment zögerten sie, dann stiegen sie auf das elektrische Band, das die Kundschaft des Hauses nach oben beförderte.

»Es fühlt sich komisch an«, bemerkte Luise. »Da wird einem ja ganz schwummerig.«

»Aber es ist auch lustig«, meinte Margot. »Was für eine wunderbare Erfindung.«

»Oma würde sagen: ›Was für ein Quatsch. Haste gesunde Beine, kannste auch die Treppe nehmen‹.«

Margot lachte. »Womit sie recht hat. Aber so ist es doch viel bequemer.«

Sie erreichten das dritte Obergeschoss und wurden von einer jungen Verkäuferin zum hinteren Ende der Hutabteilung geschickt. Dort gab es eine Holztür, durch die man in die Büroräume gelangte. Vorerst blieben die beiden jedoch bei den Hüten hängen.

»Was für hübsche Modelle es hier doch gibt«, sagte Luise und betrachtete einen breitkrempigen Ausgehhut mit künstlichen Blumen genauer.

Margot musterte einen weißen Hut, der mit riesigen Federn dekoriert war, die nach rechts und links abstanden. Wer trug bitte einen solch hässlich aussehenden Hut, der noch dazu recht unpraktisch schien? Mit diesen Federn blieb man am Ende noch irgendwo hängen.

Eine Verkäuferin tauchte mit einer Kundin im Schlepptau auf. Schnell ließen die beiden von den Hutauslagen ab und gingen zu der Holztür, auf der ein Schild mit der Aufschrift *privat* angebracht war.

Genau in dem Moment, als Luise anklopfen wollte, öffnete sich die Tür. Eine junge, blonde Frau in einem dunkelblauen Kleid sah sie überrascht an. »Ja, bitte?«, fragte sie.

»Wir möchten gerne zu Herrn Stern wegen einer privaten Angelegenheit«, entgegnete Margot.

Die Frau sah von Margot zu Luise, die rasch hinzufügte: »Es geht um seine Tochter, Edith Stern.«

Das Lächeln der Frau erstarb. »Dieser Name darf in diesem Haus nicht ausgesprochen werden«, sagte sie mit gedämpfter Stimme. »Es hat ein großes Zerwürfnis gegeben. Mehr wissen wir nicht. Ich rate Ihnen: Wenn Sie sich keinen Ärger einhandeln wollen, sollten Sie besser wieder gehen.«

»Aber wir wissen mehr«, antwortete Luise. »Und es wäre wirklich wichtig, mit ihm zu sprechen. Und mit Ärger können wir umgehen.«

»Nun gut. Wenn Sie unbedingt aus seinem Büro geworfen werden wollen.« Sie schob die Tür auf und bedeutete den beiden, ihr zu folgen.

Sie betraten einen schmalen, mit einem hellen Teppich ausgelegten und mit Holz vertäfelten Flur, in dem Zigarrengeruch hing.

»Die letzte Tür rechts. Viel Glück.« Damit ließ sie sie allein.

Ratlos sahen Margot und Luise einander an. Auf was hatten sie sich da nur eingelassen? Aber so schlimm würde es gewiss nicht werden. Mehr als sie hinauswerfen konnte der Mann ja nicht mit ihnen machen. Sie liefen den Flur hinunter, und nach einem kurzen Blickwechsel klopfte Luise an die Tür.

Es dauerte eine Weile, bis eine harsch klingende Stimme »Herein« rief.

Margot drückte die Türklinke nach unten. Ihre Hände zitterten vor Aufregung.

Ediths Vater saß hinter einem großen, aus Mahagoniholz gefertigten Schreibtisch vor einer breiten Fensterfront mit einer Zigarre im Mund und telefonierte. Er winkte sie heran, während er das Telefonat weiterführte.

Margot und Luise traten vor den Schreibtisch. Ein wenig fühlte es sich so an, als wären sie Schulmädchen, die zum Schulleiter zitiert worden waren, weil sie etwas ausgefressen hatten.

Nach einer gefühlten Ewigkeit legte Stern endlich auf. »Die Damen. Was kann ich für Sie tun?«

Margot sah zu Luise, die zögernd zu sprechen begann. »Wir kommen aus Neukölln. Es geht um Ihre Tochter Edith.«

Seine Miene verfinsterte sich. »Ich habe keine Tochter mit diesem Namen«, sagte er. Seine Stimme klang abweisend. »Sie sind hier falsch. Ich fordere Sie auf, diesen Raum sofort zu verlassen.« Demonstrativ griff er zum Telefonhörer.

Da platzte Margot der Geduldsfaden. Was bildete sich dieser Mann nur ein? Wie konnte er behaupten, keine Tochter zu haben? Sie machte einen Schritt nach vorn, legte ihre Hand auf den Telefonhörer und sah ihm eindringlich in die Augen. »Jetzt hören Sie mir mal schön zu. Ich bin eine Kollegin Ihrer Tochter, die einer der wunderbarsten und liebsten Menschen ist, der mir jemals im Leben begegnet ist. Sie hat ihre Entscheidung für den Beruf der Hebamme getroffen. Das mag nicht Ihrer Wunschvorstellung entsprechen, aber etwas Schändliches ist daran gewiss nicht zu finden. Edith hatte einen schweren Unfall und liegt in einer tiefen Bewusstlosigkeit. Es könnte sein, dass sie niemals wieder daraus erwacht, es könnte sein, dass sie stirbt. Sie sind ihr Vater, und sie liebt Sie trotz allem, was zwischen Ihnen geschehen ist, noch immer. Das hat sie mir gesagt. Sie braucht jetzt ihre Familie an ihrer Seite. Vielleicht schafft sie es dann. Sie will, dass Sie stolz auf sie sind.«

Die Miene des Mannes blieb verschlossen. Sein Blick war eiskalt. »Ich habe gesagt, Sie sollen diesen Raum verlassen. Und das sofort. Wie ich schon sagte: Ich habe keine Tochter namens Edith.«

Margot umklammerte den Telefonhörer fester. Sie spürte Wut in sich aufsteigen, und das Weiß ihrer Knöchel trat hervor. Was war das nur für ein Mensch?

Luise legte ihre Hand auf die von Margot und löste die Finger. »Eines Tages werden Sie dies bitterlich bereuen«, sagte sie mit ernster Stimme. »Eines Tages werden Sie sich wünschen, die Zeit zurückdrehen zu können. Aber dann ist es zu spät. Komm, Margot. Wir gehen.« Sie zog Margot zum Ausgang.

Wie geschlagene Hunde verließen sie das Warenhaus, ohne Hüte, Schuhe oder andere Waren noch eines weiteren Blickes zu würdigen.

Auf der Straße empfingen sie ein schneidend kalter Wind und heftiger Schneefall. Die Straßenbahn brachte sie zurück zum Bahnhof, wo sie nach einer endlos scheinenden Stunde des Frierens auf dem Bahnsteig in die Ringbahn stiegen, um müde und niedergeschlagen zurück nach Neukölln zu fahren. Dort angekommen, fuhr keine Straßenbahn mehr, denn es schneite noch immer heftig, und der Verkehr war für den heutigen Tag eingestellt worden. Die im Dämmerlicht des grauen Winternachmittags versinkenden Straßen waren gespenstisch leer. Wie wandelnde Schneemänner kamen sie in der Frauenklinik an.

Auf der Treppe des Verwaltungsgebäudes begegneten sie Lene, die einen Stapel Betttücher in Händen hielt. Sie sah sie verwundert an. »Du liebe Güte. Wie seht *ihr* beiden denn aus? Wer hat euch armen Hühner denn bei diesem unwirtlichen Wetter vor die Tür geschickt?«

»Wir waren bei Ediths Vater«, antwortete Luise und nahm sich die feuchte Mütze vom Kopf. Ihr braunes Haar war zerzaust, und die vorderen Strähnen klebten an ihrer Stirn.

»Verstehe«, antwortete Lene und fragte: »Wird er kommen?«

Margot schüttelte den Kopf. »Nein. Er behauptet, er habe keine Tochter mit dem Namen Edith.«

»Was für ein armer Mann«, antwortete Lene und schüttelte den Kopf.

»Weißt du, wie es steht?«, fragte Luise.

»Unverändert«, antwortete Lene mit trauriger Miene. »Elfi ist die ganze Zeit über bei ihr und liest ihr aus diesem Liebesroman vor. Eine Weile hab ich mich dazugesetzt. Eine nette Geschichte ist das.« Sie unterbrach sich, Tränen traten in ihre Augen. »Ach«, sagte sie, »wenn sie doch bloß wieder aufwachen würde. Sie ist so ein liebes Mädchen.«

»Sie *wird* wieder aufwachen«, sagte Margot und strich tröstend über Lenes Arm. »Unsere Edith ist eine Kämpferin. Die lässt sich doch von einem Fahrradunfall nicht unterkriegen.«

Lene nickte. Die Tränen liefen nur so über ihre Wangen. »Jetzt heul ich Depp auch noch. Und ich hab die Hände nicht frei für das Taschentuch.«

Luise griff in ihre Manteltasche, zog ein Taschentuch heraus und wischte der Wäscherin mit den Worten »Ist zwar schon gebraucht, aber es erfüllt seinen Zweck« die Tränen von den Wangen.

Lene nickte. Luises Bemerkung zauberte ein Schmunzeln auf ihre Lippen. »Ich geh dann mal weiter. Und *ihr* beiden, seht zu, dass ihr euch aufwärmt. Wenn ihr wollt, könnt ihr mir nachher die feuchten Sachen bringen, dann hänge ich sie in der Wäscherei an den Ofen. Dann sind sie ruck, zuck wieder trocken.« Sie verabschiedete sich und lief die Treppe weiter hinunter.

Luise und Margot eilten in ihr Zimmer, wo sie sich aus den feuchten Mänteln schälten, ihre Hebammentracht überzogen und ihre Haare richteten. Dann machten sie sich auf den Weg zu Ediths Krankenzimmer. Dort trafen sie auf Frieda.

Die Hebamme erhob sich, als sie den Raum betraten, und fragte hoffnungsvoll: »Und? Wird ihr Vater kommen?«

»Nein«, antwortete Luise.

Sie nahm Ediths Hand. »Das wäre doch gelacht. Wir kriegen dich auch ohne deine Familie aus Potsdam wieder gesund. *Wir* sind jetzt deine Familie.«

»Ja, das sind wir«, sagte Luise. »Und sie wird wieder aufwachen. Davon bin ich fest überzeugt.«

Margot nickte. »Wenn es eine schafft, dann unsere Edith. Ihr Sturschädel wird sich von einem solch dummen Sturz nicht unterkriegen lassen.«

Frieda nickte, nahm Ediths Hand, begann, über ihren Handrücken zu streichen, und sagte: »Anfangs dachte ich, du wärst zu fein für die Hebammenarbeit und schon gar nicht für Neukölln mit dem vielen Elend gemacht, das wir jeden Tag sehen. So ein gutaussehendes Mädchen aus reichem Hause kann das doch gar nicht gut machen, habe ich gedacht. Doch du hast mich eines Besseren belehrt. Du machst es hervorragend. Und deshalb darfst du nicht aufgeben, hörst du? Wir beide müssen noch viele Babys gemeinsam auf die Welt holen, und aus dir wird eine der besten Hebammen werden, die diese Stadt jemals gesehen hat. Ich gehe jetzt in die Nachtschicht, die heute eigentlich wir beide hätten schieben müssen. Und wenn ich morgen früh wieder zurückkomme, dann bist du verdammt noch mal wieder aufgewacht. So einfach davonschleichen, das lasse ich nämlich nicht gelten. Hast du verstanden?« In ihre Augen traten Tränen.

Margot legte ihre Hand auf Friedas Arm. »Wir werden die ganze Nacht bei ihr bleiben. Und sollte sich irgendetwas verändern, werde ich sofort zu dir laufen und es dir berichten. Fest versprochen.«

Frieda nickte, wischte sich eine Träne aus dem Augenwinkel und ging.

Luise sank auf ein leeres, neben Ediths Bett stehendes Bett und schloss für einen Moment die Augen.

Margot schaltete die Nachttischlampe ein, griff nach dem Buch auf dem Nachttisch und begann, den Roman weiter vorzulesen. So verstrichen die Stunden. Auguste Marquard sah nach ihnen und erkundigte sich bezüglich Potsdam. Die Antwort von Margot und Luise sorgte auch bei ihr für Fassungslosigkeit. Wie konnte ein Vater nur so reagieren? Professor Hammerschlag kam und überprüfte noch einmal Ediths Zustand, der unverändert schien. Es galt abzuwarten. Margot konnte diesen Satz, den sowohl er als auch Günter in den letzten Tagen mehrfach gesagt hatten, nicht mehr hören. Sie wollte nicht mehr abwarten, sie wollte, dass Edith endlich die Augen öffnete und alles wieder gut war.

Elfi kam zu vorgerückter Stunde mit einem kleinen Imbiss, es waren mit Margarine beschmierte Brote sowie Apfelspalten und Tee, zu ihnen und leistete ihnen für eine Weile Gesellschaft. Irgendwann nickten sowohl Margot als auch Luise erschöpft ein.

Es war eine vertraute Stimme, die Margot, die in dem Lehnstuhl neben dem Bett saß, einige Zeit danach weckte. Sie spürte, wie ihre Hand berührt wurde. Sie öffnete die Augen und blickte in Ediths Gesicht. Sie hatte die Augen geöffnet.

»Edith!«, rief Margot freudig aus und riss damit auch Luise aus dem Schlaf. »Du bist wach!«

Luise eilte sofort an Ediths Seite und nahm ihre Hand.

»Sie ist wach!«, äußerte sie begeistert. »Sie ist endlich wieder wach!« Übermütig umarmte sie Edith, und Margot umarmte sie beide.

Ein Räuspern war es, das Luise und Margot aus ihrer Euphorie riss. Sie blickten sich um. In der geöffneten Tür standen Ediths Eltern mit schüchternen Mienen und fragten, ob sie näher treten dürften. Luise und Margot sahen die beiden erstaunt an.

Margot war die Erste, die reagierte. »Aber natürlich. Treten Sie ein. Schau mal, Edith, wer da ist«, sagte sie. Dann verließen beide den Raum. Edith sah ihre Eltern wie das siebte Weltwunder an.

Ihre Mutter trat zu ihr und nahm ihre Hand. »Mein Schatz, wie schön, dass du wieder zu dir gekommen bist. Dein Vater und ich waren in großer Sorge.« Sie sah zu ihrem Gatten, der nickte. Er trat zögernd näher und blieb vor dem Bett stehen. »Bitte jage uns niemals wieder einen solchen Schrecken ein, mein Schatz«, sprach sie weiter. »Wir befürchteten das Schlimmste.«

»Woher wusstet ihr…?«, setzte Edith zu einer Frage an, doch ihre Mutter fiel ihr ins Wort.

»Deine beiden Kolleginnen waren so freundlich und haben uns informiert.« Erneut wanderte ihr Blick zu ihrem Mann. Edith konnte kaum glauben, was sie hörte. Luise und Margot waren nur ihretwegen bis nach Potsdam gefahren, hatten sich einem sicher unangenehmen Gespräch gestellt und ihren Eltern von dem Unfall berichtet? Was für ein schöner Freundschaftsbeweis das doch war. Sie sah ihren Vater an. Er wirkte unsicher, was sie, solange sie denken konnte, noch nie erlebt hatte.

»Diese Klinik sieht gar nicht so übel aus«, sagte er jetzt. »Und dieser Professor Hammerschlag macht einen recht patenten Eindruck.«

Edith nickte. Sie war noch immer sprachlos. Ihre Eltern waren hier, sie waren tatsächlich über ihren Schatten gesprungen und gekommen. Tränen stiegen ihr in die Augen.

»Weißt du, Kindchen«, sagte ihr Vater, der ihre Rührung nicht wahrzunehmen schien, »wir Eltern haben halt immer eine Vorstellung davon, was das Beste für unsere Kinder ist. Aber manchmal kommt es eben anders. Und wenn du unbedingt Hebamme werden möchtest, dann ist das eben so.« Er sah zu seiner Frau, die verhalten nickte.

Edith konnte seine Worte noch immer kaum glauben. Wohin war der Sturschädel verschwunden, der ihr so viele Monate nicht einmal Gehör hatte schenken wollen und sie als Tochter sogar verstoßen wollte? Friedrich Stern trat näher. Edith wäre ihm jetzt am liebsten um den Hals gefallen, doch ihr brummender Kopf ließ kaum eine Bewegung zu. »Danke«, sagte sie stattdessen.

Dorothea Stern umarmte sie. »Was bin ich froh, dass du wieder aufgewacht bist, mein Kind.«

Nun weinte Edith endgültig. In ihrem Kopf hämmerte es wie verrückt, und ihr wurde übel. Aber das war egal. Ihre Eltern waren da. Sie waren ihretwegen gekommen und akzeptierten endlich, dass sie ihren eigenen Weg ging.

Die Tür des Krankenzimmers öffnete sich, und Professor Hammerschlag betrat den Raum. »Ich störe das Familienglück nur ungern«, sagte er, »aber die Patientin braucht noch sehr viel Ruhe.«

»Aber natürlich«, erwiderte Dorothea und stand auf. »Wir kommen dich ganz bald wieder besuchen. Und wenn es dir besser geht, dann kommst du mal wieder nach Hause. Ihr habt doch hier freie Tage, oder nicht?« Ihr Blick wanderte zum Professor, der nickte. »Na fein. Dann also bis bald.« Dorothea gab Edith noch einen flüchtigen Kuss auf die Wange, und Friedrich drückte ihr ungelenk die Hand.

Professor Hammerschlag und ihre Eltern waren noch keine zwei Minuten weg, da stürmten Luise, Margot und auch Elfi in den Raum, und Luise sagte mit einem breiten Grinsen: »Wir wollen sofort alle Einzelheiten hören.«

25

NEUKÖLLN, 2. FEBRUAR 1918

Margot wusste nicht so recht, wie sie Gertrude Saalmann beruhigen sollte, die vor ihr im Bett saß und Rotz und Wasser heulte. Sie war mit einer geplatzten Fruchtblase gekommen, die Wehen ließen allerdings noch auf sich warten.

»Ich hab meinem Hermann gleich gesagt, dass das keine gute Idee ist mit dem Protestieren. ›Friede, Freiheit, Brot‹, haben sie gerufen. Und nun sitzt er im Gefängnis als Vaterlandsverräter und soll angeklagt werden. Oh, welch eine Schande aber auch. Wie soll ich das denn den Kindern beibringen? ›Euer Vater ist ein Verräter, der sich mit dem Mob auf der Straße rumtreibt.‹ Von meiner Schwester weiß ich, dass es in Moabit sogar Tote gegeben haben soll. Und Hindenburg soll strenge Maßnahmen gegen die Streikenden gefordert haben.«

»Also *mein* Mann ist an der Front im Westen in Nordfrankreich«, mischte sich eine Bettnachbarin ein, bei der die Geburt ebenfalls auf sich warten ließ. Käthe Baumgartner war mit Wehen in die Klinik gekommen, die sich nun jedoch wieder beruhigt hatten. Dennoch wollten sie sie zur Beobachtung im Haus behalten. Immerhin erwartete sie bereits ihr viertes Kind, da könnte es plötzlich schnell gehen. »Er schlägt sich großartig und ist Anfang des Jahres sogar zum Vizewachtmeister befördert worden. Er träumt davon, Offizier zu werden. Die Sache mit den Streiks ist natürlich auch schon zu unseren tapferen Soldaten in den Schützengräben vorgedrungen. Mein Ludwig hat für diese halbwüchsigen Lümmel und die dummen Frauenzimmer nur Verachtung übrig. Er meint, man solle sie vor die Kanonenrohre binden. Er und viele seiner Kameraden sagen, dass sie lieber auf Vaterlandsverräter als auf Engländer schießen würden.«

»Schöne Ansichten hat er da, Ihr Gatte«, antwortete Gertrude Saalmann schnippisch. »Und was ist, wenn er morgen von einer Granate zerfetzt wird? Oder als Kriegsversehrter heimkehrt ohne Arme oder Beine? Wie ist es dann?«

»Dann ist er ein Held, der für den Kaiser alles gegeben hat.«

»Meine Güte. Was sind Sie denn für ein naives Dummchen? Sehen Sie sich doch die ganzen Helden an, die die Straßen bevölkern und in den Lazaretten sterben. Sehen Sie sich die Ehefrauen, Mütter und Kinder an, die um ihre Ehemänner, Söhne und Väter trauern und oftmals nicht wissen, wie es weitergehen soll. Da draußen herrschen Not und Elend, das Volk hungert. All die Versprechungen des Kaisers und von Hindenburg sind doch für den hohlen Zahn. Es wird Zeit, dass das Sterben endlich ein Ende hat! Und mein Gatte ist weiß Gott kein Lümmel, sondern ein gestandener Mann, der den Wahnsinn nicht mehr ertragen kann. Wenn ich es so sagen darf: Nicht die Streikenden sind die Lümmel und Verräter, sondern die Männer, die den Wahnsinn einfach weiter blind mitmachen und sich jeden Tag wie die Lämmer zur Schlachtbank führen lassen.«

»Das nehmen Sie zurück, Sie, Sie...« Käthe Baumgartner sprang überraschend flink aus dem Bett und stürzte sich auf Gertrude Saalmann, die sich mit aller Kraft wehrte.

»Du elende Hexe!«, äußerte Gertrude und zog Käthe an den Haaren.

»Dir werd ich es zeigen!«, schrie die andere.

Margot stand wie vom Donner gerührt daneben, alles war so schnell gegangen. Sie sah zu Frieda, die jedoch gerade eine Schwangere betreute, die in den Presswehen lag. »Können die nicht damit aufhören?«, brachte diese zwischen zusammengebissenen Zähnen hervor. »Wo sind wir denn hier?«

»Margot, so tu doch was!«, rief Frieda. »Sie machen das hervorragend, Frau Müller. Ich kann das Köpfchen schon sehen.«

Margot nahm all ihren Mut zusammen und versuchte die beiden raufenden Frauen voneinander zu trennen. Sie zog am Arm von Käthe Baumgartner und sagte: »So nehmen Sie doch Vernunft an, meine Damen. Das hier ist ein Entbindungssaal und keine Kampfarena. Jetzt beruhigen wir uns alle mal wieder.«

»Lassen Sie mich los!«, schrie sie. »Ich bring sie um, dieses verdammte Stück Dreck!«

»Solche Worte möchte ich in meinem Entbindungssaal nicht hören!«, mahnte Frieda. »Noch einmal pressen, meine Liebe. Gleich haben Sie es geschafft.«

Margot stand nun zwischen den beiden Streithähnen und hielt sie mit den Armen auf Abstand. »Sie beruhigen sich jetzt, meine Damen, oder ich werde dafür sorgen, dass Sie sofort dieses Krankenhaus verlassen. Und ehrlich gesagt, ist es mir dann vollkommen egal, wo Sie Ihre Bälger zur Welt bringen. Sie sollten sich beide was schämen.«

Frau Saalmann, die noch immer auf dem Boden saß, atmete schwer. Sie hatte von der Schlägerei eine Platzwunde über dem Auge davongetragen, die kräftig blutete.

Margot sah von einer zur anderen. Frieda legte Frau Müller freudig ihr Neugeborenes in die Arme, es war ein Mädchen.

In diesem Moment betrat, angelockt von dem Tumult, Auguste Marquard den Raum. Irritiert sah sie von Margot zu den beiden Kontrahentinnen. »Was ist denn hier los?«, fragte sie.

Margot atmete immer noch schwer.

»Heldentod und Revolution passen nicht in einen Entbindungssaal«, sagte Frieda.

»Verstehe.« Bevor sie noch etwas sagen konnte, schrie Käthe Baumgartner erschrocken auf; unter ihr hatte sich eine Pfütze gebildet.

»Die Fruchtblase ist geplatzt«, bemerkte Frieda trocken.

»Ich denke, es ist besser, wenn die Damen getrennt voneinander ihre Kinder zur Welt bringen«, sagte Auguste Marquard und trat neben Gertrude Saalmann. »Kommen Sie. Ich bringe Sie in den Entbindungssaal im dritten Stock. Der ist dann hoffentlich weit genug entfernt.« Sie legte den Arm um die Patientin und führte sie aus dem Raum.

Käthe Baumgartner griff sich im nächsten Moment stöhnend an den Rücken.

»Da sind die Wehen ja wieder«, sagte Margot. »Dann wollen wir mal sehen, dass wir das Kindchen auf die Welt holen.«

Und wir wollen hoffen, dass es seinen Vater noch kennenlernt, auch wenn er ein verdammter Idiot ist, fügte sie in Gedanken hinzu und sah zu Frieda, die sich ein Schmunzeln nicht verkneifen konnte.

Mehrere Stunden später, alle Kinder waren entbunden und Margots und Friedas Dienst war beendet, saßen sie bei Edith im Krankenzimmer. Auch Luise und Lene hatten sich zu ihnen gesellt.

»Da ist mir ja richtig was entgangen«, sagte Lene, nachdem Frieda von den Vorgängen des Tages berichtet hatte. »Also eine Schlägerei hatten wir noch nie im Entbindungssaal. Köstlich.«

»Diese blöde Kuh. Ich hätte ihr ja eine Zangengeburt gewünscht. Und das schon allein für die Ansichten, die sie hat. Daran merkt man, dass sie nicht weiß, was Armut bedeutet. Ihr Mann ist Lehrer an einem Gymnasium. Wenn der stirbt, dann bekommt sie eine feine Witwenrente. Sie wohnt in einer der besseren Gegenden der Stadt und muss gewiss nicht jeden Tag Kohlrübensuppe essen und für die Butter anstehen.«

»Ja, ja, der Schwarzmarkt blüht«, sagte Frieda und nahm einen Schluck von ihrem Tee. »Jedenfalls wird das gesagt. Eine Bekannte von mir hat mir neulich jedoch erzählt, dass auch unter den Reichen nicht mehr alles Gold ist, was glänzt. Längst schmieren auch die weniger Butter aufs Brot und Fleisch gibt es da auch nicht alle Tage.«

»Fleisch wäre mal wieder was«, sagte Luise seufzend. »Selbst hier in der Klinik wird das Essen immer dürftiger.«

»Das liegt daran, dass die Stadt Neukölln die Lebensmittel noch immer auf dem Schwarzmarkt zu Wucherpreisen einkaufen muss. Ich finde ja, das ist ein Skandal. Und es war richtig, dass diese Missstände im Vorwärts veröffentlicht wurden. Obwohl ich von der Zeitung sonst ja nicht so viel halte. Schreiben da auch viel Schund. Aber das mit den Lebensmitteln, das musste mal gesagt werden. Alle öffentlichen Einrichtungen in Neukölln leiden darunter, auch die Volks- und Suppenküchen. Es ist eine Schande.

Und dann hat das Kriegsernährungsamt auch noch Strafanzeige gegen die Stadtverwaltung erstattet. Das muss man sich mal vorstellen. Ich sag euch, das wird noch ein böses Ende nehmen.«

»Welch ein Ende ist denn *nicht* böse?«, fragte Luise. »Ich war heute mit Lore auf der Fürsorgerunde. Leider sind drei der Neugeborenen gestorben.«

»Wie schrecklich«, sagte Frieda betroffen. »Welche denn?«

»Der kleine Junge von Frau Bachmann aus der Jonasstraße ist einer von ihnen. Es war von Beginn an schwierig mit ihm, er war ja ein Frühchen, vier Wochen vor Termin. Lore hatte ihn entbunden. In der Wohnung vor der Mutter war sie noch sehr gefasst, doch auf der Straße weinte sie dann bitterlich. Der Vater war auf Heimaturlaub, und am Abend war der Kleine tot.«

»Welch eine Tragödie«, sagte Edith, die sich wieder gut erholt hatte. Professor Hammerschlag sah jeden Tag höchstpersönlich nach ihr, und auch ihre Eltern waren nochmals zu Besuch gekommen. Ediths Vater hatte endgültig eingesehen, dass seine Tochter ihren eigenen Weg gehen würde. Professor Hammerschlag hatte es sich auch nicht nehmen lassen, ein persönliches Gespräch mit dem erfolgreichen

Kaufmann zu führen und ihm die Klinik zu zeigen. Daraufhin hatte sich Herr Stern sogar dafür entschieden, der Frauenklinik eine großzügige Spende zukommen zu lassen.

»Ein sechs Wochen altes Mädchen, die kleine Jule von Frau Köhler, hat morgens tot im Bettchen gelegen«, sagte Luise. »Frau Köhler hat sehr gefasst reagiert. Sie hat acht Kinder durchzubringen, ihr Mann ist in Russland gefallen. ›Was hätte auch aus ihr werden sollen?‹, hat sie gesagt. Am schlimmsten waren für mich, glaub ich, diese Verzweiflung und Resignation, die aus ihren Worten sprachen. Und dann hat es noch den Sohn von Frau Lechner getroffen. Er war zehn Wochen alt, aber wie ihr wisst, war auch er zu früh geboren.«

»An den Kleinen kann ich mich gut erinnern«, sagte Edith. »Er hatte schon seit seiner Geburt Schwierigkeiten mit der Atmung.«

»Die in dem kalten Loch, in dem die Familie haust, nicht besser geworden ist«, sagte Luise traurig. »Seine Mutter meinte, jetzt sei er bei seinem großen Bruder, ihrem Ältesten. Der ist im Januar in den Krieg gezogen und in seiner ersten Woche im Schützengraben ums Leben gekommen. Sein Schulfreund habe ihr noch einen letzten Brief von ihm geschickt, den hat er noch diktieren können.«

»Er ist den Heldentod fürs Vaterland gestorben«, sagte Margot bitter.

Edith wollte etwas sagen, wurde aber durch das Eintreten von Professor Hammerschlag daran gehindert. Er zog eine Augenbraue hoch und sah die kleine Versammlung verwundert an. »Was ist denn hier los?«

»Krankenbesuch«, antwortete Frieda.

»Bisschen viel Krankenbesuch«, erwiderte der Arzt. »Die Patientin braucht Ruhe.«

»Davon hatte ich in den letzten Tagen mehr als genug«, begehrte Edith auf. »Mir geht es wirklich wieder gut. Kann ich nicht morgen schon hier raus und meinen Dienst antreten? Ich langweile mich so.«

»Da hör sich die einer an«, sagte der Professor. »Vor wenigen Tagen war sie den Toten näher als den Lebenden, und nun will sie bereits wieder ihren Dienst antreten.« Sein Blick wanderte zu Margot. »Ich hörte von Ihrem tapferen Eingreifen heute. Fräulein Marquard lobte Sie in den höchsten Tönen. Ich hoffe, Sie sind nicht zu Schaden gekommen. Die Damen sollen recht rabiat gewesen sein.«

»Nicht der Rede wert«, antwortete Margot, sichtlich erfreut über das Lob des Professors.

»Eine Schlägerei in einem meiner Entbindungssäle. Dass ich das noch erlebe.« Der Professor schüttelte den Kopf, dann klatschte er in die Hände. »Und nun möchte ich Sie alle bitten, den Raum zu verlassen, damit ich mich um die ungeduldige Patientin kümmern kann.«

Eine nach der anderen verabschiedete sich mit einer Umarmung von Edith. Margot blieb allein zurück, während die anderen den Flur hinunterliefen, um sich umzuziehen. Die Worte von Gertrude Saalmann wollten ihr nicht aus dem Kopf gehen. Ihr Mann war im Gefängnis, angeklagt als Landesverräter. Sie dachte an Richard. War er bei den Streiks dabei gewesen? Am Ende säße auch er im Gefängnis oder, schlimmer noch, würde getötet werden. Sie sah aus dem Fenster. Es war grau draußen. Eine bleierne Wolkendecke hing schon seit Tagen über der Stadt und machte sie noch trostloser, als sie ohnehin schon war. Streiks der Arbeiter, Heldentod, sterbende Säuglinge und Wucherpreise. Wie satt sie das alles doch hatte. Wie sehr sie sich doch wünschte, dieser Krieg hätte endlich ein Ende oder, besser noch, niemals begonnen. Dann würde ihr Vater noch leben, und er wäre gewiss stolz auf sie. Sie wusste noch genau, wie er damals auf den Kriegsbeginn reagiert hatte. Er war wütend gewesen und hätte sich am liebsten geweigert, an die Front zu gehen. Nur drei Jahre älter, und er wäre gar nicht mehr eingezogen worden. Ihre Mutter hatte ihr dies erst letztens wieder in Erinnerung gerufen und zu weinen begonnen. Er hätte sich gewiss unter die Lümmel und dummen

Frauenzimmer gemischt, um für das Ende des Krieges zu demonstrieren. Und er hatte Richard gemocht. *Der ist einer von den Guten*, hatte er einmal zu ihr gesagt. Und wenn sie doch noch einmal in die Manitiusstraße ginge? Einfach nur, um nachzusehen, ob es ihm gut ging, mehr nicht. Sie wäre auch ganz vorsichtig. Sie brauchte jetzt endlich Gewissheit.

Wenige Minuten später saß sie in der Straßenbahn. Am Hermannplatz stieg sie aus. Inzwischen war es dunkel. Ihr Herz pochte wie verrückt, als sie durch die düsteren Straßen schlich, vorbei an geschlossenen Geschäften und Kneipen. Aus einer von ihnen drang lautes Gejohle nach draußen. Nur getrunken wurde mehr als vor dem Krieg. Als sie die Manitiusstraße erreichte, blieb sie stehen. Plötzlich war sie sich gar nicht mehr so sicher, ob die Idee, hierherzukommen, so gut gewesen war. Es hatte Festnahmen und Tote gegeben. Die Demonstrationen waren von den Spartakisten ins Leben gerufen worden. Was, wenn sie sich in Gefahr brachte? Richard lebte im Untergrund, er war ein Fahnenflüchtiger, ein Revolutionär, womöglich saß er längst im Gefängnis. Und dennoch war sie hierhergekommen. Weil sich der Kuss von neulich richtig angefühlt hatte. Weil sie ihn vermisste und ihn wiedersehen wollte. Es ging um Richard, nicht um irgendwen. Ihr Richard, der Kindheitsfreund, der Vertraute...

Langsam ging sie die Manitiusstraße hinunter. Sie hatte das Haus noch nicht erreicht, da hörte sie Schritte hinter sich und blickte sich automatisch um. Ein Mann wollte an ihr vorbeilaufen, blieb dann aber stehen. Es war Richard. Ihr Herzschlag beschleunigte sich.

»Margot«, sagte er. »Um Gottes willen, was machst du hier?«

»Ich wollte... Ich meine...« Margot geriet ins Stocken. »Wegen der Streiks. In Moabit soll es Tote gegeben haben.«

»Du hast dir Sorgen gemacht.« In der Dunkelheit erahnte sie ein Lächeln.

Sie nickte.

Für eine Weile schwiegen sie.

»Ich bin erleichtert, dich zu sehen«, sagte sie schließlich.

Er sah von Margot zum Hoftor und schien einen Moment mit sich zu ringen. Dann fragte er: »Hast du Zeit? In einer Kneipe hier um die Ecke könnten wir reden.«

Margot nickte. Ihr Herz machte einen Satz.

Die beiden liefen den Gehweg hinunter und betraten wenig später Mebes Eckkneipe in der Lenaustraße. Der Gastraum war klein, mit dunklem Holz vertäfelt und sehr schummrig. Die Wirtin, eine hagere, faltige Frau mit grauen, hochgesteckten Haaren, begrüßte sie mit einem Kopfnicken. Richard führte Margot zu einem hinter dem Tresen gelegenen Tisch und half ihr aus dem Mantel. Die Wirtin brachte unaufgefordert zwei Bier und stellte sie wortlos vor sie hin.

»Das ist Trude. Ihr Mann ist einer von uns. Leider hatte er nicht so viel Glück wie ich und ist verhaftet worden.«

Margot sah zu der hageren Frau, die gerade mit einem älteren Mann scherzte. Die Verhaftung ihres Mannes schien sie nicht sonderlich mitzunehmen.

Er schien ihre Gedanken zu erraten. »Die Ehe ist längst zerrüttet. Kinder gibt es keine. Trude wird schon klarkommen.«

Margot nickte und nahm einen kräftigen Schluck von ihrem Bier. »Warst du bei den Demonstrationen dabei?«, fragte sie.

Richard nickte. »Bei der am Bülowplatz. Wir waren Tausende. Anfangs war alles recht friedlich, doch dann gingen die Schutzleute wie verrückt auf uns los. Viele wurden verletzt und verhaftet. Ich konnte mich gerade noch in eine U-Bahn-Station absetzen. Da gab es so verdammt viel Hass und Wut auf beiden Seiten, das kannst du dir gar nicht vorstellen. Alle haben diesen Krieg so verdammt satt, da gibt es dann wenig Verständnis für Schutzmänner, die ihnen das Wort verbieten wollen.«

»Mit Hass und Wut kenne ich mich aus«, sagte Margot. »Bei mir im Entbindungssaal sind heute zwei Weiber aufeinander losgegangen. Der Mann der einen ist bei den Streiks verhaftet worden, der andere ist an der Front und ein stolzer Anhänger des Kaisers. Die beiden haben sich richtig geprügelt und das trotz Wehen und geplatzter Fruchtblase.«

»Ach du je«, sagte Richard schmunzelnd. »Ich hoffe, ihr konntet den Streit rasch schlichten.«

»Das ist nicht komisch«, sagte Margot. »So etwas kann gefährlich werden.«

Er nickte, konnte sich das Lachen jedoch nicht verkneifen. Dann nahm er ihre Hand. »Es ist schön, dich wiederzusehen. Es muss Gedankenübertragung gewesen sein. Ich habe so oft daran gedacht, dich besuchen zu kommen.«

»Du weißt, dass ich zu Hause nur noch selten anzutreffen bin. Wir Hebammenschülerinnen schlafen in der Schule. Und dort ist Herrenbesuch ausdrücklich verboten.«

»Ich weiß«, antwortete er. »Aber einer eurer Heizer hat sich uns neuerdings angeschlossen. Er hätte ein Treffen gewiss arrangieren können.«

»Du hattest also Pläne«, sagte Margot lächelnd. In ihr breitete sich dieses herrlich warme, glückliche Gefühl aus, das sie nur in seiner Nähe spürte.

»Ich habe sogar noch mehr Pläne«, sagte er. »Könntest du dir vorstellen, mich nach dem Krieg zu heiraten, Margot Bach?«

Sie sah ihn verdutzt an. Hatte er etwa tatsächlich vom Heiraten gesprochen? Sie musste sich verhört haben.

Er schien ihre Gedanken zu erraten. »Ich weiß, es kommt etwas plötzlich, und wir haben uns seit meiner Rückkehr von der Front kaum gesehen, aber wir kennen uns schon eine Ewigkeit. Uns beide hat es lange Zeit nicht ohne den anderen gegeben. Und ich wünsche mir, dass es wieder so wird. Könntest du dir vorstellen, meine Frau zu werden? Ich bin nur ein einfacher Zimmermann, aber für uns beide wird es schon reichen.«

»Für uns beide und einen Stall voll Kinder«, antwortete Margot.

Er lächelte. »Da ist sie wieder, meine Margot. Sagt stets frei heraus, was sie denkt. Ja, wenn du willst, dann auch ein Stall voller Kinder. Wie man sie auf die Welt kriegt, weißt du dann ja.« Er strich ihr zärtlich über die Hand. »Heißt das, dass du mich heiraten wirst?«

Margot antwortete nicht gleich. Natürlich mochte sie ihn, sehr sogar. Andererseits hatte er wochenlang nichts von sich hören lassen. Das nahm sie ihm übel, und das verunsicherte sie. Überhaupt kam das alles sehr überraschend. »Könnte sein. Wenn der Krieg aus ist.« Sie grinste verschmitzt.

»Das machst du mit Absicht«, sagte er.

»Vielleicht«, antwortete sie. »Es könnte aber auch sein, dass ich etwas Bedenkzeit brauche. Es kam doch recht plötzlich. Und du bist ein Revolutionär. Am Ende landest du im Gefängnis und wirst als Vaterlandsverräter hingerichtet. Was mach ich dann in meiner Not?«

Ihre Worte sollten scherzhaft sein, er wurde jedoch plötzlich sehr ernst. »Ich dachte, du würdest gutheißen, was ich tue«, sagte er und ließ ihre Hand los.

»Das tue ich auch«, antwortete Margot, verwundert über seine harsche Reaktion.

»Dann würdest du so nicht reden. Das ist kein Spaß. Da draußen herrscht Krieg. Und ich dachte, du würdest mich verstehen.« Er stand auf und ging ohne ein weiteres Wort davon.

Einen Moment war sie wie erstarrt. Was war nur in ihn gefahren? So aufbrausend kannte sie ihn gar nicht. Schnell ging sie hinter ihm her. Doch als sie auf die Straße trat, war von Richard nichts mehr zu sehen. Sie hastete zur Manitiusstraße, doch diese war menschenleer. War er wieder in der Wohnung der Spartakisten? Sie könnte zu ihm gehen und sich erklären, sich entschuldigen. Sie hatte das schließlich nur so dahergesagt. Früher war er doch auch nicht so empfindlich gewesen. Da hätte er über einen solchen Scherz gelacht. Aber heute war nicht früher. Heute herrschte Krieg, und der hatte etwas mit ihm gemacht, mit ihnen beiden. Das Bild, das sie sich von ihm in den letzten Wochen gemacht hatte, bröckelte. Wieso hatte er ihr so überhastet einen Antrag gemacht? Vielleicht war das eine Art Zuflucht für ihn, die Sicherheit versprach. Ein geregeltes Leben außerhalb von Streiks und Demonstrationen. Normalität in einer aus den Fugen geratenen Welt. Doch wollte sie ihn tatsächlich heiraten? Sie wusste es nicht. In der Vergangenheit hätte sie es vermutlich getan, doch heute war sie unsicher. Sie hatte ihren eigenen Weg eingeschlagen, er war hart erkämpft. Sollte sie diesen seinetwegen aufgeben? Er war lange Zeit kein Teil ihres Lebens gewesen. Liebte sie ihn? Oder war es nur die Vertrautheit, die ihr etwas vorgaukelte? Sie wusste es nicht. Fröstelnd schlang sie die Arme um ihren Körper und wandte sich um. Sie hatte ihren Mantel in der Eckkneipe liegen gelassen. Sie würde ihn holen und zusehen, dass sie nach Hause kam. Sie hätte niemals herkommen sollen.

26

Edith stand vor ihrem Elternhaus und betrachtete es nachdenklich. Die aus grauem Stein gebaute Villa war ihr so vertraut, doch heute fühlte sie sich sonderbar fremd an. Edith kam es dekadent vor, dass ihre Eltern und ihre Schwester in diesem großen Haus mit den vielen Zimmern lebten und Bedienstete hatten, während anderswo zehn Personen auf engstem Raum und in teilweise unwürdigen Verhältnissen hausen mussten. Ihr Blick schweifte über die Zimmer im ersten Obergeschoss, die Terrasse und das Rankgitter, an dem im Sommer verschwenderisch schön eine Kletterrose blühte. Vor dem Haus gab es eine breite, gekieste Einfahrt. Drei Stufen führten zum von Säulen flankierten Eingang mit seiner schweren, mit Schnitzereien verzierten Tür aus Mahagoni. Hinter dem Haus erstreckte sich ein großzügiger Garten mit Terrasse, Rosenbeeten, einem Teich und sogar einem Pavillon. Die Dienstboten lebten unter dem Dach in einfachen Kammern, doch jede von ihnen wäre für den einen oder anderen Bewohner Neuköllns der reinste Luxus. In Edith sträubte sich alles bei dem Gedanken, das Haus zu betreten. Sie ahnte, was kommen würde. Ihre Eltern hatten zum Tee gebeten. Das übliche Gejammer ihrer Mutter, Vater würde irgendwann in sein Büro verschwinden, der Geschäfte wegen, und Alex wäre zynisch wie immer. Sie konnte sich nicht vorstellen, dass sich an dem Verhalten ihrer Schwester ihr gegenüber etwas geändert hatte. Sie waren schon immer wie Feuer und Wasser gewesen, und es hatte oft Streit gegeben. Ein letztendlich glimpflich abgelaufener Fahrradunfall würde daran nichts ändern. Doch trotzdem stand sie hier und opferte ihren freien Tag. Ihre Mutter hatte ihr die Einladung zum Tee zukommen lassen. Eine Art *Friedensangebot,* wie sie es genannt hatte. Und Edith hatte es angenommen. *Blut ist eben doch dicker als Wasser*, hatte Frieda zu ihr gesagt. Außerdem hatte sie daran denken müssen, was Luise in ihrer Wut nach dem Verlust ihrer Oma zu ihr gesagt hatte: Du hast noch eine Mutter, einen Vater, auch wenn er hasst, was du tust. Er ist am Leben. Du kannst zu ihm gehen, mit ihm sprechen und ihn anschreien. Er wird dir Antwort geben. Er wird mit dir reden, wie man nur mit der Familie redet.

Seufzend ging sie die letzten Schritte zum Eingangsportal hinauf. Noch bevor sie die Türglocke ziehen konnte, wurde ihr geöffnet.

Butler Thomas lächelte sie an. »Fräulein Edith, was für eine Freude, Sie wiederzusehen.«

»Guten Tag, Thomas«, antwortete Edith mit einem Lächeln. Sie mochte den in die Jahre gekommenen Butler, der in dem Haus ihrer Eltern schon lange vor ihrer Geburt tätig gewesen war. Er war wie ein Teil ihrer Familie, genauso wie die Hausdame Hilda, die nun näher trat, um sie in Empfang zu nehmen. Auch sie war in die Jahre gekommen und ihr lockiges Haar ergraut. Beide ließen es sich nicht nehmen, Edith zu umarmen.

»Es ist so schön, Sie wiederzusehen, Fräulein Edith«, sagte Hilda. »Wir dachten schon, Sie würden dieses Haus niemals wieder betreten.«

»Ich freue mich auch, Sie beide wiederzusehen«, antwortete Edith. »Und wenn ich ehrlich sein soll, das habe ich auch geglaubt.« Sie grinste verschmitzt, während Thomas ihr aus dem Mantel half. »Ich nehme an, die Herrschaften befinden sich im Salon?«, fragte Edith.

»In der Tat. Wenn Sie möchten, bringe ich Sie hin.«

»Ist schon gut, meine liebe Hilda. Ich kenne den Weg ja.«

Die Hausdame nickte.

Edith glaubte Tränen in ihren Augen funkeln zu sehen, was sie rührte. »Wenn der offizielle Teil vorbei ist, dann komme ich in die

Küche, und wir können wie früher etwas plaudern. Ich muss doch den neuesten Tratsch aus Potsdam erfahren. Und wer kennt den besser als Sie?« Sie zwinkerte der Hausdame zu.

Vor einem im Eingangsbereich hängenden Spiegel prüfte sie ein letztes Mal ihr Äußeres. Eine Haarsträhne hatte sich aus ihrer Hochsteckfrisur gelöst. Sie schob sie hinters Ohr und prüfte den Sitz ihres Kleides. Es war cremefarben, an den Ärmeln mit etwas Spitze besetzt, ansonsten jedoch schlicht gehalten.

»Wenn ich alter Butler das sagen darf, meine Teuerste, Sie sehen wunderschön aus.«

»Ja, wie eine erwachsene junge Frau«, fügte Hilda hinzu, die näher trat und Edith einen Fussel von der Schulter entfernte. Sie lächelte Edith im Spiegel an. »Die Zeit fliegt nur so dahin. Wo ist nur das kleine Mädchen geblieben, das in der Küche gesessen und Schokoladenkekse gemopst hat?« Ihre Stimme klang wehmütig.

Die Blicke der beiden Frauen trafen sich im Spiegel. Hilda war ihr stets näher gewesen als ihre Mutter oder das Kindermädchen. Erst jetzt wurde ihr klar, wie sehr sie die Hausdame vermisst hatte. »Ich werde Ihnen später alles über meine Arbeit als Hebamme erzählen«, sagte sie. »Aber nun muss ich los. Papa, Mama und Alex warten gewiss bereits auf mich, und ich will nicht unhöflich sein.«

»Selbstverständlich.«

Edith lief die weitläufige Treppe mit dem auf Hochglanz polierten Geländer aus dunklem Nussbaumholz nach oben. Im oberen Flur dämpfte ein roter Teppich ihre Schritte. Sie klopfte kurz an die weiß gestrichene Kassettentür des Salons, dann trat sie ein. Ihre Eltern saßen, wie gewohnt, bei der Sitzgruppe, die der breiten Fensterfront, vor der unzählige Kübelpflanzen standen, gegenüberlag. Die Flügeltüren, durch die man auf die Terrasse über dem Eingangsportal gelangte, waren verschlossen.

Ihre Mutter erhob sich von dem mit einem schimmernden roten

Stoff bezogenen Kanapee und kam mit ausgebreiteten Armen auf sie zugelaufen. »Edith, meine Liebe. Wie schön, dass du es einrichten konntest.« Sie umarmte Edith und hauchte ihr Küsse auf die Wangen.

Ihr Vater war sitzen geblieben. Er grüßte seine Tochter nur knapp, dann widmete er sich wieder seiner Zeitungslektüre. Edith kannte es nicht anders. Ihr Vater war noch nie gut darin gewesen, seinen Kindern die Aufmerksamkeit zu schenken, die er ihnen schuldig war. Wieso sollte es ausgerechnet heute anders sein?

Dorothea Stern drängte Edith zum Tisch, schenkte ihr Tee ein und bot ihr von dem Kirsch-Sahne-Kuchen an, den Edith wie das siebte Weltwunder bestaunte. Woher hatten sie bloß all die Zutaten? Sie mussten ein Vermögen gekostet haben.

Edith nahm auf einem der gepolsterten Stühle Platz, während ihre Mutter erneut aufs Kanapee sank. Sie war unschlüssig, ob sie von dem Kuchen essen sollte. Es fühlte sich nicht richtig an, ein solch dekadentes Machwerk aus Biskuit, Sahne, Zucker und Kirschen zu essen, während in Neukölln die Menschen in den Volksküchen Schlange standen, um eine Kelle dünne Gemüsesuppe zu erhalten.

Als hätte ihre Mutter ihre Gedanken erraten, sagte sie:

»Iss tüchtig, Kind. Du bist arg dünn geworden. Beinahe hager, könnte man sagen. Das kommt gewiss von der schäbigen Ernährung in der Klinik. Ist schon eine Zumutung, dass sie es in dieser Frauenklinik anscheinend nicht hinbekommen, ihrem Personal anständiges Essen zu geben.«

»Dorothea, bitte«, sagte Ediths Vater, noch bevor sie antworten konnte. »Du übertreibst mal wieder. Edith sieht wie immer aus. Und Herr Hammerschlag hat mir versichert, dass es in seiner Einrichtung eine hervorragende Versorgung sowohl für das Personal als auch für seine Patienten gibt. Es muss ja nicht gleich Sahnetorte sein, die man den Menschen zu essen gibt.«

Dorothea Stern sah ihren Gatten finster an. Dann wandte sie sich wieder ihrer Tochter mit diesem aufgesetzten Lächeln zu, das Edith nur allzu gut kannte und schon immer verabscheut hatte. Sie war noch keine fünf Minuten hier und wollte schon wieder gehen. Wie hatte sie nur auf die Schnapsidee kommen und die Einladung ihrer Mutter annehmen können? Es mochte sein, dass Blut dicker als Wasser war, aber in ihrem Fall schien das keinen großen Unterschied zu machen.

»Erzähl doch mal ein bisschen von deiner Arbeit, Schätzchen.«

»Ich hole Kinder auf die Welt«, antwortete Edith, die keine Lust hatte, ihrer Mutter von den Details ihrer Ausbildung zu berichten, zumal ihr Interesse offensichtlich eh nur geheuchelt war. »Gestern Abend waren es sogar Zwillinge«, fügte Edith noch schnell hinzu. »Ein Junge und ein Mädchen. Sehr süß. Nur leider werden sie ihren Vater nicht kennenlernen, denn er ist in Verdun gefallen.«

»Oh, welch ein Unglück«, sagte ihre Mutter, um einen bestürzten Tonfall bemüht. »Ja, dieser schreckliche Krieg. Auch uns beschäftigt er tagtäglich. Einer unserer Hausangestellten ist ebenfalls gefallen. Dieter, der zweite Hausdiener.«

»Dieter ist gefallen?«, fragte Edith. »Aber er war doch noch so jung. Wann ist er denn eingezogen worden?«

»Ach, Kindchen, er war längst achtzehn. Er war gerade mal drei Wochen fort, da erreichte uns die traurige Nachricht. Es ist so schrecklich. So viele sind umgekommen. Auch die drei Söhne von Frau Gärtner nebenan. Sie nimmt es gefasst auf und redet davon, dass sie den Heldentod fürs Vaterland gestorben sind.«

Edith nickte. Der übliche Spruch, den sie längst nicht mehr hören konnte.

»Und dann wäre da noch die Sache mit deiner Schwester Alexandra«, sprach ihre Mutter weiter. »Ihr Paul gilt als vermisst. Gestern erhielten wir Nachricht aus dem Rathaus. Sie ist ganz aufgelöst und hat sich in ihr Zimmer eingeschlossen. Sie will gar nicht mehr herauskommen und verweigert das Essen. Was für ein Unglück! Es war so eine passende Liaison. Bei seinem letzten Heimatbesuch hat er mit Papa bereits darüber gesprochen, ins Geschäft einzusteigen. Und nun das. Was soll nur werden? Die arme Alexandra. Nun ist sie Witwe. Und was soll nur aus dem Kind werden?«

»Welches Kind?«, fragte Edith verdutzt.

»Ach, das weißt du ja noch gar nicht. Alexandra ist schwanger geworden. Nach Pauls letztem Heimatbesuch. Und nun wird das arme Kind ohne seinen Vater aufwachsen. Es ist eine Tragödie.«

»Aber er gilt doch nur als vermisst«, sagte Edith abwesend. Sie konnte einfach nicht fassen, was sie da hörte. Alex war schwanger. Ihre große Schwester erwartete ein Kind. Sie würde Tante werden.

»Wir wissen doch alle, was das heißt«, antwortete ihr Vater und blickte von seiner Zeitung auf. »Er ist gefallen. Vermutlich von einer Granate zerfetzt oder so was. Es ist ein Jammer. Solange er nur als vermisst gilt, bekommt sie keine Witwenrente.«

»Ich denke nicht, dass Alex am Hungertuch nagen wird«, entgegnete Edith trocken.

Die Miene ihres Vaters verfinsterte sich.

»Wir sind vielleicht vermögend, auch in diesen Zeiten«, sagte er. »Das heißt jedoch nicht, dass wir Geld verschwenden können. Und Alex steht die Rente zu, auch wenn das Kind gewiss nicht Hunger leiden wird. So ist es nur gerecht.«

Edith biss sich auf die Zunge. Es hatte keinen Zweck, ihren Eltern zu widersprechen, sie würde sie nicht mehr ändern können. »Ich gehe zu ihr«, sagte sie stattdessen und erhob sich.

Ihre Mutter sah sie irritiert an. »Aber, Edith, Liebes, du hast noch gar nicht deinen Tee ausgetrunken. Und was ist mit dem Kuchen? Josefa hat ihn extra für dich gebacken.«

»Iss ihn selbst«, antwortete Edith mit kühlem Blick und verließ ra-

schen Schrittes den Raum. Im Flur atmete sie tief durch und bemühte sich um Fassung. Oh, wie sehr sie die Dekadenz ihrer Mutter doch
hasste. Schon immer hatte sie diesen Drang nach Luxus verabscheut,
doch heute fiel es ihr besonders schwer, sie nicht anzuschreien.

Sie lief den Flur hinunter und eine weitere Treppe nach oben.
»Alex, ich bin es, Edith. Kann ich reinkommen?«

Es dauerte einen Moment, dann wurde der Schlüssel umgedreht,
und Alex' Gesicht tauchte im Türspalt auf. Ihr blondes Haar war offen und zerzaust, sie war blass, und ihre Augen waren rot vom Weinen. Wortlos zog sie die Tür ein Stück weiter auf, und Edith betrat
den Raum.

»Mama hat es mir eben erzählt«, sagte Edith. »Es tut mir schrecklich leid.«

»Tatsächlich?«, fragte Alex. Ihre Miene war ausdruckslos.

»Ja, tatsächlich«, antwortete Edith. »Komm schon, Alex. Wir haben uns oft gestritten, aber ich weiß, wie sehr du Paul geliebt hast.
Es tut mir wirklich leid.«

Alex nickte. In ihre Augen traten Tränen. Sie wandte sich ab und
blickte aus dem Fenster. »Papa hat gesagt, er wird nicht wiederkommen. Aber er gilt doch nur als vermisst. Was, wenn er in Gefangen-
schaft geraten ist? Das wäre doch möglich, oder? Dann wird er nach
Kriegsende vielleicht wieder freigelassen.«

»Natürlich, es wäre möglich«, antwortete Edith. Viel Hoffnung
sah sie nicht, doch sie wollte Alex ihren Glauben an die Rückkehr
ihres Liebsten nicht nehmen. »Mama sagte, dass du ein Kind erwar-
test«, wechselte sie das Thema.

Alex nickte und legte ihre Hand auf den Bauch. »Sein Geschenk
an mich.« Ihre Lippen umspielte plötzlich ein Lächeln. »Und ich
wünsche mir so sehr, dass er es kennenlernt.«

Edith nickte. Sie wusste nicht, wie oft sie diesen Satz bereits von
werdenden Müttern gehört hatte. Dieser Wunsch einte sie alle, ob

wohlhabend oder arm. Jede Mutter wünschte sich, dass der Vater ihres Kindes zurück nach Hause kam. »Ich hoffe sehr, dein Wunsch geht in Erfüllung«, sagte Edith. »Wie lange wird es denn noch dauern?«

»Ende Juni«, antwortete Alex. »Und weißt du *was*?«, fragte sie. »Du könntest es auf die Welt holen. Ich meine, du bist doch jetzt eine Hebamme.«

»Ich?«, fragte Edith überrascht. »Aber…«

»Ich weiß, ich weiß. Wir sind wie Feuer und Wasser. Die sich ständig zankenden Schwestern. Aber die Geburt eines Kindes könnte das doch ändern. Wir sind erwachsen, Edith. Sollte es da nicht genug sein mit dem ständigen Streiten?«

Edith nickte zögerlich. Sie konnte kaum glauben, was sie da hörte. Alex machte ihr ein Friedensangebot. Alex Stern, eine der größten Zicken auf Erden, die ihrer kleinen Schwester stets das Leben zur Hölle gemacht hatte. Sie war fassungslos. Vor allem aber war sie glücklich. Alex' Worte freuten sie. Vermutlich war es der Krieg, der sie verändert und dazu bewogen hatte, ihren ewigen Groll gegen die eigene Schwester, die sie stets hübscher und eleganter gefunden hatte, aufzugeben. Oder die Umstände. Immerhin hatte Edith ihren Dickkopf durchgesetzt und machte eine Ausbildung zur Hebamme gegen den Willen ihrer Eltern und heiratete keinen wohlhabenden Juden, wie vom Familienprotokoll vorgesehen.

»Aber gern. Wenn du meinst«, sagte sie mit einem Lächeln. »Ich kann dich während der Geburt betreuen. Allerdings werde ich eine weitere Hebamme mitbringen müssen, denn Ende Juni ist meine Ausbildung noch nicht beendet.«

»Das wird kein Problem darstellen«, antwortete Alex. »Danke, Schwesterchen.« Sie trat näher und umarmte Edith.

Erst jetzt, wo sie ihr so nah war, bemerkte sie die Wölbung ihres Bauches unter dem weiten Morgenmantel aus schimmerndem Satin, den sie trug.

Nachdem sie sich aus der Umarmung gelöst hatten, standen sie sich eine Weile unsicher gegenüber. Das Friedensangebot ihrer Schwester gefiel Edith. Trotzdem hatte sie plötzlich das Bedürfnis, von hier wegzukommen. »Ich muss wieder los«, sagte sie. »Der Rückweg nach Neukölln dauert ein Weilchen, und ich habe heute Nachtdienst. Ich nehme an, du wirst von unserem Hausarzt betreut?«

Alex nickte. »Von wem sonst? Mama will auch eine Kinderschwester engagieren, die mir zur Hand gehen soll. Als wäre ich selbst nicht in der Lage dazu, mich um mein Kind zu kümmern.«

»So ist sie eben«, antwortete Edith.

»Ja, leider«, erwiderte Alex und zog eine Grimasse. »Es war schön, dass du zu mir gekommen bist«, sagte sie. »Ich hatte nicht damit gerechnet.«

»Wir haben beide mit vielem nicht gerechnet«, meinte Edith und öffnete die Zimmertür. »Und iss ausreichend. Schwangere müssen auf sich achten. Bis bald.«

Als Edith in der unteren Halle ankam, schlug die alte Standuhr viermal. Sie sah die Zeiger der Uhr missmutig an. So gern wäre sie noch auf einen Plausch in die Küche gegangen. Zeit dafür hätte sie gehabt. Doch sie wollte nur noch fort. Ein Gefühl der Beklemmung breitete sich in ihr aus. Als ob die alten Fesseln, von denen sie sich gelöst hatte, wieder nach ihr greifen wollten. Für den ersten Besuch war es genug. Sie holte ihren Mantel aus dem Garderobenraum und verließ das Haus.

Regen setzte ein, als sie zur nahen Straßenbahnhaltestelle lief. Die bald darauf einfahrende Bahn brachte sie zum Potsdamer Bahnhof, wo sie in die Ringbahn nach Neukölln einstieg. Voller Missmut blickte sie auf die am Fenster vorbeifliegenden Häuser und Landschaften. Der Besuch zu Hause war wie erwartet gewesen und doch wieder nicht. Sie dachte an Alex' Worte. Sie waren Schwestern. Blut war dicker als Wasser. Vielleicht war doch etwas an dem Sprichwort dran.

Sie lehnte den Kopf gegen die Scheibe und nickte ein. Als sie wieder erwachte, fuhren sie in die Haltestelle Hermannstraße ein. Gemeinsam mit vielen weiteren Fahrgästen drängte sie auf den Bahnsteig und zum Ausgang. Der Regen war während der Bahnfahrt in Schnee übergegangen, den ein schneidend kalter Wind durch die Straße wehte. Vom nahenden Frühling war weiß Gott noch nichts zu bemerken. Dieser Winter schien unendlich zu sein. Sie ging trotzdem zum Mariendorfer Weg zu Fuß, denn die frische Luft tat ihr gut und ließ sie freier atmen. Als sie an der Klinik ankam, sah sie als Erstes Frieda, die weinend vor dem Eingangsportal stand. Sie hatte ein Papier in Händen und schluchzte laut.

Edith eilte zu ihr und fragte mit sich überschlagender Stimme: »Was ist geschehen?«

»Mein Bruder, er ist erschossen worden. Bei einer der Demonstrationen. Arbeiter, irgendwo am Brandenburger Tor«, brachte sie stockend heraus.

27

NEUKÖLLN, MÄRZ 1918

Luise prüfte noch einmal, ob alles so weit ordentlich gerichtet war. Die Waage für die Kleinen stand bereit, die für die größeren Kinder ebenfalls. Es gab eine Untersuchungsliege und einen zusätzlichen Wickeltisch, an dem die Mütter ihre Kleinen entkleiden konnten. Auch war es in dem Untersuchungsraum mit der geblümten Tapete an den Wänden inzwischen mollig warm. Die neben dem Schuhgeschäft Leiser liegende Erdgeschosswohnung in der Weserstraße diente erst seit wenigen Tagen als Fürsorgestelle. Noch vor einigen Wochen hatte hier ein älteres Ehepaar gelebt, das jedoch an Typhus erkrankt und gestorben war. Der Mann, er war Arzt und ein überzeugter Sozialdemokrat gewesen, hatte die Wohnung der städtischen Fürsorge mit der Auflage vererbt, hier einen Zufluchtsort für die Menschen zu schaffen, die es am nötigsten hatten. Ledige Mütter, Witwen oder Alleinstehende. Die Fürsorgestelle für Säuglinge und Kleinkinder war erst vor wenigen Tagen eröffnet worden und hatte bereits großen Zulauf. Dr. Hammerschlag sah es als Pflicht der Frauenklinik an, das Allgemeinwohl der Bevölkerung zu unterstützen, jedoch benötigte er den Großteil seines Personals in der Klinik, die ebenfalls hoch frequentiert war. Ärzte, Hebammen, Krankenschwestern und die Hebammenschülerinnen wurden jeweils zweimal in der Woche vom Klinikdienst freigestellt, um in einer der Fürsorgestellen auszuhelfen. Heute waren es Luise, Frieda und Günter Berger, die sich um die Menschen und ihre Anliegen kümmerten. Allerdings war es nur bedingt möglich, Medikamente zu verteilen, da ihre Vorräte beschränkt waren. Daher galt die Vorschrift, sie nur an die wirklich harten Fälle abzugeben. Was genau man sich unter dieser Weisung vorstellen sollte, vermochte nicht einmal Günter Berger zu sagen. Hier tauchten Fälle von Typhus, Tuberkulose, Krätze und Lungenentzündung auf. Es kamen Kinder mit Rachitis und zu weichen Knochen. Wie sollte man bewerten, was der härtere Fall war? Der Irrsinn wollte einfach kein Ende nehmen, und die Not schien jeden Tag größer zu werden. Der vierte Kriegswinter neigte sich seinem Ende zu, und sie hatten erneut Zehntausende an Hunger und Kälte verloren.

Luise richtete noch einmal ihre Haube und sah zu Frieda, die ihr zunickte. So weit war alles gerichtet. Die ersten Patienten konnten kommen. Luise öffnete die Tür. Der Flur war gut gefüllt. Hauptsächlich Frauen mit Kindern. Mit klopfendem Herzen bat sie die ersten beiden Frauen einzutreten und wies sie an, ihre Kinder vollständig zu entkleiden. Es versetzte ihr einen Stich, als sie beobachtete, wie eine Mutter ihr Kind aus Zeitungspapier wickelte, das von einer zerschlissenen Decke umhüllt war. Luise erkannte auf den ersten Blick, wie unterernährt das Kleine, es war höchstens drei Monate alt, war. Es wimmerte erbärmlich und zitterte am ganzen Körper. Behutsam nahm Luise es auf den Arm und legte es auf die Waage. Es wog nur magere 1600 Gramm. Viel zu wenig für ein Kind dieses Alters.

»Ich hab kaum Milch«, versuchte die Mutter, die selbst ausgemergelt war, das Untergewicht ihres Babys zu entschuldigen. »Und für die Marken kriege ich nichts. Stundenlang hab ich gestern in der Kälte angestanden. Als ich endlich in der Reihe ein Stück weiter vorn gewesen bin, hat der Laden zugemacht. Und zu Hause gilt es ja noch die drei anderen Mäuler zu stopfen. Der Älteste, mein Ludwig, der hat wohl Rachitis. Ganz krumme Beine hat er. Aber wie soll ich sie denn satt bekommen? Jeden Tag Kohlrüben. Brot gibt es kaum noch, und die Maggibrühe stillt den Hunger auch nicht mehr.«

Luise wusste nicht, was sie antworten sollte. Sie kannte diese Geschichten zur Genüge und würde sie heute noch häufiger hören.

Ob das kleine Mädchen auf der Waage die nächsten Monate überstehen würde, war zweifelhaft. Besonders Typhus, aber auch Tuberkulose griffen im Moment rasant um sich. Es war wie eine Epidemie, die die Stadt seit einigen Wochen heimsuchte.

Professor Hammerschlag meinte, dass dies normal sei. Das Immunsystem des Menschen sei am Ende des Winters geschwächt, und unter den herrschenden Zuständen müssten sie mit weiteren Verlusten rechnen. Seine Worte hatten sachlich geklungen. In diesem Augenblick wurden sie zur bitteren Realität. »Ich kann Ihnen etwas Milchpulver mitgeben. Und Sie selbst müssen viel trinken, das regt die Milchbildung an. Ich habe noch ein paar zusätzliche Marken für Sie. Ich weiß, das Anstehen ist mühsam, aber damit bekommen Sie mehr zugeteilt.«

Günter Berger trat näher und besah sich die Kleine eingehend. Er überprüfte den Herzschlag und horchte die Lunge ab. Auch die Körpertemperatur wurde gemessen. Der Po war wund, und an der Innenseite der Beine hatte sich ein rötlicher Ausschlag gebildet. Er empfahl, diesen mit Ringelblumensalbe einzureiben, das Kind schön trocken zu halten und den Po stets gut zu pudern. Auch müsste die Kleine schleunigst zunehmen. »Sie hat eine leichte Erkältung. Sie müssen sie warm halten«, sagte er zu der Mutter. »Sonst wird noch eine Lungenentzündung daraus.« Sein Blick fiel auf die auf dem Tisch liegenden Zeitungen und bekam etwas Hilfloses.

Die Mutter nickte. Ihre Augen wirkten stumpf, leblos. Vermutlich hatte sie sich von dem Besuch in der Fürsorge mehr erhofft.

Luise gab ihr zwei Packungen Milchpulver und strich ihr kurz hilflos über die Schulter. »Viel Glück für Sie.« Dann trat sie zur nächsten Mutter, die ihr Kind bereits entkleidet hatte. Es war ein kleiner Junge, der nicht viel anders aussah als das Mädchen von gerade eben. Immerhin war er in anständige Tücher und nicht in Zeitungspapier gewickelt; eines davon war sogar aus Wolle. Nur klang sein Atem rasselnder. Vermutlich hatte der Kleine längst eine Lungenentzündung, was in seinem Alter, er war acht Wochen alt, wie die Mutter erklärte, einem Todesurteil gleichkam. Luise legte den Kleinen auf die Waage. Auch er war stark untergewichtig. Die Mutter, sie war bereits etwas älter und erste graue Strähnen durchzogen ihr dunkelbraunes Haar, beobachtete jeden von Luises Handgriffen mit ernster Miene.

»Es rasselt in seiner Brust, und er hustet. Schon seit Tagen. Letzte Nacht hat er gebrochen. So fing es bei meiner Erna auch an. Ein paar Tage später war sie tot.«

Luise antwortete nicht. Sie überprüfte die Körpertemperatur des Kleinen. Er hatte fast vierzig Grad Fieber. Vermutlich würde es keine Tage mehr dauern. »Warten Sie kurz«, sagte sie zu der Frau. »Der Arzt wird gleich nach Ihnen und dem Kleinen sehen. Er wird Ihnen weiterhelfen können.« Sie sah zu Frieda, die gerade ein zweijähriges Mädchen auf die Waage stellte, das ebenfalls einen argen Husten hatte. Friedas Miene war ernst. Luise wusste, was das zu bedeuten hatte. Es könnte Tuberkulose sein. Doch vielleicht hatten sie ja Glück, und die Kleine kam noch einmal mit einer Bronchitis davon. Ob diese Diagnose allerdings ihr Überleben sichern würde, stand in den Sternen.

So ging es den Vormittag über weiter. Nur selten gab es Lichtblicke und halbwegs gesunde Kinder. Die meisten hatten irgendwelche Krankheiten. Auch Unsauberkeit war ein Thema. Es fehlte ja auch an Waschpulver und Seife. Inzwischen gab es in der Stadt mehrere Entlausungsstationen für die Bevölkerung. Luise selbst war Gott sei Dank noch nicht von einem Befall betroffen, aber als sie sah, wie es auf dem Kopf eines blonden Mädchens wuselte, begann sie sich sofort zu kratzen. Am Ende der Sprechstunde konnte sie nicht sagen, wie oft sie den Müttern erklärt hatte, dass Essig gegen die Läuse half. Eine von ihnen meinte, sie würden jede Woche beinahe darin baden, doch die Viecher seien einfach nicht totzukriegen oder kämen immer wieder. Sowohl in den Munitionsfabriken als auch den Schulen und Krippen waren sie verbreitet. In den eigenen vier Wänden erst recht. Brachte ein Geschwisterkind sie mit, hatten alle sie. Da half dann auch der beste Essigwickel nichts mehr.

Als Frieda um kurz nach drei die Tür der Wohnung schloss und den restlichen Wartenden, es waren noch mehr als zwei Dutzend, mitteilte, dass die Sprechstunde für heute leider beendet sei, sank Luise auf einen Stuhl neben der Untersuchungsliege und ließ erschöpft die Schultern hängen.

»Was für ein Tag«, sagte sie. »Was für ein Elend. Manchmal frage ich mich, weshalb wir die Kinder überhaupt noch auf diese Welt holen, wenn sie danach doch alle krank werden und sterben.«

»Weil das Leben niemals aufgibt«, antwortete Frieda. »Und weil schon immer Kinder geboren wurden. So ist das nun einmal, und wir können daran nichts ändern. Und irgendwann werden auch wieder bessere Zeiten kommen. Das weiß ich. Und jetzt müssen wir flott aufräumen. Ich habe in einer halben Stunde noch einen Vortrag über die Säuglingspflege für die Schülerinnen.«

»Ich kann auch allein aufräumen«, bot Luise an. »Natürlich nur, wenn du mir erlaubst, dem Vortrag fernzubleiben.«

Frieda sah von ihr zu Günter, der gerade damit beschäftigt war, letzte Eintragungen in die Akten zu machen. Sie ahnte, woher der Wind wehte, sagte jedoch nichts. Sie war neben Margot und Edith die Einzige in der Klinik, die von der Beziehung wusste. Und sie würde einen Teufel tun und Luise verraten. Gerade Luise hatte es so was von verdient, sich einen Arzt zu angeln. Obwohl eine gute Hebamme damit an die Ehe verloren gehen würde. Aber so war nun einmal der Lauf der Zeit. Junge Mädchen verliebten sich und heirateten. Wenn die Männer nicht gerade im Feld starben. Sie musste ihn festhalten, solange sie noch konnte.

»Von mir aus«, sagte Frieda. »Weißt ja eh schon alles, was man wissen muss. Wenn es nach *mir* ginge, würde ich dir die letzten Monate der Ausbildung erlassen und dir sofort alle Zeugnisse ausstellen. Aber mich fragt so etwas ja niemand.« Sie grinste.

»Weil du alt bist«, antwortete Luise und stieß sie in die Seite.

»Ich sehe das ähnlich«, mischte sich Günter in das Gespräch ein. »Sie ist eine hervorragende Hebamme. Aber Regeln sind nicht dazu geschaffen worden, sie zu brechen. Eine Hebamme braucht ein anständiges Zeugnis, um diesen Beruf ausüben zu können. Und das ist auch richtig so. Sonst könnte doch am Ende jeder kommen und behaupten, er hätte schon mal ein Kind auf die Welt geholt.«

»Und außerdem lerne selbst ich im Unterricht des Herrn Professor noch viele Dinge dazu. Es ist schon gut, wie es ist«, fügte Luise hinzu.

»Wenn ihr meint«, antwortete Frieda und schlüpfte in ihren Mantel. »Dann sehen wir uns also später in der Klinik, spätestens zum Abendbrot.« Sie nahm ihre Tasche und ging.

Als sich die Tür hinter ihr schloss, legte Günter die Arme um Luise und sagte: »Jetzt hab ich dich endlich wieder ganz für mich allein. Und ich muss dir leider mitteilen, dass das mit dem Abendessen in der Klinik heute nichts wird. Ich wollte dich in ein kleines Lokal in der Nähe des Gendarmenmarktes ausführen. Aber nur, wenn es dir recht ist.«

»Und ob mir das recht ist«, antwortete Luise lächelnd und küsste ihn auf die Lippen. Er erwiderte den Kuss und zog sie enger an sich. Seine Arme umschlossen sie ganz fest, die Haare seines Oberlippenbartes kitzelten ihre Wange. Luise spürte dieses wunderbare Gefühl von Wärme und Geborgenheit in sich, das all ihren Kummer abschüttelte.

Er war derjenige, der den Kuss beendete. Sie legte ihre Schürze und die Haube ab, prüfte ihr Haar noch einmal in einem kleinen

Spiegel, der neben der Tür an der Wand hing, dann verließen auch sie den Raum.

Auf der Straße empfingen sie kühle Luft und ein bedeckter Himmel. Die Straßenbahn brachte sie zur Ringbahn. Gerade so erreichten sie noch eine bereitstehende Bahn und drängten sich zwischen die vielen im Mittelgang stehenden Fahrgäste. Sie fuhren bis zum Bahnhof Friedrichstraße und legten den kurzen Weg zum Gendarmenmarkt zu Fuß zurück. Luise konnte sich noch gut daran erinnern, wie es gewesen war, als sie diesen beeindruckenden Platz zum ersten Mal gesehen hatte. Der Französische und der Deutsche Dom faszinierten sie genauso wie das zwischen ihnen stehende Königliche Schauspielhaus. Was für eine verschwenderische Pracht diesen Platz doch erfüllte, welch großartige Baumeister es doch gewesen sein mussten, die diese Gebäude errichtet hatten. Ihre Oma wäre aus dem Staunen vermutlich gar nicht mehr herausgekommen. Jedes Mal, wenn sie diesen Platz betrat, dachte Luise an sie. So gern hätte sie ihr dies alles gezeigt. Den Gendarmenmarkt, den Reichstag und den Berliner Dom. Sie hätte mit ihr eine Schifffahrt auf der Spree gemacht, wäre mit ihr gemeinsam durchs Brandenburger Tor flaniert. *Da würde ich schon gern mal durchlaufen*, hatte sie einmal zu ihr gesagt. *Und den Kaiser sehen. Das wäre schon was. Ihm zuwinken, wenn er in der Kutsche an einem vorüberfährt*. Doch längst fuhr der Kaiser nicht mehr mit Kutschen durch die Stadt, und niemand winkte mehr mit Fähnchen wie noch zum Sedanstag. Am Brandenburger Tor gab es heute Demonstrationen und Aufmärsche der Kriegsgegner, Straßenschlachten mit Schutzmännern und Festnahmen. Der Glanz der Kaiserzeit verglomm inmitten des Kriegsgeschehens.

»Ich habe ein wenig geschwindelt«, sagte Günter und blieb mitten auf dem Gendarmenmarkt stehen. »Wir gehen natürlich in das Lokal. Sagen wir, ich habe dir etwas verschwiegen. Ich wollte dir noch etwas zeigen. Nennen wir es eine Überraschung.«

Luise sah ihn verwundert an.

»Und ich hoffe, sie gefällt dir. Sie liegt gleich dort drüben in dem weiß getünchten Haus.« Er wartete ihre Antwort nicht ab, sondern nahm ihre Hand und zog sie mit sich. »Solch eine Gelegenheit wie diese bekommt man nicht alle Tage. Sie bedeutet mir viel, und deshalb hätte ich dich gern an meiner Seite.«

Sie überquerten die schmale Straße und erreichten das Gebäude. Neben dem Hauseingang war das Schild eines Frauenarztes angebracht. Hier praktizierte ein Dr. Friedrich Mersebauer. Günter drückte auf einen Klingelknopf neben der aus massiver Eiche gefertigten und mit Ornamenten verzierten Eingangstür. Der Türsummer ging an, und sie traten in ein helles Treppenhaus, dessen Boden schwarz-weiß gefliest war. Luise sah sich mit großen Augen um. Es roch nach Bohnerwachs und Putzmittel, irgendwas mit Zitrone. Wenn sie da an die Flure und Treppenhäuser in Neukölln dachte ... Selbst diejenigen in den besseren Häusern konnten mit diesem hier nicht mithalten. Die Arztpraxis lag im Erdgeschoss, und schon der Empfangsbereich beeindruckte Luise mit seiner Eleganz. Gemälde, die Landschaftsszenen zeigten, hingen an den weiß gestrichenen Wänden. Die hohe Decke war mit Stuck verziert. Der Parkettboden war auf Hochglanz poliert und mit schimmerndem, lachsfarbenem Stoff gepolsterte Stühle luden zum Verweilen ein.

Sie wurden von einer brünetten Frau mittleren Alters begrüßt, die ein dunkelblaues Samtkleid trug und überhaupt nicht wie eine Arzthelferin aussah. »Ah, der Herr Doktor Berger«, sagte sie mit einem Lächeln. »Wie schön, Sie so schnell wiederzusehen. Sie haben eine Begleitung mitgebracht. Wie nett.« Luise bekam einen gefällig wirkenden Blick ab, der alles sagte. Die Dame schien sie für vollkommen überflüssig zu halten. »Der Herr Professor wird sich freuen, Sie zu sehen. Bitte folgen Sie mir.« Sie kam hinter dem Tresen hervor und bedeutete ihnen, ihr zu folgen. Es ging den Flur entlang zu einer am Ende liegenden Tür. Die junge Frau klopfte kurz an und öffnete sie. Sie kündigte sie an und bedeutete ihnen danach, dass sie eintreten könnten.

Luise folgte Günter schüchtern in den Raum, der sich als geräumiges Büro entpuppte. Bücherregale säumten die Wände. Spitzengardinen hingen vor zwei großen Fenstern, die von bodenlangen Vorhängen aus dunkelblauem Brokatstoff umrahmt wurden.

Dr. Friedrich Mersebauer war ein älterer Herr mit weißem, schütterem Haar und einer Nickelbrille auf der Nase, der hinter einem dunkel gebeizten Schreibtisch saß und gerade ein Telefonat führte. Er winkte sie eifrig heran. Nachdem er das Gespräch beendet hatte, erhob er sich, kam ihnen mit einem Lächeln entgegen und schüttelte Günter kräftig die Hand. Dann begrüßte er Luise, die Günter als eine Freundin vorstellte. Sie erkannte Verwunderung in seinem Blick.

»Fräulein Mertens stammt aus Ostpreußen«, erklärte Günter. »Sie absolviert gerade eine Ausbildung zur Hebamme in unserer Frauenklinik.«

»Wie schön. Also sind Sie ja quasi vom Fach«, sagte der Arzt hocherfreut und schüttelte Luise noch einmal die Hand, dieses Mal etwas kräftiger. Dann wandte er sich erneut Günter zu und fragte: »Deute ich deinen plötzlichen Überfall richtig?«

»Sagen wir mal: Ich habe großes Interesse daran, die Praxis zu übernehmen. Die Lage wäre perfekt und dazu noch das Angebot mit der herrlichen Wohnung im Haus. Besser könnte es nicht sein.« Er sah zu Luise, die zu begreifen begann. Günter wollte die Klinik verlassen und sich als Arzt niederlassen. »Aber du hast gewiss mehrere Interessenten. Bei dieser Ausstattung und Lage, dazu die gut betuchte Kundschaft.«

»Weniger, als du denkst«, antwortete Mersebauer und deutete auf eine am Fenster stehende Sitzgruppe. Sie nahmen Platz, und als hätte sie nur auf diesen Moment gewartet, erschien die Frau vom Empfangstresen mit einem Tablett in Händen, auf dem eine mit Wasser gefüllte Karaffe und drei Gläser standen. Sie füllte die Gläser und entfernte sich wieder.

Luise sah ihr nach. Am liebsten hätte sie mit der Frau den Raum verlassen. Sie fühlte sich unwohl. Was bezweckte Günter damit, sie bei diesem Gespräch dabeizuhaben? Hier ging es offensichtlich um etwas Geschäftliches unter Männern. Am liebsten wäre sie aufgestanden und hätte sich mit einem Vorwand entschuldigt. Doch sie brachte es nicht fertig. Also griff sie nach ihrem Glas und nippte daran.

Dr. Merseburg fuhr fort. »Als meinen Nachfolger akzeptiere ich nur die wenigsten, wie du weißt. Du hast es bereits angesprochen. Die Kundschaft ist gut betucht und hat gehobene Ansprüche. Sie muss sich bei einem Arzt in den besten Händen fühlen. Da ist häufig Fingerspitzengefühl gefragt. Besonders bei den Damen.« Er sah zu Luise und lächelte. Sie lächelte zurück. »Ich kenne dich schon dein ganzes Leben«, sprach er weiter. »Dein Vater und ich drückten gemeinsam die Schulbank, wie du weißt. Ich bin ihm zu Dank verpflichtet, weshalb, ist heute nicht mehr relevant. Aus dir ist ein tüchtiger Frauenarzt geworden, der trotz seines Könnens das Herz am rechten Fleck hat. Dies bestätigte mir erst neulich bei einem Zusammentreffen auch wieder Professor Hammerschlag. Er betonte mehrfach, dass er auf dich als Arbeitskraft nicht mehr verzichten könne. Er schien bereits zu ahnen, woher der Wind weht.« Er machte eine kurze Pause, dann sagte er: »Aber ich rede wieder zu viel. Mein Angebot hast du bereits erhalten, und du bist gewiss zu mir gekommen, um mir deine Antwort mitzuteilen.« Er sah von Günter zu Luise. »Nur was das junge Fräulein hier soll, musst du mir noch erklären.«

»Sie soll meine Partnerin werden«, sagte Günter.

»Sie soll *was*?«, fragte Mersebauer verdutzt.

Auch Luise sah Günter verwundert an. Wie kam er denn auf *die* Idee?

»Meine Partnerin werden«, wiederholte Günter. »Luise Mertens ist eine hervorragende Hebamme, die die Frauen großartig in Geburtsangelegenheiten betreut. Ich schätze ihre Arbeit bereits jetzt sehr und würde sie gern in der Praxis als freie Hebamme arbeiten lassen, die mit mir zusammen die Patientinnen betreut.«

»Aber gerade eben war sie doch noch eine Schülerin«, sagte Mersebauer.

»Das ist sie auch noch«, antwortete Günter. »Aber sie ist in Ostpreußen bei ihrer Großmutter, einer ortsansässigen Hebamme, aufgewachsen und mit der Arbeit einer Hebamme mehr als nur vertraut. Sie kennt diese Tätigkeit von der Pike auf. Die Ausbildung in der Klinik erfolgt nur noch, damit sie die notwendigen Papiere bekommt, um als Geburtshelferin tätig sein zu dürfen.«

Günter sah zu Luise, die zu keiner Reaktion fähig war. Sie war wie erstarrt. Was tat er da nur? Er schmiedete Pläne hinter ihrem Rücken und wollte eine Praxis übernehmen, ohne sie gefragt zu haben. Sie fühlte sich übergangen und bloßgestellt. Was ging es diesen ihr unbekannten Mann an, woher sie kam und was in Ostpreußen gewesen war? Wut stieg in ihr auf, und sie hatte Mühe, sie unter Kontrolle zu halten.

»Ich weiß nicht, ob die Damen eine Hebamme in dieser Form akzeptieren werden«, antwortete Mersebauer. »Eine solche Kombination gibt es in ganz Berlin nicht. Schmälert diese nicht das Ansehen des Arztes? Und was sollen die Leute denken? Ein lediger Arzt arbeitet mit einer Hebamme zusammen, mit einer Frau. Es könnte schnell Gerede geben. Ich denke nicht, dass es eine kluge Idee wäre, dies so umzusetzen.«

»Und wenn die Hebamme meine Frau wäre?«, fragte Günter plötzlich.

Luises Augen wurden groß. Jetzt redete er auch noch vom Heiraten. Ja war er denn vollkommen verrückt geworden? Sie wusste noch nicht einmal, ob sie nach der Ausbildung in Neukölln bleiben wollte. Was bildete er sich ein, sie so zu überrumpeln? Und überhaupt: Sah so ein romantischer Heiratsantrag aus? War so etwas romantisch? Oma hatte immer gesagt, die Ehe hätte nichts mit Romantik zu tun. Geheiratet würde aus praktischen oder finanziellen Gründen, und bei den feinen Herrschaften wären es oftmals dynastische. Hier lag wohl keiner dieser Gründe vor. Sie sah ihn an. Er grinste sie an wie ein Lausbub, der etwas ausgefressen hatte. Ihre Wut schmolz dahin.

»Deine Frau«, sagte der Arzt. »Ja, wenn das so ist ... Das könnte gehen. Die Frau Doktor. Dann wäre das natürlich etwas anderes, wenn auch ungewöhnlich. Aber wir leben in anderen Zeiten, nicht wahr? Die Welt scheint im Umbruch. Wieso sollte dann nicht auch eine solche Zusammenarbeit möglich sein? Ich werde darüber nachdenken, mein Freund.«

»Tu das«, antwortete Günter und erhob sich. Er nahm demonstrativ Luises Hand.

»Die Dame«, er neigte vor Luise kurz den Kopf, »es hat mich gefreut, Ihre Bekanntschaft gemacht zu haben. Ich hoffe, wir sehen uns bald wieder.«

Günter legte den Arm um Luise, während sie den Raum verließen. Am Empfangstresen war niemand, als sie daran vorbeiliefen. Günter schloss die Tür zur Arztpraxis hinter sich und sah Luise erwartungsvoll an. »Ich weiß, das da drin kam ein wenig plötzlich. Aber es schien mir ein guter Weg zu sein, um dir zu zeigen, wie ernst es mir ist. Ich will dich heiraten, Luise Mertens, und mein Leben mit dir verbringen. Und wie du nun weißt, wirst du wegen unserer Ehe deine Tätigkeit als Hebamme nicht aufgeben müssen.«

Luise wusste nicht, was sie antworten sollte. In ihrem Kopf wirbelten die Gedanken nur so durcheinander. Heiraten, diese tolle Praxis, als Hebamme arbeiten, Ostpreußen, das Haus ihrer Oma. Sie wollte doch eigentlich zurückgehen. Oder doch nicht? »Ich weiß nicht«, sagte sie zögerlich.

»Es war zu viel, oder?«, fragte er.

»Vielleicht ein wenig«, antwortete sie.

»Bedenkzeit?«, fragte er.

Sie nickte, gleich würde sie losheulen. Sie musste hier weg, irgendwohin, wo sie mit sich allein sein und ihre Gedanken ordnen konnte. »Sei mir nicht böse«, sagte sie und spürte die aufsteigenden Tränen, »aber ich muss darüber erst noch eine Weile nachdenken.« Sie drückte ihm einen raschen Kuss auf die Wange, dann ließ sie ihn stehen. Sie lief über den Gendarmenmarkt, ohne zurückzublicken, und erreichte eine Nebenstraße. Aus einer Kneipe drang russisch klingende Musik nach draußen, einige Männer sangen den Text lautstark mit. Sie waren gewiss russische Kriegsgefangene, die den Frieden von Brest-Litowsk feierten, der ihnen die Freiheit geschenkt hatte. Ein Mann kam aus der Kneipe, torkelte auf Luise zu und wollte sie in den Arm nehmen. Er lallte irgendetwas, sie verstand es nicht, wich ihm aus und beschleunigte ihre Schritte. Ein Stück weiter erreichte sie die Haltestelle der Straßenbahn und ergatterte wenig später in der Bahn einen Fensterplatz.

Was soll ich jetzt nur tun?, fragte sie sich und blickte auf die vorbeihuschenden Häuser der Stadt, die in der abendlichen Dämmerung versanken.

Er wollte sie heiraten und bot ihr ein gutsituiertes Leben, bot ihr eine Zukunft, nicht nur als Ehefrau, sondern auch als Hebamme. Sie sollte glücklich sein, dankbar, doch sie war es nicht. Sie dachte an Eckersberg, an das alte Häuschen, an ihre Oma davor auf der Bank in der Sonne. Sie dachte daran, wie oft sie den Sonnenaufgang über den Feldern beobachtet hatte. Zu jeder Jahreszeit war er schön gewesen. Wenn sie Günters Antrag annahm, würde sie ihn vermutlich niemals wiedersehen. Eckersberg war ihr Zuhause. Wollte sie dieses Leben wirklich aufgeben? Sollte sie ihre Heimat und die Menschen dort tatsächlich im Stich lassen? Oder sollte sie nun an sich denken? Wenn ihre Oma nur bei ihr wäre. Was würde sie ihr raten? Ach, wie sehr wünschte sie sich doch, sie könnte ihr schreiben und auf eine Antwort von ihr hoffen. Oma hatte ihr stets den richtigen Rat gegeben. Doch niemals wieder würde ein Brief von ihr eintreffen.

In der Frauenklinik angekommen, traf sie Margot in ihrem Zimmer an. Sie war gerade dabei, sich für die Nachtschicht umzuziehen. Margot sah Luise verwundert an. »Du bist aber früh zurück. Ich dachte, Günter wollte dich zum Essen ausführen.« Sie musterte Luise genauer. »Hast du geweint? Was ist vorgefallen?«

»Er hat mir einen Heiratsantrag gemacht«, antwortete Luise und sank auf ihr Bett.

»Aber das ist doch wunderbar«, antwortete Margot und setzte sich neben sie.

In diesem Moment trat Edith ein und sah die beiden verwundert an.

»Günter hat Luise einen Antrag gemacht«, beantwortete Margot die unausgesprochene Frage.

»Oh, wie schön«, erwiderte Edith. Sie sah zu Luise. »Oder ist es das etwa nicht?«

»Doch, natürlich ist es das. Aber ich hatte mir das anders vorgestellt, romantischer.«

»Wie hat er den Antrag denn gemacht?«, fragte Margot.

Luise erzählte in knappen Worten, was sich zugetragen hatte. Nachdem sie fertig war, herrschte für einen Moment Schweigen.

»Romantisch ist das wirklich nicht«, sagte Edith.

»Das mag sein«, antwortete Margot. »Vielleicht hat er auf andere

Dinge eben mehr Wert gelegt. ›Von Romantik kannste dir nix kaufen‹, hat meine Tante Jule mal gesagt. Er wollte ihr eben zeigen, dass sie ein sicheres Leben erwartet. Und eine Praxis in der Gegend ist wirklich beeindruckend. Also ich wäre ihm an deiner Stelle um den Hals gefallen.«

»Hm«, erwiderte Luise. So ganz überzeugten Margots Worte sie nicht, obwohl sie Sinn ergaben. So etwas Ähnliches hatte ihre Oma auch schon mal gesagt. Trotzdem fühlte sie sich vor den Kopf gestoßen.

»Und nun?«, fragte Edith.

»Ich weiß es nicht«, erwiderte Luise. »Ich bin fortgelaufen. Am Ende ist er jetzt sauer auf mich. Er gibt sich Mühe und plant eine Überraschung, und ich würdige diese gar nicht.«

»Also *ich* wäre sauer«, erwiderte Margot und stand auf. »Aber Wut ist Gott sei Dank etwas, was schnell verraucht. Du wirst sehen, das renkt sich bestimmt alles wieder ein. Er liebt dich doch.« Sie kontrollierte noch einmal den Sitz ihrer Schwesternhaube im Spiegel, dann verabschiedete sie sich. In fünf Minuten begann ihre Schicht auf Station, und sie wollte nicht unpünktlich sein.

Edith blieb bei Luise. Eine Weile sagte keine von beiden etwas, dann fragte sie: »Wollen wir ins Kino gehen? Das bringt dich auf andere Gedanken.«

»Meinetwegen«, antwortete Luise.

»Fein«, sagte Edith und sprang auf. »Da läuft so ein neuer Film im Prinzess-Theater. Wenn wir uns beeilen, schaffen wir es noch zur Acht-Uhr-Vorstellung und kriegen auch noch gute Plätze.« Sie öffnete ihren Kleiderschrank und fügte hinzu: »Ich leihe dir auch ein Kleid.«

Luise nickte und zwang sich zu einem Lächeln. Bestimmt hatte Margot recht. Er liebte sie. Ach, wäre sie doch nur nicht weggelaufen.

28

Edith rollte ihr blondes Haar am Hinterkopf auf und steckte es mit Haarnadeln fest. Dann zog sie einige Strähnen an den Seiten wieder heraus, damit die Frisur nicht zu streng wirkte. Sie betrachtete sich im Spiegel und überlegte, noch etwas Rouge aufzulegen, damit sie nicht zu blass erschien. Lippenstift könnte auch nicht schaden.

Die Zimmertür öffnete sich, und Luise trat ein. Sie wirkte abgehetzt und nestelte hektisch an ihrem Schürzenband. »Ich weiß, ich weiß. Ich bin zu spät«, sagte sie. »Ich dachte schon, der Bengel von Frau Lindemann will gar nicht mehr auf die Welt kommen. Meine Güte, was hat sich die arme Frau gequält. Dreißig Stunden Wehen. Bewundernswert, wie gut sie durchgehalten hat. Der Knabe wiegt acht Pfund und hat einen riesengroßen Kopf. Ein Wunder, dass sie ihn herausgebracht hat. Den Rest verschweige ich euch besser. Wir haben Feierabend.« Sie warf ihre Schürze und ihre Haube aufs Bett und öffnete ihre Schranktür. »Und du denkst wirklich, ich kann da mit einem einfachen Rock und einer Bluse hingehen?«

»Das habe ich auch schon gefragt. Edith meinte jedoch, es wäre kein Problem«, sagte Margot und knüpfte ihre graue Bluse zu, die sehr schön zu ihrem schlichten, dunkelblauen Rock passte.

»Überhaupt nicht«, antwortete Edith. »Das Musiktheater Gerber ist nun wirklich keine noble Adresse. Wir sind schließlich in Neukölln und nicht in Unter den Linden. Aber wenn ihr wollt, könnt ihr euch gerne was von mir leihen. Margot, wie wäre es mit einer Brosche? Und du, Luise, kannst gern meine rosafarbene Spitzenbluse tragen. Die würde hervorragend zu deinem braunen Rock passen. Und wollen wir uns die Haare hübsch machen? Und etwas Lippenstift und Tusche für die Augen. Oh, es wird wunderbar werden, was meint ihr?« Sie klatschte freudig in die Hände.

»Das wird es«, antwortete Luise und nahm die Bluse von Edith entgegen. »Da ist Elfi wirklich eine Überraschung gelungen.«

»Ja, es ist so lieb von ihr, dass sie uns Freikarten hat zukommen lassen«, sagte Margot.

»Und dann gleich drei Stück.« Luise knöpfte die Bluse zu. »Sie hätte ja nur dir eine schicken können. Immerhin warst *du* mit ihr eng und nicht wir.« Sie sah zu Edith.

»Sie weiß doch, wie gut wir befreundet sind«, antwortete diese, während sie großzügig Rouge auf ihren Wangen verteilte. »Und allein kann ich ja wohl schlecht in ein Musiktheater gehen. Wie sieht das denn aus? Als wäre ich eine alte Jungfer.«

»Und was sind wir dann heute Abend?«, fragte Margot. »*Drei* alte Jungfern?«

Edith zog eine Grimasse. »Ihr wisst doch, wie ich das meine. Es schickt sich nicht für eine Frau, abends allein auszugehen.«

»Männer, die mitgehen könnten, haben wir ja keine«, bemerkte Margot. Sofort musste sie an Richard denken. Er mochte Musiktheater. Aber er war ein Revolutionär, und er hatte sie einfach so in einer Kneipe sitzen gelassen. Seit diesem Abend hatte es kein Wiedersehen mehr gegeben. Insgeheim hoffte sie darauf. Es fühlte sich schlecht an, sich im Streit von ihm getrennt zu haben. So etwas hatte es nie zuvor gegeben. Aber sie war fest davon überzeugt, dass der erste Schritt zur Versöhnung von *ihm* kommen müsse. Schließlich war *er* derjenige gewesen, der sich ungebührlich verhalten hatte.

Edith hatte währenddessen zu Luise geblickt. Ihre Miene war ausdruckslos. Günter Berger wäre die perfekte männliche Begleitung für den heutigen Abend gewesen. Doch seit seinem Heiratsantrag bemühte sich Luise, ihm aus dem Weg zu gehen, was nicht immer gelang. Seine Blicke sagten alles. Er litt darunter, dass sie ihm keine Antwort gab.

Sie wusste immer noch nicht, was sie wollte. Ein weiterer Brief aus Ostpreußen war eingetroffen. Darin wurde sie gefragt, wann sie denn nun käme und was mit dem Haus wäre. Sie hatte ihn in ihre Nachttischschublade verbannt. Ihr fehlte im Moment einfach der Mut für eine Entscheidung und ein klärendes Gespräch. Eine Stimme in ihr sagte, dass Eckersberg ihr Zuhause war. Viele der Einwohner waren Freunde, beinahe ihre Familie. Dorthin gehörte sie, nicht nach Neukölln oder Berlin. Andererseits liebte sie Günter von ganzem Herzen, und sein Angebot klang verlockend. Eine Praxis am Gendarmenmarkt, und sie würden im selben Haus in einer geräumigen Wohnung wohnen, sogar Personal haben. Sie und Personal, das musste man sich mal vorstellen. Nie im Leben hätte sie gedacht, sich jemals eine Köchin oder gar ein Kindermädchen leisten zu können. Je länger sie sich die Zukunft mit Günter in Berlin ausmalte, desto stärker trat Eckersberg in den Hintergrund, dann wieder holte sie das schlechte Gewissen ein. Das Erbe ihrer geliebten Oma einfach so aufgeben? Sie brachte es noch immer nicht fertig, Günters Antrag anzunehmen.

»Kennt jemand das Stück, das heute Abend aufgeführt wird?«, riss Margot sie aus ihren Gedanken.

»Ich kenne es bereits. Es ist eine Posse mit dem Namen Filmzauber. Es ist früher im Berliner Theater in Kreuzberg aufgeführt worden. Meine Tante wohnte damals in Kreuzberg, und sie hat uns an ihrem sechzigsten Geburtstag dorthin eingeladen. Es ist sehr lustig. Ihr werdet euren Spaß haben.«

»Und unsere Elfi spielt die Hauptrolle.«

»So steht es im Programm, das sie mitgeschickt hat«, sagte Edith. »Etwas anderes hätte ich auch nicht von ihr erwartet. Wenn sie eine Rolle annimmt, dann die Hauptrolle. Wie konnte ich nur jemals annehmen, sie würde sich mit einer Anstellung in der Volksküche zufriedengeben?« Während sie weitersprach, griff sie nach Margots Locken. »Mit deinem Haar müssen wir noch etwas machen. So zerrupft kannst du unmöglich rumlaufen.«

Margot betrachtete sich im Spiegel. Sie hatte ihr halblanges, gewelltes Haar hochgesteckt, doch einige Strähnen hatten sich aus der Frisur geschlichen. »Diese störrischen Haare machen immer, was sie wollen«, murrte sie.

»Heute Abend bekommen wir sie gebändigt«, antwortete Edith. »Lass mich nur machen.« Sie löste Margots Haar, bürstete es durch und zauberte im Nu eine neue Frisur.

Begeistert drehte Margot sich vor dem Spiegel. Nun waren die kurzen Strähnen an der Seite mit Klammern am Hinterkopf festgesteckt, und das restliche Haar war offen.

Luise bekam noch etwas Rouge auf die Wangen, gegen Lippenstift wehrte sie sich.

Dann schlüpften sie in ihre Mäntel und machten sich auf den Weg zum Richardplatz. Als sie dort ankamen, waren die runden Tische, die den nicht sonderlich großen Publikumssaal ausfüllten, beinahe vollständig besetzt. Luise und Margot sahen sich mit großen Augen um. Die Wände, an denen kleine Lampen mit weißen Schirmen hingen, waren mit Holz verkleidet. Auf den Tischen brannten Kerzen in bauchigen Glasvasen. Ein Klavier stand in der Ecke neben der Bühne, an dem ein älterer Herr mit Zylinder saß und Salonmusik spielte. Ein Kronleuchter hing von der Decke, dessen Glassteine im Licht der Lampen und Kerzen funkelten. Es roch nach Tabak und Parfüm. Ein befrackter Ober führte sie zu einem der Tische in der ersten Reihe. Der Boden war mit einem weinroten Plüschteppich ausgelegt. Margot empfand es als sonderbar, darüberzulaufen. Es schien, als verschlucke er ihre Schritte. Die Bühne war noch nicht einsehbar, ein dunkelblauer Vorhang verdeckte die Sicht. Der Ober kam und erkundigte sich nach ihren Getränkewünschen. Edith orderte eine Flasche Weißwein und drei Gläser.

»Wir müssen schließlich auf die Hauptrolle von Elfi anstoßen«, sagte sie, als der Ober außer Hörweite war. »Und das geht auf gar keinen Fall mit Gänsewein.«

»Wer wohl auf die Kleine aufpasst, während sie auf der Bühne steht?«, fragte Luise.

»Irgendjemand wird sich schon gefunden haben«, sagte Edith und zuckte mit den Schultern. »Wie ich Elfi kenne, tanzen in diesem Haus längst alle nach ihrer Pfeife.«

Alle lachten. Der Ober kam, brachte den Wein und füllte ihn in die Gläser.

Margot, die selten Wein trank, hatte Mühe, nicht das Gesicht zu verziehen. Besonders viel hatte sie dem Getränk noch nie abgewinnen können. Sie mochte lieber Bier. Aber um Edith nicht zu kränken, würde sie das Glas leeren und zur Not auch noch ein zweites trinken.

Es dauerte nicht lange, bis sich der Vorhang hob und die Vorstellung begann. Elfi spielte die Geheimratstochter Fränzi Pappendieck, die den Filmproduzenten, Autor und Schauspieler Adalbert Musenfett vergötterte. Um ihm nahezukommen, bewarb sie sich um eine Rolle in seinem neuesten Historienfilm: *Napoleon und die Müllerstochter*. Der Star dieses Films war eine rassige Italienerin, die jedoch kein Deutsch sprach, was zu vielen komischen Missverständnissen führte, die das Publikum zum Schmunzeln brachten. Fränzi gab sich als Junge aus und wurde als Trommler engagiert. Durch eine Intrige erhielt sie die Hauptrolle, doch Musenfett glaubte weiterhin, sie sei ein Junge. Als ihr Vater sie erkannte und den Kinostart des Films aufhalten wollte, musste Fränzi ihre Maske fallen lassen. Musenfett verliebte sich in sie, und es wurden Heiratspläne geschmiedet. Das Ensemble spielte das Stück lustig, die Lieder waren eingängig und fröhlich, und durch die vielen Irrungen und Wirrungen blieb es bis zum Schluss unterhaltsam. Edith, Luise und Margot waren besonders von Elfis Auftritt begeistert. Wie gut sie doch singen und schauspielern konnte. Was für ein Talent! Plötzlich fühlten sie sich ganz besonders, weil sie auf Einladung dieser großartigen Hauptdarstellerin hier sein durften. Luise dachte daran, wie sie Elfi zum ersten Mal begegnet war. Das war im Sterilisationsraum gewesen. Damals war Luise noch sehr distanziert gewesen. Die Hausschwangeren galten oftmals als gefallene Mädchen, etliche von ihnen waren sogar Prostituierte. Luise hatte eine Weile gebraucht, um sich diesen Frauen ohne Vorbehalte nähern zu können. Doch dann hatte sie begonnen zuzuhören und verstanden, dass sich viele von ihnen aus der Not heraus prostituiert hatten. Der Krieg hatte viele Gesichter. Das Schicksal der Frauen an der Heimatfront war eines davon. Auch Elfi Graf galt in der Gesellschaft als gefallenes Mädchen. Die unverheiratete Schauspielerin, nun auch noch Mutter eines Kindes, würde es niemals leicht im Leben haben. Doch sie schien sich nicht unterkriegen zu lassen. Und sie machte das, was sie am besten konnte: Sie unterhielt das Publikum und brachte ein wenig Fröhlichkeit in ihren entbehrungsreichen Alltag.

Als die Darsteller nach Beendigung der Aufführung zusammen auf die Bühne traten, um sich zu verbeugen, hielt es niemanden im Raum mehr auf seinem Platz. Es wurde geklatscht, gejubelt und um eine Zugabe gebeten, die jedoch leider nicht geboten wurde. Elfi strahlte über das ganze Gesicht und winkte ihnen zu. Als der Vorhang endgültig fiel, wurde es in dem kleinen Theatersaal schnell ruhig, und es dauerte nicht lange, bis die ersten Besucher um die Rechnung baten. Ein Ober trat näher und teilte ihnen mit, dass Elfi sie gern in ihrer Garderobe begrüßen würde. Die drei folgten dem Mann durch eine Seitentür aus dem Saal. Es ging durch ein enges, heruntergekommenes Treppenhaus. Es roch muffig, und in den

Ecken hingen Spinnweben. Sie passten kaum alle auf einmal in den kleinen Raum, den der Ober hochtrabend als Garderobe bezeichnet hatte. Ein schmaler Holztisch diente als Schminktisch, darüber hing ein Spiegel. Drei der ihn umgebenden Lampen waren ausgefallen. Gegenüber dem Tisch stand das Bett, daneben ein Einbauschrank, an dem Elfis Kostüm hing. Sie selbst trug einen Morgenmantel aus grauer Baumwolle, ihr Haar, das während der Vorstellung unter einer blonden Lockenperücke verschwunden war, war noch streng nach hinten gekämmt und hochgesteckt. Sie hatte ihre kleine Tochter im Arm und begrüßte sie auf ihre ganz eigene Elfi-Art.

»Da sind ja meine Hebammen-Freundinnen. Lasst euch von der Unordnung nicht stören. Das übliche kreative Chaos eben. Ihr versteht schon.« Sie machte eine ausladende Handbewegung über den Schminktisch, auf dem tatsächlich ein großes Durcheinander herrschte. Neben den kreuz und quer liegenden Schminkutensilien standen ein Teller mit einigen Krümeln darauf, eine halbvolle Weinflasche und eine Kaffeetasse mit einer Macke am oberen Rand. »Ich weiß, der Glanz der Bühne erlischt spätestens im Treppenhaus, aber so ist das nun einmal. Ist in den großen Häusern nicht anders. Alles Illusion.« Sie lächelte.

Edith empfand ihre aufgesetzte Fröhlichkeit als gequält. Oder bildete sie sich das nur ein? Eben noch war Elfi der Star auf der Bühne gewesen, nun wirkte sie wie ein Schatten ihrer selbst.

»Wie geht es euch, meine Lieben? Wie hat euch die Vorstellung gefallen? Was macht die Klinik? Läuft der Schuppen ohne mich überhaupt noch?« Sie bedeutete ihnen, sich aufs Bett zu setzen.

Margot schob die sich darauf befindende Kleidung zur Seite, und die drei nahmen Platz. Einen Moment lang herrschte eine sonderbare Stille im Raum.

Luise war diejenige, die sie brach. »Wir waren ganz überrascht, als deine Einladung kam. Wir wähnten dich in der Volksküche.«

»Dort war ich auch«, antwortete Elfi. Sie legte die kleine Paula, die inzwischen eingeschlafen war, in einen mit Decken ausgepolsterten Wäschekorb, der neben ihr auf einem Hocker stand, und zündete sich eine Zigarette an. »Wollt ihr auch eine?«, fragte sie in die Runde. »Ich hab die Dinger von den Kriegsversehrten. An der Front rauchen sie wie die Schlote. Ist gut für die Nerven und hilft gegen den Hunger. Das kommt mir gerade recht.« Elfi verlor den Faden und fragte: »Was wolltet ihr gleich noch wissen?« Ehe jemand antworten konnte, fiel es ihr wieder ein. »Ach ja, richtig. Ihr wolltet wissen, wie ich hierhergekommen bin. In der Volksküche hat sich mein Mitspieler rumgetrieben. Derjenige, der den Musenfett gespielt hat. Er hat mich wiedererkannt. Wir haben vor einer halben Ewigkeit mal zusammen in so einem Tingeltangel gespielt. War nichts Großes, und es ging auch nur für wenige Wochen. Fritz, so heißt er, war auch an der Front, im Osten. Hat eine üble Verletzung am Bein davongetragen, seitdem humpelt er. Hat man aber auf der Bühne kaum gesehen, oder? Ob er jetzt noch in den Westen muss, weiß er nicht. Na ja, jedenfalls hat er mir von dem Theater erzählt und dass Gerber vor einer Weile seine Hauptdarstellerin abhandengekommen ist. Was da genau passiert ist, wusste er nicht, und ehrlich gesagt wollte ich es auch nicht wissen. Ich hab mich noch am selben Nachmittag bei Anton Gerber vorgestellt, und er hat mich sofort genommen. Das Zimmer hier haben mein Paulachen und ich nun ganz für uns allein, und einmal am Tag gibt es eine warme Mahlzeit. Es ist nichts Besonderes, meistens Eintopf, aber wir werden satt davon, und ich hab ein Dach über dem Kopf und kann jeden Tag das machen, was ich liebe.«

»Und die Gage?«, fragte Edith.

»Wenig bis nichts«, antwortete Elfi ehrlich. »Wir Künstler werden am Eintritt beteiligt, und der Preis für eine Karte ist niedrig, damit sich die Leute diese überhaupt leisten können. Aber ein paar Kröten kommen in der Woche schon zusammen, und die Köchin hat an Paula einen Narren gefressen und verwöhnt sie nach Strich und Faden. Besser hätten wir es nicht treffen können. Und es kommen bestimmt bald wieder bessere Zeiten. Wenn erst einmal der Krieg vorbei ist und das Nachtleben Berlins wieder erwacht, dann schlägt meine Stunde. Das weiß ich genau.«

Es klang ein wenig so, als wollte sie sich Mut zusprechen. Edith ahnte, dass irgendetwas im Argen lag, hakte jedoch nicht nach. »Du hast wunderbar gespielt«, sagte sie stattdessen. »Es war uns eine Freude, dass wir heute Abend deine Gäste sein durften.«

»Aber natürlich«, sagte Elfi. »Es ist so schön, euch alle wiederzusehen. Das ist es, was ich an der Klinik vermisse: die Gemeinschaft. Obwohl es unter den Hausschwangeren schon Zicken gab. Weiber aller Couleur. Jedem Tierchen sein Pläsierchen, nicht wahr? Aber nun müssen wir auf unser Wiedersehen anstoßen. Leider habe ich nur noch die angebrochene Flasche Wein, aber ein Schlückchen wird für jeden rausspringen.« Sie öffnete die Tür eines schmalen Seitenschrankes, holte drei kleine Gläser heraus und füllte sie jeweils zur Hälfte. Sie selbst benutzte ihr Weinglas, in das sie den Rest kippte. »Auf die Freundschaft, das Theater und Paula«, sagte sie und hielt ihr Glas in die Höhe.

Edith, Luise und Margot nickten und nippten an ihren Gläsern. Dieser Wein schmeckte ganz anders als der von eben, stellte Margot fest. Er war sehr süß und schwer. Davon hätte sie gern mehr getrunken.

»Und jetzt erzählt. Was gibt es Neues?«

»Eigentlich ist alles wie immer«, antwortete Edith. Sie wusste nicht, warum, aber das ungute Gefühl, das sie verspürte, wollte nicht weichen. Elfis Verhalten wirkte sonderbar aufgesetzt. Im Moment war sie alles, aber keine gute Schauspielerin. »Ich glaube, wir müssen bald wieder gehen«, sagte Edith. »Du weißt ja, dass unsere Tage früh beginnen, und Luise hat morgen Nachtschicht.«

»Ach, bleibt doch noch ein wenig«, bat Elfi. »Jetzt, wo ich euch schon mal bei mir habe.«

»Wir müssen wirklich aufbrechen«, sagte nun auch Luise, der das Ganze ebenfalls nicht geheuer war. Die Elfi vor ihnen schien sonderbar verändert. Sie stand auf. »Edith hat recht. Morgen wird ein langer Tag, und für mich wird es dazu noch eine lange Nacht.« Sie wollte noch etwas hinzufügen, wurde aber durch das Öffnen der Tür unterbrochen.

Ein Mann mit ergrauten, nach hinten gegelten Haaren trat ein und musterte Elfis Besucherinnen mit hochgezogener Augenbraue. »Ich wusste nicht, dass deine Gäste noch da sind, meine Teuerste. Es ist nett, dass ich die Damen noch persönlich kennenlerne. Anton Gerber mein Name. Meines Zeichens der Besitzer dieses bescheidenen Etablissements. Ich hörte, Sie machen eine Ausbildung zur Hebamme? Welch ein ehrenwerter Beruf. Dagegen scheint das Theater doch so belanglos. Nicht wahr, meine Liebe?« Wie selbstverständlich legte er den Arm um Elfi, deren Miene erstarrte.

Luise blickte zu Edith. Nun kannten sie den Grund dafür, weshalb Elfi in dem Theater so bereitwillig Aufnahme gefunden hatte. Elfi sah zu Edith. Plötzlich lag ein seltsamer Ausdruck in ihren Augen. Eine Art von Arroganz, die sie so noch nie bei Elfi gesehen hatte. Oder war es Trotz? Die unverletzbare Schauspielerin, die die Bühne liebte und dafür jede persönliche Würde hintanstellte. Einen Moment sagte niemand etwas.

Margot stellte ihr Glas auf die Fensterbank und räusperte sich. »Wir sollten besser gehen. Morgen beginnt unser Tag früh. Es war sehr nett, dass wir Ihre Gäste sein durften, Herr Gerber.«

»Das Vergnügen liegt ganz auf meiner Seite«, antwortete Anton Gerber lächelnd.

Wie schmierig er doch ist, dachte Edith.

»Kommen Sie uns doch bald wieder besuchen«, sagte der Theaterbesitzer. »In drei Wochen führen wir ein neues Stück auf. Und selbstverständlich wird Elfi die Hauptrolle übernehmen. Sie ist ein Ausnahmetalent, wenn ich das so sagen darf.« Seine Hand landete auf ihrem Po.

»Auf Wiedersehen, Elfi. Bis bald«, sagte Edith und umarmte sie unsicher.

Luise und Margot verabschiedeten sich ohne Umarmung.

Als sie wenig später auf die Straße traten, atmeten alle drei erleichtert auf.

»Wusste ich doch, dass dabei ein Haken ist«, sagte Edith.

»Wenn sie es mit sich machen lässt ...«, meinte Margot, die erst jetzt ihren Mantel zuknöpfte. »Sie hätte auch in der Volksküche bleiben können. Dort hätte sie der eine oder andere Besucher vielleicht mal begrapscht, aber sie wäre nicht in eine solche Lage geraten.«

Luise wollte etwas erwidern, kam jedoch nicht mehr dazu, denn plötzlich hörten sie Elfis Stimme. Sie war ihnen nachgelaufen. Verwundert drehten sich die drei um. Elfi stand, noch immer den Morgenmantel tragend, im Licht einer Straßenlaterne vor ihnen.

»Ich weiß, was ihr jetzt denkt. Aber ich wusste es nicht. Erst schien es perfekt, doch dann hat er mir Avancen gemacht. Wohin hätte ich denn gehen sollen?« Sie begann zu weinen.

Edith ging zu ihr und wollte sie in die Arme schließen, doch Elfi ließ es nicht zu. Sie wich einige Schritte zurück, wickelte sich fester in ihren Morgenmantel und sagte: »Bitte, ihr dürft nicht schlecht von mir denken. Er sagt, er bringt mich um, wenn ich gehe. Er wird es machen. Das weiß ich. Ich hab Angst, versteht ihr? Solche Angst.«

»Wieso sagst du uns das erst jetzt?«, fragte Edith. »Wieso hast du nicht vorhin schon etwas gesagt?«

»Weil die Wände verdammte Ohren haben, deshalb. Er ist wie ein Geist in diesem Haus, der alles sieht, alles weiß. Ich muss auch gleich wieder zurück. Ich dachte ... Ich wollte ...« Sie sprach nicht weiter und winkte ab. »Ach, es hat keinen Sinn. Irgendwie wird es schon werden. Es war dumm von mir, euch die Karten zukommen zu lassen. Ich hoffte …« Sie verstummte und schluchzte. »Es war so schön, euch wiederzusehen, und es war mir eine Ehre, euch für wenige Stunden erfreut zu haben«, sagte sie unter Tränen. »Passt auf euch auf da draußen. Aber ihr seid bessere Mädchen als ich und nicht so verdammt dumm. Macht es gut, ihr Lieben. Wir sehen uns wieder. Vielleicht in einem anderen Leben auf einer anderen Bühne, wer weiß das schon.« Sie drehte sich um und ging.

Hilflos sahen ihr die drei nach.

Edith wollte ihr nachlaufen, doch Margot hielt sie zurück. »Du kannst nichts für sie tun«, sagte sie.

»Vielleicht ja doch«, sagte Edith. »Wir müssen die Polizei informieren. Die Machenschaften dieses Mannes müssen gemeldet werden. Das ist ein Verbrechen.«

»Was genau ist das Verbrechen? Dass er sie benutzt? Wem wird die Polizei mehr glauben?«, fragte Margot. »Elfi Graf, einer Schauspielerin mit einem ledigen Kind, oder dem Theaterinhaber, der seine Hände in Unschuld waschen wird?«

»Aber wir könnten ihr helfen. Wir haben ihn doch erlebt.«

»*Was* haben wir erlebt?«, fragte Margot. »Einen alternden, schmierigen Mann, der seinen Arm um sie und später seine Hand auf ihren Po gelegt hat. Einen Mann, der sich uns gegenüber höflich und korrekt verhalten hat.«

»Margot hat recht«, sagte Luise. »Wir können ihr nicht helfen. Sie muss es selbst aus dieser Misere schaffen. Bühne hin oder her. Sie hätte besser in der Volksküche bleiben sollen.«

Edith nickte. Sie sah auf den leeren Gehweg. Das Licht der Straßenlaterne spiegelte sich in einer Pfütze, in der eine der Eintrittskarten für das Theater schwamm. In ihre Augen traten Tränen, und sie spürte Wut in sich aufsteigen. Sie ballte die Hände. »Warum verdammt noch mal ist sie nicht dortgeblieben?«, fragte sie. Dann rief sie laut: »Hörst du? Warum bist du nicht in der verdammten Volksküche geblieben?«

Margot trat neben Edith und legte den Arm um sie. »Komm. Lass uns nach Hause gehen. Vielleicht findet sie einen Weg. Wir können es nur hoffen.«

Edith ließ sich von Margot wegführen. Schweigend legten sie den Weg zur Frauenklinik zurück. So hatten sie sich das Ende dieses Abends nicht vorgestellt.

29

»Sie müssen pressen, Frau Liebhardt. Fest pressen. Sie schaffen das. Ich sehe schon das Köpfchen«, sagte Frieda. »Gleich ist es geschafft.«

»Nein, es geht nicht mehr. Ich kann nicht mehr«, jammerte die Gebärende, die bereits seit dreißig Stunden mit den Wehen kämpfte und mit den Kräften am Ende schien.

»Natürlich schaffen Sie das«, sagte Margot. »Sie waren die ganze Zeit über so tapfer. Wir machen es gemeinsam. Sie wollen doch den neuen kleinen Erdenbürger bald begrüßen, oder?«

»Nein, das will ich nicht«, antwortete Frau Liebhardt. »Ich will gar nichts mehr. Es soll aufhören. Bitte, so macht doch, dass es endlich aufhört.«

Die nächste Wehe kam, und die Frau begann zu stöhnen und lautstark zu jammern.

»Pressen, ganz fest pressen«, sagte Frieda. »Noch ein Stück. Gleich ist es so weit, nur noch ein wenig.«

Frau Liebhardt stieß einen spitzen Schrei aus.

»Der Kopf ist da, der Kopf ist da!«, sagte Frieda. »Jetzt ist es gleich geschafft. Bei der nächsten Wehe nur noch ein Mal pressen, dann ist das Kindchen auf der Welt.«

»Hören Sie«, sagte Margot aufmunternd und strich der Frau das verschwitzte Haar aus der Stirn, »nur noch ein Mal pressen, dann ist das Kleine da.«

Die nächste Wehe kam.

»Es ist geschafft«, sagte Frieda und fügte den Satz hinzu, den Margot schon so oft von ihr gehört und besonders gern hatte: »Herzlich willkommen auf der Welt, Kleines.«

»Es ist ein Mädchen«, sagte Margot. »Und es ist wunderschön.«

Frau Liebhardt nickte. Tränen der Erleichterung liefen über ihre Wangen. Frieda wickelte die Kleine behutsam in ein Tuch und reichte sie ihrer Mutter. In diesem Augenblick schien jeder Schmerz vergessen. Barbara Liebhardts Augen begannen zu strahlen, und sie betrachtete ihre neugeborene Tochter wie ein kleines Wunder, obwohl sie bereits vier Kinder hatte. Drei Buben und ein Mädchen, die trotz der schlechten Versorgungslage so weit alle wohlauf waren. Nur ein Kind, das hatten sie leider nicht retten können. Die kleine Magdalene war mit zwei Monaten gestorben. Einfach so hatte sie morgens tot in ihrem Bettchen gelegen. *Sie wacht jetzt als Engel über uns*, hatte sie während der vielen Stunden, die diese Entbindung gedauert hatte, zu Margot gesagt.

»Und weißt du *was*, kleines Fräulein?«, sagte Frieda zu dem Neugeborenen. »Du hast die Ehre, am selben Tag Geburtstag zu haben wie die Hebamme, die dich auf die Welt geholt hat.«

»Oh, wie schön«, sagte Barbara Liebhardt. »Wenn das nicht Glück bringt, dann weiß ich auch nicht.«

»Wie soll die Kleine denn heißen?«, fragte Margot.

»Charlotte, wie ihre Großmutter mütterlicherseits«, antwortete Barbara Liebhardt und berührte zärtlich eines der kleinen Händchen. »Gleich nachher werde ich deinem Papa von deiner Geburt schreiben, meine Kleine. Er wird sich riesig darüber freuen, und bestimmt wirst du ihn bald kennenlernen. Im Moment ist er noch in Frankreich, aber er kommt ganz bald heim.«

Margot wechselte mit Frieda einen kurzen Blick. Langsam kroch der Frühling ins Land, und nach dem Frieden von Brest-Litowsk hatten so viele gehofft, dass auch bald die Kämpfe im Westen ein Ende fanden. Doch das Gegenteil war der Fall. Dort und auch im Süden ging der Krieg unvermindert weiter.

Margots Blick wanderte zur anderen Seite des Entbindungsraums.

Dort lag eine junge Frau mit ihrem ersten Kind in den Wehen. Ihr Mann war gerade mal eine Woche nach seiner Ankunft in Frankreich gefallen. Wenige Tage zuvor hatten sie Hochzeit gefeiert. Nun würde das Kind ohne seinen Vater aufwachsen. Wann würden solche Geschichten nur endlich ein Ende finden? Es war schon richtig, was die Spartakisten taten. Sie riefen die Arbeiter zu immer neuen Demonstrationen auf, und die Stimmen gegen den Krieg wurden immer lauter. Das Sterben und die Not mussten endlich aufhören.

Lore Hembach betrat den Entbindungssaal. Ihr folgte Susanne Wellenbrinck. Die beiden waren ihre Ablösung für heute. »Wie sieht es aus?«, fragte Lore.

»Alles fein«, antwortete Frieda. »Frau Liebhardt hat gerade ihre Tochter entbunden, und bei Frau Kaiser kann es nicht mehr allzu lange dauern.« Sie deutete auf das junge Mädchen. »War heute ein eher ruhiger Tag.«

»Na, dann wollen wir mal hoffen, dass die Nacht ebenso wird«, sagte Lore. »Ich mag stressige Nachtschichten nicht sonderlich.«

»Also für mich kann es nachts nicht genug Trubel geben«, antwortete Frieda. »Gibt ja nichts Schlimmeres als quälend langweilige Stunden in der Nacht. Wenn eine Menge los ist, dann vergeht die Zeit schneller.« Frieda trat noch einmal zu Barbara Liebhardt ans Bett, erklärte ihr, dass nun die Wachablösung da sei und sie sie morgen in der Wochenbettstation besuchen kommen werde. Dann ging sie.

Auch Margot verabschiedete sich von Barbara Liebhardt und ihrer kleinen Charlotte und eilte von dannen. Sie lief in ihr Zimmer, wo sie Schürze und Haube ablegte und rasch in ein dunkelblaues Kleid schlüpfte. Noch schnell ein Blick in den Spiegel. Die Haare saßen mal wieder nicht richtig. Sie schob eine aus der Frisur ausgebüxte Haarsträhne hinter das linke Ohr, das musste reichen. Ihr fehlte die Geduld, aber auch die Zeit, um das Haar noch einmal neu zu richten. Sie legte ein wollenes Tuch über ihre Schultern und verließ den Raum.

Im Treppenhaus wäre sie beinahe in Auguste Marquard hineingelaufen, die ihr verdutzt nachsah und rief: »Immer langsam mit den jungen Pferden. Sie rennen ja, als wollten Sie den gestrigen Tag noch einholen.«

Margot antwortete ihr nicht. Sie eilte über den Hof zum Wäschereigebäude, wo sie vollkommen außer Atem die Flickstube betrat, in der sich Edith, Lene und Luise bereits mit dem Aufhängen von Girlanden beschäftigten. Auf dem Tisch stand ein Streuselkuchen, den ihnen die Köchin gebacken hatte, nachdem sie sie mit einer Flasche Rotwein aus Elses Fundus bestochen hatten. Daneben standen Gläser, eine Flasche Sekt, die der Heizer Ludwig angeschleppt hatte, drei Flaschen Rotwein und ein Kasten Berliner Kindl. Es gab sogar kleine Schokoladenherzen, die Ulrich, der Hausmeister, mitgebracht hatte, der gerade eifrig damit beschäftigt war, seine Gitarre zu stimmen.

»Unser Dienst wäre dann so weit beendet«, sagte Margot. »Frieda ist, wie du vermutet hast, auf ihr Zimmer gegangen und will es sich gemütlich machen.«

»Das dachte ich mir schon. Frieda macht nie eine große Sache aus ihrem Geburtstag. Aber dieses Jahr schon, denn sie wird fünfzig. Und so ein Jubiläum muss schließlich anständig gefeiert werden.«

»Und wir werden tanzen«, sagte Luise und klatschte freudig in die Hände.

Edith betrat den Raum. Sie trug einen beigefarbenen Rock und eine weiße Bluse, ihr Haar hatte sie am Hinterkopf hochgesteckt, aber sie hatte weder Rouge noch Lippenstift aufgelegt, was Margot gefiel. Sie fand, dass Natürlichkeit Edith viel besser stand.

»Wie weit ihr schon seid«, sagte Edith fröhlich. »Dann könnten wir doch das Geburtstagskind holen, oder? Wer will das machen?«

»Luise hatten wir diese Aufgabe zugedacht«, sagte Margot. »Sie sollte etwas von einem Notfall bei der Hausschwangeren Gitti erzählen. Die hat Frieda gern, da kommt sie sofort angelaufen.«

»Wo wir gerade bei Gitti sind. Wo steckt die Gute denn überhaupt? Sollte sie bei dem Fest nicht dabei sein?«

»Ja, das sollte sie«, antwortete Lene. »Aber wie ich sie kenne, hat sie den Termin mal wieder vergessen. Sie würde auch ihren Kopf vergessen, wenn er nicht an ihr festgewachsen wäre. Das sage ich euch.«

Alle lachten. Die Hausschwangere Gitti, die eigentlich Brigitte Elwanger hieß, war vor drei Wochen in der Klinik angekommen und sofort von allen ins Herz geschlossen worden. Besonders Frieda hatte an ihr einen Narren gefressen, denn sie mochte Gittis *Schlappmaul*, wie sie zu sagen pflegte. Gitti war gerade mal achtzehn Jahre jung, klein und stämmig und hatte dunkelbraunes, gelocktes Haar, das machte, was es wollte. Dass das Mädchen so fröhlich war, grenzte an ein Wunder, denn das Leben war bisher nicht gerade sanft mit ihr umgegangen. Sie hatte in der Neuen Welt im Lazarett als Hilfsschwester gearbeitet und sich dort mit einem der Soldaten eingelassen. Er hatte ihr die Heirat versprochen, nachdem sie ihm von der Schwangerschaft erzählt hatte. Doch dann war er an die Front zurückbeordert worden, und sie hatte niemals wieder etwas von ihm gehört. Nur eines hatte sie erfahren: Er war verheiratet mit einer Frau in Nürnberg und hatte angeblich vier Kinder mit ihr. Wie hatte sie nur so dumm sein können? Ihre Mutter hatte sie daheim nicht mehr haben wollen und als Hure beschimpft. Bis vor Kurzem hatte sie sich noch mit Arbeit in einer der Munitionsfabriken durchgeschlagen, und jetzt war sie hier gestrandet. Wie es nach der Geburt des Kindes weitergehen sollte, wusste sie nicht. *Aber irgendwie wird es schon werden*, hatte sie neulich während der Arbeit in der Wäschekammer zu Luise gesagt. Es gehe ja immer weiter, dann eben mit Kind.

Die Tür öffnete sich, und Gitti betrat den Raum. Sie lief schon recht schwerfällig, ihr Gang ähnelte dem einer Ente.

»Wenn man vom Teufel spricht«, sagte Lene mit einem Grinsen. »Eben haben wir uns gefragt, wo du abgeblieben bist.«

»Ich musste noch die Rüben zu Ende waschen«, antwortete Gitti. »Ich bin doch zurzeit in der Küche eingeteilt, und da ist eine neue Lieferung eingetroffen. Wie sehr ich Rüben inzwischen verabscheue. Und dann hängt mein dicker Bauch auch noch über dem Spülbecken und wird dauernd nass. Über meine geschwollenen Beine will ich gar nicht erst reden. In einem anderen Leben hatte ich mal schlanke Fesseln.« Sie winkte ab und sah sich im Raum um. »Hübsch habt ihr es gemacht. Und ihr habt es doch tatsächlich hinbekommen, der Köchin einen Kuchen abzuschwatzen. Welch ein Wunder. Sonst ist die doch immer so knickrig.«

»Man muss sie nur mit dem richtigen Zeug bestechen«, antwortete Else.

»Sag nicht, dass du ihr Wein gegeben hast. Oh weh. Den wird sie heute Abend komplett austrinken, und dann ist sie morgen in der Küche wieder grantig, weil sie Kopfschmerzen hat. Sie verträgt keinen Alkohol.«

»Anders hätte sie keinen Kuchen gebacken«, sagte Lene. »Und ich könnte dich ja morgen für dringende Arbeiten in der Wäscherei benötigen. Dann gehst du nicht nur der grantigen Ilse, sondern auch den Kohlrüben aus dem Weg.«

»Hier werden also schon wieder Pläne ausgeheckt, von denen ich nichts weiß«, war plötzlich die Stimme von Auguste Marquard zu hören. Sie stand lächelnd, die Hände in die Hüften gestemmt, in der Tür. »Aber in diesem Fall will ich noch mal Gnade vor Recht ergehen lassen. Unsere Köchin ist wirklich unausstehlich, wenn sie am Vorabend zu viel Wein getrunken hat. Was, gottlob, nicht allzu häufig vorkommt.«

»Frau Marquard. Es ist schön, dass Sie unserer Einladung zu dem Fest gefolgt und auch gekommen sind. Frieda wird sich sehr darüber freuen.«

»Aber gern doch«, antwortete die Oberhebamme. »Frieda ist eine meiner besten und zuverlässigsten Mitarbeiterinnen. Und auf einen solch runden Geburtstag gehört doch anständig angestoßen. Oh, es gibt Kuchen, wie nett. Und Berliner Kindl. Das hab ich ewig nicht mehr getrunken. Immer dieser Dienst auf Abruf. Und es gibt ja nichts Schlimmeres als eine betrunkene Oberhebamme. Aber ein Fläschchen werde ich mir heute Abend schon gönnen dürfen. Oder was meint ihr?«

»Bestimmt«, sagte Luise. »Von einer Flasche Bier wird man ja nicht gleich betrunken.« Sie wollte noch etwas hinzufügen, kam jedoch nicht dazu, denn ein weiterer Gast betrat den Raum. Es war Günter.

Sein Anblick ließ Luises Herzschlag schneller werden. Er grüßte in die Runde, und sein Blick blieb an ihr hängen. Sie grüßte ihn freundlich, ihre Stimme klang zitternd. Sie musste hier weg, sofort. Wieso war er da? Sie dachte, er habe heute Abend Nachtdienst. Genau dieselbe Frage stellte ihm Margot.

»Ich habe mit Alfred Merwitz getauscht, der sich nichts aus Partys macht«, antwortete er. »Das Geburtstagsfest unserer lieben Frieda wollte ich unter gar keinen Umständen verpassen.«

»Wohl dem, der einen Kollegen hat, der keine Partys mag«, sagte Gitti fröhlich, die sich gerade ein Glas Wein einschenkte.

»Dann geh ich unsere Jubilarin jetzt mal holen«, sagte Luise, dankbar dafür, dass sie den Raum verlassen konnte. Draußen atmete sie tief durch und versuchte sich zu beruhigen. Er war nun einmal Arzt in dieser Klinik, und sie konnte ihm nicht dauernd aus dem Weg gehen. Und sie wollte es ehrlich gesagt auch gar nicht. Wenn ihr diese dumme Entscheidung doch nur nicht so schwerfallen würde.

Ach, am liebsten wäre es ihr, er ginge mit ihr nach Eckersberg. Doch sie wusste, dass dieser Wunsch der reinste Irrsinn war. Günter Berger konnte eine renommierte Praxis in einer der besten Lagen Berlins übernehmen. Er wäre ein Idiot, wenn er das nicht täte.

Vor Friedas Zimmer im Dachgeschoss des Verwaltungsgebäudes angekommen, blieb sie stehen und lauschte. Es war Musik zu hören, und eine Frauenstimme sang irgendein Lied, das Luise nicht kannte. Sie atmete tief durch und klopfte an die Tür. Jetzt galt es, das Schauspiel möglichst gekonnt durchzuziehen, damit Frieda keinen Verdacht schöpfte.

Frieda öffnete und sah sie verdutzt an. »Luise, was machst du denn hier?«

»Du musst schnell kommen«, sagte Luise. »Gitti ist in der Flickstube gestürzt und kommt nicht mehr hoch. Ihre Fruchtblase ist geplatzt. Sie weint ganz schrecklich und fragt die ganze Zeit nach dir.«

»Ach du liebe Güte«, sagte Frieda. »Ich komme sofort.« Sie griff nach einem Schultertuch und schloss rasch die Tür hinter sich.

Im Treppenhaus hatte Luise Mühe, mit Frieda Schritt zu halten, so schnell eilte diese die Stufen hinunter. Einmal wäre sie beinahe gestolpert. Frieda riss die Hintertür des Verwaltungsgebäudes regelrecht auf, und die beiden rannten über den Hof. Als sie die Flickstube betraten, war Luise vollkommen außer Atem und schaffte es kaum noch, in die Überraschungsrufe mit einzustimmen, die nun ertönten. Verdutzt sah sich Frieda um. Alle Anwesenden begannen, *Alles Gute zum Geburtstag* zu singen. Friedas Blick blieb während des Ständchens ungläubig. Als es endete, war es Auguste Marquard, die sie zuerst in den Arm nahm und ihr im Namen der ganzen Belegschaft der Klinik zum Geburtstag gratulierte. Auch die anderen umarmten Frieda nun.

Es hatten sich noch weitere Geburtstagsgäste eingefunden. Zwei der Hilfsköchinnen, eine von ihnen hatte noch einen Nusskuchen zum Buffet beigesteuert, die andere hatte Käsehappen mitgebracht. Drei weitere Hausschwangere waren gekommen sowie die Gattin des Hausmeisters. Unter den Gästen waren auch zwei Ärzte in Ausbildung, Jochen und Benedikt, die Frieda ins Herz geschlossen hatten, denn sie erklärte den beiden immer mal wieder Dinge, die sie sich den Chefarzt nicht zu fragen trauten.

»Oh, was seid ihr denn verrückt, so einen Aufwand zu betreiben«, sagte Frieda, der vor Rührung die Tränen in den Augen standen. »Das wäre doch nicht nötig gewesen.«

»Und *wie* das nötig war«, sagte Margot.

»So sehe ich das auch«, sagte plötzlich eine bekannte Stimme. Erstaunt sahen alle zur Tür, in der Professor Hammerschlag höchstpersönlich mit einem kleinen Geschenk in Händen stand. »Mir ist zu Ohren gekommen, dass eine meiner kompetentesten Mitarbeiterinnen heute einen ganz besonderen Geburtstag feiert. Da wollte ich es mir nicht nehmen lassen, Ihnen zu gratulieren und meinen Dank für Ihre großartige Mitarbeit und den Einsatz auszusprechen, den Sie jeden Tag leisten. Ich weiß genau, dass Ihr Tag oftmals mehr Stunden hat als im Dienstplan vorgesehen. Dafür möchte ich Ihnen auch im Namen all unserer Patienten danken. Ich hoffe, Sie bleiben unserem Haus noch lange Zeit erhalten. Ich wünsche Ihnen alles Gute und ganz besonders natürlich Gesundheit und überreiche Ihnen hiermit eine kleine Aufmerksamkeit. Mir hat ein Vögelchen gezwitschert, dass Sie gern lesen. Ich hoffe, ich habe Ihren Geschmack getroffen.« Er reichte Frieda das Päckchen.

Nun flossen endgültig die Tränen, und sie brachte kaum ein Wort heraus. »Danke«, stammelte sie. »Ich weiß gar nicht, was ich sagen soll.«

»Am besten nichts mehr«, sagte Gitti. »Wir wollen nämlich endlich feiern und Kuchen essen.«

»Ja, das machen wir«, sagte Frieda.

»Und weil du das Geburtstagskind bist, bekommst du natürlich das erste und größte Stück Streuselkuchen«, sagte Lene und schnitt den Kuchen an. Sie sah zu den Burschen mit den Instrumenten, und sie begannen zu spielen. Professor Hammerschlag nickte noch einmal in die Runde, dann ging er wieder. Als Chef war er auf dieser Veranstaltung dann doch ein wenig fehl am Platz. Er ließ es sich jedoch nicht nehmen, kurz vor seinem Abgang noch einen Käsehappen zu mopsen.

Luise wurde von Ludwig zum Tanz aufgefordert, und sie begann mit ihm durch den Raum zu trippeln. Es folgten schnell weitere Pärchen. Der Wein wurde geöffnet, irgendwer brachte einen weiteren Kasten Berliner Kindl. Frieda tanzte mit dem Hausmeister Ulrich und dann mit Gitti, die jedoch nicht lange durchhielt und sich lieber ein gemütliches Plätzchen suchte, wo sie ihre Beine hochlegen konnte.

Günter tanzte nicht. Er stand mit Jochen und Benedikt in einer Ecke, und die drei unterhielten sich angeregt. Immer wieder sah er in Luises Richtung. Einmal fing sie seinen Blick auf und lächelte schüchtern. Oh, wenn er doch nicht jedes Mal dieses Gefühlswirrwarr in ihr auslösen würde. Dann wäre alles so viel einfacher. Sie sah zu Edith, die ihren Blick mit einem Lächeln erwiderte. Dann sah sie erneut zu Günter, der ihren Blick erwiderte und ihr sogar zunickte. Sie überlegte, zu ihm zu gehen, da nahm sie aus dem Augenwinkel wahr, wie ein junger Bursche an der Tür hektisch auf Margot einredete und sie mit ihm gemeinsam den Raum verließ. Seltsam. War etwas geschehen? Sie wollte ihr nachgehen. Doch da kam Günter auf sie zu und forderte sie zum Tanz auf.

Margots Herz schlug bis zum Hals, während sie dem jungen Burschen, sein Name war Dieter Ohlendorfer, und er wohnte bei ihnen in der Nachbarschaft, folgte. Sein großer Bruder Olaf hatte ihn geschickt. Er solle Margot schnell holen, es gehe um Richard. Die Polizei hatte die Zentrale der Spartakisten in der Manitiusstraße ausgehoben. Nun war also geschehen, wovor sich Richard stets gefürchtet hatte: Sie waren aufgeflogen. Margot hatte Mühe, mit Dieter Schritt zu halten. Immer wieder blieb er stehen und sah sich nach ihr um. Es regnete in Strömen, und sie war klatschnass. Der Regen lief über ihr Gesicht und in ihren Nacken, der dünne Stoff ihrer Bluse klebte an ihrer Haut. Sie hatte weder Hut noch Schirm bei sich, noch trug sie einen Mantel. Es ging die Hermannstraße hinunter, und sie bogen ein Stück weiter in die Münchener Straße ab. Nur wenige Passanten waren, zumeist in Regenkleidung gehüllt oder mit Regenschirmen bewaffnet, unterwegs. Margot dachte an ihr letztes Zusammentreffen mit Richard. Damals hatte er sie in der Kneipe sitzen gelassen, und er war aufbrausend und ungerecht gewesen. Doch zuvor hatte er ihr einen Antrag gemacht. Sie hatte ihn doch nur ein wenig foppen wollen. Und nun? Was war geschehen? Sie dachte daran, was sie zu ihm gesagt hatte. Er sei ein Revolutionär, ihn zu heiraten, berge ein Risiko. Sie hatte es scherzhaft gemeint, aber in ihren Worten hatte auch Wahrheit gelegen. Was geschah in diesem Land mit der Frau eines Revolutionärs? Sie wäre ebenfalls angeklagt worden und am Ende ins Gefängnis gekommen. Jedoch nur im Jetzt, im Heute. Was würde sein, wenn der Krieg zu Ende war? Galt Richard dann noch als Revolutionär? War man das überhaupt, wenn man den Frieden wollte? Was war falsch daran, sich zu wünschen, dass das Sterben endlich aufhörte?

Jetzt hatte die Polizei die Zentrale der Spartakisten gefunden und ausgehoben. Vermutlich war Richard festgenommen worden und würde des Landesverrats angeklagt werden. Aber weshalb holte Olaf sie dann? Er brachte sie damit in Gefahr. Oder war die Polizei schon wieder fort? Vielleicht hatte sich Richard verstecken können und war doch nicht geschnappt worden.

Sie erreichten die Manitiusstraße. Vor dem Haus von Otto Franke standen mehrere Wagen. Schutzmänner flankierten das Hoftor. Dieter bedeutete Margot, ihr in einen Nachbarhof zu folgen. Sie durchquerten mehrere im Dunkeln liegende Hinterhöfe. Im letzten von ihnen öffnete Dieter eine schmale Holztür. Es ging eine Kellertreppe nach unten und einen langen, muffigen Gang hinunter, der nur notdürftig von einigen Lampen erhellt wurde. Margot schrie auf, als zwei Ratten ihren Weg kreuzten. Sie eilte weiter, dem Jungen hinterher, der bereits das Ende des Gangs erreicht hatte und an einer geschlossenen Tür auf sie wartete. Es ging in ein schmales Treppenhaus. Wäsche hing jeweils auf den Treppenabsätzen. An einem geöffneten Fenster stand ein alter Mann im Unterhemd mit einer Kippe in seinen zittrigen Händen, der nach draußen starrte. Sie liefen bis ins Dachgeschoss. Dort blieb Dieter vor einer Holztür stehen, von der der graue Lack abblätterte.

»Nicht erschrecken«, sagte er. »Er hat nach dir gefragt.«

Sie betraten den Raum. Richard lag auf einem Bett unterhalb des Dachfensters. Neben ihm stand Olaf Ohlendorf, sein Freund aus Kindertagen, dem der Krieg ein Bein genommen hatte und der sich erst vor einigen Monaten den Spartakisten angeschlossen hatte. Margot trat näher. Richard atmete schwer, seine Augen waren geschlossen. Blut tränkte sein Hemd. Er schien eine Verletzung im Bauchbereich zu haben.

»Irgendwer muss uns verpfiffen haben«, sagte Olaf. »Leo und Otto sind verhaftet worden. Richard wollte abhauen. Im Treppenhaus hat ihn eine Kugel erwischt. Ich hab ihn hierhergeschafft. Gott sei Dank ist uns kein Schutzmann gefolgt. Vermutlich haben sie uns in der Dunkelheit in einem der Höfe verloren.«

Margot nickte. »Wir brauchen einen Arzt.«

»Kein Arzt«, sagte Richard und öffnete die Augen. »Du bist gekommen«, fügte er leise hinzu und hob die Hand.

Margot nickte, Tränen traten in ihre Augen. Sie setzte sich neben ihn auf die Bettkante und nahm seine Hand. »Natürlich bin ich das. Wir sind doch eine Einheit. Das waren wir schon immer. Ich würde überallhin kommen, wenn du mich rufst. Und ich werde dich auch heiraten. Es tut mir leid, was ich neulich gesagt habe. Ich weiß nicht, ob ich dich liebe, Richard, aber ich weiß, dass ich bei dir sein möchte. Was wir sind, was wir hatten, das kann uns niemand nehmen. Hörst du? Niemand kann uns das jemals nehmen.«

»Ich weiß«, antwortete Richard. »Mir tut es leid. Ich hätte dich nicht angehen und nicht fortlaufen dürfen. Ich liebe dich, Margot. Ich weiß es. Du bist mein Licht, warst stets in meinen Gedanken. Es war nicht unsere Zeit, Margot. Nicht unsere Zeit.« Die letzten Worte flüsterte er nur noch, dann sackte sein Kopf zur Seite, und der Griff seiner Hand lockerte sich.

»Nein!«, äußerte Margot. »Bitte, nein! Wir müssen etwas tun! Wir brauchen einen Arzt!« Sie schüttelte Richard und schlug ihm gegen die Wangen. »Aufwachen, Richard! Du darfst nicht einschlafen! Bleib bei mir! Nicht aufgeben! Bitte, gib nicht auf!« Tränen rannen über ihre Wangen. »Bitte, bleib bei mir.« Sie stieß verzweifelte Schluchzer aus. Irgendwann hörte sie wie durch eine Wand Olafs Stimme.

»Er ist von uns gegangen. Möge Gott seiner Seele gnädig sein.«

»Nein«, brachte Margot heraus. »Das darf er nicht. Wir wollten doch heiraten. Hörst du? Ich hätte dich geheiratet. Irgendwann wäre es unsere Zeit geworden.« Ihre Stimme brach. Olaf wollte sie in den Arm nehmen, doch sie schüttelte ihn ab. Plötzlich hatte sie das Gefühl, keine Luft mehr zu bekommen. Sie musste hier weg, raus, an die Luft, irgendwohin, wo sie wieder frei atmen konnte. Sie verließ den Raum und eilte durchs Treppenhaus, durchquerte die düsteren Hinterhöfe und stand kurz darauf auf der Manitiusstraße. Es hatte aufgehört zu regnen, doch ein kalter Wind ließ sie frösteln. Sie eilte die Straße hinunter. Sie wollte nur noch fort, irgendwohin, wo sie sich verkriechen konnte. Sie rannte schluchzend durch die dunklen Straßen, vorbei an hellerleuchteten Kneipen, ignorierte die Sprüche einiger Betrunkener und einer Hure, die sie anrempelte. Sie lief an der Straßenbahnhaltestelle vorbei, an der er sie geküsst hatte. Sie wollte sich nicht erinnern, wollte den Schmerz nicht zulassen. Doch er hatte sie umfangen und trieb sie an, ließ ihre Schritte immer schneller und ihr Schluchzen immer lauter werden.

Als sie in der Hebammenschule ankam, war es Auguste Marquard, der sie am Eingang in die Arme lief. »Mädchen, was ist denn los?«, fragte die Oberhebamme erstaunt.

»Er ist tot«, brachte Margot mit zittriger Stimme hervor. »Aber er darf nicht tot sein. Er war mein bester Freund, mein Seelenverwandter, er war immer da. Ich liebe ihn doch.« Zum ersten Mal sprach sie es laut aus. Auguste Marquard nahm sie in den Arm, und Margot ließ es zu. Die beiden sanken auf eine der Treppenstufen, und Margot weinte bitterlich.

Die Oberhebamme strich ihr beruhigend über den Rücken, ihr Blick ging ins Leere. Immer wieder sprach sie dieselben Worte. »Es wird alles wieder gut. Ich weiß es. Bald schon ist alles wieder gut.« Sie wusste, dass es das niemals mehr werden würde. Wen Margot auch immer verloren hatte, dieser Verlust würde sie ihr ganzes Leben lang begleiten. Dessen war sie sich in diesem Moment sicher. Doch es half ja nichts. Es musste weitergehen. Irgendwie.

30

NEUKÖLLN, APRIL 1918

Trude Hellweger sah schlimm aus. Ein Veilchen zierte ihr linkes Auge, und ihre Lippe war geschwollen. Edith ahnte, woher die Verletzungen stammten, fragte jedoch nicht nach. Sie würde die Antwort erhalten, die die meisten verprügelten Frauen ihr gaben: Sie war gefallen. Dabei war es Adolf Grupping gewesen, der Ehemann ihrer Schwester, der, wenn er zu viel gesoffen hatte, gern und heftig zuschlug. Das wusste Edith von Margot, und die hatte es von Frau Bliening erfahren, die die Wäscherei an der nächsten Ecke leitete und jeden Klatsch und Tratsch der Straße kannte. Edith sah zu Lore, die sie heute auf der Fürsorgerunde durch die Wohnungen begleitete. Die Wohnung von Trude Hellweger war eines der üblichen kalten Kellerlöcher. Es gab drei Zimmer, in denen zehn Personen Platz finden mussten, darunter Trude und ihre vier Kinder, das letzte war gerade mal drei Wochen alt, und ihre Schwester Barbara mit ihren beiden Töchtern Suse und Rieke, die vier und sechs Jahre alt waren und heute ständig niesten. Suse kratzte sich dazu noch unaufhörlich am Kopf, was bei Edith Unbehagen auslöste. Gewiss hatte sie Läuse. So viel Ungeziefer konnten sie in den Entlausungsstationen der Stadt gar nicht entfernen, wie in diesen sogenannten Wohnungen hauste. Barbaras Schwiegermutter lebte ebenfalls hier. Die alte Frau war halbblind, taub und bis auf die Knochen abgemagert. Sie schaffte es nur noch selten, aus dem Bett aufzustehen. Vor einer Weile hatte sie noch aufrecht in den Kissen gesessen und von früher erzählt. Wie sie als junges Mädchen auf dem Wannsee Ruderboot gefahren war und sich in den Fritz verliebt hatte. In ihren Fritz, der sie bereits vor zehn Jahren verlassen hatte. Nun würde es bald auch mit ihr zu Ende gehen. Barbara hoffte darauf. Die Pflege der alten Frau war anstrengend, und Trude sah nicht ein, einen Finger für *die Alte*, wie sie sie nannte, krummzumachen. Es war schon genug, dass sie hier wohnen durfte, das jaulende Elend, das jede Nacht ins Bett pinkelte. Barbaras Ehemann lebte ebenfalls in der Wohnung. Er war ein Kriegsversehrter, dem ein Auge und die linke Hand fehlten. Früher hatte er als Maschinenbauer bei der Stadt gearbeitet und gutes Geld verdient. Da hatten sie sich sogar eine Wohnung im zweiten Hinterhof leisten können, eine, die nicht im Keller gelegen hatte, die drei Zimmer und große Fenster gehabt hatte, durch die Licht in die Räume gefallen war. Doch dann war der Krieg gekommen. Er war einer der Ersten gewesen, der voller Euphorie gen Westen gezogen war. Doch die anfängliche Begeisterung war an der Front schnell verflogen, und davon, dass Weihnachten alles vorbei sein würde, hatte niemand mehr gesprochen. Er hatte lange Zeit in einem Lazarett in Frankreich gelegen, dem Tod näher als dem Leben. Eine Bauchwunde hatte ihm schwer zugesetzt. Dazu der verdammte Stumpf an seinem linken Arm, der noch immer schmerzte. Phantomschmerzen hatte es der Arzt aus dem Lazarett in der Neuen Welt genannt, in das er irgendwann verlegt worden war. Nun lebte er von der Stütze, und die Wohnung mit den großen Fenstern war längst weg. Das Geld reichte hinten und vorne nicht, und seine Schwägerin, die blöde Kuh, er hatte sie noch nie leiden können, machte ihm ständig Vorhaltungen. Ein Nichtsnutz sei er, einer, der ihr auf der Tasche liege. Auch stritt sie ständig mit Barbara. Von der früheren Einigkeit der Schwestern war nur noch wenig übriggeblieben. Trude wollte Barbara und ihre Brut endlich aus dem Haus haben. Geld zum Saufen habe ihr feiner Herr Schwager, aber für ein Dach über dem Kopf reiche es nicht. Sie keifte viel, dazu noch das neue Balg, das ihr irgendein Kerl angehängt hatte. Sein Schwager war es gewiss nicht gewesen. Der galt als verschollen. Wenn sie Glück hatten, war er nur in Kriegsgefangenschaft geraten und kam wieder. Aber höchstwahrscheinlich lag er in vielen kleinen Einzelteilen auf einem der Schlachtfelder verstreut. Und seine Frau ließ sich von anderen Kerlen ficken. Eine Schande war das. Trude Hellweger sah das anders. Sie hatte ihre Anstellung in der Fabrik verloren, nachdem sie mehrfach unpünktlich gewesen war. Ein krankes Kind interessierte die Vorarbeiterin nicht die Bohne. Da hatten kein Betteln und Flehen geholfen. Sie hatte gehen müssen. Ihre Nachbarin, Selma Stieglitz, hatte sie dann mitgenommen in die hinteren Räume der Kneipe Wollerz, wo sie sich vor einer alten Frau mit eiskalten blauen Augen hatte ausziehen müssen. Diese hatte sie dann von oben bis unten betatscht und sie für annehmbar befunden. Beim ersten Mal hatte sie geheult, doch mit der Zeit war es gegangen. Und es war gutes Geld, das sie dort verdiente. Ein Freier, sein Name war Ludwig, steckte ihr auch öfter Lebensmittel zu. Brot, Butter, hin und wieder Bonbons für die Kinder. Er hatte Kontakte zu einem Schwarzmarkthändler und verdiente als Beamter bei der Regierung ganz gutes Geld. Als ihre Schwangerschaft nicht mehr zu verbergen gewesen war, hatte die alte Dorothea sie heimgeschickt. *Wenn du entbunden hast, kannst du wiederkommen*, hatte sie gesagt. *Die Männer mögen dich und deinen runden Hintern.*

»Wie läuft es mit dem Stillen?«, fragte Lore, während sie den kleinen Jungen, sein Name war Georg, aus dem mit Stroh und Zeitungen ausgelegten Wäschekorb nahm. Immerhin war der Kleine in eine Wolldecke gewickelt und schien trockene Windeln zu haben.

»Geht schon«, antwortete Trude. »Aber er beißt mich recht arg. Ist alles entzündet.«

»Das müssen wir uns ansehen. Nicht, dass es schlimmer wird«, sagte Lore. »Für solche Fälle haben wir eine Wundsalbe dabei.« Sie bedeutete Edith, sich darum zu kümmern, und legte das Baby auf den Küchentisch, wo sie es aus den Windeln wickelte. Der kleine

Junge strampelte heftig mit den Ärmchen und Beinchen und begann lautstark zu schreien. »Anständige Lungen hat er«, sagte Lore lächelnd und verfrachtete das Baby in den Stoffbeutel der mitgebrachten Waage. Sie hielt es in die Höhe und nannte das Gewicht.

Edith sah auf den Eintrag im Wiegebuch, und ihre Miene wurde ernst. »Er hat nur dreißig Gramm seit unserem letzten Besuch zugenommen«, sagte sie. »Das ist zu wenig. Wie oft am Tag wird er denn gestillt? Und in der Nacht?«

»So dreimal am Tag, nachts auch schon mal«, antwortete Trude. »Lässt mich ja sonst nicht schlafen. Aber ich kann ihn auch nicht ständig an mir hängen haben. Und ich will bald wieder arbeiten gehen. Da ist der Kleine nur hinderlich. Muss ja irgendwo das Geld herkommen.«

»Wir sollten über eine Zufütterung nachdenken«, sagte Lore. »Dann würde sich auch die Brust wieder erholen. Ich lasse etwas Milchpulver da. Es kann aber auch frische Milch zugefüttert werden. Ziegenmilch ist ebenso möglich. Frische Milch muss abgekocht und mit Wasser oder Haferschleim verdünnt werden.«

»Das weiß ich doch alles«, antwortete Trude. »Beim letzten Kindchen hab ich später zugefüttert. Wusste nicht, dass es bei so kleinen auch schon geht. Dann fange ich heute gleich damit an.«

»Dann hält das Balg hoffentlich öfter die Klappe und plärrt nicht so viel«, mischte sich ihre Schwester in das Gespräch ein. »Hält ja kein Mensch aus, diese stundenlange Schreierei.«

»Wenn es dir nicht passt, kannst du ja ausziehen«, blaffte Trude ihre Schwester an. »Mitsamt deinem saufenden Krüppel und den Blagen.«

Das hatte gesessen. Barbara schienen für einen Moment die Worte zu fehlen.

Lore nutzte den Augenblick. »Wir müssen uns dann auch verabschieden, die Damen.« Ganz bewusst verlieh sie ihren Worten einen förmlichen Unterton. »Das Milchpulver reicht für zwei Tage. Ich lasse Ihnen noch zusätzliche Marken für die Milch da, Frau Hellweger. Sollte es Probleme geben, können Sie jederzeit in die Fürsorgestelle der Klinik kommen.« Sie lächelte verbindlich.

Trude Hellweger nickte und begann den kleinen Georg wieder anzuziehen.

Edith sah zu ihrer Schwester. Deren Miene war wie versteinert. Gewiss würde der Streit der Schwestern gleich in die nächste Runde gehen. Da war es besser, wenn sie schnell aus der Schusslinie kamen.

Lore packte rasch die Waage ein, und sie sahen zu, dass sie Land gewannen. Als sie auf die Straße traten, atmeten beide erleichtert auf.

»Was für schreckliche Zustände«, sagte Edith und schüttelte den Kopf.

»Ja, leider. So ist es in vielen Familien. Irgendwie wird sich über Wasser gehalten, wenn es sein muss, auch mit unschönen Mitteln. Trude Hellweger hat sich ihr Leben gewiss anders erträumt, wie so viele von uns.« Sie seufzte hörbar und befestigte ihre Tasche auf ihrem Fahrrad, das neben der Hofeinfahrt an der Wand lehnte. Die beiden hatten sich bei dem schönen Wetter dazu entschlossen, mit den Fahrrädern die Runde zu bewältigen. Es war einer der ersten warmen Tage des Jahres, und die Sonne schien von einem strahlend blauen Himmel.

Edith setzte sich auf ihr Rad, und sie fuhren los. Vorbei an einer Allee blühender Kirschbäume, deren Anblick Ediths Stimmung ein wenig hob. Die Bäume erinnerten sie an ihre Kindheit. Im Garten ihres Elternhauses in Potsdam gab es viele Kirschbäume, unter denen sie an warmen Frühlingstagen im Gras gelegen und gekichert hatte. Damals war alles so friedlich gewesen. Das kindliche Leben, die Geborgenheit der Familie. Niemand hatte geahnt, welch schreckliches

Unglück kommen sollte. Dieser Krieg schien endlos zu sein. Von Siegen wurde in den Zeitungen berichtet, doch man wusste nicht so recht, was davon zu halten war. *Die Preußen sind an allem schuld*, hatte Ulrich, der Hausmeister, neulich bei einem kurzen Schwatz mit einem der Gärtner gesagt, was Edith zufällig mit angehört hatte. Sie wollten unbedingt einen Gewaltfrieden haben, wie sie ihn den Russen aufgezwungen hatten. Aber das würden die Alliierten niemals zulassen. Da kämen jeden Tag Amerikaner, Tausende von ihnen. Der Kaiser wäre klug, wenn er einen Verständigungsfrieden herbeiführen würde. Ob Gewalt- oder Verständigungsfrieden, Hauptsache Frieden, hatte Edith gedacht. Inzwischen wusste sie jedoch, dass ein Verständigungsfrieden die bessere Lösung wäre. Margot hatte ihr das vor einigen Tagen während des Mittagessens erklärt. Die arme Margot, die sich nur langsam von dem Tod ihres Jugendfreundes erholte. Im Moment war sie für die Säuglingsstation eingeteilt. *Den ganzen Tag kleine Babys um sich zu haben ist Balsam für die Seele*, hatte Auguste Marquard gesagt. Edith wusste, was sie meinte. Es gab kein größeres Glück, als einen kleinen Menschen im Arm zu halten, dessen winzige Händchen und Füßchen zu berühren und ihn in den Schlaf zu wiegen.

Sie erreichten das Rathaus, vor dem sich eine Gruppe Frauen versammelt hatte und lautstark Parolen schrie. Edith und Lore stiegen von ihren Rädern ab. Schnell waren sie von den Protestierenden umringt. Viele von ihnen hatten Kinder dabei.

»Was ist denn hier los?«, fragte Edith eine der Frauen.

»Was soll schon los sein?«, antwortete die Frau. »Geld wollen sie uns keines mehr auszahlen, wegen der Sache mit dem Schwarzmarkt und den Wucherpreisen. Den Ärger gibt es ja schon seit Dezember, als der Vorwärts die Denkschrift unseres Magistrats veröffentlicht hat. Selbst unsere Stadt musste auf dem Schwarzmarkt zu Wucherpreisen einkaufen. Solche Missstände müssen doch angesprochen werden. Und jetzt hat der Staatsanwalt, dieser Hundesohn, die Kassenbücher beschlagnahmt. Das muss man sich mal vorstellen. Und nun kriegen wir Kriegsfrauen keine Unterstützungszahlung mehr. Aber denen werden wir es zeigen. Wir stürmen das Rathaus und setzen den Beamten unsere hungrigen und schreienden Bälger vor die Nasen. Sollen sie mal sehen, wie sie sie satt bekommen. Eine Sauerei ist das.«

Edith wollte etwas antworten, kam jedoch nicht dazu, denn sie wurde nach vorn gedrängt, genauso wie Lore, die längst ihr Fahrrad verloren hatte. Nur den Koffer mit den Hebammenutensilien hatte sie noch retten können. Edith ging es ähnlich. Die Frauen waren nicht zu bändigen, besonders die Kinder hatten es in dem Gedränge schwer. Edith nahm die Hand eines kleinen, blonden Mädchens, das zu weinen begonnen hatte. »Bleib bei mir«, sagte sie. »Ich pass auf dich auf.«

Die Kleine nickte. Ihr lief der Rotz aus der Nase, und ihre Augen waren vom Weinen geschwollen. Ihr Haar war zerzaust, ihr graues Kleid schmutzig und zerschlissen.

Edith hielt die Hand des Mädchens fest umklammert, während sie immer weiter Richtung Rathaus geschoben wurde. Sie hielt nach Lore Ausschau, konnte sie in dem dichten Gedränge jedoch nirgendwo ausmachen. Obwohl Schutzmänner ihr Möglichstes versuchten, um die wütende Menge aufzuhalten, wurden sie irgendwann ins Innere des Rathauses geschoben. Die Frauen tobten und schrien, viele der Kinder weinten. Edith umklammerte noch immer die Hand des kleinen Mädchens. Du liebe Güte. Wo waren sie da nur hineingeraten? Dann sah sie Lore. Sie stand ein Stück von ihr entfernt an einem der Treppenaufgänge und sprach mit einem der Schutzmänner. Edith winkte und rief Lores Namen. Hastig schob sie sich durch die Reihen, um zu ihr zu gelangen, was ihr tatsächlich glückte.

»Da bist du ja wieder«, sagte Lore, die im Eifer des Gefechts ihre

Haube verloren hatte und einen recht zerrupften Eindruck machte.
»Oben liegt eine Frau in den Wehen. Es ist wohl eine der Sekretärin-
nen. Der Schutzmann hat meine Uniform bemerkt. Komm schnell.
Wir müssen helfen.«

Sie wollte Edith mit sich ziehen, dann bemerkte sie das Kind.
»Wer ist das denn?«, fragte sie verdutzt.

»Mein Schützling. Sie muss mit. Ich hab ihr versprochen, ihre
Hand nicht loszulassen.«

Lore sah zu dem Schutzmann, der nickte. Er wirkte merklich
überfordert.

Die drei folgten ihm in den zweiten Stock in eines der Büros, in
dem eine junge, braunhaarige Frau auf einem Sofa lag und heftig
stöhnte. Ihr leisteten zwei weitere Frauen Gesellschaft, die sich erhoben, als sie den Raum betraten.

»Die Damen«, sagte der Schutzmann. »Welch ein Glück wir doch
haben. Hilfe ist bereits im Haus.«

Die Frauen sahen von dem Schutzmann, er war schon etwas älter
und hatte einen großen, grauen Schnurrbart, zu den Hebammen.
Ihre Blicke blieben an dem kleinen Mädchen hängen und bekamen
etwas Irritiertes.

»Wir sind Hebammen der Frauenklinik im Mariendorfer Weg«,
sagte Lore sogleich.

»Uns ist …« Edith unterbrach sich und sah die Kleine an. »Wie
heißt du eigentlich?«, fragte sie.

Das Mädchen antwortete nicht, sondern schniefte. »Sie stand
weinend und allein mitten im Gedränge«, erklärte Edith rasch. »Ich
konnte sie da doch nicht einfach stehen lassen.«

Die Frau auf dem Sofa begann zu stöhnen.

»Wer wo im Gedränge stand, ist mir im Moment so was von egal«,
sagte sie. »Sie sind Hebammen, also helfen Sie mir, verdammt noch
eins.«

»Natürlich, sofort«, antwortete Lore, die mit der Situation etwas überfordert schien.

Eine der beiden anderen Frauen beugte sich zu dem kleinen Mädchen hinunter. »Das ist aber auch eine Aufregung, was? Mein Name ist Getrude, und wer bist *du*?«

Die Kleine sah von Edith zu der Frau, dann nannte sie ihren Namen, oder besser gesagt, sie murmelte ihn leise. »Else.«

»Was für ein hübscher Name«, antwortete Gertrude. »Willst du mit mir nach nebenan kommen? Dort gibt es Kekse, und gewiss findet sich auch ein Glas Milch für dich. Du magst doch Kekse und Milch, oder?«

Else nickte zaghaft und sah zu Edith, die ihr mit einem Lächeln zunickte. »Geh ruhig mit Gertrude, Kleine. Ich bleib hier. Und nachher helfen wir dir, deine Mama wiederzufinden. Fest versprochen.«

Else nickte und ließ sich von Gertrude aus dem Raum führen.

Erleichtert atmete Edith auf, als sich die Tür hinter den beiden schloss. Gewiss würde sich die Mutter der Kleinen bald ausfindig machen lassen. Darauf galt es jedenfalls zu hoffen.

Auch die andere Frau verließ auf Lores Bitte hin den Raum. Nun waren sie mit der Gebärenden allein. Lore fragte nach ihrem Namen. Sie hieß Annegret Maler, war zum dritten Mal schwanger, und eigentlich hätte das Kind erst in drei Wochen zur Welt kommen sollen. Doch vorhin sei die Fruchtblase geplatzt, und die Wehen hätten eingesetzt.

»Dieses Mal soll es ein Junge werden«, sagte Annegret Maler, während Lore sie untersuchte. »Wir haben schon zwei Mädchen. August, mein Mann, er ist in Frankreich, möchte so gern einen Stammhalter haben. Nicht, dass er die Mädchen nicht gern hat. Das dürfen Sie nicht denken. Er nennt sie stets seine Prinzessinnen, und ich sende ihm ständig Bilder von ihnen, daran hat er Freude. ›Aber so ein Junge, der fehlt uns halt noch‹, hat er gesagt.«

»Fünf Zentimeter geöffnet«, sagte Lore. »Da will jemand anscheinend flott auf die Welt kommen.« Sie nahm Edith zur Seite und sagte leise: »Ich dachte, wir könnten sie noch in die Klinik schaffen, aber unter diesen Umständen ist es zu riskant. Wie sollen wir die Frau in diesem Chaos unbeschadet aus dem Haus und zu einem Wagen bringen? Drei Wochen zu früh kommt uns natürlich nicht entgegen. Aber vielleicht lag ja mal wieder ein Rechenfehler vor. Was meinst du?«

»Wir haben keine Wahl«, antwortete Edith und zuckte mit den Schultern. »Am Ende bekommt sie das Kind im Wagen oder, noch schlimmer, im Treppenhaus zwischen lauter wütenden Kriegsfrauen, die anscheinend vor nichts zurückschrecken.«

»Also gut. Dann legen wir mal los«, sagte Lore und krempelte die Ärmel hoch. »Frag doch bitte nebenan nach einer Schüssel mit heißem Wasser und ob es möglich wäre, einige saubere Tücher zu bekommen.«

Sie ging zu Annegret Maler, die erneut zu stöhnen begonnen hatte und versuchte, sich aufzusetzen. »Ich kriege keine Luft, wenn ich auf dem Rücken liege«, sagte sie.

»Das ist bei vielen Schwangeren so. Wollen Sie noch ein Stück laufen? Oder besser knien?«

»Laufen wäre nett«, antwortete Annegret. »Können wir mal ans Fenster gehen? Ich würde gern sehen, was da draußen los ist.«

»Wieso *nicht*?«, antwortete Lore. »Das bringt Ablenkung.«

Sie half Annegret beim Aufstehen, und sie gingen durch das Zimmer ans Fenster. Auch Edith trat neben sie. Gemeinsam blickten sie auf die Menge der Kriegsfrauen mit ihren Kindern hinab, die noch immer vor dem Rathaus standen und lautstark schimpften.

»Es musste so kommen«, sagte Annegret. »Eine Schande ist das. Da muss selbst die Stadt Neukölln auf dem Schwarzmarkt einkaufen. Das muss man sich mal vorstellen.« Sie sog scharf die Luft ein und begann erneut zu stöhnen. »Himmel noch mal«, äußerte sie. »Jetzt aber.« Sie stützte die Hände auf der Fensterbank ab.

Edith begann ihr den Rücken zu massieren. »Gleich ist es vorbei.« Sie sah zu Lore. Die Abstände der Wehen hatten sich weiter verkürzt. Unter fünf Minuten. Lange konnte es nicht mehr dauern. Da hatte es jemand mit dem Zurweltkommen aber wirklich eilig.

»Und dann zeigt das Kriegsernährungsamt die Stadtverwaltung auch noch an. Das muss man sich mal vorstellen. Obwohl all die Vorwürfe stimmen, die damals in der Vorwärts veröffentlicht wurden.«

»Davon haben wir gar nichts gehört«, sagte Edith.

»Wie denn auch?«, fragte Annegret. »Wird ja immer alles schön vertuscht. Damit die Bevölkerung duckmäusert. Jetzt haben sie den Salat. Die Frauen da unten haben schon recht. Sollen nur laut schreien und ihnen ihre hungrigen Kinder vor die Nasen setzen. Dann sieht der feine Herr Staatsanwalt, was er angestellt hat. Aber dem sind wir einfachen Bürger ja egal. Hauptsache, *er* hat anständig Butter auf dem Brot. So einem feinen Pinkel wie dem ist es doch egal, wie hoch die Schwarzmarktpreise sind. Eine Sauerei ist das.« Sie begann erneut zu stöhnen, dieses Mal lauter. »Oh, dieser Druck nach unten. Es kommt. Es kommt. Ich spüre es.«

»Dann mal flott vom Fenster weg«, sagte Lore. »Genug mit Politik. Jetzt holen wir ein neues Leben auf die Welt.«

Sie geleiteten Annegret Maler vom Fenster weg. Auf das Sofa wollte sie sich immer noch nicht legen, also kniete sie davor auf dem Teppich. Sie stöhnte und jammerte nun ganz schrecklich.

Es klopfte an die Tür. Edith öffnete und nahm eine dampfende Porzellanschüssel und einen Stapel Tücher entgegen. »Pressen«, sagte Lore. »Fest pressen. Ich kann das Köpfchen bereits sehen.«

Edith kniete sich neben die Gebärende, während Lore weiter Anweisungen gab.

»Luft holen. Atmen, atmen.« Sie hechelte mit. »Sie machen das großartig. Gleich ist es geschafft.«

Die nächste Wehe kam, und Annegret presste mit aller Macht. Ihr Gesicht lief rot an, Schweiß tropfte von ihrer Stirn. Edith tupfte sie nach der Wehe rasch ab. »Himmel, es soll endlich vorbei sein!«, schrie Annegret. »Holt es raus, verdammt noch eins! Holt es endlich raus!«

»Das Köpfchen ist schon da«, verkündete Lore. »Nur noch ein Mal pressen. Ganz fest. Gleich ist es geschafft.« Die nächste Wehe kam, und das Neugeborene rutschte in Lores Hände. Es sah klein aus, begann aber sofort zu wimmern. »Da bist du ja«, sagte Lore erleichtert und fügte hinzu: »Sie haben eine bezaubernde kleine Tochter, Frau Maler.«

»Schon wieder ein Mädchen«, antwortete diese, jedoch mit einem Lächeln. »Also noch eine Prinzessin mehr, die er verwöhnen kann.«

»Und sie ist so wunderschön. Er wird sie lieben«, sagte Edith.

Sie halfen der jungen Frau, sich umzudrehen und sich auf das Sofa zu setzen, das Edith mit Tüchern abgedeckt hatte. Lore wickelte das kleine Mädchen in ein wollenes Tuch und legte es seiner Mutter in die Arme. Diese sah ihre Tochter wie das siebte Weltwunder an und sagte mit Tränen in den Augen: »Hallo, Kleine. Ich bin es, deine Mama. Ach, was bist du zauberhaft.«

Edith und Lore waren ganz ergriffen von diesem Moment des innigen Glücks, der mit nichts auf der Welt vergleichbar schien.

Doch dann war plötzlich etwas anders als sonst.

»Es geht wieder los«, sagte Annegret und begann zu stöhnen. »Eine Wehe, der Druck nach unten. Aber das kann doch nicht sein.« Sie hob das Becken an.

Edith eilte zu ihr und nahm ihr die Kleine ab.

Lore schob rasch Annegrets Hemd hoch und tastete den Bauch

ab. »Das kann *schon* sein«, antwortete sie. »Da will noch jemand zu Ihnen. Es sind Zwillinge.«

»Zwillinge«, wiederholte Annegret Maler verblüfft. »Aber das ist unmöglich. Davon war nie die Rede.«

»Das kann durchaus vorkommen«, sagte Lore und sah zu Edith, die in diesem Moment gar nicht so recht wusste, wo sie denn jetzt mit dem Neugeborenen hinsollte. Sie sah sich in dem Büroraum um und zog in ihrer Not eine Schublade aus einem Schrank, warf deren Inhalt auf den Boden, polsterte diese mit den Tüchern und einem Sofakissen aus und legte das kleine Mädchen hinein.

Annegret Maler hatte indes erneut zu stöhnen und zu jammern begonnen. »Oh nein, oh nein«, äußerte sie. »Ich schaffe das nicht noch einmal. Nicht jetzt.«

»Natürlich schaffen Sie das«, versuchte Lore sie zu beruhigen. »Wir machen es gemeinsam. Und was wird Ihr Herr Gemahl sich an der Front freuen, wenn er von der frohen Kunde erfährt. Ein Vater von Zwillingen zu sein ist doch etwas ganz Besonderes.« Sie spreizte die Beine der Gebärenden, und Edith legte ein Tuch über ihren Unterleib. »Jetzt pressen. Ich sehe schon das Köpfchen«, wies Lore sie an. »Pressen, ja, so ist es gut.«

Die Wehe ebbte ab, und Annegret sank nach hinten. Sie begann zu weinen und zu winseln. »Ich schaffe das nicht mehr. Es soll aufhören. Mach doch einer, dass es aufhört.«

»Gleich tut es das«, sagte Edith. »Es ist gleich geschafft. Nur noch ein wenig. Sie machen das großartig.«

Die nächste Wehe kam, und Edith schob Annegret Maler nach vorn. Sie schrie lautstark und presste mit aller Macht.

»Der Kopf ist da«, verkündete Lore. »Jetzt nur noch ein Mal kurz pressen, dann ist es geschafft.«

Annegret Maler tat wie geheißen, und der kleine Körper rutschte zwischen ihre Beine.

»Es ist da«, rief Lore freudig. »Da bist du ja, Kleiner. Es ist ein Junge.«

Annegret legte den Kopf nach hinten, während Edith die Nabelschnur durchtrennte und den kleinen Mann in ein Tuch wickelte. »Er ist wunderschön«, sagte sie und legte ihn seiner Mutter in die Arme. »Bruder und Schwester, wie schön.«

Annegret Maler betrachtete ihren Sohn mit genau demselben Funkeln in den Augen wie eben ihre Tochter. Sie berührte zärtlich die Finger seines rechten Händchens und sagte: »Oh, mein Junge. Was für ein Wunder. Gleich nachher werden wir eurem Papa schreiben. Was wird er stolz auf euch beide sein. Und bald schon, das verspreche ich euch, wird er nach Hause kommen und ihr werdet ihn kennenlernen.«

»Dem Herrn sei Dank ist da nicht noch ein Drittes drin«, raunte sie Edith mit einem Lächeln zu.

Edith nickte. Im nächsten Moment klopfte es leise an der Tür. Edith öffnete sie und trat in den Flur. Die ganze Belegschaft hatte sich versammelt. Mehrere Damen, aber auch Herren.

»Wir wollten mal hören, wie es steht«, sagte eine der Frauen, sie schien die Älteste zu sein.

»Es ist alles komplikationslos verlaufen. Und stellen Sie sich vor: Es war die Geburt von Zwillingen. Ein Junge und ein Mädchen. Mutter und Kinder sind wohlauf«, verkündete Edith.

»Zwillinge«, wiederholte die Frau. »In unserem Rathaus geboren. Welch eine Freude. Das müssen wir gleich dem Herrn Bürgermeister sagen. Er wird begeistert sein. Nein, so etwas. Und das an einem solch chaotischen Tag wie dem heutigen.«

»Wie steht es denn mit dem Tumult?«, fragte Edith. »Wir würden Mutter und Kinder gern zur Nachsorge in die Frauenklinik bringen lassen, aber bei diesem Aufmarsch dort draußen könnte das schwierig werden.«

»Das dürfte kein Problem mehr sein. Die Kriegsfrauen zerstreuen sich bereits. Der Staatsanwalt hat die Kassenbücher zurückgebracht, um einen allgemeinen Aufstand zu vermeiden. Alle Damen erhalten noch heute ihre wöchentliche Unterstützung.«

»Welch großartige Neuigkeiten«, antwortete Edith erleichtert. Dann sah sie sich suchend um. »Da wäre noch etwas. Bei mir war ein Mädchen. Ihr Name ist Else.«

»Die Mutter hat sich gefunden«, beantwortete eine blondgelockte Frau mit einer dicken Hornbrille auf der Nase ihre Frage. »Gerade eben konnten sich Mutter und Kind wieder in die Arme schließen. Ich soll von der Mutter Grüße ausrichten und mich in ihrem Namen bei Ihnen bedanken. Sie hatte die Kleine in dem Gedränge verloren und schon das Schlimmste befürchtet.«

Edith nickte erleichtert. »Wie schön. Danke für Ihre Auskunft.«

In diesem Moment kam der Bürgermeister in Begleitung eines hageren Mannes mit Nickelbrille um die Ecke, dem nur noch wenige Haare auf dem Kopf geblieben waren. Der Bürgermeister, ein Mann um die fünfzig mit Halbglatze und buschigen Augenbrauen, blieb vor Edith stehen und fragte:

»Hörte ich richtig? In meinem Rathaus wurden Zwillinge geboren?«

»Ja, Sie hörten richtig«, antwortete Edith schmunzelnd. »Ein Junge und ein Mädchen. Mutter und Kinder sind wohlauf.«

»Welch eine Freude«, sagte der Bürgermeister. »Bestünde die Möglichkeit, der Dame zu gratulieren?«

»Die Dame ist Frau Annegret Maler, eine unserer Schreibkräfte«, erklärte der hagere Mann mit Nickelbrille.

»Ich werde nachsehen, wie weit alles gerichtet ist. Dann gewiss gern. Frau Maler wird sich bestimmt über Ihren Besuch freuen.« Edith huschte zurück in das Bürozimmer.

Annegret Maler trug bereits wieder ihren Rock. In ihren Armen lagen ihre beiden Kinder. Lore war gerade damit beschäftigt, ihre Haare zu richten. »Ist ein hellhöriges Haus«, sagte sie mit einem Augenzwinkern.

Keine fünf Minuten später trat der Bürgermeister mitsamt der ganzen Belegschaft ein. Er betrachtete die beiden Kleinen voller Wohlwollen und verkündete spontan, die Patenschaft für die reizenden Kinder zu übernehmen. Irgendwoher kam plötzlich Sekt, dazu wurden Bahlsen-Kekse gereicht.

Es dauerte eine ganze Weile, bis sich Edith und Lore von der Feiergesellschaft losreißen konnten. Lore rief in der Klinik an, und es wurde ein Wagen geschickt. Sogar die Presse war inzwischen informiert worden, die gleich am nächsten Tag in die Klinik kommen und die Mutter interviewen und ein Foto machen wollte. Edith war froh, als sie alle in dem Krankenwagen saßen, der sie in die Frauenklinik brachte. Dort hatte sich die Geburt der Zwillinge bereits herumgesprochen und sie wurden mit großem Hallo empfangen. Auch Professor Hammerschlag erschien, gratulierte der Mutter zur glücklichen Geburt und bewunderte die beiden neuen Erdenbürger. Nachdem die Mutter ins Haus gebracht worden war, wandte er sich an Edith und Lore.

»Auf solche Mitarbeiterinnen kann ein Klinikchef mehr als stolz sein«, sagte er.

Edith sah zu Lore, deren Wangen sich rot färbten. Die Hebamme stammelte: »Aber wir haben doch nur unsere Arbeit gemacht.«

»Und das heute ausgesprochen gut«, antwortete der Professor.

Luise trat neben Edith, stieß sie in die Seite und raunte ihr zu: »Hab schon gehört. Die reinsten Heldinnen seid ihr beiden. Zwillinge im Rathaus. Na, das ist ja mal ein dicker Hund.«

»Eher ein doppelter«, antwortete Edith mit einem Grinsen und spürte dieses herrliche Glücksgefühl in sich, das sie so sehr liebte und das sie schon so lange nicht mehr empfunden hatte. Dieses warme Kribbeln, das einem durch die Adern zu sausen schien. Am liebsten würde sie vor Glück durch die Gegend springen. Was für ein Tag, welch ein Chaos und dann solch ein glückliches Ende. Zwei neue Menschlein hatten das Licht der Welt erblickt, und auch der Protest der Kriegsfrauen war erfolgreich verlaufen. Heute hatte sich das Schicksal anscheinend am Wetter orientiert und ihnen Gutes gebracht. Es galt zu hoffen, dass dies nicht nur eine Laune war, sondern es diesen Weg beibehalten würde.

31

Luise saß mit Gittis Tochter im Arm am Fenster des Säuglingszim-
mers und beobachtete unter Tränen, wie die Sonne den Horizont in
goldenes Licht tauchte. Ein neuer Tag begann, der offizielle Todes-
tag des kleinen Mädchens in ihrem Arm. Sie hatte vor dem Ende
ihrer Nachtschicht noch einmal eine Runde gemacht. Wie es ihre
Gewohnheit war, hatte sie dabei jedem kleinen Baby die Hand auf
die Brust gelegt, um zu überprüfen, ob es noch atmete. Der Brustkorb der Kleinen hatte sich nicht gehoben und gesenkt. Sofort hatte
Luise sie daraufhin aus dem Bettchen genommen, nach dem Puls-
schlag gesucht und die Schwester angewiesen, den zuständigen Arzt
zu informieren. Doch Dr. Olsewitz hatte nur noch den Tod der Kleinen feststellen können. *Manchmal kommt so etwas vor*, hatte der Arzt
gesagt und mit ernster Miene den Kopf geschüttelt. *Da kann man
nichts machen.* Luise hatte genickt und erst, nachdem er den Raum
verlassen hatte, zu weinen begonnen. Dr. Olsewitz war kein besonders sensibler Mensch, und Tränen des Personals gehörten seiner
Meinung nach nicht in eine Klinik. Krankenschwestern, Hebammen
und Ärzte müssen in jeder Situation Herr der Lage sein und dürfen sich keinen Sentimentalitäten hingeben. So hatte er sich einmal
bei einer ihrer Vorlesungen ausgedrückt. Luise hatte später mit Frieda darüber gesprochen, die den Kopf geschüttelt hatte. In ihren Augen gab es nichts Schlimmeres als unmenschliche Hebammen ohne
Gefühle. Bei solch einer hatte sie damals ihre Ausbildung gemacht.
Bei der alten Kruse, die den in den Wehen liegenden Frauen gesagt
hatte, dass sie sich nicht so anstellen sollten. Damals hatte sie sich
geschworen, niemals so abscheulich und unsensibel zu werden wie

diese Person. Die Frauen bewältigten unsagbare Schmerzen bei einer Geburt und schafften ein wahres Wunder. Es galt, sie mit allen aufmunternden Worten zu unterstützen, die es nur gab. Und den Olsewitz konnte sie sowieso nicht leiden. Der sei ein arroganter Schnösel aus Charlottenburg und mit dem goldenen Löffel im Mund geboren worden.

Luises Blick fiel auf das Gesicht der Kleinen. Sie sah so friedlich aus. Als schliefe sie nur. Doch ihre Händchen und Wangen fühlten sich kalt an, und ihre rosige Haut wurde blass. Es war nicht das erste Mal, dass sie ein Kind in den Armen hielt, das auf diese Art die Welt verlassen hatte. Auch in Eckersberg war es vorgekommen, dass Säuglinge plötzlich tot in ihren Bettchen gelegen hatten. Oftmals waren diese sogar schon mehrere Monate alt gewesen. Ihre Oma hatte immer gemeint, der Herrgott nehme sie zu sich, weil sie besonders reine Geschöpfe seien, die er gern an seiner Seite habe. Kleine Engel, die über all die Kinder dieser Welt wachen würden. Luise trösteten die Worte sowohl damals als auch heute nicht. Wieso schenkte Gott ihnen das Leben, wenn er sie so schnell wieder zu sich holte? Sie hatte ihrer Oma diese Frage niemals gestellt. Heute würde sie es vielleicht tun. Doch sie konnte es nicht mehr. Niemals wieder würde sie Antworten von ihr erhalten.

Behutsam strich Luise dem kleinen Mädchen über den blonden Flaum auf ihrem Köpfchen. »Du hättest sie gerngehabt«, sagte sie leise. »Sie war so besonders. Laut und fröhlich. Wenn sie lachte, lachten alle mit. Sie hätte dich ebenso wie ich im Arm gehalten und auf dich aufgepasst. Deine Mama macht es nicht. Also tue *ich* es.«

Das war der nächste Wermutstropfen. Gitti wollte das Mädchen nicht bei sich haben. Die lebensfrohe junge Frau hatte sich nach der Geburt der Kleinen anders verhalten, als sie alle gedacht hatten. Sie hatte ihr Kind nicht in den Arm genommen, nicht einmal angesehen. »Bringt sie fort«, hatte sie gesagt und den Kopf abgewandt.

Frieda hatte versucht, sie umzustimmen, doch Gitti hatte zu schreien begonnen, war regelrecht hysterisch geworden. Niemand war aus ihrem Verhalten schlau geworden. Seit einigen Tagen war sie fort. Einfach so hatte sie sich davongemacht und ihre Tochter zurückgelassen. Frieda war traurig darüber, denn sie hatte Gitti gemocht. Sie hatte sich vor der Geburt des Kindes beim Sozialdienst für Gitti stark gemacht, damit sie und ihr Kind eine anständige Unterbringung bekämen. »Reingucken können wir in die Menschen nicht«, hatte sie gesagt, nachdem Gittis Weggang bemerkt worden war. Und nun war auch Gittis Tochter, die kleine Irma, wie sie sie getauft hatten, gegangen. Vielleicht hatte sie gespürt, dass sie ungewollt gewesen war. Oder war das jetzt Unsinn? Irma war ein Neugeborenes, nur wenige Wochen alt. Wie sollte ein solch kleines Wesen denn so etwas bemerken?

»Wenn es stimmt, was meine Oma gesagt hat«, sagte Luise, »dann wirst du einer der besten Engel im Himmel, die der Herrgott jemals gesehen hat.«

Frieda betrat den Raum. Sie sah zu Luise und hielt ihren Blick für einen Moment fest.

»Es ist Irma«, sagte Luise leise.

»Nein«, äußerte Frieda und trat näher. In ihren Augen schimmerten Tränen. »Aber gestern war sie doch noch so munter. Ich gab ihr wie immer die Flasche, und sie trank gierig. Ich glaube, sie lächelte sogar.«

»Ich habe es kurz vor dem Ende meiner Schicht bemerkt«, sagte Luise, der erneut eine Träne über die Wange rann. Sie tropfte auf das wollene Tuch, in das sie den toten Säugling gewickelt hatte.

Frieda nickte. Einen Moment sagte keine von beiden etwas. Die Sonne sandte die ersten Strahlen in den Raum und tauchte Irmas Antlitz in warmes Licht. Es schien, als strahle sie von innen heraus.

»Sieh nur«, sagte Frieda andächtig. »Als würde ihre Seele nun in den Himmel wandern.« Sie streckte die Arme aus und fragte: »Darf ich sie halten? Nur einen Moment.«

»Gern«, sagte Luise. »Auch mehr als einen. Sie hat es verdient, noch eine Weile von Menschen gehalten zu werden, die sie geliebt haben.« Luise reichte Frieda das Kind.

Frieda berührte Irmas kleine Fingerchen, strich zärtlich über ihre Wange und gab ihr einen Kuss auf die Stirn. »Ich singe dir noch etwas vor, Kleine. Alle Kinder mögen es, vorgesungen zu bekommen.« Sie überlegte kurz, dann begann sie zu singen.

Luise lauschte ihrer plötzlich ganz anders und seltsam zerbrechlich klingenden Stimme.

»Weißt du, wie viel Sternlein stehen
an dem blauen Himmelszelt?
Weißt du, wie viel Wolken gehen
weithin über alle Welt?
Gott der Herr hat sie gezählet,
dass ihm auch nicht eines fehlet
an der ganzen großen Zahl.

Weißt du, wie viel Mücklein spielen
in der heißen Sonnenglut,
wie viel Fischlein auch sich kühlen
in der hellen Wasserflut?
Gott der Herr rief sie mit Namen,
dass sie all ins Leben kamen,
dass sie nun so fröhlich sind.

Weißt du, wie viel Kinder frühe
stehn aus ihren Bettlein auf,
dass sie ohne Sorg und Mühe
fröhlich sind im Tageslauf?
Gott im Himmel hat an allen
seine Lust, sein Wohlgefallen,
kennt auch dich und hat dich lieb.«

Darauf hoffte Luise. Dass der liebe Gott Irma kannte und sie lieb-
hatte. Sie entschied sich dafür, den Raum zu verlassen. Frieda sollte ihre Zeit zum Abschiednehmen haben. Sie ging langsam zur Tür
und trat in den Flur. Im Treppenhaus entschloss sie sich dazu, in die
Kapelle zu gehen, um für Irma zu beten. Im unteren Flur begegnete
ihr Günter.

»Guten Morgen, Luise«, grüßte er und sah sie verwundert an.
»Hast du geweint?«

Sein Anblick sorgte dafür, dass sich Luises Herzschlag beschleunigte. Sie überlegte, ob sie ihm von Irmas Tod berichten oder besser schnell mit einer Ausrede weitergehen sollte. Noch immer wartete er auf ihre Entscheidung, seinen Heiratsantrag betreffend. Er
war ein geduldiger Mann, das musste sie ihm lassen. Höflich und
zurückhaltend ertrug er die Ablehnung, die sie ihm die letzten Wochen entgegengebracht hatte. War es wirklich Ablehnung? Eher ein
Abwarten, ein Sich-aus-dem-Weg-Gehen. Eckersberg und die Vergangenheit lasteten schwer auf ihr. Inzwischen lag ein klares Kauf-
angebot für das Anwesen ihrer Oma vor. Der Bauer vom Nachbarhof interessierte sich dafür. Er kümmerte sich auch bereits um ihre
Tiere. Sie hatte es nur kurz überflogen und in die Nachttischschublade gesteckt. Dort lag es nun wie Blei mit all den Briefen, in denen
um Antwort gebeten wurde. Luise wusste, dass sie die Entscheidung
nicht mehr lange vor sich herschieben konnte. Diese nicht und ihre

Antwort für Günter auch nicht, der vor ihr stand und sie mitleidig ansah.

»Die kleine Irma ist gestorben«, beantwortete sie seine Frage. »Sie hat einfach so tot im Bettchen gelegen.« Luise spürte, wie ihr erneut die Tränen in die Augen stiegen. Günter trat näher. Sie wusste, dass er sie am liebsten in den Arm genommen hätte. Sie hätte es zugelassen. Von seinen starken Armen umfangen, hätte sie sich endgültig fallen lassen und um das kleine Mädchen weinen können, dem das Leben nicht vergönnt gewesen war.

»Wollen wir ein Stück laufen?«, fragte er.

Luise nickte, und die beiden verließen das Entbindungshaus durch den Hinterausgang. Sie schlenderten durch den Garten. In den Gemüsebeeten wuchsen Salatpflanzen und zahlreiche Gemüsesorten. Möhren, Gurken, Radieschen, und natürlich gab es mehrere Reihen Kartoffeln und Rüben. Dahinter standen auf einer großen Wiese die unterschiedlichsten Obstbäume. Die Kirsch- und Apfelbäume blühten, ein leichter Blütenduft lag in der Luft. Sie liefen mitten durch die zauberhafte Blütenpracht, die Luises Gemüt erheiterte. Die Sonne schien vom blauen Himmel, zwischen den Bäumen blühten Löwenzahn und Wiesenschaumkraut in Hülle und Fülle, und die Vögel zwitscherten. Bienen schwirrten um sie herum. Es schien, als wären sie in eine andere Welt getreten. In eine Welt, die Friedlichkeit versprach und all den Kummer hinter ihnen ausschloss.

»Es ist wunderschön hier«, sagte Luise nach einer Weile. »Es erinnert mich ein wenig an zu Hause. Dort gab es auf vielen Wiesen und Feldern ähnliche Obstbäume. Oma liebte diese Zeit. Besonders der berauschende Duft der vielen Blüten hatte es ihr angetan. ›Er weckt die Lebensgeister‹, hat sie immer gesagt.« Luises Stimme klang wehmütig.

»Du vermisst sie sehr«, sagte Günter.

»Ja, das tue ich. Sie war die einzige Familie, die mir blieb. Ohne sie …« Luise sprach den Satz nicht zu Ende. In Gedanken jedoch tat sie es.

Ohne sie ist nichts mehr, wie es einmal war.

Die Erkenntnis traf sie. Eckersberg war nicht mehr, was es einmal gewesen war. Und das würde es auch niemals wieder werden. Zu Hause wartete keine stolze Großmutter auf sie, die sie in die Arme schließen würde, sondern ein leeres Haus voller Erinnerungen, in dem sie sich einsam und verloren fühlen würde. Sie blieb stehen und beobachtete einen Zitronenfalter, der an ihr vorbeiflatterte und sich auf die Blüten eines Apfelbaums setzte. »Oma liebte Schmetterlinge«, sagte sie. »Sie nannte sie Sommervögel. Diese Bezeichnung hatte sie irgendwo mal aufgeschnappt, und sie fand sie so viel hübscher.«

»Das finde ich auch«, antwortete Günter und nahm ihre Hand.

Das warme Gefühl in Luises Magengegend verstärkte sich. »Sie hätte dich gemocht«, meinte Luise. »Sie hätte gesagt: ›Den nimmst du, Kind. Einen besseren findeste nicht mehr.‹«

Günter sah sie verwundert an.

»Was ich damit sagen will, ist, ich …« Luise geriet ins Stocken. Günter wollte etwas erwidern, doch sie hob die Hand. »Sie hätte es gewollt. Da bin ich mir sicher. Sie wollte, dass ich glücklich werde.«

»Bedeutet das, dass du meinen Antrag annimmst?«, fragte er.

»Ja, das bedeutet es. Wenn du mich nach der langen Zeit des Hinhaltens überhaupt noch haben willst.«

»Und wie ich dich haben will«, sagte er, schloss sie übermütig in seine Arme und begann sich mit ihr im Kreis zu drehen.

Sie gerieten ins Taumeln und fielen unter einem der Obstbäume ins Gras. Einen Moment lagen sie schweratmend nebeneinander und blickten auf das Blütenmeer über sich.

Dann wandte er sich ihr zu und schloss sie erneut in seine Arme. »Du ahnst gar nicht, wie glücklich du mich machst«, sagte er und strich ihr eine Haarsträhne aus der Stirn.

Sein Gesicht war nahe an ihrem. Sie spürte seinen Atem auf der Wange. Er roch nach Tabak und Pfefferminz. Seine Lippen näherten sich den ihren, und sie schloss die Augen. Sie versank in seiner Umarmung, erwiderte seinen Kuss und gab sich dem überschäumenden Glücksgefühl hin, das sie erzittern ließ. Eckersberg lag hinter ihr.

32

NEUKÖLLN, JUNI 1918

Margot blieb im Eingang zum zweiten Hinterhof stehen und beobachtete einen Moment lang die beiden sich darin befindenden Kinder, die mit Kreide Bilder auf den Boden malten. Ein rothaariges Mädchen, den Kopf voller Locken, und ein Junge, blondes Haar, Sommersprossen auf der Nase. Die beiden erinnerten sie an sich selbst und Richard. Es war doch erst gestern gewesen, als sie in diesem Hof miteinander gespielt hatten. Seilspringen und Ballspiele, und auch sie hatten Kreidebilder auf den Boden gemalt. Richard war darin besonders geschickt gewesen. Am liebsten hatte er Löwen gemalt. Sie sind groß und stark, hatte er immer gesagt. Der Löwe ist der König. So mutig wie er will ich auch einmal werden. Die beiden Kinder vor ihr malten keine Tiere. Das Mädchen malte eine Sonne, der Junge irgendein Muster.

Margots Blick wanderte von den Kindern weg und die Hauswand hoch. Dort oben im zweiten Stock wohnte Gerda Franke. Sie war Witwe. Ihr Mann, Hermann Franke, war kurz nach Kriegsbeginn an einem Herzinfarkt gestorben. Das war ein schlimmer Schlag für die Familie gewesen. Besonders Richard hatte ein inniges Verhältnis zu seinem Vater gepflegt, obwohl es oftmals hitzige Diskussionen wegen der unterschiedlichen politischen Ansichten zwischen den beiden gegeben hatte. Hermann Franke war zeit seines Lebens dem Kaiser treu gewesen, seine beiden Söhne jedoch hatten sich den Sozialdemokraten angeschlossen. Trotz der unterschiedlichen politischen Meinungen hatte man einander respektiert. Vielleicht wäre dies während des Krieges anders geworden. Für Hermann Franke wäre das Tun seiner Söhne in den letzten Jahren gewiss ein Schlag ins Gesicht, mehr noch, eine Demütigung gewesen. Erst der Anschluss an die Spartakisten, dann die Desertion von der Front und ihr Leben im Untergrund. Seine Söhne Revolutionäre gegen den geliebten Kaiser. Er hätte diesen Umstand nur schwer ertragen.

Margot ging an den beiden Kindern vorbei zum Treppenhaus. In diesem empfing sie stickige Luft. Eine Mischung aus Bohnerwachs, angebranntem Essen und Zigarettenrauch. Ein junger Bursche mit einer Zigarettenkippe zwischen den Lippen musterte sie begehrlich, als sie an ihm vorbei zum Treppenaufgang lief. Er war unverkennbar ein Kriegsversehrter. Ihm fehlten beide Beine unterhalb der Knie. Er trug kurze Hosen, die roten Stümpfe waren zu sehen. Margot gab sich alle Mühe, nicht hinzuschauen.

»Früher wäre so eine wie du nicht einfach an mir vorbeigelaufen«, sagte er zu ihr. Margot blieb auf der Treppe stehen. »Da war ich einer und konnte mir die Frauen aussuchen. Ekelst dich vor mir, was?« Er sah ihr direkt in die Augen. Irgendwo in diesem ausgemergelten Gesicht war noch der junge Mann von früher zu erkennen. Der Mann, der den Kopf voller Träume gehabt hatte und vielleicht, wie so viele andere auch, gedacht hatte, dass sie an Weihnachten wieder zu Hause sein würden. Margot öffnete den Mund, um etwas zu erwidern, doch er ließ sie nicht zu Wort kommen. »Alle Weiber ekeln sich vor mir«, fuhr fort. »Vor dem Krüppel, dem Antihelden. Vor dem, der es nicht geschafft hat. Weißte was? Verrecken hätte ich sollen. Damals in dem Schützengraben. Dann wäre ich einer. Fürs Vaterland und den Kaiser gestorben. In dem Scheißlazarett hab ich dafür gebetet. Aber es wurde nix draus. Und jetzt sitz ich hier in diesem elenden Loch, und eine wie du sieht mich angewidert an. Oder, noch schlimmer, voller Mitleid. Aber ich brauche kein Mitleid. Hörst du?« Seine Stimme wurde laut.

Margot zuckte zusammen und lief schnell einige Stufen nach oben.

»Von niemandem. Und schon gar nicht von euch verdammten Weibern.«

Margot stand auf dem ersten Treppenabsatz. Er zog an seiner Zigarette und pustete Rauch in die Luft. Sie überlegte, noch etwas zu sagen, entschied sich jedoch dagegen. Jedes ihrer Worte wäre fehl am Platz. Hastig eilte sie die Treppen weiter nach oben und betrat den engen Flur des zweiten Obergeschosses, in dem die üblichen Leinen gespannt waren, die voller Wäschestücke hingen. Ein kleines, braunhaariges Mädchen, Margot schätzte es auf zwei Jahre, saß vor einer der Wohnungstüren und erzählte ihrem Teddybären eine aus Phantasiewörtern bestehende Geschichte. Sie bemerkte Margot gar nicht, so sehr war sie in ihr Spiel vertieft. Margot ging weiter. Vor der Tür der Familie Franke blieb sie stehen und atmete tief durch. Sie stand nicht zum ersten Mal hier. Schon einige Male war sie hierhergekommen, um Erna Franke ihr Beileid auszusprechen. Zu Richards Beerdigung war sie nicht gegangen. Sie hätte es nicht ertragen, an diesem Tag dort zu sein und mit anzusehen, wie sein Sarg ins Grab hinabgesenkt wurde. Sie wusste, dass sie feige gewesen war. Sie hätte ihrem besten Freund aus Kindertagen, ihrem Seelenverwandten, dem Mann, der sie hatte heiraten wollen, das letzte Geleit geben müssen. Doch sie hatte es nicht fertiggebracht. Oder besser gesagt, ihr Körper hatte dies nicht, denn sie hatte mit hohem Fieber im Bett gelegen. Die Ereignisse jenes Abends waren zu viel für sie gewesen. Edith und Luise hatten sich in diesen Tagen liebevoll um sie gekümmert. Nachdem sie sich wieder erholt hatte, hatte sie Richards Grab besucht. Er war im Familiengrab bestattet worden. Ein schlichtes Holzkreuz mit seinem Namen darauf befand sich neben dem Grabstein, darunter war ein verwelkter Blumenkranz gewesen. Sie selbst hatte ihm keine Blumen mitgebracht. Lange hatte sie vor dem Grab gestanden und es einfach nur angestarrt. Sie hatte seinen Namen gelesen und mit den Fingern über die schlichten Buchstaben gestrichen, die auf das Holz aufgedruckt waren. Richard Franke. Ein Gefallener, ein Opfer des Krieges, dieser gottverdammten Zeit. In einem anderen Leben hätten sie glücklich werden können. Und nun stand sie erneut hier. Vor der Tür seiner Mutter, einer Frau, die sie stets gerngehabt hatte. Was sollte sie ihr sagen? Dass sie es gewusst hatte? Es nicht hatte aufhalten können? Dass es ihr leidtat? Alles hörte sich falsch an. Gewollt, nicht ehrlich. Aber sie war hier. War es nicht das, was zählte? Waren Worte in diesem Moment überhaupt wichtig? Sie hob die Hand und klopfte an. Sie lauschte. Es kam keine Antwort. Sie klopfte ein weiteres Mal an. Wieder war die Stimme von Erna Franke nicht zu hören. Margot prüfte, ob die Tür verschlossen war. Sie war es nicht. Sie öffnete die Tür und betrat den Wohnraum. Einen Flur gab es in der kleinen Wohnung nicht, die nur aus zwei Zimmern bestand. Erna Franke saß mit Flickwerk auf dem Schoß am Fenster. Sie schien über ihrer Arbeit eingenickt zu sein. Wie sehr sich die Frau mit den Jahren doch verändert hatte. Früher war sie blond gewesen, nun war ihr Haar schlohweiß. Margots Blick fiel auf ein Foto an der Wand, das die Familie Franke in besseren Zeiten zeigte. Die Buben waren damals noch klein gewesen. Richard war als Kleinkind zu sehen, das auf dem Schoß seiner Mutter saß und einen niedlichen Matrosenanzug trug. Sie war eine attraktive Frau mit vollen Wangen und einem klaren Blick gewesen. Hatte blaue Augen und Grübchen um die Mundwinkel, wenn sie lachte. Und sie hatte gern und oft gelacht. Nun war sie hager, ihr Antlitz war von tiefen Falten durchzogen, und sie versank in dem schwarzen Kleid, das sie trug. Margot berührte sanft ihre Schulter.

Erna Franke schreckte hoch und sah sich um. Ihr Blick blieb an Margot hängen.

»Nicht erschrecken. Ich bin es nur«, sagte Margot, als wäre sie gestern zuletzt hier gewesen.

»Ach, die Margot. Wie schön«, sagte Erna. »Wo hast du denn den Richard gelassen? Wollt ihr nachher Kuchen haben? Ich hab einen im Ofen. Gleich müsste er fertig sein.«

Irritiert sah Margot Erna an.

»Aber malt unten nicht wieder alles voll. Das hat der Sebald aus dem ersten Stock nicht gern. Er sagt, er kriegt dann immer kreidige Schuhe.«

Margot verstand. Erna Franke lebte in ihrer eigenen Welt, der Vergangenheit. Vielleicht war es besser so. Dann musste sie den Kummer nicht mehr ertragen. »Ach, der Sebald, der kann ruhig schimpfen«, antwortete sie mit einem Lächeln und zog sich einen Stuhl heran.

»Was habt ihr denn unten gemalt?«, fragte Erna.

»Einen Löwen«, antwortete Margot mit einem Lächeln. »Du weißt doch. Richard malt am liebsten einen Löwen. Denn er ist der König der Tiere.«

»Ja, das ist er«, antwortete Erna, nahm Margots Hand und begann sie zu streicheln. »Und du bist seine Prinzessin. Und irgendwann werdet ihr beiden verheiratet sein. Das weiß ich. Der König und die Königin. Klingt das nicht schick?« Ihre Stimme war hoffnungsvoll und ihre Augen strahlten.

»Ja, das tut es«, antwortete Margot und blinzelte die aufsteigenden Tränen weg.

Der König und die Königin in ihrem eigenen Reich der Träume, fügte sie in Gedanken hinzu. Das ihnen niemand jemals wegnehmen kann.

33

Edith stand am Fenster und blickte in den weitläufigen, von Licht und Sonne erfüllten Garten ihres Elternhauses, dessen Blickfang die vielen Rosen unterschiedlichster Arten waren, der ganze Stolz ihrer Mutter. Besonders englische Rosen hatten es ihr angetan. Bereits mehrfach war sie nach England gereist, um dort die wunderbaren Gärten in Kent oder Cornwall zu besuchen und sich Anregungen zu holen. Von dort hatte sie stets neue Rosen mitgebracht, die sie hingebungsvoll hegte und pflegte. Sie wuchsen zumeist in Beeten, kletterten aber auch an Rankgittern, Spalieren und Hauswänden hoch. Der am anderen Ende des Gartens stehende Sommerpavillon bezauberte mit seiner Pracht. Ihn überwucherte eine hellrosafarbene Kletterrose, die in ihrer Blütenpracht ihresgleichen suchte. Inzwischen arbeitete Dorothea Stern sogar daran, eigene Züchtungen zu kreieren. Dafür hatte sie eigens einen neuen Gärtner eingestellt, der lange Zeit in England tätig gewesen war und sich nun alle Mühe gab, die Kreationswünsche seiner neuen Herrin zu erfüllen.

Leider hatte Edith heute nur wenig Zeit, um die Gartenpracht zu bewundern, denn sie war zu keinem Familienbesuch hier, sondern bei Alex hatten die Wehen eingesetzt. Frieda unterstützte sie. Edith war froh darüber, dass die Hebamme sich sofort dazu bereiterklärt hatte, mitzukommen. Sie mochte ihre ruhige und besonnene Art, aber auch ihren Pragmatismus. Frieda konnte so schnell nichts aus der Ruhe bringen, was Edith in dieser Situation gut gebrauchen konnte. Ohne ihre Anwesenheit hätte sie Alex in den letzten Stunden gewiss schon mehrfach angeschrien oder zynische Bemerkungen fallen lassen. Schwesternliebe war eine schwierige

Angelegenheit, und sich ziehende Geburtswehen erleichterten diesen Umstand nicht sonderlich. Die Geburt dauerte. Sie waren bereits gestern Abend eingetroffen, und nun erreichten sie bald die Mittagsstunde. Alex kämpfte tapfer. Gestern Abend waren sie noch viele Stunden im dämmrigen Licht durch den Garten gelaufen, später die langen Flure im Haus auf und ab gewandert. Die Abstände der Wehen waren kürzer geworden, doch der Muttermund wollte sich nicht öffnen. Vor einer Stunde waren es mit gutem Willen gerade mal drei Zentimeter gewesen. Wenn das in dieser Geschwindigkeit weiterging, säßen sie um Mitternacht noch hier. Die arme Alex.

»Ich kann nicht mehr liegen«, sagte Alex, nachdem eine weitere Wehe abgeebbt war. »Ich muss mich bewegen.«

Sie trug nur ein Hemd. Ihr blondes Haar war geflochten, doch der Zopf hatte sich teilweise gelöst, und einige Haarsträhnen klebten an ihrer vom Schweiß feuchten Stirn.

»Lasst uns doch noch mal in den Garten gehen«, sagte sie, während sie sich mühevoll aufrappelte und ihre bestrumpften Füße in bereitstehende Schlappen steckte. »Ich brauche frische Luft. Ich habe das Gefühl, dass ich sonst ersticke.«

Frieda wollte etwas antworten, doch genau in diesem Augenblick wurde es unter Alex' Füßen nass. Erschrocken blickte sie auf die Pfütze, die sich auf dem dunklen Parkettboden gebildet hatte. »Ach du meine Güte«, sagte sie. »Was für ein Malheur.«

»Deine Fruchtblase ist geplatzt, was bedeutet, dass wir nicht mehr in den Garten gehen werden. Das Baby kommt!«

Erleichterung zeichnete sich auf Alex' Gesicht ab. »Und ich dachte schon, der Zwerg will gar nicht mehr rauskommen.« Dann begann sie erneut zu stöhnen und sog scharf die Luft ein. »Es tut auf einmal so weh«, sagte sie. »Es ist ganz anders. So macht doch was.« Sie stützte sich mit beiden Händen an einer Kommode ab. Edith eilte zu ihr und begann ihren Rücken zu massieren. »Es drückt nach unten. Es zerreißt mich.«

»Das ist richtig, dass es das tut«, sagte Edith. »Dann ist es bald geschafft. Jetzt dauert es gewiss nicht mehr lange. Und es wird dich nicht zerreißen, das verspreche ich dir.«

Alex nickte. »Mir wird plötzlich ganz schlecht.«

»Rasch, eine Schüssel!«, rief Edith.

Doch es war zu spät. Alex übergab sich. Sie begann zu weinen. »Es tut mir leid«, jammerte sie. »Ich wollte das nicht. Es geht schon wieder los. Ich kann nicht mehr. Ich will nicht mehr. Macht was. Es soll endlich aufhören.«

Frieda wollte etwas antworten, wurde aber durch ein Klopfen an der Tür daran gehindert. Sie öffnete die Tür und sah in das Gesicht von Dorothea Stern.

»Ich wollte nur mal nachhören, wie es steht und ob noch irgendetwas benötigt wird.«

»Das Kind ist noch drin«, rief Edith.

»Aber es könnte jetzt bald so weit sein«, fügte Frieda hinzu. »Bringen Sie doch bitte noch mal heißes Wasser und saubere Tücher.«

»Wird gemacht.« Dorothea linste neugierig über Friedas Schulter hinweg in den Raum. »Alexandra, Liebes, du schaffst das.«

Alex gab als Antwort nur ein lautes Stöhnen von sich, dem kräftiges Fluchen folgte. »Verdammte Scheiße aber auch! Ich bring ihn um, diesen Mistkerl! Soll nur heimkommen von der Front. Der kann was erleben, ob vermisst oder nicht!«

Dorothea zuckte zusammen.

»Wie Sie hören, ist alles bestens«, sagte Frieda. »Wie sage ich immer so schön: Ist gut, dass die Väter bei der Geburt nicht anwesend sind. Wäre so mancher schon gestorben.«

»Ich geh dann mal und hole die Sachen«, sagte Dorothea Stern und ging nicht auf Friedas Worte ein.

»Dass er mir das angetan hat, dieser Hundsfott!«, schimpfte Alex weiter.

Dorothea Stern zuckte erneut zusammen. Sie schien etwas unschlüssig, was sie nun tun sollte. Die Situation überforderte sie merklich. Sie beschloss, die Flucht zu ergreifen, und ging, ohne ein weiteres Wort zu sagen, den Flur hinunter.

Belustigt beobachtete Frieda, wie ihre Schritte immer schneller wurden. »Deine Mutter ist ein richtiges Trinchen«, sagte sie zu Edith, nachdem sie die Tür geschlossen hatte.

»Ist besser, wenn sie fortbleibt«, antwortete Alex für Edith. »Die steht uns doch eh nur im Weg rum.«

Edith nickte, kommentierte diese Aussage jedoch nicht. Sie wusste, dass Alex recht hatte. Doch trotzdem wünschte sie sich, dass es anders wäre und ihre Mutter Alex in dieser schweren Stunde beistehen würde. Jedoch war vieles in diesem Haus nicht so, wie sie es sich wünschte, und es würde auch niemals so werden. Dorothea Stern hatte ihr Leben lang die Rolle der stolzen Unternehmergattin gespielt, war ein unnahbar und kühl wirkender Mensch, der in seinen Konventionen gefangen schien. Es kam einem Wunder gleich, dass sie Ediths Ausbildung zur Hebamme akzeptiert hatte und es nun sogar zuließ, dass Edith Alex' Kind auf die Welt holte.

Alex jaulte erneut auf. »Dieser Druck nach unten. Es bringt mich um.« Sie stützte sich mit den Händen an einem Lehnstuhl ab und schob ihr Becken nach hinten.

»Wir sollten noch einmal kontrollieren, wie es steht«, sagte Frieda. »Es scheint nun doch recht schnell zu gehen.«

Die beiden halfen Alex aufs Bett. Edith stopfte ihr ein Kissen unter den Rücken, damit sie es bequem hatte. Frieda breitete ein Tuch über ihre Beine aus. »Dachte ich es mir doch. Es kann losgehen, meine Liebe. Bei der nächsten Wehe fest pressen. Jetzt haben wir es bald geschafft.«

Die Wehe kam, und Alex presste. Edith unterstützte sie und schob sie kräftig nach vorn. Alex winselte und jammerte. »Es tut so weh. Himmel, es tut so weh. Bitte, ich schaffe das nicht. Macht was. Bitte, es geht nicht.«

»Doch, doch. Das geht«, sagte Frieda. »Ich sehe schon das Köpfchen und ganz viele schwarze Haare. Noch einmal fest pressen. Gleich ist es geschafft, Liebes. Du machst das großartig. Nur noch ein bisschen weiter.«

Alex presste mit aller Macht.

»Gut so. Weiter. Nur noch ein Stück. Es kommt gleich. Ja. Der Kopf ist da.« Frieda winkte Edith heran und trat zur Seite.

Edith verstand. Sie sollte den letzten Schritt machen und das Kind ihrer Schwester, ihre Nichte oder ihren Neffen, auf dieser Welt begrüßen. Die Wehe kam, und ein letztes Mal bäumte sich Alex auf. Dann war es geschafft. Edith drehte die Schultern heraus, und das kleine Menschlein rutschte in ihre Arme. Die Kleine begann sofort zu schreien. »Hallo, mein Schatz«, sagte Edith voller Freude. »Herzlich willkommen auf der Welt.« Sie schaffte es kaum, die Tränen zurückzuhalten. »Es ist ein Mädchen«, sagte sie.

Alex lehnte sich zurück. Sie weinte vor Erleichterung, ihr ganzer Körper bebte.

Frieda streichelte ihren Arm. »Das hast du großartig gemacht, meine Liebe.«

Edith durchtrennte die Nabelschnur und wickelte ihre Nichte in ein sauberes Tuch. Die Kleine beruhigte sich und sah sie mit großen Augen an. Edith legte sie mit den Worten »Darf ich dir deine Tochter vorstellen?« in die Arme ihrer Schwester. Dieser Moment war etwas Besonderes. Alex' Augen begannen auf diese ganz eigene Art zu strahlen, wie es Edith bei so vielen Müttern bereits gesehen hatte. Mutter und Kind begegneten sich zum ersten Mal. Es war immer wieder ergreifend, diesen Moment miterleben zu dürfen.

»Sie ist so wunderschön«, sagte Alex und berührte zärtlich die kleinen Finger ihrer Tochter. »Und ganz ihr Vater.«

»Also ich sehe eher die Mutter«, sagte Frieda andächtig. Auch sie als erfahrene Hebamme war bei diesem Moment jedes Mal gerührt.

»Wie soll sie denn heißen?«, fragte Edith.

»Margarethe, nach ihrer Großmutter«, antwortete Alex.

Edith entfernte das blutige Laken und ersetzte es durch ein neues. Frieda nahm Alex kurz das Kind ab, und Edith half ihrer Schwester beim Umkleiden. Als sie so weit mit der Versorgung von Mutter und Kind fertig waren, klopfte es erneut an der Tür.

»Sie hat den richtigen Moment abgepasst«, sagte Alex scherzhaft. Sie saß wieder auf dem Bett, mit ihrer Tochter im Arm.

Frieda öffnete die Tür. Doch es war nur ein junges Dienstmädchen, das mit schüchternem Blick davorstand, eine dampfende Wasserschüssel in Händen und frische Tücher über dem Arm. »Das soll ich bringen«, sagte das Mädchen so leise, das Frieda es kaum verstand.

»Vielen Dank«, antwortete Frieda. Sie schätzte das Mädchen auf höchstens vierzehn. »Geh und richte deiner Herrin aus, dass das Kind da ist«, sagte sie und nahm ihr Schüssel und Tücher ab.

Das Dienstmädchen nickte eifrig. »Das mach ich. Welch eine Freude.« Schon war ihre Stimme lauter, und sie sah Frieda sogar an.

So ein Neugeborenes ist wie ein Zaubermittel, dachte Frieda und sah dem Mädchen lachend nach, das den Flur regelrecht entlangstürzte.

Es dauerte nicht lange, bis erneut an die Tür geklopft wurde und Dorothea und Friedrich Stern den Raum betraten.

Langsam näherten sich die beiden dem Bett. Frieda trat taktvoll auf den Balkon, um der Familie den persönlichen Moment zu lassen.

»Wir hörten von der glücklichen Ankunft des neuen Familienmitglieds«, sagte Friedrich freudig.

»Darf ich euch eure erste Enkeltochter Margarethe vorstellen?«, sagte Alex mit strahlenden Augen.

Dorothea Stern trat neben das Bett und besah sich das kleine Mädchen genauer. »Ein Mädchen also. Sie ist bezaubernd.« Sie berührte die Kleine nicht. »Und du hast ihr den Namen von Pauls Großmutter gegeben.«

»Es war sein Wunsch, wenn es ein Mädchen wird«, sagte Alex, der die Enttäuschung ob der Zurückhaltung ihrer Mutter anzusehen war. Wieder einmal schaffte es Dorothea Stern, einen glücklichen Familienmoment zu zerstören.

»Wir könnten ihr doch auch noch einen zweiten Namen geben«, schlug Edith vor, um die Wogen zu glätten. »Der Name von Papas Mutter wäre passend. Amalie. Dann würde sie Margarethe Amalie heißen.«

»Das mit dem Namen hat Alex ganz richtig entschieden«, antwortete ihr Vater, der näher ans Bett getreten war und seine Enkeltochter, die inzwischen eingeschlafen war, mit strahlenden Augen betrachtete. »Sie richtet sich nach den Wünschen ihres Ehemanns, von dem wir hoffen, dass er wieder zu uns zurückkehren wird. Amalie als zweiter Name würde mir jedoch auch gefallen. Sie ist wirklich ganz bezaubernd, Liebes.« Er drückte seiner Tochter einen Kuss auf die Stirn. »Nun wäre es doch Zeit für ein Foto. Erst Mutter und Kind, dann alle zusammen.«

Friedrich Stern holte seinen Fotoapparat, und auch Frieda musste fotografieren, damit alle Familienmitglieder auf dem Bild waren. Danach brachte ein Dienstmädchen Sekt und Schnittchen, und es wurde auf die Geburt des neuen Erdenbürgers angestoßen.

Irgendwann, es dämmerte bereits, verabschiedeten sich Edith und Frieda mit dem Versprechen, die nächsten Tage wieder vorbeizukommen, um nach den beiden zu sehen.

Dorothea Stern brachte nur wenig Verständnis dafür auf, dass

Edith nicht bei ihnen blieb. »Wenigstens die erste Nacht könntest du hierbleiben«, sagte sie. »Was ist, wenn es noch Probleme gibt?«

Doch Edith lehnte ab. »Morgen früh findet in der Schule eine wichtige Prüfung statt, an der ich unbedingt teilnehmen muss. Es tut mir leid. Aber Alex ist gut versorgt.« Ediths Blick wanderte zu einer jungen, blonden Frau in Schwesterntracht, die vor wenigen Minuten den Raum betreten hatte. Anna Gruber war Krankenschwester und würde Alex in den nächsten Tagen rund um die Uhr zur Verfügung stehen. Frieda hatte mit der Frau kurz nach ihrer Ankunft in der Villa gesprochen und sie für patent befunden. Sie hatte früher auf der Geburtsstation der Charité gearbeitet und kannte sich hervorragend mit Säuglingspflege aus. Alex war bei ihr in den besten Händen.

Edith und Frieda verabschiedeten sich endgültig. Edith drückte ihre Schwester noch einmal und strich ihrer Nichte zärtlich über die Wange, dann folgte sie Frieda aus dem Raum. Im Foyer trafen sie auf den Butler Thomas, der ihnen mit den besten Wünschen aus der Küche einen mit Schnittchen, Keksen und einer Flasche Wein gefüllten Korb überreichte.

Frieda konnte es nicht lassen, bereits auf dem Weg zum Bahnhof das erste Schnittchen aus dem Papier zu wickeln. »Echtes Schwarzbrot mit kaltem Braten«, sagte sie erfreut. »Und drunter ordentlich Butter. Über Mangel kann in diesem Haus wirklich niemand klagen.« Sie biss in das Brot, und ihr Gesichtsausdruck bekam etwas Seliges. »Das ist doch ganz was anderes als die Erbsensuppe, die heute mal wieder auf dem Essensplan der Klinik stand.«

»Hätte mich auch gewundert, wenn sie nicht im Luxus leben würden«, sagte Edith. »Mein Vater war schon immer ein guter Kaufmann. ›Geht nicht, gibt's nicht‹, hat er immer gesagt. Er hat beste Kontakte zum Schwarzmarkt. Das kannst du annehmen.«

»Und die kleinen Leute verhungern in ihren stinkenden Löchern«, sagte Frieda und schüttelte den Kopf.

Sie liefen an einem Kriegsversehrten vorbei, der neben dem Eingang des Bahnhofs saß. Spontan drückte Frieda ihm eines der Schnittchen in die Hand. »Lass es dir schmecken«, sagte sie. »Ist Butter drauf und Braten.«

Noch ehe der Mann reagieren konnte, waren sie weitergelaufen.

Später in der Bahn sprachen sie nur wenig. Frieda nickte irgendwann ein. Edith weckte sie, als sie die Station Hermannstraße erreichten. Als sie aus dem Bahnhofsgebäude traten, bemerkten sie ein dichtes Gedränge an einem der Seiteneingänge. Schutzmänner sperrten gerade die Treppe ab. Edith reckte und streckte sich, um etwas sehen zu können. Schließlich fragte sie einen der umstehenden Passanten, was denn los sei.

»Auf der Treppe ist eine junge Frau zusammengebrochen. Ich hab sie vorhin gesehen. Sie hat früher in der Neuen Welt gearbeitet und ist eines der Flittchen geworden. Gitti ist ihr Name. Hat sich schwängern lassen. Gehört ihr wohl auch nicht anders. Verlottern immer mehr die jungen Leute heutzutage.«

Edith sah zu Frieda, die erstarrte. Doch nur für einen Moment. Dann kam Leben in sie, und sie kämpfte sich durch die Menge und schlüpfte unter dem Absperrband hindurch. Sie stürzte auf die leblose Frau am Boden zu und drehte sie um.

»Gitti! Hörst du mich? Gitti, so sag doch was. Gitti!« Verzweifelt rüttelte Frieda an Gitti, doch die rührte sich nicht.

Auch Edith schaffte es, sich durch das Gedränge zu kämpfen. Fassungslos sah sie auf Gittis blasses, übel zugerichtetes Gesicht. Sie war nur leicht bekleidet, hatte bloß Hemd und Strümpfe an, bei einem von ihnen war das Band gerissen. Ihre Oberschenkelinnenseiten waren von blauen Flecken übersät, ihre Knie aufgeschlagen. Ihr Blick war erstarrt. Einer der Schutzmänner wollte Frieda wegzerren, doch Edith hielt ihn zurück. »Sie war ihre Freundin«, sagte sie.

Da ließ er von Frieda ab und trat einen Schritt zurück. »Aber nur für einen Moment«, sagte er. »Wir müssen hier für Ruhe sorgen.«

Frieda bekam einen Heulkrampf. »Nein«, äußerte sie verzweifelt. »Nein, bitte nicht. Du dummes Mädchen. Warum nur? Warum bist du nicht bei uns geblieben?« Sie begann sich mit ihr vor und zurück zu wiegen und schluchzte laut. »Du Dummerchen, wärst du doch nur nicht fortgelaufen. Ich hätte mich doch gekümmert. Ich hätte mich gekümmert.«

Edith stiegen ebenfalls die Tränen in die Augen.

Nun sind Mutter und Tochter wieder vereint, dachte sie und ging neben Frieda in die Hocke.

Wenigstens war dieser Gedanke ein schwacher Trost.

34

NEUKÖLLN, AUGUST 1918

Luise stand in einem der Waschräume und betrachtete ihr Spiegel-
bild. Dunkle Ringe lagen unter ihren Augen, und einige Haarsträhnen hatten sich aus ihrem Dutt gelöst. Wassertropfen perlten über
ihre Wangen und liefen ihren Hals hinunter. Doch die gewünschte
Erfrischung hatte das kalte Wasser nicht gebracht. Sie könnte jetzt
eigentlich schlafen gehen, denn sie hatte eine lange Schicht hinter
sich. Doch wie sollte man in solch einer überhitzten Dachkammer
Schlaf finden? Noch dazu begann in einer halben Stunde ein Vortrag von Professor Hammerschlag, an dem sie teilnehmen wollte.
Ein Kaffee wäre jetzt herrlich. Er hätte ihre Lebensgeister wieder geweckt. Aber an echten Kaffee war schon lange nicht mehr zu denken.
Also musste sie es auf anderem Wege schaffen, munter zu werden.
Ihr Blick wanderte zum Fenster. Seit Tagen hing die Hitze wie eine
Glocke über der Stadt, und auch heute schien die Sonne unerbittlich
von einem wolkenlosen Himmel. Früher, in Eckersberg, hatten sie
an solch warmen Sommertagen die meiste Zeit des Tages im Garten
verbracht. Unter einem Lindenbaum sitzend, hatten sie Zwetschgen
entsteint, die später zu Kompott eingekocht wurden. Ihre Oma hatte damals oft die nackten Füße unter dem Tisch in einer Wasserschüssel gehabt. Luise schloss die Augen und versuchte sich an den
Duft der süßen Zwetschgen zu erinnern, an das Gefühl eines lauen
Sommerwindes auf der Haut. Heute vermisste sie ihre alte Heimat
schmerzlich, obwohl der Gartenstuhl unbequem gewesen war und
schief gestanden hatte. Alles würde sie dafür geben, noch einmal
einen solchen Nachmittag haben und das Lachen ihrer Oma hören
zu dürfen. Das Heimweh schlich sich in den sonderbarsten Momen-

ten an. Sie dachte an Günter und an ihre gemeinsame Zukunft. Gerade jetzt schien ihr die Vergangenheit wieder näher zu sein, und die Zweifel kehrten zurück. War es wirklich richtig, Eckersberg aufzugeben? Sie hatten damals eine Verantwortung gehabt. Vor ihrer Abreise hatte sie versprochen, wiederzukommen. Aber mit dem Tod ihrer Oma hatte sich alles verändert. Sie seufzte und wischte sich mit einem Tuch die Feuchtigkeit vom Gesicht.

Margot betrat den Waschraum, trat neben sie und sah sie verwundert an. »Was machst du denn noch hier?«, fragte sie und seifte sich die Hände ein. »Du hast eine Dreißigstundenschicht hinter dir. Geh schlafen.«

»In unsere heiße Dachkammer?«, antwortete Luise und streckte sich gähnend. »Da werde ich eher gegrillt. Und außerdem hält doch Professor Hammerschlag gleich diesen Vortrag. Weißt du, um was es darin gehen soll? Das Ganze ist ja recht hektisch einberufen worden.«

»Nein, leider nicht. Hoffentlich ist es keine Rüge oder eine unangekündigte Prüfung. So etwas könnte ich jetzt gar nicht brauchen«, antwortete Margot. »Ich hänge mit meiner Lernarbeit des letztens Abschnitts ziemlich hinterher. Bei der Hitze kriege ich einfach nichts in meinen Kopf.« Sie hielt ihre Arme unter das fließende Wasser und wusch sich das Gesicht. »Wie gern würde ich jetzt schwimmen gehen. Ich wusste gar nicht, wie gut ich es damals hatte, als wir jeden Tag ins Sonnenbad gehen und planschen konnten.«

»Sonnenbad?«, fragte Luise.

»Das war das alte Rixdorfer Freibad. Dort hat mir mein Onkel das Schwimmen beigebracht. Das Wasser war sogar beheizt. Leider hat es vor einigen Jahren zugemacht. Ich hätte es dir gern gezeigt.«

»Beheiztes Wasser, was für ein Komfort«, sagte Luise. »Bei uns gab es nur den Dorfweiher, und der war alles, aber nicht beheizt.

Die Buben haben uns schon im Mai vom Steg reingeschubst. Eine Memme durfte man da nicht sein, und flott schwimmen haben wir auch gelernt.«

»Vielleicht könnten wir ja am Sonntag unseren freien Tag nutzen und was unternehmen«, schlug Margot vor. »Wir könnten zum Wannsee rausfahren. Da wollte ich schon immer mal hin. Soll toll sein.«

»Vielleicht«, antwortete Luise. Sie war zögerlich. Eigentlich war sie bereits mit Günter verabredet. Aber vielleicht ließe er sich dazu überreden, mit zum Wannsee zu kommen. Die Vorstellung, mal wieder in einem See zu planschen, gefiel ihr.

»Magst du noch in die Tagesklinik mitkommen?«, fragte Margot. »Heute ist eine Menge los, und Lore, die heute in der Klinik Dienst gehabt hätte, ist ganz plötzlich krank geworden.«

»Was hat sie denn?«

»Fieber und Kopfschmerzen. Doktor Merwitz sagte, er wolle sie sich nachher mal ansehen. Könnte sein, dass sie sich mit der Grippe infiziert hat. Da häufen sich ja gerade die Fälle.«

»Ja, leider«, antwortete Luise. »Ist schon sonderbar. Die Grippe mitten im Sommer.«

»Ich finde es auch komisch. Aber gewiss vergeht der Spuk so schnell, wie er gekommen ist. Bei dem warmen Wetter können sich die Viren doch gar nicht lange halten«, antwortete Margot und trocknete sich die Hände an einem Tuch ab. »Ich muss jetzt wieder in die Klinik.«

»Ich komme mit«, antwortete Luise und folgte Margot aus dem Raum.

In der Tagesklinik angekommen, wurden sie schon von einer ganzen Gruppe Frauen und Kinder empfangen, die auf dem Flur auf sie warteten.

»Wo warst du denn so lange?«, fragte Susanne Wellenbrinck sie vorwurfsvoll im Vorbeigehen. »Hier ist die Hölle los. Wenn das so weitergeht, schaffen wir es nicht zu dem Vortrag des Professors. Wer soll denn die ganzen Leute versorgen?«

Margot und Luise stürzten sich in die Arbeit. In der Fürsorgestelle waren sämtliche Untersuchungsliegen belegt. Gleich zwei Ärzte waren heute im Einsatz. Dr. Strusewitz und Dr. Merwitz eilten von Patientin zu Patientin, untersuchten, hörten zu und verordneten Medikamente.

»Wir haben ungewöhnlich viele Fälle mit Grippe oder grippeähnlichen Symptomen«, sagte Dr. Strusewitz zu Luise. »Achten Sie auf besondere Hygiene, und gehen Sie, wenn möglich, nachher zu dem Vortrag des Professors. Er wird dieses Thema aufgreifen.«

Luise nickte und betrat eine der Untersuchungskabinen. Auf der Untersuchungsliege saß eine dunkelhaarige Frau um die dreißig, die einen Säugling im Arm hielt, der kläglich wimmerte. Neben ihr stand barfuß ein kleiner Junge. Luises Blick blieb an seinen nackten, schmutzigen Füßen hängen, die von roten Pusteln überzogen waren.

»Na, die Reichsregierung hat doch dazu aufgerufen, barfuß zu gehen, weil man dadurch Leder spart«, stammelte die Mutter.

»Und woher kommen die roten Pusteln?«, fragte Luise verdutzt. Von dieser Anweisung hörte sie zum ersten Mal.

»Die Kinder kriegen doch die Busfahrkarten zum halben Preis, wenn sie Brennnesseln sammeln gehen, für die Herstellung der Ersatztextilien.«

»Es wird immer hanebüchener«, mischte sich eine Frauenstimme auf der anderen Seite des Vorhangs ein. »Da sollen wir alle barfuß laufen, und dann schicken sie unsere Kinder in die Brennnesselfelder für Kleidung, die drei Tage hält. Oh, was vermisse ich einen anständigen, festen Leinen- oder Baumwollstoff und ordentliche Schuhe aus richtigem Leder ohne Löcher. Das waren noch Zeiten, als man die bei Leiser kaufen konnte. Und dann veranstalten die drüben in Berlin auch noch 'ne Modewoche. Groß in der Zeitung haben sie darüber berichtet und getönt, dass sogar neutrale Staaten da ausstellen. Fragt sich nur, wer. Nicht, dass ich da jemals hingegangen wäre, mehr als einfache Wäsche können wir uns eh nicht leisten, aber immerhin bestand die früher nicht aus Brennnesseln, und wir mussten noch kein Zeitungspapier in die Schuhe gegen die Kälte stopfen.«

Luise ignorierte das Gezeter und beugte sich zu dem Jungen hinunter. »Juckt es arg an den Füßen?«, fragte sie.

Der Junge, sie schätzte ihn auf sechs oder sieben, nickte schüchtern.

»Ich glaube, dagegen können wir was machen. Komm mal mit.«

Sie legte den Arm um ihn und brachte ihn zu einer der Krankenschwestern, die sofort Rat wusste.

»Wir waschen dir erst einmal die Füße, und dann schmieren wir eine Fettcreme drauf. Du wirst sehen, dann sind die Pusteln und der Juckreiz schnell wieder verschwunden.«

Luise ließ den Jungen in der Obhut der Schwester und kümmerte sich wieder um die Mutter des Kleinen. Sie plagte ein übelriechender Ausfluss, der versorgt werden musste. Auch hatte der Säugling Fieber, das sie abklären lassen wollte.

In der folgenden Stunde versorgte sie eine Schwangere, die vorzeitige Wehen vermutete, und eine Frau, die so hohes Fieber hatte, dass sie sofort vom Arzt in die Klinik eingewiesen wurde. Sie wog Kinder, verteilte Milchpulver, begutachtete Ausschläge, gab Pflegetipps, tröstete, hob Spielsachen auf, lachte mit den Müttern und hörte sich ihre Geschichten an. Auffällig oft wurde erzählt, dass jemand die Grippe habe. Der Vater, der Sohn, die Schwägerin. Eine ältere Frau berichtete, dass ihre Nachbarin daran gestorben sei. »Sie war immer gesund, gerade mal Mitte vierzig«, sagte sie. »Hat nur drei Tage gedauert, dann hat sie der Herrgott zu sich geholt. Wie es jetzt mit der Familie weitergehen soll, weiß keiner so genau. Der Mann ist verzweifelt, muss er doch den ganzen Tag in der Metallfabrik arbeiten. Im Moment kümmert sich der älteste Sohn um seine jüngeren Geschwister. Aber er wird nächste Woche achtzehn und ist schon einberufen. Die nächste Tochter ist erst zwölf. Die armen Leute.« Sie schüttelte den Kopf. »Ich würde ihnen ja gern helfen, aber ich muss auf meine drei Enkel aufpassen, während meine Lene arbeiten geht. Ihr Achim gilt als verschollen. Da kriegt sie keine Unterstützung.«

Die Behandlungsräume wollten und wollten sich nicht leeren, und so endete die Sprechstunde wieder einmal später als geplant. Der Vortrag von Professor Hammerschlag war längst vorbei. Nachdem die letzte Patientin gegangen war, sank Luise erschöpft auf einen Stuhl neben einer Behandlungsliege und schloss die Augen.

»Du solltest wirklich schlafen gehen«, sagte Margot zu ihr. »Jetzt in den Abendstunden ist es bestimmt nicht mehr ganz so warm in der Kammer.«

»Wo war eigentlich Frieda heute?«, fragte Luise und ging nicht auf Margots Worte ein. »Hatte sie nicht ebenfalls Dienst in der Tagesklinik?«

»Stimmt«, sagte Margot. »Das ist seltsam. Vielleicht hat die Marquard etwas an den Plänen geändert.«

»Meinst du wirklich? Ich hab ein ungutes Gefühl«, sagte Luise. »Wollen wir nach ihr gucken gehen?«

Margot nickte. »Gern.«

Die beiden machten sich auf den Weg zu Friedas Kammer, die im dritten Stock des Verwaltungsgebäudes lag. Luise klopfte an, doch niemand antwortete. Sie klopfte ein weiteres Mal, aber hinter der Tür blieb es still.

»Ich glaube, ich weiß, wo sie sein könnte«, sagte Margot.

Luise nickte. Ihre Miene wurde traurig. »Lass uns zu ihr gehen.«

Die beiden verließen das Gebäude und machten sich auf den Weg zum unweit der Frauenklinik gelegenen Tempelhofer Friedhof, auf dem Gitti und ihre Tochter im Armenabschnitt beerdigt worden waren. Sie liefen durch die Gräberreihen, die im Licht der warmen Abendsonne lagen. Manche Gräber waren gerichtet. Blumen waren darauf gepflanzt worden, zumeist Geranien, die mochten die Hitze und hielten den ganzen Sommer über. Andere waren von Unkraut überwuchert. Auf einem blühten Kamillenpflanzen und Kornblumen in Hülle und Fülle. Schmetterlinge flatterten über die Gräber, Vogelgezwitscher war zu hören. Luise las den einen oder anderen Namen auf den Steinen, Geburts- und Todesdaten. Leider waren es vor allem Kinder, die dort beerdigt lagen. Die Namen von Gefallenen fanden sie hier nicht. Die kamen nicht mehr in die Heimat zurück. Irgendwo in der Fremde wurden sie bestattet. Nicht einmal ein Grab zu haben, an dem sie um ihren Gatten trauern konnten, war für manche Kriegswitwe das Schlimmste. Wenige Fotos aus besseren Tagen und Erinnerungen waren alles, was ihnen zumeist blieb. Und oft eine Schar Kinder, die es durchzubringen galt.

Sie erreichten den Armenabschnitt des Friedhofs. Hier gab es keine Grabsteine, sondern einfache Holzkreuze. Vor einem von ihnen saß Frieda.

»Du hattest recht«, sagte Luise und sah zu Margot. Die beiden blieben ein Stück von Frieda entfernt stehen und betrachteten sie eine Weile schweigend. Frieda hatte Gittis gewaltsamen Tod noch immer nicht überwunden. Niemand wusste, weshalb sie das Ableben der ehemaligen Hausschwangeren so sehr mitnahm. Sie hatte Gitti gemocht und sich für sie eingesetzt, aber das Mädchen war doch nur wenige Wochen bei ihnen in der Klinik gewesen. Was übersahen sie? Was hatte Gitti an sich gehabt, weshalb Frieda so auf ihren Tod reagierte? Die Polizei hatte ihre Ermittlungen in dem Fall bereits nach wenigen Tagen eingestellt. Brigitte Elwanger, wie

Gittis vollständiger Name lautete, war vergewaltigt und verprügelt worden. Ihren Tod hatte eine Verletzung am Kopf herbeigeführt. Der Täter hatte nicht ermittelt werden können. Eine junge Frau, die offensichtlich anschaffen gegangen war, schien den Ermittlern nicht wertvoll genug zu sein, um den Mörder zu finden. So kam dieser Schuft straffrei davon und würde im schlimmsten Fall weitere Mädchen töten.

Luise und Margot traten näher und sanken neben Frieda in das weiche Gras vor dem Grab. Frieda hatte einen Strauß Sonnenblumen mitgebracht und in einer Vase daraufgestellt.

Eine Weile sagte niemand etwas.

Frieda war diejenige, die die Stille irgendwann brach. »Sie hatte Sonnenblumen gern. Das hat sie mir mal erzählt. Als Kind war sie oft bei ihrer Oma, die in einem winzigen Haus, umgeben von Wiesen und Feldern, am Stadtrand gelebt hatte. ›In ihrem Garten haben die größten und schönsten Sonnenblumen der ganzen Welt geblüht‹, hat sie gesagt.«

»Sie gefallen ihr bestimmt«, sagte Luise, und Margot fügte hinzu: »Wir haben dich in der Sprechstunde vermisst. Es war eine Menge los heute.«

Frieda antwortete nicht. Luise sah zu Margot, die mit den Schultern zuckte. Erneut fühlten sie sich hilflos. Wie so oft in letzter Zeit in Friedas Gegenwart. Die vorher so lebensfrohe Frau war nun in sich gekehrt, man erkannte sie kaum wieder. Es konnte doch nicht sein, dass ausgerechnet Gittis Tod, so schrecklich er war, sie so sehr verändern konnte. Frieda war fünfzig Jahre alt, eine erfahrene Hebamme, die in ihrem Leben schon viele Dinge gesehen und erlebt hatte.

Als Frieda aufstand, geriet sie ins Schwanken. Luise und Margot stützten sie gleichzeitig.

»Du bist ja glühend heiß«, stellte Margot fest.

»Es ist nichts«, wiegelte Frieda ab. »Nur die Hitze, nichts weiter. Da sind doch alle glühend heiß. Vielleicht noch ein bisschen Kopfweh.« Sie wollte sich losreißen, doch Margot hielt ihren Arm fest umklammert und sah Frieda direkt ins Gesicht. Sie nahm ihren fiebrigen Blick wahr. Im nächsten Augenblick begann Frieda erbärmlich zu zittern.

»Schüttelfrost«, stellte Luise fest. »Sie muss sofort zurück in die Klinik und zu einem Arzt. Das könnte die Grippe sein.«

Gemeinsam brachten sie Frieda zur Klinik. Der Rückweg gestaltete sich schwieriger als gedacht, denn Frieda musste immer wieder stehen bleiben, sich sogar einmal setzen. »Nur ein wenig ausruhen. Es geht gleich wieder. Ich bin etwas müde, weißt du?«

Luise sah Margot hilflos an. Diese rüttelte an Friedas Arm, um sie wach zu halten. »Gleich kannst du dich ausruhen, Frieda. Nur noch ein kurzes Stück, und wir sind in der Klinik. Dann kannst du Pause machen und schlafen. Fest versprochen.«

Die letzten Meter trugen die beiden Frieda beinahe. Sie hing zwischen ihnen wie ein nasser Sack. Zu ihrem Glück begegnete ihnen auf dem Klinikgelände der Hilfsgärtner Michael, der ihnen zu Hilfe eilte. Gemeinsam schafften sie Frieda in die Tagesklinik und legten sie in einem der Behandlungsräume auf einer Liege ab. Margot eilte sofort los, um einen der Ärzte zu verständigen. Es war Günter, mit dem sie zurückkehrte. Seine Miene war sorgenvoll.

Nachdem er Frieda untersucht hatte, war sein Blick mehr als ernst. »Sie hat die Grippe. Diese gottverdammte Seuche breitet sich immer weiter aus, und wir haben das Gefühl, dass sich die Verläufe verschlimmern. Es mehren sich die Todesfälle in sämtlichen deutschen Städten, so wie es scheint, sogar in ganz Europa.«

Alarmiert sahen Margot und Luise ihn an.

»Ich werde ihr fiebersenkende Mittel geben, mehr können wir nicht tun. Aber ich denke, sie könnte es überstehen. Frieda ist stark, ihr Körper gut genährt. Hoffen wir, dass sie es schafft.« Er nahm kurz Luises Hand und drückte sie. »Ich muss auch gleich wieder fort. Ein Kaiserschnitt steht an. Ihr kümmert euch?«

»Ja, natürlich. Wir informieren am besten die Marquard«, sagte Luise. »Sie wird alles Notwendige in die Wege leiten.«

Bald darauf war Frieda in einem ruhigen Zimmer in der septischen Abteilung untergebracht. Es lag ganz am Ende des Flurs direkt neben einem der Schwesternräume. Margot und Luise hatten Edith informiert, die schnell gekommen war. Luise saß in einem Sessel in der Zimmerecke. Schon vor einer Weile war sie erschöpft eingeschlafen. Margot hatte sie liebevoll mit einer Wolldecke zugedeckt. Schlaf ein bisschen, meine Liebe, hatte sie zu ihr gesagt. Wer Dreifachschichten fährt, der darf sich ausruhen. Wir halten die Stellung. Fest versprochen.

Edith hatte eines von Friedas Lieblingsbüchern mitgebracht und las daraus vor. Es war eine schnulzige Liebesgeschichte, die ihr so gar nicht zusagte. Aber Frieda mochte solche Romane. Und auch sie hatte ihr damals nach dem Unfall vorgelesen. Vielleicht drangen ihre Worte ja zu ihr durch und taten ihr gut.

Margot saß neben dem Fenster in einem Lehnstuhl, den ihnen die Marquard gebracht hatte. Die Oberhebamme wäre am liebsten selbst vor Ort geblieben, doch sie hatte heute die Aufsicht über die Nachtschicht, und es galt, den Ausfall von Frieda zu kompensieren. Lieb war es ihr nicht, dass drei ihrer Schützlinge viele Stunden mit einer Grippekranken verbrachten, aber sie wusste, dass sie sie nicht davon abhalten konnte. Also hatte sie noch einmal einige Anweisungen gegeben, die einer möglichen Ansteckung entgegenwirken sollten. Die Kranke sollte möglichst wenig berührt werden. Mehrfach sollte der Raum verlassen, die Hände sollten desinfiziert und jeder andere Besucher sollte von Frieda ferngehalten werden. Der letzte Rat war am schwierigsten zu befolgen, denn es klopfte während der nächsten Stunden mehrfach an der Tür. Jedes Mal war es Margot, die die Besucher wegschickte. Unter ihnen waren viele Hebammenschülerinnen und Krankenschwestern, aber auch anderes Personal, wie Lene aus der Flickstube oder die Köchin, die es sich nicht nehmen ließ, dem Krankenlager belegte Brote zu bringen. Vielleicht hatte die Patientin ja Hunger.

Es wurde eine lange Nacht. Irgendwann nickten auch Margot und Edith ein. Am nächsten Morgen waren es Günter und Professor Hammerschlag, die sie weckten. Die Ärzte untersuchten Frieda gründlich. Es wurde erneut die Temperatur gemessen und ihr Brustkorb abgehört. Frieda ließ alles stöhnend über sich ergehen und sank danach ermattet zurück in die Kissen. Sie hustete nun kräftig, was weiteren Anlass zur Sorge gab, und schien nur wenig von ihrer Umgebung mitzubekommen.

»Noch ist es keine Lungenentzündung«, sagte Professor Hammerschlag. »Wollen wir hoffen, dass es so bleibt. Ich war vorgestern auf einer Versammlung der Berliner Ärzteschaft in der Charité. Waren die Verläufe der Grippe anfangs noch meist harmlos, werden sie nun vermehrt schlimmer. Es wird von Fällen berichtet, in denen die Menschen innerhalb weniger Tage eine blutige Lungenentzündung entwickelt haben und gestorben sind. Typisch dafür ist eine Blaufärbung der Haut, die auf die akute Atemnot zurückzuführen ist. Wir können nur darauf hoffen, dass sich diese Form der Pandemie nicht weiter ausbreitet und es sich weiterhin nur um wenige Einzelfälle mit diesem schweren Verlauf handelt. Aber wir gehen in den Herbst, und ich will nichts schönreden, meine Damen. So sagte ich es bereits in meinem gestrigen Vortrag, dem Sie ja leider Gottes aufgrund erhöhten Aufkommens in der Tagesklinik ferngeblieben sind. Es könnte schlimm kommen. Auch von der Front hört man nichts Gutes. Einer der von dort zurückgekehrten Ärzte sprach von vielen Grippefällen unter den Soldaten; in den letzten Tagen kam es vermehrt zu Todesfällen. Bei allen Betroffenen war es stets derselbe Verlauf. Sie erkrankten plötzlich, und es trat jeweils innerhalb kürzester Zeit eine blutige Lungenentzündung auf. Der Tod trat dann meist rasch ein.«

Bestürzt sahen die drei Frauen sich an.

»Also könnte sie es schaffen, wenn sie keine Lungenentzündung bekommt?«, fragte Luise.

»Richtig. Und ich bin guter Dinge«, antwortete der Professor. »Bisher sieht es nach einem eher milden Verlauf der Krankheit aus. Wollen wir darauf hoffen, dass es so bleibt und sie sich bald wieder erholt.« Der Professor verließ den Raum.

Günter blieb zurück und blickte mit ernster Miene in die Runde. »Ich weiß, ihr wollt euch um Frieda kümmern, was ich gut verstehen kann, aber wir haben gerade viel Betrieb. Gleich bei drei Hausschwangeren haben die Wehen eingesetzt, eine von ihnen ist ebenfalls an der Grippe erkrankt und muss in einem separaten Raum betreut werden. Heute ist in der Fürsorgestelle des Gemeindehauses Sprechstunde, und dort sind gleich mehrere Kinderschwestern durch Krankheit ausgefallen. Wir sind gebeten worden, Ersatz zur Verfügung zu stellen. Es wäre gut, wenn diese Aufgabe Margot übernehmen würde. Sie ist die Erfahrenste im Umgang mit den Leuten da draußen. Luise kann auf der Station helfen. Leider ist uns noch eine weitere Hebamme ausgefallen. Nicht wegen der Grippe. Sie ist mit dem Rad gestürzt und hat sich den Arm gebrochen. Deshalb wirst du mehr Aufgaben übernehmen müssen. Edith ist für die Wochenbettstation eingeteilt und soll dort bleiben. Unter den Frauen herrscht große Verunsicherung, denn es gibt auch hier zwei Grippefälle unter den Patientinnen. Nach Frieda werde ich höchstpersönlich alle zwei Stunden sehen. Das verspreche ich euch.«

Alle drei nickten. Günter hatte recht. Sie konnten nicht den ganzen Tag hierbleiben.

»Gut, dann auf in den Kampf«, sagte Margot.

Als Luise an ihm vorbeilief, hielt er sie kurz zurück und hauchte ihr einen Kuss auf die Wange. »Es wird alles gut werden«, sagte er. »Ich lass sie nicht sterben.«

Luise nickte und bemühte sich um ein Lächeln. »Meine Oma sagte immer, wir liegen alle in Gottes Hand«, antwortete sie und strich kurz mit dem Finger über seine Wange, dann eilte sie davon.

Es dämmerte bereits, als Margot leise in den Raum schlüpfte und, von der vielen Arbeit erschöpft, an Friedas Bett trat. Sie bemerkte die Blaufärbung ihrer Haut und den sich pfeifend anhörenden Atem. Friedas Augenlider flatterten, Schweißperlen standen auf ihrer Stirn. Da wusste sie, noch ehe ein Arzt es ihr bestätigte, Frieda würde es nicht schaffen. Sie nahm einen Stuhl, setzte sich neben das Bett und begann zu erzählen. Es war, als wollte sie gegen die unheilvolle Stille im Raum anreden, gegen den Tod, der bereits hier war und darauf wartete, zuzugreifen. Sie wusste, dass sie ihn nicht würde aufhalten können.

35

NEUKÖLLN, SEPTEMBER 1918

Margot wickelte sich fröstelnd in ihre schwarze Strickjacke. Ein böiger Wind fegte über den Friedhof, der dunkle Wolkenpakete vor sich hertrieb. Die Hitze der vergangenen Wochen hatte sich vor einigen Tagen mit einem Paukenschlag in Form eines schrecklichen Unwetters verabschiedet. Seitdem war es nicht mehr warm und sonnig geworden. Als ob das Wetter wüsste, dass es zu trauern galt. Margots Blick ruhte auf dem Sarg aus Kiefernholz, auf dem ein Bouquet aus weißen Lilien lag. Sie weinte nicht. All ihre Tränen waren bereits aufgebraucht. Die Trauergemeinde auf dem Friedhof war groß. Viele Mitarbeiter der Klinik waren gekommen, selbstverständlich auch Professor Hammerschlag und Auguste Marquard, die leise schluchzte. Auch einige Ärzte waren, soweit es ihre Dienstpläne erlaubten, anwesend. Günter fehlte. Ihm war ein Notkaiserschnitt dazwischengekommen. Außerdem waren auch viele Neuköllner gekommen. Hauptsächlich Frauen, die Frieda betreut und deren Kinder sie auf die Welt geholt hatte. Neben Margot standen Edith und Luise. Sie hielten einander an den Händen. Es fühlte sich an, als wären sie in Watte gepackt, als wäre die Zeit stehen geblieben. Doch das war sie nicht. Unerbittlich lief sie weiter und ließ sich von nichts und niemandem stoppen. Margots Blick wanderte über die Grabsteine hinweg zum nahen Armenfriedhof. Dort hatten sie Frieda doch erst vor ein paar Tagen gefunden. Vor Gittis Grab, trauernd, krank, vielleicht des Lebens müde. Der ständige Kampf, die viele Armut und das Leid der Menschen hatten ihre Spuren an ihr hinterlassen. Tag für Tag kämpften sie in dieser trostlosen Welt gegen einen Feind, gegen den sie nicht gewinnen konnten. So viele waren gestorben. Auf dem Feld, auf den Straßen der Stadt. Verhungert, erfroren, elendig zugrunde gegangen in den dreckigen Hinterhöfen und kalten Löchern, in denen sie hausten. Margot dachte an Richard. Die Erinnerung an ihn verstärkte das Gefühl der Verlorenheit in ihr. Er hatte für den Frieden gekämpft und war gescheitert. In einer anderen Welt hätten sie zusammenbleiben können. In einer anderen Welt wäre er nicht in den Krieg beordert worden, hätte er kein Revolutionär sein müssen. In einer anderen Welt wäre Frieda vielleicht nicht gestorben. Sie hatte so viel Kraft und Lebenswillen gehabt und den Menschen auf ihre ganz eigene Art und Weise Mut gemacht. Auch ihr, als ihr nach Richards Tod alles verloren erschienen war. Sie hatte nicht viel dazu gesagt, sie nur angesehen, ihren Blick für einen langen Moment festgehalten und genickt. Eine stille Übereinkunft war es gewesen. Ihre Ruhe hatte gutgetan und sie beruhigt. Für manchen Kummer gab es keine Worte. Das hatte sie gewusst.

Heute gab es diese ebenso nicht, auch wenn der Pfarrer versuchte, sie mit den üblichen Phrasen zu trösten. Sie nahm seine einstudiert klingenden Sätze kaum wahr. Sie dachte an den Moment, als Frieda gegangen war. Das Licht der Nachttischlampe hatte Schatten an die Wände geworfen, Regentropfen waren die Fensterscheibe hinuntergelaufen. Still war es gewesen. Als hätte es kein großes Krankenhaus um sie herum gegeben. Sie hatte an ihrem Bett gesessen, hatte versucht, das Rasseln in ihrer Brust zu ignorieren, und ihr von ihrem Tag erzählt. Von den Zwillingen, die sie am Morgen gemeinsam mit Lore auf die Welt geholt hatte. Einen Jungen und ein Mädchen, die gesund waren und die ganze Station verzückt hatten. Sie hatte ihr von Lene erzählt, die sich den Knöchel verknackst hatte und deshalb fluchend durch die Gegend gehumpelt war. Von Luise, die Günter heimlich in einem der Schwesternzimmer geküsst hatte. Nicht mehr lange, und ihre Verlobung konnte offiziell werden.

Sie hatte Frieda von einer Hausschwangeren erzählt, die leider eine Totgeburt gehabt hatte. Irgendwann war sie verstummt und hatte gelauscht. Friedas Atem hatte längere Zeit ausgesetzt. Sie hatte abgewartet. Dann hatte Frieda wieder geatmet. Es hatte rasselnd geklungen, pfeifend, so, als wäre es ihr unendlich schwergefallen. Margot hatte überlegt, einen der Ärzte zu holen, es aber nicht getan. Der Atem hatte erneut ausgesetzt, und es hatte eine gefühlte Ewigkeit gedauert, bis sie wieder Luft geholt hatte. Der nächste Atemzug war nicht mehr gekommen. Frieda war gegangen, und Margot war bei ihr geblieben, hatte nach dem Buch auf dem Nachttisch gegriffen und ihr das zehnte und letzte Kapitel der kitschigen Liebesgeschichte vorgelesen.

Der Pfarrer beendete seine Rede, und der Sarg wurde ins Grab hinabgelassen. Nacheinander traten die Trauernden vor. Angehörige von Frieda waren nicht gekommen. Es gab noch eine Schwester, doch ihr war der Weg aus Mainz zu weit gewesen. Ein kleines Mädchen, Margot schätzte es auf drei oder vier Jahre, warf den Zweig einer Heckenrose auf den Sarg. Der Anblick rührte Margot. Gewiss hatte Frieda die Kleine ins Leben geholt und sie mit dem Satz begrüßt, den sie immer gesagt hatte: »Herzlich willkommen auf der Welt, Kleines.« Niemals wieder würde sie ihn von ihr hören.

Margot trat nicht ans Grab. Sie blieb an ihrem Platz stehen und beobachtete, wie die Menschen in Gruppen den Friedhof verließen, oftmals schweigend, manchmal leise murmelnd. Es schien, als wollten sie dem auf dem Friedhof allgegenwärtigen Tod entkommen. Die Grippewelle breitete sich weiter aus, und immer mehr Menschen starben nun daran. Auch in der Klinik gab es inzwischen einen Trakt für Grippekranke, den nur wenige Mitarbeiter betreten durften. Erst letzte Woche waren drei Hausschwangere, zwei von ihnen hatten noch nicht entbunden, und eine Hilfsköchin der Krankheit erlegen. Neue Gräber waren am Ende der Reihe bereits ausgehoben. Ein weiterer Sarg wurde von den Totengräbern aus der nahen Kapelle gebracht.

Edith trat neben Margot und legte den Arm um sie. Margot lehnte den Kopf gegen ihre Schulter. »Gehen wir?«, fragte Edith.

Margot nickte. Auch Luise trat näher. Ihre Augen waren vom vielen Weinen gerötet. Gemeinsam verließen sie den Friedhof und folgten der Trauergemeinde zurück zur Frauenklinik. Dort würde sie der Alltag einholen. Doch schien dieser ohne Frieda unvorstellbar. Sie traten auf den gekiesten Weg, der zum Entbindungshaus führte. Es lag groß und trotzig vor ihnen. Ein Bau, der unerschütterlich schien, erst kürzlich erbaut, um den Menschen Heilung und Hoffnung zu geben. Tat er das noch? Er versprach ihnen eine Zukunft. Doch wie sollte diese in dieser düsteren Welt aussehen, die jeden Tag mehr im Chaos zu versinken drohte?

Lautes Rufen riss die drei aus ihren Gedanken. Sie wandten sich um. Am Eingangstor stand eine ältere Frau mit einem Strohhut auf dem Kopf, die heftig winkte. »Hilfe! Wir brauchen Hilfe! Sie schafft es nicht mehr bis hierher!«

Sofort eilten die drei zu ihr.

»Sie sitzt die Straße runter unter einem Baum auf meiner Jacke. Bitte, Sie müssen ihr helfen.« Die Frau deutete nach vorn und lief los.

Margot, Luise und Edith folgten ihr. Es dauerte nicht lange, bis sie eine junge Frau sahen, die unweit der Straße unter einer Linde saß und lautstark winselte.

»Es kommt«, äußerte sie. »Bitte, es kommt. Sie müssen mir helfen.«

Sie eilten zu ihr.

»Ich spüre es, es kommt«, sagte die Frau. Sie war blond, ihre Wangen waren stark gerötet, Schweißperlen standen auf ihrer Stirn. Neben ihr im Gras lagen eine braune Tasche und ein Hut.

Luise bat Edith, Margot und die ältere Dame, sich so hinzustellen, dass die junge Frau von der Straße aus kaum zu sehen war. Dann hob sie den Rock und prüfte den Fortschritt der Geburt. Sie ertastete bereits das Köpfchen.

»Sie haben recht«, sagte sie. »Es kommt. Wir schaffen es nicht mehr bis in die Klinik. Noch ein oder zwei Wehen, dann dürfte es geschafft sein.« Sie sah zu Edith und Margot, die nickten.

»Wir halten die Stellung«, sagten sie.

Margot zog ihre Strickjacke aus und reichte sie Luise, damit das Kind nach der Geburt darin eingewickelt werden konnte. Sie nahm die Hand der älteren Frau, die zitterte. »Wir schaffen das gemeinsam«, sagte sie, und sie verengten den Kreis. Die nächste Wehe kam, und die junge Frau begann lautstark zu winseln und zu pressen.

»Gut so. Es kommt. Weiterpressen. Fester. Ja«, wies Luise sie an. »Das Köpfchen ist da.«

Die Frau sank erschöpft in sich zusammen. Ihr Körper gönnte ihr jedoch nur eine kurze Verschnaufpause. Die nächste Wehe kam, und das kleine Bündel Mensch rutschte in Luises Arme. Mit einem erleichterten Lächeln begrüßte diese das Neugeborene. »Hallo, Kleine. Herzlich willkommen auf der Welt. Du hattest es wirklich eilig, Schätzchen.« Ihre Stimme klang erleichtert. Das Neugeborene begann sofort zu schreien. »Es ist ein Mädchen«, sagte Luise, wickelte die Kleine in Margots Strickjacke und legte sie in die Arme ihrer Mutter, die ihre Tochter mit strahlenden Augen begutachtete.

»Sieh nur, Mama«, sagte sie. »Deine erste Enkelin. Ist sie nicht wunderschön?«

Die ältere Frau nickte und ging, mit Tränen in den Augen, neben den beiden in die Hocke.

Andächtig betrachteten Luise, Margot und Edith für einen Moment die Szenerie des vollkommenen Glücks. Neues Leben war in die Welt gekommen und vertrieb in diesem Augenblick die Trauer in ihren Herzen. Leben und Tod, so nah lagen sie oftmals beieinander.

»Ich geh dann mal und organisiere einen Transport in die Klinik«, sagte Margot irgendwann.

»Wie soll die Kleine denn heißen?«, fragte Luise.

»Frieda, nach meiner Großmutter. Sie war ein wunderbarer und herzensguter Mensch. Mit ihrem Namen kann es dir im Leben nur gut gehen«, sagte die junge Frau zu ihrer Tochter und stupste ihr auf das kleine Näschen.

Luise lächelte. Was für ein schöner Zufall. »Das ist ein wunderschöner Name«, antwortete sie und berührte zärtlich die Wange des kleinen Mädchens. »Herzlich willkommen auf der Welt, kleine Frieda. Ich freue mich, dich kennenzulernen.«

36

NEUKÖLLN, OKTOBER 1918

Margot überflog noch einmal den auf dem Flugblatt, das sie in Händen hielt, stehenden Text: *Für das Frauenwahlrecht: Heute große Demonstration am Brandenburger Tor.* Eben hatte ihr ein junges Mädchen den Zettel in die Hand gedrückt. Sie hatte ihn sogleich in einen Mülleimer am Straßenrand werfen wollen, wie sie es häufiger mit Flugblättern tat. Doch dann hatte sie es sich anders überlegt. Eine Demonstration zum Frauenwahlrecht? Das war eine wichtige Sache. Richard war ihr in den Sinn gekommen. Ihm hätte es bestimmt gefallen, wenn sie an einer solchen Demonstration teilnehmen würde. Das Thema Frauenwahlrecht geisterte in den letzten Wochen vermehrt durch die Klinik. Doch so recht wollte niemand daran glauben, dass es jemals eingeführt werden würde. Der Kaiser würde es gewiss nicht zulassen. Doch wenn niemand seine Stimme erhob, immer nur getuschelt und nichts getan wurde, würde sich auch nichts ändern. So sah das jedenfalls Edith, die ganz hitzig wurde, wenn die Diskussion auf das Thema zu sprechen kam...

Margots Blick wanderte zum nahen Eingang der Ringbahn. Ihr Dienst in der Fürsorgestelle war für heute beendet. Sie könnte also nach Berlin fahren und an der Demonstration teilnehmen. Der Gedanke gefiel ihr. Sie hatte noch nie für irgendetwas demonstriert. Allerdings könnte es auch gefährlich werden. Immerhin war auf Demonstranten bereits geschossen worden. Allerdings konnte sie sich nicht vorstellen, dass die Schutzmänner auf Frauen schießen würden.

Sie wollte sich gerade in Bewegung setzen, da rief jemand ihren Namen. Sie drehte sich um. Es war Hilde, die aufgeregt winkend auf sie zugelaufen kam und vollkommen außer Atem vor ihr stehen blieb. »Also hat die alte Steglitz doch recht gehabt«, sagte sie nach Luft schnappend. »Sie meinte, sie habe dich eben Richtung Ringbahn laufen sehen. Ich brauche dringend deine Hilfe, Margot. Es ist wirklich wichtig.«

Margot sah Hilde verwundert an. »Um was geht es denn? Können wir das nicht verschieben? Ich wollte gerade ...«

»Es ist *wirklich* wichtig«, fiel Hilde ihr ins Wort. »Es geht ...« Sie senkte ihre Stimme. »Ich glaube, ich bin krank. Ich habe die Sorte Krankheit, die etwas mit dem Franzmann zu tun hat.« Sie sah Margot eindringlich in die Augen.

Margots Augen wurden groß. »Nein«, brachte sie heraus. »Nicht doch.« Sie war fassungslos.

»Es könnte sein«, erwiderte Hilde und senkte beschämt den Blick. »Bitte«, flehte sie. »Du kennst dich doch mit so was aus.«

»Ein wenig«, erwiderte Margot und seufzte. Innerlich verabschiedete sie sich von der Vorstellung, eine heldenhafte Demonstrantin für das Frauenwahlrecht zu sein. Sie knüllte das Flugblatt zusammen und machte sich gemeinsam mit Hilde auf den Heimweg.

Wenig später wusch sie sich in der Wohnung ihrer Eltern die Hände. Wie hatte sie nur so blind sein können? Sie hätte etwas bemerken müssen. Oder hatte sie das längst und hatte es nur nicht wahrhaben wollen? Hilde war in letzter Zeit so viel ruhiger gewesen, vor allem aber hatte sie ihr nicht die üblichen Vorhaltungen gemacht, wenn sie es mal wieder nicht nach Hause geschafft hatte, um sich um ihre jüngeren Geschwister zu kümmern. Aber deshalb dachte man doch nicht gleich daran, dass die eigene Schwester als Hure arbeitete. Es wurde ihr schmerzlich bewusst, dass sie ihre Familie vernachlässigt hatte. Aber ihr täglicher Dienst, der Tag hatte nie genug Stunden, hinderte sie im Moment daran, regelmäßig nach ihren jüngeren

Geschwistern zu sehen und sie zu unterstützen. Trotzdem war Hildes Tat unverzeihlich. Was für eine Schande das doch war. Solch große Not litten sie nicht, dass dieses Verhalten zu rechtfertigen war. Hilde stand mit gesenktem Kopf neben ihr. Sie war den Tränen nahe.

»Es könnte die Syphilis sein«, sagte Margot mit ernster Miene. »Allerdings kann ich es nicht sicher sagen, denn ich habe die Symptome noch nicht oft genug gesehen, und auch im Unterricht haben wir sie nur kurz behandelt. Auf jeden Fall solltest du dich, so schnell es geht, von einem Arzt untersuchen lassen. Wie konntest du nur so dumm sein?«

»Aber es war doch nur wenige Male«, sagte Hilde und schniefte.

Margot sah ihre Schwester streng an.

»Gut, mehrere Male«, gestand Hilde. »Die Männer haben gut bezahlt, und wir konnten das Geld gebrauchen. Du hast ja auch leicht reden. Du bist die Gute in der Familie. Diejenige mit dem Heiligenschein, die Hebamme lernt und glaubt, sie sei was Besseres. Und was ist mit *mir*? Ich muss jeden Tag die Drecksarbeit machen und bekomme niemals einen Dank dafür. Das Geld reicht hinten und vorne nicht, obwohl Mama sich in der Fabrik abrackert. Nichts bekommt man mehr für die Lebensmittelmarken. Nur noch auf dem Schwarzmarkt ist Fett zu haben, an Fleisch denken wir schon gar nicht mehr. Ich sammle inzwischen sogar Knochen und bringe sie in die Fabriken, damit sie daraus Kerzen, Seife und Leim machen. Du bekommst in der Klinik ja immer dein warmes Essen. Hauptsache selbst versorgt sein. Du hast doch keine Ahnung, wie es hier draußen ist!«

»Wie kannst du mir die Schuld dafür geben? Wenn du dich mit Syphilis angesteckt hast, ist das allein dir zuzuschreiben! Wie konntest du nur so unvernünftig sein? Du könntest daran sterben!«

Sie hatte die Worte kaum ausgesprochen, da verpasste Hilde ihr eine schallende Ohrfeige.

Margot wich zurück. Ihre Wange brannte. Sie wusste, dass sie zu weit gegangen war. »Entschuldige«, lenkte sie ein. »Es ist nur ...« Sie unterbrach sich und setzte neu an. »Warum bist du nicht zu mir gekommen? Wir hätten gewiss eine Lösung gefunden.«

Hilde begann zu weinen. »Ich wollte es allein schaffen«, sagte sie leise. »Mama lobt immer nur dich. Ständig erzählt sie der Nachbarin, wie großartig es ist, dass du als Hebamme arbeitest. Das ist ja fast so, als seist du eine Ärztin. Niemals erwähnt sie *mich*. Sie behandelt mich wie einen Fußabtreter, scheucht mich herum und nennt mich oft nichtsnutzig. Aber ich tu doch *alles*.« Hilde schluchzte. »Weißt du noch? Vor dem Krieg, da hatten wir noch Träume. Da standen wir vor den feinen Stadthäusern und betrachteten die hübschen Parkanlangen mit den Springbrunnen und Blumenbeeten. Wir wollten in einem dieser Häuser leben, eine Schar Kinder haben und Kaffee auf der Terrasse trinken, genauso wie die feinen Damen, die wir beobachteten. Und nun? Was ist aus unseren Träumen geworden? Dieser Krieg nimmt uns alles. Er nimmt *mir* alles weg. Ich bin verzweifelt, Margot. Ich kann nicht mehr. Was bleibt uns schon? Nichts, nur Armut und das tägliche Magenknurren. Und dann sah ich Auguste, wie sie bei einem Schwarzmarkthändler ein großes Stück Butter kaufte. Ich bin ihr nachgelaufen und wollte wissen, woher sie das Geld hat. Sie meinte, das sei ganz einfach, und viele Frauen würden es machen.«

»Auguste also«, sagte Margot und seufzte.

»Ich weiß. Ihr Ruf war nie der beste, aber es klang verlockend. Und Klara brauchte neue Schuhe.«

»Und wo? Wo hast du es gemacht?«

»Im Keller von Hennings Bierkneipe«, gestand Hilde.

Margot nickte und fragte: »Wie lange schon?«

»Ein paar Monate«, antwortete Hilde. »Ich bin so dumm. Ich hab alles kaputtgemacht.«

»Weiß Mama davon?«

Hilde schüttelte den Kopf. »Sie würde mich umbringen.«

Margot nickte. »Ja, das würde sie. Also sagen wir ihr vorerst nichts. Und der Grundgedanke war ja nicht schlecht. Du wolltest der Familie helfen. Auch wenn der gewählte Weg nicht ideal war.«

»Rede es doch nicht schön«, antwortete Hilde. »An der Syphilis stirbt man. Alle wissen, dass die Seuche bei den Soldaten und bei den Huren grassiert. Und ich hab mich darauf eingelassen.«

»Vielleicht hast du sie ja gar nicht«, antwortete Margot. »Ich bin kein Arzt. Es ist nur eine Vermutung. Es könnte durchaus sein, dass ich falsch liege. Komm, ich bringe dich in die Frauenklinik, und wir lassen es abklären.«

»Und was wirst du denen sagen? ›Das ist meine Schwester Hilde, die sich vermutlich die Syphilis geholt hat, weil sie für Geld mit Männern schläft‹?«

»Nein, das werde ich ihnen nicht sagen«, antwortete Margot.

»Das müssen wir auch gar nicht«, sagte Hilde. »Sie werden sich ihren Teil schon denken. Bin ja nicht die Erste, die mit so was bei ihnen aufschlägt. Sie werden es sofort wissen, und du wirst dich für mich schämen.«

»Nein, das werde ich nicht«, antwortete Margot. »Natürlich ist es unangenehm, aber alle wissen, dass die Zeiten schwierig sind und du es aus der Not heraus gemacht hast. Ich bin froh, dass du zu mir gekommen bist. Wir gehen am besten gleich. Dann hast du es hinter dir. Ungewissheit ist nie schön.«

Hilde nickte. Sie griff nach ihrem wollenen Tuch, legte es sich um die Schultern, und die beiden verließen die Wohnung. Draußen empfing sie ein kalter Nieselregen. Den kurzen Weg zur Klinik legten sie schweigend zurück. Als sie dort ankamen, blieb Hilde vor dem geöffneten schmiedeeisernen Eingangstor stehen. »Ich habe Angst«, sagte sie.

»Ich weiß«, antwortete Margot. »Die habe ich auch.« Sie nahm Hildes Hand und drückte sie fest. »Weißt du noch, damals, als ich in den rostigen Nagel getreten bin und du mir die Hand gehalten hast, als Doktor Deutmann ihn gezogen hat? Ich hatte solche Panik davor. Doch du warst da und hast mir Mut gemacht. Du hast gesagt, ich solle nicht hingucken, es sei gleich vorbei.«

»Ja, das weiß ich noch«, antwortete Hilde. »Aber heute ist es kein rostiger Nagel.«

»Aber es besteht trotzdem die Hoffnung, dass ich mich irre«, antwortete Margot. »Komm. Wir schaffen das gemeinsam. Du und ich. Als Schwestern.«

Hilde nickte, und sie setzten sich in Bewegung. Als sie das Vorzimmer der Tagesklinik betraten, sah Marlene, die diensthabende Vorzimmerdame, sie verwundert an. Margot mochte die Mitfünfzigerin mit dem dunklen Haar nicht sonderlich, denn sie war recht forsch und hielt sich strengstens an Regeln und Abläufe. So manchen Notfall hätte sie schon auf dem Flur sterben lassen, nur weil sie die Reihenfolge ihrer Nummern in Gefahr gesehen hatte, die sie zum Beginn der Sprechstunde austeilte.

»Margot, *du* bist es. Was willst du denn noch hier? Die Sprechstunde ist eben zu Ende.«

»Ist der Arzt noch da?«

»Ja, er schreibt letzte Berichte«, antwortete Marlene. Ihr Blick wanderte zu Hilde, und sie zog eine Augenbraue hoch.

»Das ist meine Schwester Hilde«, stellte Margot die beiden einander vor. »Wir müssen nur kurz rein. Es ist eine Kleinigkeit, mehr nicht.« Sie wartete die Antwort der Vorzimmerdame nicht ab, nahm Hilde rasch an die Hand und öffnete die Tür zum Behandlungszimmer. Zu ihrem Glück war es Günter, der hinter dem Schreibtisch saß und aufblickte. Marlene folgte ihnen und entschuldigte sich sofort für das unerwünschte Eindringen.

»Ist schon in Ordnung«, antwortete Günter. »Was gibt es denn?« Er sah von Margot zu Hilde, die errötend den Kopf senkte.

Margot blickte zu Marlene, die in der geöffneten Tür stehen geblieben war.

»Frau Gutmann«, sagte Günter und sah die Vorzimmerdame abwartend an.

Mit einem verächtlichen Schnauben verließ diese den Raum und schloss die Tür laut hinter sich. Günter bemühte sich um ein Lächeln. »Sie hat es nicht so mit ungeplanten Vorfällen.«

»Dann sollte sie nicht in einem Krankenhaus arbeiten«, antwortete Margot. »Wir hätten eine Bitte, die keinen Aufschub duldet.«

»Und die wäre?« Er sah von Margot zu Hilde.

»Das ist meine Schwester Hilde. Sie hat Sorge … Ich meine …« Margot geriet ins Stocken.

Günter ahnte, worauf sie hinauswollte. »Ich werde mir die Sache mal ansehen«, sagte er und erhob sich mit ernster Miene. Er bedeutete Hilde sich auf die Untersuchungsliege zu legen.

Margot trat neben sie, nahm ihre Hand und drückte sie fest.

Nachdem Günter Hilde gründlich untersucht hatte, sah er sie beide mit einem Lächeln an. Dann wurde er direkt wieder ernst. »Es ist nicht das, was vermutet wurde. Obwohl der Ausschlag ähnlich aussieht. Es ist eine harmlose Infektion, nichts weiter. Sie dürfte sich mit Sitzbädern und einer Salbe behandeln lassen.«

Margot und Hilde atmeten erleichtert auf. Ihre mittlerweile schweißnassen Hände hielten sie immer noch umklammert.

»Ich würde von jeder Form des sexuellen Kontakts abraten, bis die Entzündung vollständig abgeheilt ist«, fügte Günter hinzu.

Hilde nickte, während sie sich aufsetzte und ihren Rock richtete. Tränen der Erleichterung standen ihr in den Augen.

Günter wusch und desinfizierte sich die Hände, dann setzte er sich hinter seinen Schreibtisch und notierte, welche Arzneimittel vonnöten waren. »Ich nehme an, diese Behandlung soll als interner Gefallen verbucht werden«, sagte er und sah Margot an.

»Damit liegst du richtig, Herr Doktor«, antwortete Margot mit einem Grinsen. Sie nahm Hildes Hand und drückte sie fest.

Günter reichte Hilde das Rezept und sagte: »Das müsste rasch helfen. Ich hoffe, ich sehe Sie so schnell nicht wieder.« Er sah Hilde eindringlich an.

Nachdem Margot sich bei Günter bedankt hatte, verließen die beiden die Praxis. Marlene Gutmann saß nicht mehr an ihrem Platz, wie Margot erleichtert feststellte.

In der Eingangshalle des Verwaltungsgebäudes fiel Hilde Margot spontan um den Hals. »Danke«, sagte sie und begann zu weinen. »Ich dachte wirklich… Ich meine…«

»Ich weiß«, sagte Margot. »Es ist ja noch einmal gutgegangen. Gott sei Dank lag ich falsch. Ich bin halt doch nur eine Hebammenschülerin und kein Arzt. Du versprichst mir aber, dass du sofort mit diesem Unsinn aufhörst.«

»Ich verspreche es«, antwortete Hilde. »Niemals wieder werde ich in diesen Keller gehen. Dann gibt es eben kein Fett. Wird sowieso überbewertet.«

»Na ja«, antwortete Margot. »So ein bisschen Fett wäre schon wichtig. Wir werden eine Lösung für dieses Problem finden. Das verspreche ich dir. In Zukunft werde ich mich wieder mehr um euch kümmern. Und jetzt komm. Wir gehen zur Küche. Es gibt gleich Abendessen. Ich hab einen guten Draht zur Köchin. Heute soll es Spinatsuppe mit Würstchen geben. Wenn wir Glück haben, zweigt sie uns etwas ab, das du dann mit nach Hause nehmen kannst.«

»Danke«, sagte Hilde. »Danke, dass du für mich da warst.«

»Aber gern«, antwortete Margot. »Und sag bitte niemals wieder, dass ich etwas Besseres sei als du. Wir sind eine Familie, und niemand ist mehr wert als der andere. Und wenn du Kummer hast, dann kommst du zu mir. Versprochen?«

»Versprochen«, antwortete Hilde und drückte Margots Hand. »Und vielleicht werden wir ja doch irgendwann einmal in einem der feinen Häuser auf der Terrasse sitzen und Tee trinken«, fügte Margot mit einem Grinsen hinzu.

37

Edith stand vor dem kleinen Musiktheater von Anton Gerber und beobachtete verwundert, wie Elfi einen jungen Burschen anwies, ein neues Schild aufzuhängen, auf dem in großen Lettern *Elfis Musiktheater* geschrieben stand. Was hatten sie verpasst? Sie ging auf die ehemalige Hausschwangere zu und bemerkte erst jetzt, dass sich unter ihrem grauen Mantel ein kleines Bäuchlein abzeichnete, das nur eines bedeuten konnte. »Elfi Graf, was heckst du schon wieder aus?«, fragte Edith ohne ein Wort der Begrüßung.

Elfi drehte sich um. Als sie Edith erkannte, strahlte sie über das ganze Gesicht. »Da sieh mal einer an. Die hübscheste aller Hebammen gibt sich die Ehre. Wie findest du das Schild?« Sie deutete auf die Hauswand.

»Schick. Aber was ist aus Anton Gerber geworden?«, fragte Edith.

»Das war eine schlimme Sache«, antwortete Elfi. »Er ist vor einigen Wochen an der Grippe gestorben.«

»Welch ein Verlust«, sagte Edith, um einen ernsten Tonfall bemüht.

»Tee?«, fragte Elfi.

Edith überlegte kurz, dann nickte sie. Eigentlich wollte sie nach Potsdam zu Alex. Ihre Schwester plagte eine Brustentzündung, und sie war fest davon überzeugt, dass Edith ihr am besten würde helfen können. Da hatte es auch nicht geholfen, dass Edith ihr mehrfach dazu geraten hatte, einen Arzt zu konsultieren. Alex war nicht davon abzubringen gewesen. Also hatte sie sich breitschlagen lassen und war nun, mit einer entzündungshemmenden Salbe im Gepäck, auf dem Weg in ihre Heimatstadt. Ob sie dort jedoch ein halbes

Stündchen früher oder später eintreffen würde, war nicht wichtig. Neugierig folgte sie Elfi in das Innere des Musiktheaters.

»Nun ist es *mein* Reich«, sagte Elfi und machte eine weitläufige Handbewegung, während sie hinter den Tresen trat. »Darauf sollten wir anstoßen. Aber nicht mit Tee. Feste feiert man mit Sekt.« Sie holte, ohne Ediths Zustimmung abzuwarten, eine Flasche Sekt hervor und machte sich daran, sie zu öffnen. »Schließlich ist heute unser neues Schild aufgehängt worden. Nicht wahr, mein Paulachen?« Ihr Blick wanderte kurz zu einem Laufstall, in dem die kleine Paula mit einer Stoffpuppe in Händen saß und vor sich hin brabbelte.

»Sie ist groß geworden«, sagte Edith. »Und sie wird dir immer ähnlicher.«

»Ja, das wird sie. Vielleicht ist es gut so. Ähnelte sie ihrem Vater, würde mich ihr Anblick nur wehmütig werden lassen. Ich hoffe, bei dem kleinen Wesen in mir verhält es sich mit der Ähnlichkeit ebenso.« Sie legte die Hand auf ihren Bauch. »Andernfalls wäre es dann weniger Wehmut, die ich empfinden würde.«

»Sein Abschiedsgeschenk«, sagte Edith.

»So kann man es nennen. Er war vollkommen aus dem Häuschen, dass ich schwanger bin. Sogar geheiratet hat er mich und mir geschworen, dass er sich bessern und mich niemals wieder schlagen werde. Ich sei doch seine Muse, die größte Schauspielerin aller Zeiten. Elendes Gesülze. Ich hab es nur wegen der Sicherheit getan. Rückblickend war es ein guter Schritt, auch wenn ich in der Nacht vor der Hochzeit Rotz und Wasser geheult und mich gefragt habe, was ich da eigentlich für einen Blödsinn mache. Es dauerte nach der Eheschließung genau drei Wochen, dann fiel er in alte Gewohnheiten zurück. Einmal hat er mich sogar die Treppe hinuntergestoßen. Da dachte ich, jetzt verlierste das Kind. Aber das Kleine in mir zeichnet sich durch einen hartnäckigen Überlebenswillen aus.« Kurz umspielte ein Lächeln ihre Lippen. »An der Grippe ist erst einer unserer

Gastschauspieler gestorben. Anton erkrankte eine Woche später und war innerhalb von drei Tagen tot. Am Ende war er ganz blau angelaufen. Jedenfalls hat mir das der Justus, unser Portier, erzählt, der ihn kurz vor seinem Tod noch mal gesehen hat. Mich haben keine drei Pferde ins Krankenhaus gebracht. Hat schon gereicht, dass ich das Theater der trauernden Witwe auf dem Friedhof durchziehen musste.« Sie nippte an ihrem Sektglas und redete weiter. »Ich weiß, ich sollte es nicht zu laut sagen, aber für mich ist diese Grippewelle ein Segen. Ich bin als seine Ehefrau Alleinerbin des Theaters und kann nun schalten und walten, wie ich möchte. Ist das nicht großartig?«

Edith nickte. »Ja, das ist es.« Sie bemühte sich um ein Lächeln.

Elfi musterte sie genauer. »Was ist los? Meine hübsche Hebamme sieht traurig aus. Hab ich was Falsches gesagt?«

»Nein, alles gut. Es ist nur…« Edith stockte kurz, dann setzte sie neu an. »Frieda ist auch an der Grippe gestorben.«

»Nein«, sagte Elfi bestürzt.

Edith nickte. »Schon im September. Inzwischen hat es auch Michael, den Hilfsgärtner, erwischt und einen der unverheirateten Ärzte, Doktor Eligsen. Er wollte im nächsten Sommer heiraten und mit seiner Frau nach Magdeburg ziehen. Auch unter den Hausschwangeren gibt es Todesfälle, und es scheint kein Ende nehmen zu wollen.«

»Und da rede ich davon, dass die Grippe ein Segen ist«, sagte Elfi mit schuldbewusster Miene.

»In deinem Fall ist sie das ja auch«, antwortete Edith betont munter. »Elfis Musiktheater. Das hört sich großartig an, und ich wünsche dir alles Glück der Welt. Wann soll denn die erste Vorstellung stattfinden?«

»Nächste Woche schon. Und natürlich seid ihr drei wieder meine Gäste. Wir geben eine Komödie. Das lenkt die Leute ab. Kummer gibt es da draußen weiß Gott genug.«

Edith nickte und bedankte sich für die Einladung, obwohl sie schon jetzt wusste, dass sie nicht würden kommen können. Im Moment wurde in der Klinik jede Hand gebraucht. Es kam einem Wunder gleich, dass die Marquard sie zu ihrer Schwester fahren ließ. Sie nippte noch einmal an ihrem Sekt, dann stellte sie das Glas auf den Tresen und sagte: »Ich muss dann auch los. Es war schön, dich wiederzusehen, Elfi. Und danke für die Einladung.« Sie umarmte Elfi und strich der kleinen Paula über das Köpfchen, dann verließ sie den von Zigarettenrauch und Parfümgeruch geschwängerten Raum.

Draußen empfingen sie strahlender Sonnenschein und milde Temperaturen. Dieser Oktober wollte von kühlem Herbstwetter nichts wissen. Die Blätter leuchteten golden im Licht der Sonne, doch ihr Gemüt erheiterten sie nicht. Neukölln schien in diesen Tagen mehr denn je im Kriegselend zu versinken. Bettelnde Kriegsversehrte saßen an fast jeder Straßenecke. Vor den Lebensmittelgeschäften hatten sich die üblichen langen Schlangen gebildet, genauso wie vor einer unweit des Bahnhofs gelegenen Entlausungsstation. Auf dem Bahnhofsvorplatz baute eine Gruppe Helfer eine weitere Suppenküche auf. Bereits jetzt warteten Menschen mit aller Art von Behältnissen in den Händen darauf, dass sie geöffnet wurde. Das Ende des Krieges stand bevor, und Deutschland würde zu den Verlierern gehören. Jedenfalls wurde es in den Zeitungen so berichtet. Die Schlagzeilen hatten sich in den letzten Wochen überschlagen. Die Balkan-Front war bereits Mitte September zusammengebrochen, wenig später hatte Bulgarien kapituliert, und auch Österreich-Ungarn stand vor dem Zusammenbruch. Ludendorff forderte den Waffenstillstand. Es gab bereits Verhandlungen. Nur, wo würden diese hinführen? Man hörte vermehrt von Deserteuren an der Front. Die Männer wollten nur noch nach Hause. Niemand mehr wollte in diesem sinnlosen Krieg sein Leben lassen.

Edith betrachtete im Vorbeigehen traurig ein blondes kleines Mädchen, das in einem viel zu großen Kleid versank und barfuß an der Hand seiner Mutter auf die Öffnung der Suppenküche wartete. Frieden. Das Wort klang verheißungsvoll. Doch es war nicht die Art von Frieden, die sich alle zu Beginn dieses Krieges erhofft hatten, im Sommer 1914, als das Reich im Taumel gewesen war und noch alle geglaubt hatten, Weihnachten wieder zu Hause zu sein.

Sie betrat das Bahnhofsgebäude und wurde von einem Zeitungsjungen mit einer grauen Schirmmütze auf dem Kopf angesprochen, der einen recht kessen Eindruck machte. »Wollen Sie die neuesten Nachrichten haben, mein Fräulein? Es soll in Wilhelmshaven einen Aufstand der Matrosen geben.«

Er hielt ihr eine Zeitung unter die Nase. »Im Moment haben Sie genug Zeit zum Lesen. Die Bahn fährt ohnehin nicht. Irgendeine Störung gibt es. Keiner weiß, wann da wieder was läuft.«

Edith sah den Burschen verwundert an. Dann wanderte ihr Blick zu einer der Anzeigen. Und tatsächlich stand dort in dicken Lettern: *Zugausfall.*

»Na wunderbar«, sagte sie und wandte sich um. »Dann eben morgen.« Sie ließ den Burschen stehen und trat zurück auf den Bahnhofsvorplatz. Wenigstens fuhr die Straßenbahn noch, die sie zurück zum Mariendorfer Weg bringen würde. In der Bahn schnappte sie weitere Gesprächsfetzen zum Thema Matrosenaufstand auf. Es sollte hoch hergehen. Von Revolte war die Rede und Befehlsverweigerung. Einer wusste sogar davon zu berichten, dass die Offiziere lieber einen Heldentod sterben wollten, als in Schande zu leben.

Edith erinnerten die Worte der Männer an Max Reichpietsch, den jungen Mann, der im September 1917 als Rädelsführer der damaligen Revolte hingerichtet worden war. Wie würde es den Männern heute ergehen? Würden auch sie ins Gefängnis kommen und hingerichtet werden? Edith wusste es nicht. Sie dachte daran, wie sie damals Reichpietschs Mutter die frohe Kunde von der Geburt ihres ersten Enkelkindes überbracht hatte. Es lebte nicht mehr. Im letzten Winter war der kleine Junge an einer Lungenentzündung gestorben. Seine Mutter, Max' Schwester, war inzwischen Witwe. Ihr Mann war in Italien gefallen. Edith erinnerte sich daran, was sie damals über ihren Bruder erzählt hatte. Er hatte kein Müllmann mehr sein wollen. Er hatte nicht mehr der Ballholer sein wollen. Der Preis für das bessere Leben war zu hoch gewesen. Vielleicht wäre es ihm anders ergangen, wenn er abgewartet hätte. Nun schien der Zeitpunkt für grundlegende Veränderungen gekommen zu sein.

Die Straßenbahn erreichte den Mariendorfer Weg, und Edith stieg aus. Sie schlug den Weg zum Verwaltungsgebäude ein. Die Fahrt nach Potsdam hatte sich für heute zerschlagen, da konnte sie auch arbeiten. Gewiss war ihre Unterstützung in der Tagesklinik hochwillkommen.

Sie betrat das Treppenhaus und begegnete Auguste Marquard. »Guten Tag, Frau Marquard«, grüßte Edith. »Die Züge nach Potsdam fahren nicht. Ich könnte also in der Sprechstunde helfen. Oder ist es in einem der Entbindungssäle besser?«

Auguste Marquard sah Edith einen Moment lang schweigend an, dann sagte sie: »Margot ist an der Grippe erkrankt.«

38

NEUKÖLLN, NOVEMBER 1918

Luise saß neben der Hausschwangeren Karla und tupfte ihr mit einem Tuch den Schweiß von der Stirn. Das dunkelhaarige Mädchen, dessen Haut weiß wie Porzellan war, war gerade mal sechzehn Jahre alt. Sie hatte sich darauf eingelassen, mit einem Jungen aus der Nachbarschaft zu schlafen, bevor er in den Krieg gezogen war. Als ihre Mutter die Schwangerschaft bemerkt hatte, hatte sie sie aus dem Haus gejagt. Karla war in einem Wohnheim der Fürsorge untergekommen, wo man es ihr ermöglichte, eine Ausbildung zur Näherin zu machen. Diese Tätigkeit hatte sie bisher auch in der Klinik ausgeführt. Lene mochte das junge, zurückhaltende Mädchen, denn sie arbeitete sauber. Wie es nach der Entbindung des Kindes weitergehen würde, wussten sie noch nicht. Sie sollte in eine Anstellung vermittelt werden. Doch bisher hatte es noch keine Zusage gegeben.

Luise hatte Mühe, sich auf Karlas Betreuung zu konzentrieren. Immer wieder schweiften ihre Gedanken zu Margot ab, die noch immer um ihr Leben kämpfte. Vor zwei Tagen war sie auf die Isolierstation für Grippekranke gebracht worden, die, nachdem sich die Grippefälle in der Klinik gehäuft hatten, im linken Flügel des Entbindungshauses eingerichtet worden war. Neuigkeiten von dort blieben spärlich, und Auguste Marquard hatte ihnen ein absolutes Besuchsverbot erteilt. Es war nur ausgewählten Ärzten und Schwestern erlaubt, die Station zu betreten. Luise verstand diese Vorsichtsmaßnahme, doch es fiel ihr schwer, sich daran zu halten. Aber es wäre Margot nicht damit geholfen, wenn sie auch noch erkrankte. Es galt vernünftig zu sein. Auguste Marquard meinte, Ablenkung sei das Beste. Also stürzte sie sich in die Arbeit und versuchte, alles andere um sich herum auszublenden, was jedoch nicht so recht gelingen wollte. Mehrmals am Tag wanderte sie zu dem abgesperrten Teil und hoffte darauf, sich bei einer der Schwestern nach Margots Befinden erkundigen zu können. Oftmals traf sie dort auf Edith, der es ähnlich erging. Rastlos waren sie in den letzten beiden Tagen geworden, die sich wie Wochen anfühlten. Zumeist erhielten sie keine Antworten und wurden fortgeschickt. Eine besonders forsche Krankenschwester hatte sich sogar bei Professor Hammerschlag über sie beschwert. Angeblich behindere sie ihre Arbeit. Professor Hammerschlag hatte daraufhin mit Luise gesprochen und sie um Geduld gebeten. Margot gehe es den Umständen entsprechend und es werde alles Menschenmögliche für sie getan. Doch Luise wusste, dass jeden Moment die schlimmste aller Nachrichten eintreffen konnte. Immer wieder sah sie Margot vor sich, wie sie damals am Straßenrand gestanden und nicht so recht gewusst hatte, was sie tun sollte. Vom ersten Augenblick an hatte es ein Band zwischen ihnen gegeben, eine Verbindung, die sich nur schwer erklären ließ. Jetzt konnte sie sich ein Leben ohne ihre Freundin gar nicht mehr vorstellen. Margot sollte Hebamme sein dürfen. Sie hatte doch davon geträumt, ihrem kargen Alltag zu entfliehen, den düsteren Hinterhöfen, der Hoffnungslosigkeit. Sie hatte von einem besseren Leben geträumt, und nun schien sie es zu verlieren. So ungerecht konnte das Schicksal doch nicht sein.

Karla jaulte auf und riss Luise aus ihren Gedanken.

»Es ist gut«, tröstete sie das Mädchen. »Bestimmt ist es bald geschafft.«

Lore war zu ihnen getreten und begann Karla zu untersuchen. Dann blickte sie auf. »Luise, willst du den Herzschlag des Kindes überprüfen?«

Luise nickte und griff nach dem hölzernen Hörrohr, dann legte sie die Hörmuschel an die Stelle auf den Bauch, wo sie das Herz des

Kindes vermutete, und lauschte. Als sie nichts hörte, wanderte sie mit dem Hörrohr langsam über den Bauch, jedoch ohne Erfolg. Mit besorgter Miene sah sie zu Lore, die sofort verstand.

»Wir sind gleich wieder bei dir, meine Liebe«, sagte sie zu Karla und bedeutete Luise, ihr zu folgen.

»Als ich zuletzt gehorcht habe, war noch alles normal«, flüsterte Luise, nachdem sie sich ein Stück vom Bett entfernt hatten. »Aber nun ist es still. Wir sollten einen der Ärzte hinzuziehen. Es muss ein Notkaiserschnitt gemacht werden.«

»Wann hast du zuletzt abgehört?«, fragte Lore.

»Vor zwei Stunden etwa«, antwortete Luise.

»Wir horchen noch mal nach. Dann entscheiden wir«, antwortete Lore.

Sie traten wieder ans Bett, und Lore tastete Karlas Bauch ab.

Eine Wehe erfasste das Mädchen, und sie begann instinktiv zu pressen. Tränen rannen über ihre erhitzten Wangen. Lore spreizte ihre Beine. »Der Kopf ist schon zu sehen«, sagte sie laut und sah zu Luise. Sie deutete ein Kopfschütteln an. Es ging zu schnell. Ein Kaiserschnitt war nicht mehr durchführbar. »Pressen, Karla. Fest pressen. Ja, so ist es richtig. Du machst das hervorragend, Mädchen«, lobte Lore. »Gleich ist es geschafft. Der Kopf ist fast da. Nur noch ein Stück weiter.«

Luise stellte sich hinter die Schwangere und drückte sie kräftig nach vorn. Dabei achtete sie darauf, dass das Tuch, das sie ihr über die Oberschenkel gelegt hatte, nicht verrutschte. Karla hatte bereits vor der Geburt in eine Adoption des Kindes eingewilligt. Wenn sie Glück hatten, würde sie es gar nicht erst sehen wollen, und sie könnten ihr den Tod des Kindes verheimlichen. Die nächste Wehe kam, und Luise drückte Karla nach vorn. Das Mädchen presste mit aller Macht und schrie laut. Der Kopf kam, und ihm folgte sogleich der Körper des Kindes. Der Grund für den fehlenden Herzschlag war schnell erkannt: Die Nabelschnur hatte sich mehrfach um den Hals des Jungen gelegt. Lore durchtrennte rasch die Nabelschnur und wickelte den Kleinen in ein Tuch. Dann trug sie ihn aus dem Raum. Karla bemerkte davon nichts. Sie hatte den Kopf nach hinten gelegt und die Augen geschlossen; sie weinte immer noch. Luise kümmerte sich schweigend um die Nachsorge.

»Es ist ein Junge«, sagte sie, als Karla die Augen öffnete.

»Ich will ihn nicht sehen«, antwortete sie, ihre Stimme zitterte.

Luise nickte. »Wir werden gewiss wunderbare Eltern für ihn finden.« Sie hasste sich für diese Lüge. Aber es war besser, das Mädchen in dem Glauben zu lassen, dass es dem Kleinen gutging. Auch wenn sie beschlossen hatte, das Kind nicht bei sich zu behalten, bedeutete das nicht, dass dessen Tod sie nicht treffen würde. Luise bat eine Schwester, sich um die Reinigung des Bettes zu kümmern, und versprach Karla, gleich wieder bei ihr zu sein.

Im Nebenraum des Entbindungssaals, der den Ärzten als Untersuchungszimmer diente, traf sie auf Lore und Dr. Olsewitz, der bei ihrem Eintreten mit ernster Miene den Kopf schüttelte. »Es tut mir leid. Die Nabelschnur hat ihn stranguliert. Manchmal passieren solche Dinge. Wie geht es der Mutter?«

»Es ist Karla Assmann, eine der Hausschwangeren. Sie wollte das Kind zur Adoption freigeben und will es nicht sehen.«

»Wenigstens etwas«, antwortete der Arzt. »Dann trifft es sie nicht so hart. Sie übernehmen das?«

Luise und Lore nickten gleichzeitig. Der Arzt verließ den Raum.

Als die Tür hinter ihm ins Schloss fiel, zuckte Luise zusammen. Langsam näherte sie sich der Untersuchungsliege, auf der der tote Säugling lag. Sie berührte seine kleine Hand. Sie fühlte sich kalt an. »Ein hübscher Junge«, sagte sie. »Ganz seine Mama.«

Lore nickte. In ihre Augen traten Tränen. Sie wischte sie rasch weg. »Kümmerst du dich um den Kleinen und bringst ihn in die Pathologie?«

Luise nickte.

»Danke«, antwortete Lore und ließ sie allein.

Luise betrachtete den Kleinen noch eine Weile. »Niemand hat dir einen Namen gegeben«, sagte sie irgendwann. »Aber du brauchst einen. Deine Mama wird es nicht machen, denn sie wollte dich nicht haben. Du darfst ihr deshalb nicht grollen. Sie ist jung und überfordert. Aber ich bin mir sicher, irgendwo tief in ihrem Inneren hat sie dich gern. Und sei uns bitte nicht böse, dass wir sie wegen deines Todes im Ungewissen lassen. Manchmal ist es besser, Dinge zu verschweigen.« Luise blickte in das winzige Gesicht, er hatte die Augen geschlossen. »Du könntest Sebastian heißen. Das wäre ein passender Name. Was meinst du?« Sie seufzte. »Meine Oma würde jetzt sagen, dass du ein besonders hübscher Engel werden wirst. Darauf will ich hoffen.« Luise wickelte den Kleinen erneut in das Leinentuch und brachte ihn aus dem Raum. Sie hielt das tote Kind behutsam im Arm, während sie die Treppen nach unten stieg.

Im unteren Flur kam ihr Klara, Margots Schwester entgegen. Wie erstarrt blieb sie stehen. »Stimmt es?«, fragte sie. »Ist es wahr, was mir der Mann am Empfang eben gesagt hat? Hat Margot wirklich die Grippe?«

Luise nickte. »Es ist wahr. Sie ist krank. Aber ich kann jetzt nicht. Ich muss ...« Weiter kam sie nicht.

»Deshalb ist sie also nicht gekommen«, sagte Klara. »Sie hat mich nicht vergessen.«

»Wieso vergessen?«, fragte Luise.

»Ich hab doch heute Geburtstag. Sie hatte mir fest versprochen zu kommen. Hilde hat sogar Schokoladenpudding gemacht. Den hab ich nämlich so gern. Margot wollte Kekse mitbringen.« In ihre Augen traten Tränen. »Wenn es stimmt, was der Mann sagt, dann wird sie sterben, oder? So viele sterben an der Grippe. Jürgens Vater ist auch tot. Der war ganz blau am Ende, hat er gesagt. Aber Margot darf nicht blau werden. Sie wollte doch Kekse mitbringen.« Klara begann zu schluchzen.

Luise wusste nicht, was sie antworten sollte. Klaras Kommen überforderte sie. Sie blickte von ihr zum toten Säugling in ihrem Arm. Zu ihrem Glück kam genau in diesem Moment Schwester Inge vorbei. Luise übergab ihr den toten Jungen und raunte ihr zu, was zu tun war. Inge nickte wortlos und ging. Luise nahm Klara in den Arm.

»Es darf nicht sein«, sagte Klara. »Bitte, der Herrgott darf sie uns nicht auch noch wegnehmen.«

»Wir werden alles dafür tun, dass das nicht geschieht«, versuchte Luise das Mädchen zu trösten.

»Kann ich zu ihr?«, fragte Klara.

»Das geht nicht«, antwortete Luise. »Die Grippepatienten liegen alle auf einer isolierten Station, zu der auch ich keinen Zutritt habe.«

»Aber ich muss sie sehen«, bettelte Klara. »Was ist, wenn sie stirbt? Am Ende läuft sie doch blau an. Ich will noch einmal ihre Hand halten Bitte. Ich bitte dich!«

Luise rang mit sich. »Also gut«, sagte sie. »Wir versuchen es.«

Die beiden machten sich auf den Weg zu der abgesperrten Abteilung. Dort angekommen, öffnete Luise vorsichtig die gläserne Flurtür und blickte in den dahinterliegenden Gang, der von kaltem Neonlicht erhellt wurde. »Die Luft ist rein«, erwiderte sie und bedeutete Klara, ihr zu folgen. Sie schlichen den Gang hinunter, und Luise spähte in die Patientenzimmer. Margot lag allein in einem am Fenster stehenden Bett. Leise schlichen sie in das Zimmer, und Luise schloss behutsam die Tür hinter sich. Klara trat näher ans Bett heran und betrachtete ihre Schwester.

»Sie sieht gar nicht aus, als wäre sie todkrank«, sagte sie. »Und blau ist sie auch nicht. Sie sieht aus, als schliefe sie nur.«

Luise trat näher. Sie berührte Margots Stirn, die warm, aber nicht glühend heiß war. Auch ihr Atem hörte sich besser an.

Sie wollte etwas sagen, wurde aber durch das Öffnen der Tür unterbrochen. Dr. Erwin Baumgartner, der extra zur Betreuung der Grippekranken vorübergehend eingestellt worden war, betrat den Raum und sah sie verwundert an. »Ich kann das erklären«, begann Luise und hob beschwichtigend die Hände.

Dem Arzt folgten eine Krankenschwester und Edith, die verwundert von Luise zu Klara sah.

»Edith. Du hier?«, fragte Luise verdutzt.

»Die Damen«, sagte der Arzt. Sein Blick blieb an Klara hängen, und er zog eine Augenbraue hoch. »Jetzt auch noch ein Kind. Ja sind denn hier alle verrückt geworden?«

»Das ist Klara Mertens. Die Schwester der Patientin«, erklärte Luise. »Ich dachte … Ich meine …« Sie geriet ins Stocken. »Ihre Stirn ist gar nicht glühend heiß«, sagte sie.

»Das wissen wir bereits«, antwortete der Arzt. »Fräulein Mertens scheint sich auf dem Wege der Besserung zu befinden. So wie es aussieht, hatten wir es in diesem Fall mit einem Infekt zu tun, der der Grippe sehr ähnelt.«

Margot öffnete die Augen und begann zu husten. Sofort eilten Edith, Luise und Klara an ihr Bett. »Was macht ihr alle hier?«, fragte sie.

»Was wohl, du Dummerchen?«, antwortete Edith. »Wir kommen um vor Sorge um dich. Wie kannst du uns nur so einen Schrecken einjagen?«

Margots Blick blieb an Klara hängen, und sie lächelte. »Klara, Schatz. Es tut mir leid. Ich weiß, die Kekse, der Geburtstag.« Sie wollte noch etwas hinzufügen, doch der Arzt ließ sie nicht mehr zu Wort kommen.

»Sie müssen sich ausruhen«, sagte er. »Ihr Besuch kann ein anderes Mal wiederkommen. Schlafen Sie jetzt.« Er tätschelte Margots Arm und sah Luise, Edith und Klara streng an. »Ich möchte Sie bitten, diesen Raum sofort zu verlassen. Fräulein Mertens benötigt absolute Ruhe, damit sie sich erholen kann.« Er machte eine kurze Pause und fügte hinzu: »Ich werde in diesem Fall Gnade walten lassen und ihr unerlaubtes Eindringen in meine Station nicht dem Herrn Professor melden.« Der Arzt wies zur Tür, und die drei verließen den Raum.

»Also läuft sie jetzt nicht mehr blau an und stirbt?«, fragte Klara, als sie wieder im Treppenhaus standen.

»Nein, das tut sie nicht«, antwortete Luise. »Sie hat nicht die böse Grippe, weißt du?«

»Und was nun?«, fragte Edith.

»Ich hörte davon, dass ein kleines Mädchen heute Geburtstag hat und traurig darüber ist, dass es keine Kekse bekommen hat«, sagte Luise.

»Das gibt's doch nicht«, antwortete Edith. »Geburtstag ohne Kekse ist traurig. Allerdings haben wir leider auch keine. Aber wir könnten Streuselkuchen anbieten. Den gibt es heute zum Nachmittagstee.« Edith sah auf die Uhr. »Und der beginnt gerade in diesem Moment. Magst du denn überhaupt Streuselkuchen?«, fragte sie Klara. Diese nickte kräftig. »Na dann komm«, sie hielt Klara die Hand hin, »bevor uns die anderen alles wegfuttern.«

39

Luise legte den lautstark schimpfenden Säugling auf die Waage, las mit ernster Miene das Gewicht des Kindes ab und trug es in den mitgebrachten Säuglingspass ein. »Er hat erneut abgenommen«, sagte sie zu der neben ihr stehenden Mutter, Margarete Kiesler. Die Frau war klein und hager. Ihre Augen waren umschattet und ihre Wangen eingefallen. Sie versank in einem braunen Mantel, der an den Ärmeln notdürftig geflickt war. »Wie sieht es denn mit dem Zufüttern aus?«, fragte Luise. »Ich hatte Ihnen beim letzten Mal zusätzliche Marken mitgegeben.«

»Ich gebe ihm verdünnte Milch mit Haferschleim«, antwortete die Frau. »Aber das geht nicht immer. Oft krieg ich nichts mehr für die Marken. Gestern hat der Laden an der Ecke ganz zu gehabt. Der alte Ludwig hat die Grippe.« Sie winkte ab. »Mein Schwager ist letzte Woche dran gestorben. Der war ein Mann wie ein Baum. Hatte früher nicht einmal einen Schnupfen. Drei Tage hat es gedauert, dann war der tot. Und seine Mutter, die alte Giftspritze, Entschuldigung, wenn ich es so deutlich sage, ist schon vierundachtzig. Die ist zäh wie Leder, das sag ich Ihnen. Um das alte Tratschweib wäre es nicht schade. Die scheucht immer die Kinder weg. Neulich hat sie behauptet, mein Georg habe ihr Geld gestohlen. Mein Georg, der gute Junge, das muss man sich mal vorstellen. Gekeift hat sie ganz laut und sich bei der Ellwanger aus dem dritten Stock beschwert. Ihr Mann ist ja der Hauswart bei uns. Aber der säuft nur noch den selbstgebrannten Rübenschnaps vom Kosewitz aus dem dritten Hinterhof links.« Sie winkte ab. »Ach, ich rede schon wieder zu viel. Um die Marken ging es, gelle? Ich seh zu, dass ich einen anderen Laden finde. War eh immer ausverkauft, der alte Ludwig. Lag halt so praktisch auf meinem Heimweg von der Fabrik. Aber die hat heute ohnehin geschlossen wegen des Streiks. Der Bruder von meiner Nachbarin ist einer der Matrosen aus Kiel. Der ist vorgestern heimgekommen. Hat einen roten Schal um den Hals gehabt und sich recht wichtig gemacht. Jetzt sei es vorbei mit dem Krieg, und der Kaiser werde abdanken. Das mit dem Kaiser, das glaub ich erst, wenn es in der Zeitung steht. Mein Wilfried hat gesagt, dass es bald so weit sein wird. Er schreibt mit einem Kameraden von der Front. Da desertieren die alle und verbrüdern sich mit dem Feind. Er ist neuerdings Mitglied bei der USPD. Die wollen so eine Räte...« Sie unterbrach sich. »Ach, ich weiß es nicht genau. Von Politik hab ich ja keine Ahnung. Und ob mit oder ohne Kaiser ist mir auch egal. Hauptsache, das mit dem Hungern hört endlich auf, und der Krieg. Dann käme mein Günter, mein Ältester, wieder heim. Der ist seit ein paar Monaten im Westen. Ist erst achtzehn.«

»Ich kann Ihnen gern noch etwas Milchpulver mitgeben«, unterbrach Luise das Geschwätz der Frau. »So weit scheint der Kleine ja recht munter. Krank ist er jedenfalls nicht.«

»Ich pack ihn ja auch immer warm ein. Nicht in die Zeitungen, sondern in die warme Decke. Er soll es ja gut haben, mein kleiner Nachzügler.« Sie tätschelte dem Jungen das Beinchen. »Dass ich das noch erleben darf. Ein Kind mit Mitte vierzig zu bekommen. Ich hab ja anfangs geglaubt, es sei eine Magenverstimmung. Aber so kann man sich täuschen.«

»Ich geh dann mal und hole das Milchpulver«, antwortete Luise. »Sie können den Kleinen wieder anziehen.« Sie verließ hastig den Raum. Liebe Güte, was war das nur für eine geschwätzige Frau? Auf dem Flur begegnete sie Günter.

»Und, wie sieht es aus?«, fragte er. »Hat alles geklappt?«

Luise nickte. »Gleich bin ich fertig. Edith wollte den Dienst für mich übernehmen. Sie müsste jede Minute da sein. Ich hole nur rasch etwas Milchpulver für Frau Kiesler.« Sie verschwand in einem der Nebenräume und schloss die Tür hinter sich. Tief durchatmend lehnte sie sich mit dem Rücken dagegen und schloss für einen Moment die Augen. Ihr Herz wummerte wie verrückt. Heute war ein großer Tag. Sie wollten gleich nachher in die Praxis von Dr. Mersebauer. Dort würde Günter heute als offizieller Nachfolger des Arztes vorgestellt. Luise als seine Verlobte sollte ihn begleiten. Es wurde also offiziell. Und das schon vier Wochen vor dem Ende ihrer Ausbildung. Günter hatte in dieser Hinsicht jedoch vorgesorgt. Er hatte Professor Hammerschlag bereits in Kenntnis gesetzt. Dieser war nicht begeistert davon, eine seiner besten Hebammenschülerinnen und gleichzeitig auch einen seiner zuverlässigsten Ärzte zu verlieren, doch er würde ihnen keine Steine in den Weg legen. Dr. Mersebauer war ihm durchaus ein Begriff. Luise erleichterte es, dass Professor Hammerschlag über ihre Verbindung Bescheid wusste. Andererseits machte sie dieser Umstand auch nervös. Es wurde offiziell. Heute Abend wäre sie nicht mehr Luise Mertens aus Ostpreußen, sondern die Verlobte Günter Bergers, eines renommierten Frauenarztes, und bald seine Partnerin in dieser großartigen Praxis, die als eine der nobelsten Adressen Berlins galt. Würde sie diesem Anspruch gerecht werden? Sie hoffte es sehr.

Sie holte ein Päckchen Milchpulver aus dem Regal und lief zurück in die Fürsorgestation, wo sie es Frau Kiesler reichte, die ihren Sohn inzwischen wieder angekleidet und in die Decke gewickelt hatte.

Edith betrat den Raum, umarmte sie kurz und wünschte ihr für den Nachmittag viel Glück. »Und gebt auf euch acht«, fügte sie hinzu. »Es soll auch heute wieder Demonstrationen geben. Nicht, dass ihr in einen Tumult geratet.«

»Ach, uns passiert schon nichts«, antwortete Luise. »Gestern soll in der Straße Unter den Linden alles ruhig gewesen sein. Gewiss ist es heute ähnlich. Ich bin am Abend wieder zurück. Sehen wir uns noch in der Flickstube? Wir wollten doch anstoßen. Sogar Margot will dabei sein. Sie ist zwar noch etwas wacklig unterwegs, aber sie muss ja nicht unbedingt tanzen.«

»Wie abgemacht«, antwortete Edith und wedelte mit den Armen. »Und jetzt sieh zu, dass du fortkommst. Du musst dich doch noch zurechtmachen. Ich hab dir, wie versprochen, das dunkelblaue Kleid rausgelegt. Du sollst ja Eindruck auf die vielen feinen Leute machen. Und denk an den leichten Hauch Puder und etwas Rouge auf den Wangen, damit du nicht blass aussiehst. Aber nur ganz dezent. Nicht wie neulich. Da hast du es zu gut gemeint.«

»Ich werde es versuchen«, antwortete Luise. »Aber mit Schminke stehe ich nach wie vor auf Kriegsfuß. Ich fühle mich jedes Mal wie ein Clown damit.«

In ihrer Kammer angekommen, zog sie sich rasch um. Das dunkelblaue Kleid, das ihr Edith rausgelegt hatte, war aus Samt und lag wunderbar weich auf der Haut. Es endete oberhalb der Knöchel, und ein breiter Stoffgürtel betonte die Taille. Die Farbe passte hervorragend zu ihren blauen Augen. Nicht so ihre Schuhe. Sie hätte gern die eleganteren Stiefel von Edith dazu getragen, jedoch waren diese eine Nummer zu klein. Sie konnte nur hoffen, dass das Kleid von ihrem recht groben Schuhwerk ablenkte. Nachdem sie das Kleid übergestreift hatte, bürstete sie ihr Haar und steckte es am Hinterkopf mit einigen Nadeln fest. Nun noch etwas Puder, damit sie nicht so glänzte. Ihr Blick fiel auf die Rougedose. Sollte sie es wagen? Lieber nicht. Am Ende benutzte sie wieder zu viel und sah wie ein geschminkter Ochse aus. Dann lieber etwas vornehme Blässe zeigen. Sie zog ihren Mantel über und setzte zum Schluss ihren Hut auf, der passenderweise ein blaues Hutband hatte. Dann eilte sie aus der Kammer und die Stufen nach unten. Am Ausgang wurde sie bereits von Günter erwartet. Er hielt ihr, ganz Gentleman, den Arm hin.

Während sie zur Straßenbahnhaltestelle liefen, beschleunigte sich Luises Herzschlag. Sie blickte noch einmal zur Frauenklinik zurück. Bald schon würde ihre Zeit in diesem Haus ein Ende finden. Nur noch wenige Wochen, und sie würde mit Günter ein neues Leben beginnen. Der Gedanke fühlte sich sonderbar unwirklich an. Es schien doch erst gestern gewesen zu sein, als sie von Eckersberg nach Neukölln aufgebrochen war. An einem heißen Sommertag hatte sie sich von ihrer Oma mit den Worten verabschiedet, bald wiederzukommen. Und nun, anderthalb Jahre später, war alles anders. Doch inzwischen hatte sie diese Veränderung angenommen. Das Haus in Eckersberg war verkauft, Ostpreußen mit seinen Dörfern, Wiesen und Feldern lag hinter ihr. Noch vor Weihnachten sollte die Hochzeit stattfinden. Dann wäre sie eine Doktorsfrau und konnte doch weiterhin als Hebamme arbeiten. Nur einen Wermutstropfen gab es: Ihre Oma würde bei der Hochzeit nicht dabei sein. Sie hatte so oft gesagt, dass sie das noch erleben wollte. Sie hatte ihre Enkelin in der Kirche vor dem Altar neben einem netten jungen Mann stehen sehen wollen, der sie gut versorgen würde. Dessen konnte sie sich jedoch auch im Himmel sicher sein. In Günter hatte sie einen zukünftigen Ehemann gefunden, den sich jede Frau wünschte. Und gewiss sähe ihre Oma an diesem Tag stolz auf sie herab.

Die Straßenbahn kam, und sie fuhren bis zum Ringbahnhof. Dieser war vollkommen überfüllt. Arbeiter drängten sich auf den Bahnsteigen und in die einfahrenden Züge. Unter ihnen entdeckte Luise auch immer wieder Matrosen, die zumeist rote Schals um den Hals trugen. Parolen wurden gerufen: Der Kaiser solle abdanken. Der Krieg solle ein Ende haben.

Es dauerte eine gefühlte Ewigkeit, bis sie es in einen der Züge schafften.

Am Bahnhof Friedrichstraße wurden sie von der Menge zum Ausgang geschoben. Günter hielt Luises Hand fest umklammert. Ein junger Bursche drückte ihr ein Flugblatt in die Hand, auf dem verkündet wurde, dass der Kaiser abgedankt hatte.

Dem Demonstrationszug schlossen sich immer mehr Menschen an. Auch viele Frauen waren unter ihnen. Ein alter Invalide trat an den Zug und rief: »Ebert, Reichskanzler! Weitersagen!«

Luise beobachtete staunend das Treiben um sie herum. Sie erreichten die Straße Unter den Linden. Es wurden immer mehr Menschen, Tausende mussten es sein. Rote Fahnen wurden geschwungen, einige Männer trugen Plakate, auf denen *Brüder, nicht schießen* geschrieben stand.

Günter ließ sich von der Begeisterung der Menschen anstecken. »Sieh nur, was wir erleben«, sagte er mit leuchtenden Augen. »Der Krieg ist zu Ende. Der Kaiser hat abgedankt.« Er bog nicht, wie vorgesehen, Richtung Gendarmenmarkt ab, sondern zog Luise mit sich. »Mersebauer möge es mir verzeihen«, sagte er. »Aber hier erleben wir Geschichte. Davon können wir künftig unseren Kindern und Enkeln berichten. Wir erleben das Ende des deutschen Kaiserreiches!«

Sofort wurden sie von der Menschenmenge verschluckt und Richtung Reichstag geschoben. Der Platz vor dem Reichstagsgebäude war voller Menschen. Um sie herum war es so eng, dass Luise fast die Luft wegblieb. Schnell zog Günter sie zu einem der Mäuerchen, die die inzwischen kahlen Beete einfassten und auf das sie nun stieg. Wenn sie sich auf die Zehenspitzen stellte, war sie jetzt immerhin etwas größer als die meisten um sie herum.

Gerade in dem Moment trat Philipp Scheidemann aus dem Gebäude. Eine eigentümliche Ruhe legte sich über den Platz. »Der Kaiser hat abgedankt, alles für das Volk und durch das Volk!«, hörte Luise ihn sagen. Um sie herum wurde gegrölt, gelacht, seine nächsten Worte verstand sie nicht. »Die Monarchie ist zusammengebrochen!«, rief Scheidemann. »Es lebe das Neue, es lebe die Deutsche Republik!«

Die Menge brach in laute Jubelrufe aus. Luise stand wie versteinert da, konnte es nicht glauben. Der Moment, auf den sie so lange gewartet hatte, war gekommen. Endlich war dieser endlos lang erscheinende Krieg zu Ende. Mit strahlenden Augen sah sie Günter an. In diesem Moment verspürte sie nur Glück.

Neben ihr wurden Mützen geschwenkt, wildfremde Menschen lagen sich in den Armen. Rufe wurden laut: »Hoch das freie Deutschland!«

Luise klatschte und stimmte jubelnd in die Hurrarufe der Umstehenden mit ein. Ein junger Matrose warf ihr im Vorbeigehen eine Kusshand zu. Seine Augen strahlten vor Freude. Irgendwann wurde sie von Günter zurück Richtung Unter den Linden geführt. Ein Lastauto voller Matrosen und Soldaten mit roten Fahnen fuhr an ihnen vorbei, die laut irgendein Lied grölten. Soldaten rissen lachend ihre Erkennungsmarken ab und warfen sie auf die Erde. Überall herrschte ausgelassene Stimmung.

Sie ließen sich von der Menge ein Stück mittreiben, dann bogen sie endgültig in den Gendarmenmarkt ein, der ebenfalls von der jubelnden Menge überfüllt war.

Nachdem sie den Hausflur von Dr. Mersebauers Stadthaus betreten hatten, hob Günter Luise übermütig in die Höhe, drehte sich mit ihr im Kreis und küsste sie. »Das musste sein«, sagte er mit einem spitzbübischen Grinsen, nachdem er sie wieder auf den Boden gestellt hatte. »Ich weiß gar nicht, wohin mit meiner Freude. All das Bangen und Hoffen der letzten Tage brechen sich Bahn. Dank der Matrosen und ihres Mutes ist es endlich vorbei. Was für eine Freude. Wir heiraten im Frieden, Luise. Was für ein großes Glück wir doch haben.« Er zog Luise mit sich, und sie eilten die Stufen zu der Arztpraxis hinauf.

Oben angekommen, wurden sie mit einem großen Hallo empfangen. Dr. Mersebauer nahm es ihnen nicht übel, dass sie sich verspätet hatten. Im Gegenteil. Er reichte Günter ein Glas und sagte: »Am liebsten wäre ich nach draußen gelaufen und hätte mir die Rede von Scheidemann angehört. Endlich hat die Monarchie ein Ende. Ein Hoch auf die Republik und unsere SPD!«, rief er. »Ein Hoch auf den Frieden! Möge es niemals wieder Krieg geben!« Er hielt sein Glas in die Höhe, und alle anderen stimmten in seine letzten Worte mit ein.

Die Übergabe der Praxis wurde zur Nebensache. Irgendjemand organisierte zu vorgerückter Stunde sogar ein Grammophon, und Luise tanzte ausgelassen mit Günter durch den Raum, trank Champagner und spürte das herrliche Gefühl der Freiheit in sich. Dieser Tag, ja dieser Abend, war so besonders, so einmalig. Sie wünschte, er würde niemals enden.

Erst spät in der Nacht verabschiedeten sich die Gäste. Günter schüttelte Hände und beantwortete lächelnd letzte Fragen. Luise wurde von einer dicklichen, etwas mütterlich wirkenden Arzthelferin überschwänglich gedrückt. Luise und Günter waren die Letzten, die mit dem Ehepaar Mersebauer und dem Hauspersonal zurückblieben. Eine dickliche Haushälterin, die ihr graues Haar zu einem Dutt zusammengebunden hatte, räumte gemeinsam mit einem schmalen, rothaarigen Dienstmädchen die Gläser ab.

Mersebauer trat ans Fenster und blickte auf die Straße.

»Jetzt ist es ruhig geworden. Anscheinend ist auch der Betrieb der Elektrischen eingestellt. Möchtet ihr heute Abend noch zurück nach Neukölln fahren, oder soll euch unsere Berta das Gästezimmer herrichten?«

Günter sah zu Luise. Sie schüttelte beinahe unmerklich den Kopf, was er zu deuten wusste. Sie war morgen für die Frühschicht in der Wochenbettstation eingeteilt, und die begann bereits um sieben Uhr. Auguste Marquard würde sie gewiss rügen, wenn sie nicht pünktlich wäre.

»Leider werden wir das verlockend klingende Angebot nicht annehmen können«, antwortete Günter. »Wir haben beide in der Klinik Verpflichtungen, die uns daran hindern. Aber wir kommen gern in wenigen Tagen wieder, um alles Weitere zur Übergabe des Hauses zu besprechen. Heute war es ja doch etwas turbulent.«

»Ja, das ging leider vollkommen unter«, sagte Mersebauer. »Ich hätte Ihnen auch gern das ganze Haus und die privaten Räumlichkeiten gezeigt. Aber an einem Tag wie dem heutigen haben andere Dinge Vorrang. Ich kann noch immer nicht glauben, dass es wirklich geschehen ist.« Er schüttelte den Kopf.

»Ich auch nicht«, antwortete Günter. »Es klingt alles äußerst unwirklich. Die Monarchie hat ein Ende, der Kaiser hat abgedankt.«

»Und der Auslöser für sein endgültiges Ende war auch noch die Marine. Die hat er besonders geliebt. So spielt das Leben.« Mersebauers Blick wanderte zu Luise, und plötzlich umspielte ein Lächeln seine Lippen. »Aber wir langweilen mit unserem Gerede über Politik die Dame. Es ist spät geworden. Es findet sich gewiss bald eine weitere Gelegenheit für einen Gedankenaustausch.«

»Mit Sicherheit«, antwortete Günter und nahm Luises Hand. »Dann wollen wir mal durch die erste Nacht der neuen Republik nach Hause laufen. Was für ein Gefühl, welch eine Wortwahl.«

Ein Diener, der im Flur gewartet hatte, brachte ihre Mäntel.

Kurz darauf liefen sie durch kalten Nieselregen Richtung Friedrichstraße. Hier und da waren noch Arbeitergruppen unterwegs. Viele der Männer waren betrunken, einige torkelten, es wurde gesungen und gelacht. Günter hielt Luises Hand. Das Leben fühlte sich trotz des kühlen Herbstabends leicht und heiter an. Luise spürte das herrlich kribbelige Gefühl im Bauch, das sie so sehr liebte.

Nur noch wenige Wochen, und sie würde in dieser Gegend leben. In dem wunderschönen Stadthaus am Gendarmenmarkt, mit einer Köchin, einem Hausmädchen und vielleicht schon bald einem Kindermädchen. Und das alles in Frieden. Sie konnte es noch gar nicht richtig glauben.

Plötzlich zerrissen Schüsse die Nacht. Erschrocken zuckte sie zusammen. Ein Auto fuhr mit hoher Geschwindigkeit an ihnen vorbei. Ein Mann riet ihnen, Schutz zu suchen. Erneut waren Schüsse zu hören.

»Wer schießt denn da?«, fragte sie.

»Vermutlich Kaisertreue, die es nicht wahrhaben wollen«, antwortete ein vorbeigehender Soldat.

Sie klammerte sich an Günters Hand. Hastig bogen sie in die Friedrichstraße ein. Wieder fielen Schüsse, dieses Mal waren sie ganz nah. Sie spürte, wie Günter neben ihr zusammenzuckte, und blickte zu ihm auf. Mit großen Augen sah er Luise an, denn sackte er zu Boden. Luise stieß einen spitzen Schrei aus und fiel neben ihm auf die Knie. »Günter! Hörst du mich? Günter! Was ist passiert? So hör doch!« Hastig öffnete sie seinen Mantel. Ein dunkler Fleck breitete sich auf seiner Brust aus. »Günter ...« Sie rüttelte heftiger an ihm und schlug ihm ins Gesicht. Heiße Tränen schossen in ihre Augen. »So wach doch auf. Günter. Hörst du? So sag doch was.«

Hände legten sich auf ihre Schultern, und sie hörte eine männliche Stimme. »Fräulein, kann ich helfen?«

Dann rief eine andere Stimme: »Hier ist jemand verletzt! Wir brauchen Hilfe!«

Weitere Passanten blieben stehen. Ein Mann kniete sich neben Günter und untersuchte ihn.

Wie durch Watte nahm Luise ihre Umgebung wahr. In ihr krampfte sich alles zusammen. Sie schluchzte verzweifelt. »Sie müssen ihm helfen«, brachte sie hervor. »Bitte, so tun Sie doch etwas.«

Der Mann schüttelte den Kopf. »Es tut mir leid, Fräulein. Ihm kann niemand mehr helfen. Er ist tot. Die Kugel hat direkt sein Herz getroffen.«

Luise hörte die Worte des Fremden, weigerte sich aber, sie zu glauben. »Das kann nicht sein«, sagte sie. »Nein, das darf nicht sein. Hörst du, Günter? Du musst aufwachen. Bitte. Es ist Frieden. Endlich Frieden. Es ist vorbei. Alles wird gut. Wir heiraten doch. Bitte, so öffne doch die Augen. Bitte, so hör mich doch.«

Erneut legten sich Hände auf ihre Schultern. »Bitte, Sie müssen sich beruhigen«, sagte dieses Mal eine weibliche Stimme.

Aber Luise wollte nicht hören. Sie wollte sich nicht beruhigen. Sie rüttelte immer wieder an Günters Körper. Ihre Worte wurden zusammenhangloser, ihr Schluchzen wurde lauter, alles begann sich zu drehen. Eben war doch noch alles gut gewesen. Eben war die Welt doch noch voller Glück gewesen. Sie hatten eine Zukunft gehabt. Eben noch waren sie glücklich gewesen.

40

NEUKÖLLN, DEZEMBER 1918

Edith ließ ihren Blick durch die winzige Dachkammer schweifen. Auf engstem Raum fand hier das Familienleben der Krauses statt. Der Vater war Tischler, die Mutter hatte bis vor kurzem noch in der Farbenfabrik Munition für den Krieg angefertigt. Nun war sie arbeitslos. Im Nebenzimmer, einer winzigen Kammer ohne Fenster, schliefen die vier Kinder. Das Neugeborene, ein Junge, er war vor zwei Wochen zur Welt gekommen, lag in einem mit Kissen ausgepolsterten Wäschekorb, der auf einem Stuhl in der Nähe des Ofens stand, damit er es warm hatte. Edith war allein gekommen. Das durfte sie nun. Am Freitag waren ihnen bei einer offiziellen Veranstaltung feierlich ihre Zeugnisse übergeben worden. Ihre Ausbildung zur Hebamme war beendet. Alle Schülerinnen hatten bestanden. Es hätte ein schöner Tag sein sollen. Doch das war er nicht gewesen. Weder ihr noch Margot war zum Feiern zumute gewesen. Luise fehlte. Sie war zurück nach Ostpreußen gereist. Günters Tod hatte sie alle völlig aus der Bahn geworfen. Sie waren wie betäubt gewesen. Zu seiner Beerdigung waren Hunderte Menschen gekommen. Auch sein Vater war anwesend gewesen, ebenso wie Geschwister und Verwandte. Luise hatte sich nicht zu ihnen gestellt. Sie war bei ihnen geblieben und hatte während der ganzen Zeit auf den Boden gestarrt. Keine Regung hatte sie gezeigt, nicht aufgeblickt, geweint oder geschluchzt. Wie eine Wachspuppe war sie Edith vorgekommen. Sie und Margot hatten ihre Hände gehalten. Noch vor dem Ende der Beerdigung hatte Luise sie jedoch losgelassen und war einfach gegangen.

Eine ganze Weile hatten sie zu dritt im Garten der Klinik gestanden. Luise hatte schweigend die kahlen Äste der Obstbäume angestarrt, dann war sie vor einem von ihnen in die Hocke gegangen und hatte das welke, von Raureif überzogene Gras berührt. Noch immer hatte sie nicht weinen können. Ihr Schweigen war das Schlimmste gewesen. Sie hatte mit niemandem gesprochen, war durch die Gänge gelaufen wie ein Geist, ohne jedoch etwas zu tun oder ein Ziel zu haben. Auguste Marquard hatte es ihr nachgesehen. Irgendwann würde es schon besser werden. Doch das war es nicht geworden. Eines Morgens war Luise in das Büro der Oberhebamme gegangen und hatte wortlos ihre Kündigung auf den Tisch gelegt. Dann hatte sie ihren Koffer gepackt. Professor Hammerschlag hatte ihr trotz der Kündigung vor Ablauf der Ausbildung ihr Zeugnis ausgestellt. Es war hervorragend, so, wie es seiner besten Schülerin, wie er immer wieder betont hatte, zustand. Edith und Margot hatten versucht, Luise umzustimmen. Doch es war ihnen nicht gelungen. All ihre Worte waren an ihr abgeprallt wie an einer Wand. Sie war nach einer knappen Umarmung ohne ein Wort gegangen. Wenigstens diese hatte sie ihnen noch zugestanden.

Sie versuchten es zu akzeptieren, auch wenn es schwerfiel. Luise hatte nicht bleiben können. Sie war vor dem Schmerz geflohen, der zerbrochenen Zukunft. Wie ihr Leben in Eckersberg nun aussah, wusste niemand. Bisher war kein Brief von ihr gekommen. Sie wünschte so sehr, sie würde schreiben. Nur wenige Zeilen, damit sie wüssten, wie es ihr ging.

Nachdem Edith den Sohn von Frau Kraus versorgt hatte, trat sie wieder auf die Straße. Ein eisiger Wind pfiff ihr entgegen. Der Krieg war zu Ende, die Republik ausgerufen. Doch besser war das Leben für die einfachen Menschen dadurch nicht geworden. Unterernährung und Krankheiten standen noch immer im Vordergrund. Auch die Grippe geisterte weiterhin durch die Stadt und raffte tagtäglich Menschen dahin. Noch immer herrschte Mangel an Lebensmitteln, und die Stadt war in Aufruhr. Immer wieder gab es Demonstrationen der Spartakisten und der USPD. Die letzten Wochen hatten es ihr schwergemacht, das Positive zu sehen. Viele der Heimkehrer von der Front waren krank, blind, verstümmelt oder traumatisiert. Manch einer fand seine Familie nicht mehr. Wohnungen waren aufgelöst, Frauen unauffindbar, die Kinder in Waisenhäusern verschollen oder gar verstorben.

Es hatte zu schneien begonnen. Wie Watte fielen vereinzelte Flocken vom Himmel. Edith lief zu ihrem Fahrrad und befestigte ihre Tasche auf dem Gepäckträger.

Sie stieg gerade aufs Fahrrad, da kam Margot, ebenfalls auf dem Rad, um die Ecke. Sie bremste neben ihr. Ihre Wangen waren von der kühlen Luft gerötet, und ein Lächeln lag auf ihren Lippen. »Wusste ich doch, dass du heute diese Runde betreust. Fertig? Die Kinder warten gewiss schon auf uns.«

»Ja, ich bin fertig«, antwortete Edith. »Obwohl ich mich noch immer frage, ob ich die richtige Betreuung für ein Krippenspiel bin. Immerhin bin ich Jüdin.«

»Das muss ja keiner wissen«, antwortete Margot. »Die Kinder verlassen sich auf uns, und Frau Gärtner auch.«

»Sie hat aber auch ein Talent dafür, jedes Mal auszufallen, wenn die Proben für das Stück anstehen«, sagte Edith, während sie losfuhren.

»Ja, das hat sie tatsächlich. Letztes Jahr ein gebrochenes Bein, dieses Jahr die hartnäckige Schwangerschaftsübelkeit. Lore sagte, sie müsse sich mehrmals am Tag übergeben. Das ist kein Vergnügen.«

»Dass sie überhaupt noch einmal schwanger geworden ist, verwundert mich. Immerhin ist sie bereits sechsundvierzig.«

»Ja, das verwundert mich auch«, antwortete Margot.

Sie erreichten die Pfarrkirche St. Clara und stellten die Fahrräder vor dem Eingang des Pfarrhauses ab. Der Schneefall hatte wieder aufgehört, doch ein eisiger Wind zerrte an ihren Röcken. Die beiden beeilten sich, in den Pfarrsaal zu kommen, wo sie bereits von einer großen Gruppe Kinder und von Lene erwartet wurden, die sie freudig begrüßten.

Das Leben geht weiter, dachte Edith beim Anblick der strahlenden Kinderaugen.

Man durfte die Hoffnung nicht verlieren, auch wenn es im Moment schwerfiel, an bessere Zeiten zu glauben.

Ein kleines, blondes Mädchen, Edith schätzte sie auf vier Jahre, zuppelte an ihrem Rock und fragte: »Wo ist Luise? Die hab ich gern.«

Die Frage der Kleinen traf Edith, und sie spürte die plötzlich aufsteigenden Tränen. Rasch blinzelte sie sie weg und antwortete: »Sie kann nicht kommen, weißt du? Sie ist nach Hause gefahren.«

»Aber warum denn?« Die Kleine wollte sich mit der Antwort nicht zufriedengeben.

»Weil sie traurig ist«, antwortete Edith leise und fügte hinzu: »Und wenn man traurig ist, dann ist es zu Hause am besten.«

Die Kleine überlegte kurz, dann antwortete sie: »Kommt sie zurück, wenn sie wieder fröhlich ist?«

»Das hoffe ich«, antwortete Edith und strich dem Mädchen über seine blonden Locken.

41

Luise saß in der Bahn und blickte auf die Häuser der Stadt, die an ihr vorüberflogen. Vor achtzehn Monaten hatte sie Berlin mit seiner sommerlichen Wärme begrüßt, heute war es tief verschneit. Damals war sie so voller Vorfreude gewesen. Und heute? Das Leben ging weiter. Minuten und Stunden wurden zu Tagen, und diese würden zu Monaten und Jahren werden. *Die Zeit heilt alle Wunden*, wurde oft gesagt. Oma hatte gemeint, dass das Blödsinn sei. Manche Wunden würden nie heilen. Sie würden zu dicken Narben, die auf das Herz, auf die Seele drückten. Günters Tod hatte eine solche Narbe hinterlassen. Er fehlte, wie so viele fehlten.

Nur wenige Menschen waren auf den Straßen und Plätzen unterwegs. Der Springbrunnen in der Parkanlage war versiegt, die steinernen Statuen an seinem Rand waren von Schneehauben überzogen. Achtzehn Monate war es nun her, seit sie Berlin zum ersten Mal gesehen hatte. Seit sie die Durchsage gehört hatte, die, genauso wie jetzt, den Schlesischen Bahnhof ankündigte. Damals war sie so voller Vorfreude und Aufregung gewesen. Was sie heute empfand, wusste sie nicht. Es war ein seltsames Gefühl in ihr. Gleichgültigkeit, gepaart mit Traurigkeit und dem Wunsch, dass es besser werden würde und die quälenden Bilder in ihrem Inneren verschwänden. Mittlerweile wusste sie, dass es nur *einen* Ort gab, an dem dies gelingen konnte, an dem das Gefühl des Alleinseins verschwinden würde. Sie griff in ihre Manteltasche und zog den Brief hervor, den Edith ihr geschrieben hatte. Zum wiederholten Male faltete sie ihn auseinander und überflog die Zeilen. Margot und Edith hatten wieder das Krippenspiel betreut, und es war eine herrliche Aufführung geworden.

Nun stünde bald der Jahreswechsel an. Neue Hebammenschülerinnen waren in der Schule eingetroffen, *Frischlinge*, wie Frieda gesagt hätte. Jetzt gehörten sie zu den Ausbilderinnen. Ediths Zeilen klangen leicht und fröhlich. Doch Luise wusste, was zwischen ihnen stand: die Bitte, dass sie wiederkam. Und das tat sie nun. Sie kehrte zurück, und sonderbarerweise fühlte sich diese Reise wie eine Heimfahrt an. Sorgfältig faltete sie den Brief zusammen, stand auf und holte ihren Koffer aus dem Gepäcknetz. Der Zug fuhr in den Schlesischen Bahnhof ein, und sie trat auf den Bahnsteig. Heute gab es hier keine Soldaten, die in den Krieg fuhren. Nur wenige Reisende waren unterwegs. Sie durchquerte die Bahnhofshalle und lief an dem Stand der Blumenverkäuferin vorbei. Er hatte geschlossen.

Nach Rixdorf will ich, dachte sie lächelnd. Dorthin, wo die Musik spielt.

Vielleicht tat sie das ja bald wieder in der Neuen Welt, in der es nun kein Lazarett mehr gab.

Sie erreichte die Ringbahn, stieg ein und fand einen Fensterplatz. Dicke, weiße Flocken fielen vom Himmel, und die vorbeihuschenden Häuser versanken langsam im Dämmerlicht des späten Nachmittags. An der Haltestelle Hermannstraße stieg sie aus und beschloss, nicht mit der Straßenbahn zu fahren. Sie lief die Straße hinunter und sah sich um. Die Stadthäuser mit ihren Hinterhöfen, Ladengeschäften und Wirtshäusern gaben ihr ein Gefühl der Vertrautheit. Sie wusste, dass sie nicht schön waren. Düster und grau wirkten sie an diesem unwirtlichen, kalten Wintertag, dem vorletzten des Jahres 1918. Doch ihr vermittelten sie heute ein Gefühl der Dazugehörigkeit.

Sie erreichte den Mariendorfer Weg und stand bald darauf vor der Klinik. Ihr Blick schweifte vom Verwaltungsgebäude zum Entbindungshaus. Wie würde es ohne ihn sein? Achtzehn Monate und eine neue Zukunft. Nun sah diese anders aus. Doch sie würde sie annehmen und weitermachen. *Einfach aufhören ist auch keine Lösung.* Wieder ein Spruch ihrer Oma.

»Luise!«, sagte plötzlich eine ihr vertraute Stimme hinter ihr.

Sie drehte sich um. Margot und Edith standen vor ihr, verfroren und strahlend.

»Aber was machst du denn hier?«, fragte Margot.

Luise überlegte kurz, dann antwortete sie: »Ich dachte, ich könnte noch ein paar Kinder auf die Welt holen. Was meint ihr?«

Nachwort

Ich bin selbst Mutter und den Hebammen, die mich damals bei den Geburten meiner Töchter betreuten, für immer dankbar. Sie umsorgten mich liebevoll und professionell und gaben mir das Gefühl von Sicherheit. Der Beruf der Hebamme ist heute noch genauso wichtig wie damals und muss in unserer Gesellschaft in jeder Hinsicht einen hohen Stellenwert genießen. Es ist immer wieder ein wunderbarer Moment, wenn neues Leben das Licht der Welt erblickt.

Mir persönlich hat es großen Spaß gemacht, mich mit der Tätigkeit der Hebammen in einer anderen Zeit auseinanderzusetzen. Obwohl mich die Arbeit an diesem Roman oftmals auch an meine Grenzen gebracht hat. Besonders die hohe Rate der Kindersterblichkeit erschreckte mich, aber auch die allgegenwärtige Armut oder die Lebensumstände der Menschen.

Im Neukölln der Kaiserzeit verdoppelte sich die Anzahl der Bevölkerung durch massenhaften Zuzug von Arbeitern in kürzester Zeit. Die Menschen lebten in ärmlichsten Verhältnissen. Beengter Wohnraum, schlechte Hygiene, Mangelernährung. Dazu kam ein niedriger Bildungsstand der Eltern. Die Säuglingssterblichkeit lag zwischen 1902 und 1913 bei 18,5 %.

Durch die angespannte politische und wirtschaftliche Lage vor dem Ersten Weltkrieg bekam diese Problematik mehr Aufmerksamkeit, und die Verantwortlichen begannen zu handeln.

Eine Weile befürchtete man im Deutschen Kaiserreich durch das Absinken der Geburtenraten und die hohe Kindersterblichkeit sogar ein Aussterben des deutschen Volkes. Um für mehr Nachwuchs zu sorgen, benötigte es den Ausbau des Gesundheitssektors mit modernen Kliniken und Fachpersonal.

Bereits im Februar 1913 beschloss der Brandenburgische Provinzialtag den Neubau einer Hebammenlehranstalt für die gesamte Provinz Brandenburg. Es sollte ein Geschenk zum 25-jährigen Regierungsjubiläum Kaiser Wilhelms II. von Preußen sein.

Der Bau der Klinik begann im Oktober 1914. Trotz langsamer und schwieriger Bautätigkeit konnte die Hebammenlehranstalt und Frauenklinik am 1. Juli 1917 ihren Betrieb aufnehmen.

Als erster Chefarzt der Klinik setzte sich Prof. Dr. Sigfried Hammerschlag für die einheitlich geregelte Ausbildung von Hebammen in Kliniken ein. Er prägte das Hebammenwesen maßgeblich durch eine professionalisierte Ausbildung.

Die Eröffnung der Hebammenlehranstalt und Frauenklinik fiel in eine schwierige Zeit. Der Erste Weltkrieg erschütterte das Reich. Neukölln, die ärmste Großstadt Preußens, stieß bald an die Grenzen ihrer Belastbarkeit. Die sogenannte Heimatfront war auf einen längeren Krieg nicht vorbereitet. Durch die englische Hungerblockade und durch Missernten verschärfte sich die Versorgungskrise in ganz Deutschland. Im Winter 1916/17 ernährte sich der Großteil der Bevölkerung von Kohlrüben und Graupen. Oftmals standen die Frauen stundenlang vor den Läden an und erhielten doch nichts für die zugeteilten Marken. Hingegen konnte man auf dem teuren Schwarzmarkt noch alles kaufen.

In der Zeitung *Vorwärts* wurden im Dezember 1917 die Missstände der Lebensmittelversorgung aufgeführt, und auch, dass die Stadt Neukölln zu Wucherpreisen auf dem Schwarzmarkt einkaufen musste, um die Versorgung der Bevölkerung zu gewährleisten. Im April 1918 eskalierte der Skandal endgültig, da der Staatsanwalt die Kassenbücher beschlagnahmte. Die Beamten konnten deshalb die wöchentliche Unterstützungszahlung für die Kriegsfrauen nicht auszahlen, weshalb die empörten Frauen das Rathaus stürmten. Ob allerdings während dieses Ereignisses tatsächlich Zwillinge geboren wurden, lässt sich heute nicht mehr nachvollziehen.

Neukölln stellte eine der frühen Hochburgen der radikalsten Kriegsgegner, der Spartakusgruppe um Rosa Luxemburg und Karl Liebknecht dar. Da ihre prominenten Führer im Gefängnis saßen, übernahm Leo Jogiches von Neukölln aus die Leitung der Gruppe. Nachdem die Polizei im März 1918 die illegale Flugblattzentrale der Spartakisten in der Manitiusstraße ausgehoben hatte, wurde auch er verhaftet und als Landesverräter verurteilt. Der Neuköllner Arbeiter Otto Franke organisierte als Deserteur 1918 die Massenstreiks und die Bewaffnung der revolutionären Arbeiter Groß-Berlins. Seinen Bruder Richard habe ich frei erfunden.

Der Matrose Max Reichpietsch wird heute als *Märtyrer der Revolution* bezeichnet. Er war einer Rädelsführer der sich im Sommer 1917 formierenden Protestbewegung und wurde am 7. September 1917 hingerichtet. Es waren nicht die Gräuel des Krieges, die ihn zu einem Aufständischen machten, sondern die sinnlosen Schikanen der Vorgesetzten und die mangelhafte Verpflegung der Mannschaften im Kriegshafen Wilhelmshaven.

Der Erste Weltkrieg wird von vielen Historikern als eine der Urkatastrophen des 20. Jahrhunderts bezeichnet. Millionen Menschen fanden durch Kriegshandlungen, Hunger, Seuchen und Krankheiten den Tod. Als der Krieg im November 1918 endete und die erste Deutsche Republik ausgerufen wurde, hofften viele auf ein besseres Leben. Doch die noch junge Republik stand auf wackligen Beinen…

Dank

Zuerst ist hier wieder mein Mann Matthias zu nennen, der mich bei der Recherchearbeit zu dem Roman mit besten Kräften unterstützt und mit mir Berlin und Neukölln unsicher gemacht hat. Dann möchte ich mich bei dem Team des Neuköllner Museums, allen voran bei Julia Dilger, bedanken. Sie hat mich bei der Recherche zu dem Roman maßgeblich unterstützt und mir aus dem Fundus des Geschichtsspeichers unschätzbar wertvolle Recherchematerialien herausgesucht. Auch möchte ich mich hier gleich bei zwei Lektorinnen des Aufbau-Verlags für die großartige Zusammenarbeit bedanken. Einmal bei Stefanie Werk und dann bei Anne Sudmann, die mir mit ihren klugen Vorschlägen viele Denkanstöße gegeben hat. Mein Dank geht ebenfalls an meine Agentin Franka Zastrow, die von der Idee eines Hebammenromans sogleich begeistert war. Zum Schluss geht ein weiteres dickes Dankeschön an meine beiden Töchter. Ich verbringe sehr viele Stunden des Tages an meinem Schreibtisch, und sie nehmen diesen Umstand ohne Murren hin. Danke für eure Geduld.

KAPITEL 1

Anna erreichte den Platzspitz hinter dem Schweizerischen Nationalmuseum, an dem ihre gewohnte Joggingrunde begann, die an der Limmat entlangführte, und hätte am liebsten gleich wieder umgedreht, denn dort am Ufer stand ihr Exfreund Markus. Reichten nicht schon seine Anrufe? Sogar in der Bank, wo es langsam peinlich wurde. Was verstand der Mann nicht an: Es ist vorbei? Ein halbes Jahr hatte sie es mit ihm ausgehalten. Dann war ihr seine ständige Eifersucht endgültig so auf die Nerven gegangen, dass sie sich von ihm getrennt hatte. Sie brauchte keinen Aufpasser, der bei jedem Telefonat die Ohren spitzte und sie beinahe täglich von der Arbeit abholte, womit er ihr anfangs noch schmeichelte. Zunächst schien er noch ein vollendeter Gentleman mit seinen rehbraunen Augen und dem dunklen, lockigen Haar, gutaussehend, zuvorkommend, aber mit der Zeit wurde es anstrengend mit ihm. Sie hatte ihn in einem Café während ihrer Mittagspause kennengelernt. Zwei Abende später hatte er sie zum Essen eingeladen, und sie waren im Bett gelandet, was Anna am nächsten Morgen, als sie allein aufwachte, zunächst bereute. Sagte ihre Freundin Sara nicht immer wieder, dass beim ersten Date auf keinen Fall zu viel passieren durfte? Markus war jedoch geblieben und innerhalb weniger Wochen zu einer Klette mutiert, die ihresgleichen suchte.

Jetzt lehnte er also am Geländer des Mattenstegs und schenkte ihr sein strahlendstes Lächeln.

»Markus«, begrüßte Anna ihn mit säuerlicher Miene. »Was machst du hier?«

»Ich dachte, ich könnte mit dir laufen«, antwortete er. »Wir könnten noch einmal über alles reden. Weißt du…«

Weiter kam er nicht.

»Es gibt nichts mehr zu reden«, ließ Anna ihn nicht ausreden. »Wie oft soll ich es dir noch sagen? Es ist vorbei. Ich brauche kein Kindermädchen und auch keinen Bodyguard, der sogar mein Handy überwacht.«

Als sie ihn vor zwei Wochen dabei erwischte, wie er ihre SMS kontrollierte, war es endgültig vorbei gewesen, und sie hatte ihn wütend rausgeworfen.

»Sara wird gleich kommen und mit mir laufen. Wir sind verabredet.« Demonstrativ schaute Anna auf ihre Armbanduhr.

»Komm schon, Anna.« Er setzte seinen Dackelblick auf. Anna wandte sich ab. Noch vor einer Weile hatte sie es süß gefunden, wenn er sie auf diese Weise ansah. Mit der rosaroten Brille auf den Augen hatte er sie damit jedes Mal milde gestimmt. Doch dieses Mal würde er auf Granit beißen. Sollte er sich doch eine andere Dumme suchen, die seine Eifersuchtsanfälle und Schnüffeleien ertrug.

»Es ist vorbei, Markus«, antwortete sie um einen schroffen Unterton bemüht. »Und hör damit auf, mich ständig anzurufen oder mir irgendwo aufzulauern.«

Sein Blick wurde traurig. Er ließ die Schultern hängen. Er war ein guter Schauspieler, das musste sie ihm lassen. Doch dieses Mal würde ihm seine Show nichts nützen.

»Ich werde dir auch allen Freiraum lassen, den du brauchst«, startete er einen weiteren Versuch. »Ich war ein Esel. Ich liebe dich, Anna, ich will dich nicht verlieren.« Er machte einen Schritt auf sie zu und streckte die Hand nach ihr aus.

Anna versank in seinen traurigen Augen. In ihrem Magen begann es zu kribbeln. Reiß dich zusammen, schalt sie sich. Nicht wieder schwach werden. In spätestens drei Tagen wäre alles wie vorher.

»Hallo Anna«, kam ihr Sara zu Hilfe, die plötzlich hinter ihr auftauchte. »Markus, du auch hier?«

Anna atmete erleichtert auf und wandte sich um.

»Sara, wie schön. Da bist du ja endlich. Markus wollte gerade gehen.« Sie warf ihrem Exfreund einen kühlen Blick zu.

»Dann können wir ja los«, sagte Sara. »Sonst kommen wir auf dem Rückweg noch in die Dunkelheit. Bis irgendwann mal, Markus.« Ihre Stimme klang aufgesetzt freundlich, ihr Lächeln war unverbindlich und kühl. Anna, die sich ebenfalls mit knappen Worten von ihm verabschiedete, musste schmunzeln. Markus hatte Sara noch nie leiden können, was auf Gegenseitigkeit beruhte. Der geschleckte Typ bringt nur Ärger, hatte Sara von Anfang an gesagt. Wie recht sie doch hatte, dachte Anna, während sie Sara den Mattensteg über die Limmat folgte. Am anderen Ufer bogen sie in den Kloster-Fahr-Weg ein, der am Ufer entlang bis zum Kraftwerk Höngg ging, was den Wendepunkt ihrer Laufstrecke darstellte. Dort liefen sie über die Werdinsel ans rechte Ufer und zurück. Anna hatte nach ihrer Ankunft in Zürich vor drei Jahren mehrere Joggingrunden ausprobiert, und diese war zu ihrem Favoriten geworden. Sie liebte es, am Fluss entlangzulaufen und über das Wasser zu blicken, auf dem sich Schwäne, Enten und Blesshühner tummelten.

»Entschuldige, dass ich mich verspätet habe«, sagte Sara. »Aber es konnte ja keiner ahnen, dass er dir sogar hier auflauert.«

»Ich habe es fast befürchtet«, antwortete Anna seufzend. »Vor der Bank hat er ja schon mehrfach gestanden, und auch in meinem Stammcafé ist er vorgestern aufgetaucht. Ich bin ihm nur entgangen, weil ich sofort auf dem Absatz kehrtgemacht habe, bevor er mich entdeckt hatte.«

»Wenn das so weitergeht, wirst du noch eine Verfügung bei der Polizei erwirken müssen, damit er dich in Ruhe lässt. Ich habe dir ja gleich gesagt...«

»Ja, ja«, unterbrach Anna sie. »Er ist ein unangenehmer Typ, mit dem es nur Ärger geben wird – ich weiß. Die Polizei wird es schon nicht brauchen. Irgendwann wird er schon kapieren, dass es aus ist.«

»Hoffentlich findet er bald ein neues Opfer«, meinte Sara. »Irgendein Dummchen, das ihn vielleicht sogar heiratet. Dann hast du ein für alle Mal deine Ruhe.« Sie blieb stehen und japste nach Luft. Die Hände auf die Oberschenkel gestützt, ging sie sogar leicht in die Knie. Besorgt sah Anna ihre Freundin an.

»Was ist los? Geht es dir nicht gut?«

»Es wird schon besser. Plötzlich war mir schwindelig.«

»Das muss am Wetter liegen«, sagte Anna. »Diese ständige Schwüle geht mir auch an die Substanz, und ich bin kein wetterfühliger Mensch.«

»Nein, daran liegt es nicht«, erwiderte Sara und richtete sich auf. Plötzlich umspielte ein Lächeln ihre Lippen.

Annas Augen wurden groß.

»Nein ... Du bist doch nicht etwa schwanger?«

»Doch. Sechste Woche«, platzte Sara heraus. »Deswegen war ich auch zu spät. Ich hatte noch einen Arzttermin. Sogar das kleine Herz schlägt schon. Ich habe es auf dem Monitor gesehen.«

»Gratuliere.« Anna umarmte Sara freudig. Sie wusste, wie lange Sara und Johannes sich schon ein Kind wünschten. Sie hatten die Hoffnung, dass es auf natürlichem Weg klappen könnte, beinahe aufgegeben. Sogar einen Termin in einer Fruchtbarkeitsklinik hatte Sara vor einigen Wochen vereinbart.

»Wie schön. Weiß es Johannes schon?«

»Noch nicht«, antwortete Sara. Die beiden setzten sich wieder in

Bewegung, liefen aber nicht mehr, sondern spazierten einfach am Ufer entlang.

»Ich weiß gar nicht, wie ich ihm die guten Neuigkeiten mitteilen soll. Es einfach so zu sagen wäre doch unpassend nach all der Zeit, die wir darauf gewartet haben. Vielleicht sollte ich Babyschühchen kaufen oder einen Schnuller.«

»Das ist eine süße Idee. Ich freu mich so für dich!« Anna blieb stehen und umarmte die Freundin noch einmal. »Hoffentlich geht auch alles gut«, antwortete Sara. »Immerhin bin ich schon über dreißig.«

»Jetzt mach mal halblang«, suchte Anna, sie zu beruhigen. Du bist erst einunddreißig. Bestimmt wird alles völlig unkompliziert verlaufen. Allerdings müssen wir jetzt auf dich aufpassen. Ist dir übel?«

»Ein wenig morgens. Doch es ist erträglich. Und wie man sieht, wird mir beim Laufen schwindelig. Aber der Arzt meinte, ich könnte ganz normal weiter Sport machen. Nur Trampolinspringen sollte ich fürs Erste lassen.« Sie grinste. Die beiden fielen wieder in einen leichten Trab.

»Dann werde ich dich also bald als Schreibtischkollegin verlieren«, sagte Anna. »Wie soll ich ohne dich all diese Zicken ertragen?«

»So schlimm ist es auch wieder nicht. Mit den meisten verstehst du dich doch ganz gut.«

»Aber ohne dich wird es nicht dasselbe sein.«

»Vielleicht komme ich ja schon bald nach der Geburt zurück. Wir müssen sowieso überlegen, wie es weitergeht. Eine größere Wohnung können wir uns in Zürich kaum leisten, schon gar nicht mit einem Gehalt.«

»Da hast du recht«, erwiderte Anna seufzend. Auch sie bezahlte für ihre kleine Zweizimmerwohnung, die im Stadtteil Oerlikon lag, ein halbes Vermögen. Größere Sprünge waren, obwohl sie sehr gut verdiente, nicht drin. Bevor sie nach Zürich gekommen war, hatte sie auf deutscher Seite eine kleine Wohnung gehabt, die weniger als die Hälfte gekostet hatte. Doch der Ehrgeiz hatte sie in die Banken-metropole geführt, wo sie bei der UBS-Bank als Investmentbanke-rin arbeitete. Sie war vier Jahre älter als Sara und verschwendete im Gegensatz zu ihr keinen Gedanken an Familie oder Kinderkriegen. Vielleicht war es auch das gewesen, was sie mit der Zeit an Markus geärgert hatte. Immer wieder hatte er vom Heiraten und einer Fami-lie gesprochen. Ein Haus mit Garten, Idylle auf dem Land. Langewei-le war da doch vorprogrammiert.

»Johannes spielt schon seit einer Weile mit dem Gedanken, aus Zürich wegzugehen. Basel ist auch interessant, und er müsste nur einen Versetzungsantrag stellen.«

»Und Johannes' Eltern sind in Basel«, vervollständigte Anna Saras Ausführungen. »Also wirst du über kurz oder lang nicht nur deinen Schreibtisch, sondern auch Zürich verlassen?«

»Vermutlich. Aber sicher ist das noch nicht«, erwiderte Sara. »Es kann dauern, bis Versetzungsanträge genehmigt werden. Sollte es jedoch so kommen, haben wir es ja nicht weit. Basel ist nicht aus der Welt.«

»Nein, ist es nicht«, erwiderte Anna, wissend, dass sie Sara ver-lieren würde. Genauso war es mit ihrer Freundin Greta in Konstanz gewesen, wo noch immer ihre Mutter lebte. Sie kannten sich seit der Schulzeit und waren wie Pech und Schwefel gewesen. Dann jedoch hatte Greta geheiratet, war mit ihrem Ehemann nach Bern gezo-gen und schwanger geworden. Inzwischen hatte sie drei Kinder, ein Mädchen und Zwillingsjungen, die Anna einmal erlebt hatte, was sie niemals wiederholen wollte. Greta war mit der Rasselbande sichtlich überfordert gewesen und hatte ihr fast schon leidgetan. Inzwischen hatten sie kaum noch Kontakt. Gewiss würde es mit Sara so ähnlich enden, was Anna schon jetzt bedauerte.

Den Rest des Weges unterhielten sie sich über die Arbeit. Es ging um Aktienkurse und Kunden, die sie mal mehr, mal weniger leiden konnten. Der Bürokomplex der UBS wurde um einen Anbau erweitert, was in den nächsten Wochen eine Menge Baulärm bedeutete. Als sie den Platzspitz wieder erreichten, war es bereits dunkel geworden.

»Ist eben noch nicht Sommer«, kommentierte Sara den raschen Einbruch der Nacht.

»Aber es dauert nicht mehr lang«, antwortete Anna mit einem Lächeln. »Ich finde, es riecht schon danach.« Sie atmete die milde, nach Blumen duftende Abendluft ein und lächelte.

»Ich glaube, ich überrasche ihn mit den Schühchen«, ging Sara nicht auf Annas Antwort ein.

»Das ist eine gute Idee«, antwortete Anna, die diese Sorte Gedankensprünge von Sara gewohnt war.

»Bei Manor gibt es bestimmt schöne. Wenn du magst, können wir morgen in der Mittagspause zusammen welche aussuchen.«

»Das würdest du wirklich mit mir machen?«, fragte Sara.

»Aber natürlich«, erwiderte Anna und legte ihr den Arm über die Schulter. Sie liefen Richtung Museum. »Wann willst du es dem Chef sagen?«

»Erst nach dem dritten Monat«, antwortete Sara. »Dann ist es sicher.«

Sie erreichten die Straßenbahnhaltestelle und verabschiedeten sich voneinander, als Annas Bahn einfuhr. Anna nahm am Fenster Platz und winkte Sara zum Abschied noch einmal zu. Wie glücklich sie aussah, ihre Augen strahlten so. Vielleicht war es ja doch nicht so schlimm, eine Familie zu gründen? Anna schob den Gedanken beiseite und lehnte ihren Kopf, der leicht zu dröhnen begonnen hatte, gegen die Scheibe. Bei ihrem Händchen für Männer würde es mit dem Familienglück sowieso nichts werden. Als sie in Oerlikon ausstieg, lief sie wie immer am Hotel Stern vorüber, bog unweit davon in eine Seitenstraße ab und betrat kurz darauf den engen Hinterhof,

in dem ihre Wohnung in einem von der Straße abgewandten Gebäude aus den fünfziger Jahren lag. Als sie in ihrem winzigen Flur
das Licht anknipste, fiel ihr sofort das Blinken ihres Anrufbeantwor-
ters auf. Sie drückte auf die Playtaste, und die Stimme ihrer Mutter
ertönte.

»Anna, bist du da? Du musst sofort herkommen. Ich hatte einen
Fahrradunfall und liege im Krankenhaus.«

»Auch das noch«, fluchte Anna. Sie würde sich morgen den Tag
frei nehmen müssen, was Thomas, ihrem direkten Vorgesetzten, vermutlich nicht gefiele. Am besten wäre es, sie sagte ihm gleich Bescheid und Sara auch. Dann musste sie eben die Schühchen für die
Babyüberraschung ohne sie aussuchen. Anna fischte ihr BlackBer-
ry aus der Tasche und begann, zwei Nachrichten zu tippen. Thomas antwortete sofort, verständnisvoller als erwartet, und schlug ihr
sogar vor, sich bis zum Wochenende frei zu nehmen. Anna stimmte gern zu, dann hätte sie noch etwas Zeit, um Konstanz, ihre Heimatstadt, zu genießen. Vielleicht ergab sich ja auch die Möglichkeit,
einige alte Freunde wiederzutreffen. Sie beschloss, gleich aufzubre-
chen. Nur schnell duschen und packen, dann würde sie sich auf den
Weg machen.

Einige Stunden später öffnete Anna die Tür zu ihrem Elternhaus, das
in einem ruhigen Ortsteil von Konstanz lag, in dem es hauptsächlich Einfamilienhäuser gab. Abgestandene Luft schlug ihr im Flur
entgegen. Im Wohnzimmer entdeckte Anna jedoch, dass die Ter-
rassentür offen stand. Ihre Mutter war noch nie gut darin gewesen,
auf das Haus zu achten. Sie hatte nur Glück, dass Konstanz' Einbre-
cherschaft von ihrer Schusseligkeit noch nichts mitbekommen hatte. Anna trat auf die Terrasse und ließ ihren Blick über die Garten-
möbel aus Teakholz in den dunklen Garten schweifen, der früher
das Reich ihres Vaters gewesen war. Jetzt war er schon vier Jahre tot.

Herzinfarkt mit zweiundsiebzig. Dabei hatten ihre Eltern noch so viele Pläne gehabt, nachdem er sich ein halbes Jahr vor seinem Tod endlich dazu durchgerungen hatte, seine Kanzlei an seinen Nachfolger zu übergeben. Ihre Mutter hatte sein plötzlicher Tod in ein tiefes Loch gerissen, aus dem sie nur langsam wieder herauskroch. Doch das Leben musste weitergehen. Inzwischen hatte sie einige neue Freundschaften geschlossen und ging auch wieder zum Yoga. Besonders Hilde, die Nachbarin von gegenüber, hatte sich sehr um ihre Mutter bemüht.

Ein klirrendes Geräusch hinter ihr ließ Anna zusammenzucken, sie wandte sich erschrocken um. Doch es war nur Felix, der grauweiß getigerte Kater ihrer Mutter, der einen Blumentopf vom Fensterbrett gefegt hatte und sie mit seinen großen blauen Katzenaugen unschuldig ansah. Seufzend ging Anna zurück ins Haus und streichelte dem Kater über den Kopf, der sofort den Schwanz hob und vertrauensselig zu schnurren begann.

»Felix, du alter Gauner. Du hast mich erschreckt. Wenn das die Mama sieht.« Sie hob mahnend den Zeigefinger. Der Kater sprang vom Fensterbrett und strich um ihre Beine. »Du hast bestimmt Hunger, was?« Anna ging in die Küche und knipste das Licht an. Wie immer war alles ordentlich aufgeräumt. Von ihrer Mutter, einer wahren Putzfanatikerin, hatte sie auch nichts anderes erwartet. Glücklicherweise hatte sie Annas kleines Reich in Zürich noch nie betreten, in dem das Chaos einer berufstätigen Frau herrschte, womit Anna ihre Unordentlichkeit gern entschuldigte. Ihrer Meinung nach war Zeit etwas viel zu Kostbares, um sie mit Putzen zu verbringen. Die Küche ihrer Eltern war im Landhausstil gehalten, was Anna nicht sonderlich gefiel. Sie mochte lieber modernes Design und klare Linien. Aber die Größe des Raumes liebte sie. Es gab eine Kochinsel und eine gemütliche Essecke, in der ihre Mutter nun allein sitzen musste. Während Anna den Kühlschrank öffnete und das Katzenfutter herausholte, dachte sie darüber nach, wie oft sie ihrer Mutter schon vorgeschlagen hatte, das Haus zu verkaufen. Wer brauchte für sich allein schon über zweihundert Quadratmeter Wohnfläche? Vom riesigen Garten ganz zu schweigen. Doch ihre Mutter wiegelte jedes Mal ab. Hier war sie doch zu Hause. Woanders würde sie sich nicht wohlfühlen. So putzte sie sich also jeden Tag durch die Etagen bis ins Dachgeschoss, wo Annas früheres Reich lag. Ein geräumiges Zimmer mit eigenem Balkon und einem rosa gefliesten Badezimmer.

Genau in dem Moment, als Anna dem Kater sein Futter hinstellte, klingelte das Telefon. Als sie abhob, erklang die Stimme ihrer Mutter.

»Hab ich mir doch gedacht, dass du schon da bist«, sagte sie, ohne Anna zu begrüßen.

»Guten Abend, Mama«, erwiderte Anna mit einem Grinsen. »Was machst du denn? Was ist passiert?«

»Frag nicht«, antwortete ihre Mutter. »Dieser dämliche Gemüselaster. Wie ich den übersehen konnte, bleibt mir ein Rätsel. Gott sei Dank hat der junge Mann schnell reagiert, sonst wäre weiß der Himmel was passiert. So ist es nur ein Gipsbein.«

»Was schon schlimm genug ist«, sagte Anna.

»Leider ist Hilde nicht da, sonst hätte ich sie gefragt, ob sie mir ein paar Sachen ins Krankenhaus bringen kann. Ich hoffe, es ist nicht so schlimm, dass ich dich von der Arbeit wegholen musste?«

»Gerade geht es«, antwortete Anna. Sie wusste, dass die Erkundigung ihrer Mutter nach der Arbeit reine Höflichkeit war. Wäre es nach ihr gegangen, hätte Anna Jura studieren sollen, um die Kanzlei ihres Vaters zu übernehmen. Doch mit Jura, dazu noch Strafrecht, konnte Anna überhaupt nichts anfangen. Bis heute hatte die Mutter ihr nicht verziehen, dass sie damals den Familienbetrieb nicht hatte weiterführen wollen. So war der Name der Kanzlei Volkmann nach der Übernahme bald geändert worden, was für ihre Mutter umso schwerer gewesen war. Ihr Vater hatte auf Annas Entschluss verständnisvoller reagiert. Ich werde dich zu nichts zwingen, hatte er ihr nach ihrem Abitur gesagt und Annas Entscheidung auch gegenüber seiner Frau verteidigt. Gewiss wäre er heute stolz darauf, wie gut sie sich in ihrem Job schlug.

»Du musst in Johannes' Büro die Unterlagen für die Unfallversicherung suchen. Sie sind irgendwo dort abgelegt. Ich kann dir leider nicht mehr sagen, wo. Aber du wirst sie schon finden. Ich glaube, wir haben da eine Police, mit der man Schmerzensgeld bei Knochenbrüchen bekommt, was wenigstens ein kleiner Trost wäre.«

»Ich mache mich auf die Suche«, antwortete Anna. »Was soll ich noch mitbringen?«

Annas Mutter zählte eine lange Liste an Dingen auf. Nachthemd, Morgenmantel, das Buch, das sie gerade las, Toilettenartikel, das Shampoo sei bald leer und müsse neu gekauft werden, dazu noch Zeitschriften gegen die Langeweile. Als sie zum Schluss noch fragte, wann Anna am nächsten Tag käme, und diese sagte, im Laufe des Vormittags, kommentierte ihre Mutter dies mit dem üblichen Brummen, das darauf verwies, wie sehr ihr Annas ungenaue Zeitangabe missfiel.